昆明市哲学社会科学学术著作出版专项资助项目

清代云南诗歌研究

董雪莲　著

ZHEJIANG UNIVERSITY PRESS
浙江大学出版社
·杭州·

图书在版编目（CIP）数据

清代云南诗歌研究 / 董雪莲著. -- 杭州 ：浙江大
学出版社，2024.4
　　ISBN 978-7-308-24789-4

　　Ⅰ. ①清… Ⅱ. ①董… Ⅲ. ①古典诗歌－诗歌研究－
云南－清代 Ⅳ. ①I207.22

中国国家版本馆CIP数据核字(2024)第068869号

清代云南诗歌研究

董雪莲　著

责任编辑	宋旭华
责任校对	胡　畔
封面设计	周　灵
出版发行	浙江大学出版社
	（杭州市天目山路148号　　邮政编码　310007）
	（网址：http://www.zjupress.com）
排　　版	杭州林智广告有限公司
印　　刷	广东虎彩云印刷有限公司绍兴分公司
开　　本	710mm×1000mm　1/16
印　　张	19
字　　数	311千
版 印 次	2024年4月第1版　2024年4月第1次印刷
书　　号	ISBN 978-7-308-24789-4
定　　价	88.00元

序一

董雪莲博士的博士论文《清代云南诗歌研究》经过修订，将要由浙江大学出版社出版，她希望我给她的书写篇序。作为导师，得知自己学生的博士论文将要出版，自然是一件非常高兴的事，故在此，就我所知作者和本书的一些情况向读者作一介绍。

董雪莲是我招收的博士生中，入学年龄最大，且已工作多年，有家庭、有小孩的一位。

一般来联系考博的学生，以在校的硕士生，或硕士毕业后工作几年但未成家的居多，像她这样硕士毕业有了稳定工作且有了家庭、小孩的考生很少。这类考生，有了较丰富的人生阅历和工作经历，如果说还想继续深造，说明他（她）对专业确实是发自内心的喜爱。我自己就是属于后者的例子。此外，业师徐朔方先生也曾跟我谈到过这个问题，说学人文的学生，只有到社会上跌打滚爬过一阵子，才会对文学作品有更深入的理解。我自己也颇有同感。因此，我回复董雪莲，欢迎她报考。

不过，董雪莲第一次报考因外语成绩不够未被录取。但是，她并未气馁，索性向浙大人文学院递交了访学申请，跟随我的同事做了一年访问学者。她一边访学，一边准备下一年度的博士生入学考试。功夫不负有心人，第二年她如愿以偿，成为浙大古代文学专业的博士生。

董雪莲入学当年，我恰巧申请了国家留学基金赴哈佛大学访学一年。因此，这一年期间，她和我主要通过邮件和手机进行学业交流。董雪莲是文艺学专业的硕士生，古代文献功底相对薄弱一些，我有意引导她多多留意文献

1

学，多看一些古代文献和古代文学的论著。

因为来自云南，且职业规划为毕业后回原籍工作，董雪莲很早就确定了博士论文题目为《清代云南诗歌研究》。我觉得这个题目很好，很适合她来做。一是她来自云南，对乡梓有深厚的感情，且熟悉云南地域文化和风土人情；二是她作为云南本地人，就地方文献资源获取的途径而言，有很多便利条件；三是学界对清代文学的研究，过去更多侧重纵向的研究，而当时从地域视角进行的研究还不算多。就清代云南的诗歌研究而言，当时（九年前）虽然也有零星的文章，但主要集中于个别的作家，从纵向和横向来系统探讨清代云南诗歌的成果尚未见到；四是清代云南诗歌总集和作家别集体量适中，容易把握。基于以上考虑，我同意了她的选题。开题时，董雪莲的题目也得到了文学所其他老师的认可。

为了写好论文，我指导她先编纂出《清代云南集部著述总目》，收录清代云南作家的别集、总集、诗文评及词曲现存版本书目，著录书名、著者、籍贯、版本等信息，共计 500 余条。另外，又指导她制作了云南作家数据库，按生卒年进行排列。有了上面的基础后，董雪莲按图索骥，开始一部一部地阅读清代云南作家的总集和别集，逐步进入了资料整理、问题思考、章节设计和论文撰写的轨道。

董雪莲硕士期间学的是文艺学，她有较好的文艺理论素养、思辨能力和对作品的敏感度，加之她在社会上历练过，对作品的理解较一般同学更深入透彻，且善于发现问题和提出问题。读博期间，她撰写了多篇论文，其中有4篇发表于C刊，论文涉及诗歌、小说、戏曲等不同的领域。譬如《明清云南作家地理分布可视化分析及意义》一文，主要运用数字人文的方法对明清云南作家的地理分布作了可视化分析，并从多角度分析了由明至清云南作家分布变化的原因和影响。《清代小说〈太湖王氏传〉作者考辨》一文，对署名张汉的清代文言小说《太湖王氏传》进行了辨析，认定原作者应为清初安徽文学家石庞，而非张汉，且对张汉和石庞二人生平进行考辨，纠正了学术界已有成果中关于石庞的一些讹误。《孤本〈驿路歌〉与清代云南作家张汉》一文，对收藏于台湾傅斯年图书馆的孤本《驿路歌》进行了考证，认为此书是一本以诗歌形式写就的由滇至京的纪程吟咏之作，作者为清康乾间云南籍著名诗人张汉，并对该书在地理学和文学方面的价值进行了探讨。《清代云南文学家严廷中与杂剧〈秋声谱〉》，对清代云南宜良作家严廷中创作的杂剧《秋声谱》的创作背景、内容旨趣和艺术特征进行分析，探讨了《秋声谱》的文学价值。《清代云南多元文化背景下的纳西族汉语诗歌特点——以丽江纳西族为例》，探讨了清代丽江纳西族汉语诗歌的内涵、特点与文化价值。另外她还写有《清代云南名儒钱沣生平与诗文创作》和《明末清初云南高僧苍雪与吴中诗坛》等论文，前者对清代乾隆年间的昆明籍名臣、作家和画家钱沣的生平和诗文创作作了考述和分析，后者对明末清初高僧苍雪与吴中文人如陈继儒、董其昌、吴伟业、钱谦益、陈瑚、毛晋等人的交游作了考证，分析了苍雪在吴中诗坛的影响。这些成果的发表，固然可以看出董雪莲本人的勤奋，但也得益于她在文艺学方面的积淀、素养和丰富的社会阅历。从中也可以看出，她在学习的过程中，对于清代云南文学已有一些问题意识和一定程度的把握。她对清代云南诗文作品全面的整理和深入的分析阅读，为其博士论文写作打下了厚实的基础。

当然，作为在千里之外异地求学的妻子和母亲，董雪莲要比一般的博士生克服更多的困难。譬如，博士在读期间，小孩时常生病，她要经常请假回云南照看。博士的最后一年，她的婆婆身体状况不佳，她也要经常回去照料。在这样的情况下，她担着家庭和学业的双重担子，依然勤学不辍，最终给自己的博士生涯画上了圆满的句号。

下面，就董雪莲《清代云南诗歌研究》，谈点我个人的看法。本人以为，本书有以下几个特色：

第一，对清代云南诗歌的总体面貌作了全景式展现，对其嬗变的历程和演进轨迹作了细致的梳理和详实的叙述。

绪论部分，作者分析了"地居天末，百蛮杂处"的云南独特的地理风貌和历史文化，指出清代的云南诗歌在明代的基础上出现了许多新变和发展，如诗人分布的广度、作家作品的总量、少族民族诗人和女性诗人的数量、诗社的林立、诗歌家族的勃兴、诗歌创作理论的繁荣、诗歌总集编纂的热潮等。

本书的第一章至第四章，分期叙述了清代云南诗歌的发展轨迹。作者将清代云南诗歌分成明末清初、清前期、清中期和清晚期四个阶段进行叙述，在章节的标题上分别显示每个时期最显著的特点，如"复古之风的绵延""诗教与性理的书写空间""地方诗学传统的建构与继承"、"从风雅之变到古典终结"。这样的分期和标题设置，是作者对清代云南诗歌各个时期的演进和特点进行深入考察后高度概括出来的，具有独到的创见。作者通过对清代云南诗歌各时期发展情况的深入梳理和分析，勾勒出了其"以唐为宗，兼采百家之长、以温柔敦厚为主旨、自抒性情为出发点，以厚朴刚健为特征"的发展主线，并对这些特征以及形成原因进行了深入分析和总结。在阐述云南诗歌"厚朴刚健"特征之时，作者作了如下阐述：

> 云南高山峡谷、峻岭雄关的地域特点孕育了诗人们豪迈、刚强的气质。地理位置的偏僻遥远和经济文化的相对滞后，形成了他们忠厚、质朴的性格。上千年多民族聚居的环境下，少数民族的百姓只要不触及其宗教信仰和禁忌，他们一般温和宽厚，感情坦率、直露。总体而言，清代云南诗歌没有江南的细腻温婉，没有湘楚的多情缠绵，更偏向于塞外的凛冽刚猛。加上儒家思想的深刻影响，诗人们着力倡导诗歌"言志"的传统，重视诗歌的社会功用和伦理价值，内容上多关注世运和现实，多写家国情怀、社会民生和自然山水，罕见吟风弄月、无病呻吟之作。当然，云南诗人也注重情感抒发，他们作诗大多有感而发、缘情而作，推襟送抱，但除了与社会民生有关，一般就是抒发自身出处进退中的喜怒哀乐。对儒家伦理道德的恪守使得像袁枚性灵派那样的放纵不羁的思想、行为以及诗歌风格在云南诗人中几乎没有见到。他们崇尚质朴自然，反对华而不实，少有纤弱轻靡之风，表现为清刚壮逸或是劲健洒脱，可用厚朴刚健来总结它。正如诗人王竹淇所写"文有风云气，诗无儿女情。杏桃嫌俗艳，梅菊抱幽贞"……

类似这样的概况和总结，在每个章节的开头和结尾都可见到。对于清代云南诗歌各个阶段的发展，作者在进行大量的文本和史料分析的基础上，结合云南历史文化背景，并对比中原内地，对其演变特征进行高度凝炼的归纳，很多观点是颇有见地的。

第二，本书对滇中各时期的诗歌创作特点作了深入细致的剖析，对各个时期重要诗人如担当、苍雪、赵士麟、张汉、钱沣、刘大绅、严廷中、朱庭珍等的生平和创作作了重点考察和研究，辅以其他大大小小数十个次要作家的叙述，层次分明、详略得当。

譬如第一章，作者主要叙述易代之际云南作家的诗歌创作，涉及的作家有担当、苍雪、文祖尧、文化远等人。作者通过分析这些作家的诗歌主张和创作，指出这些作家普遍都以明前后七子为宗，坚持复古主义的倾向。而此时中原内地的主流诗坛却已展开对复古的全面批判，云南却背道而驰。她指出，这一时期复古风气在云南诗坛盛行，有着深刻的文化传统、社会原因和心理因素，云南诗人坚持复古，一方面在于对明代文化的深厚感情，另一方面，是为了在特殊的历史时期"敦复古道、扶正人心，以致匡扶世运"。在社稷倾覆的危机之前，云南诗人力图"在诗歌创作中呼应古代贤者的风范和志节，起到一种挽救世道风气、振衰起敝的作用"。这些诗歌宗尚，以社会角度而言，与明末清初云南被战乱席卷数十年、灾难深重以及南明永历政权播迁至云南等因素均有深刻联系。她的这些论断，是很有创见的，如果不是对当时云南社会、政治、文化背景有深刻全面的洞察和对众多作家作品的深入、具体分析，是很难得出的。

第三，对清代云南诗歌总体的特色及文学史意义作了全面总结。

本书的每一章都首尾呼应，开头有小序，末尾有小结，书的最后有总结，章节之间前后连贯，串联起云南诗歌发展演变的总体线索。作为某一地域整个朝代的诗歌，其有什么特色，研究它有什么文学史的意义，这是文学史研究者和一般大众读者都关心的问题。对于前者，作者从尊崇传统诗教、自我理性选择、本乎学问但又非学人之诗、厚朴刚健等方面予以了总结。对于后者，作者从独特的地域文化背景、大量的少数民族诗人、儒家文化对边疆少数民族文学创作的影响、少数民族诗人创作中体现的国家认同和身份认同等方面予以了阐释，对清代云南诗歌作出了全面的评价：

> 清代近三百年的云南诗歌，在云南独有的文化传统滋养和中原内地儒释道文化涵濡之下，走完了它自己的轨迹。云南得天独厚的地理环境、丰厚富饶的自然资源、复杂多样的民族构成、相互间的文化交融以

及特殊的历史演进轨迹，为它提供了繁茂生长的沃土。虽然它错过了古典诗歌发展的黄金时期，却也很快赶上了中原内地的步伐，成为中国诗坛一道独特的景观，与其他地域诗歌一起，构成了清代诗歌绚丽完整的版图。虽然它起步很晚，才刚开始繁荣，中国古典诗歌已经迈向终点，它还没有来得及打造如吴习、楚风、齐气等以鲜明地域特色为标志的固有风格，还未能以诸如"岭南""河朔""阳湖""浙派"等明显带有本土特征的诗派或群体树帜诗坛，就随中原内地诗坛整个步入了古典诗歌的终结。但令人欣慰的是，作为一个文化相对落后的地区，云南诗歌始终保持着自身清晰、独立的发展轨迹，自觉完成了地域诗学传统的构建。这个传统以本乎学问、关乎世运，取法上主要以唐为宗，兼采百家之长，以温柔敦厚为主旨，以自抒性情为出发点，以厚朴刚健为特征，从而形成了自身鲜明独特的面貌。

本书结尾，作者在高度肯定清代云南诗歌成就的同时，通过对比其他省域的诗歌创作，指出清代云南诗歌的发展存在着遗憾：

> 因为缺少地域优势和文化传统的优势，整个清代，云南未涌现出时所公认的文学巨匠，亦无旗帜鲜明的理论建树引领诗坛潮流。云南诗人或许也意识到，出身于文化落后之地区，虽有振兴乡邦文化的强烈意识，但似乎缺少在主流诗坛争雄的决心，没有引领风气的意识，也没有开疆拓土、树帜词坛的气魄和开拓精神。因此，即便有一部分诗人的才华和人品为当时所推重，但并未产生足够的影响。

作为云南的学者，清醒地认识到这一点并要公开说出来，这是需要勇气的。

第四，本书材料翔实，在注重实证的同时，也注重理论的分析和概括，既注意清代全国性诗歌演进对云南的影响，又对云南作为西南边陲独特的地域文化和多民族文化交融的特殊环境之于诗歌的影响加以深入挖掘和探讨，有点有面、前后呼应。在宏大叙事的背景下，有材料的应证，有骨架的支撑，有细节的安排，有观点的提炼，显示了作者谋篇布局的匠心，具有较强的学理性和思辨色彩。本书语言流畅，语汇丰富，诗歌鉴赏专业到位，显示了作者极强的语言驾驭能力和非常专业的艺术鉴赏能力。

总之，作为一部首次全面系统研究云南当地诗歌的成果，《清代云南诗歌研究》无疑有着开拓性的意义，本书对整体把握和观照清代云南诗歌的全貌和发展特点，有荜路蓝缕之功。书中也体现了不少独到的创见，有着一定的价值。当然，本书难免也存在一些不尽如人意之处，一些观点仅是个人看法，也不一定为他人所接受，这是正常的现象。相信作者在今后的研究中会不断地予以修正和完善。

董雪莲博士毕业已四年了，在这四年里，她成功申请到了国家社科基金项目，顺利地评上了副教授。期待董雪莲在今后的教学和科研岗位中取得更大的成绩。是为序。

徐永明

2024 年 3 月写于浙江大学紫金港成均苑

序二

因为我也比较关注明清时期云南文学研究，董雪莲博士在其书稿《清代云南诗歌研究》正式出版之际，嘱我写上几句话，我得以有机会先行将其书稿通读一遍。读后觉得甚是爽然畅快，心中为之喝彩，认为书稿确实是云南古代文学研究的重要收获，也是清代诗歌研究中别开生面之作。

我一直认为，云南汉文文学在云南乃至中国文学史和文化史上有着重要的地位。汉文化在云南的传播、扎根并逐渐成为主流文化，经历了一个漫长的历史过程，至迟从汉代开始，汉文和汉文学就传入云南，从此不断扩大、浸润。在南诏大理国时期，官方的书籍、经书、文告、文件、碑幢文刻、绘画题跋等都基本上使用汉字，汉文文学也已经发展到了一个相当高的水平。到了元明清时期，云南已经成为中国统一疆域中的稳定部分，汉文化已成为云南的主流文化，云南文化和文学也成为了中国文化和文学不可缺少的组成部分。在这个过程中，汉字和汉语的通用，学校的设立，汉文文学的发展和传播，都起到了至关重要的作用。自元代开始特别是从明代中期到清末，云南的汉文文学有如山泉汇衍而为江河，呈现出越来越发展壮大的趋势和状态，出现的汉文文学作家和诗人及其作品越来越多，其中也有不少杰出的诗人作家和杰作。这些诗人作家和作品，就像董雪莲书稿写到的，即使放在全国同期的诗坛上品评，也是毫不逊色的，并且不少方面是富有特色的，是有创造性的，在不少方面补充、丰富了元明清的文学，为元明清文学的发展作出了贡献。云南古代文学是整个中国古代文学的重要组成部分，董雪莲书稿研究的清代云南诗歌当然也是清代诗史必须要包含的重要内容。另外，与内地文学相比，云南的汉文文学还有一个重要的作用和功能，就是通过诗词歌赋，或通过戏剧说唱等文学形式，传播汉文化，把汉文化中的价值观念，诸如仁、义、礼、智、诚信、忠孝、廉耻等，传播到各个地方、各个民族、各个阶层，使他们在潜移默化中得到了熏陶和教化，从而增强了对中华文化的认同感，增强了各民族的团结，无疑对祖国的统一和西南边疆的稳定都起了巨大的作用。可以说，没有汉文文学的发展和传播，就没有稳定的中国西南边疆。因此，云南汉文文学不仅是中国文学的重要组成部分，而且还是中国文学中具有特殊意义的部分，它承载的社会文化功能、表现出来的特征、体现的历史意义，是独特的，与内地文学不同，在中国文化史和中国文学史的研究中具有特殊的价值和意义，也有明显的现实意义。（参见段炳昌等《明清云南文学论稿》17 页，云南大学出版社 2021 年版）

云南汉文文学虽有如此重要的地位，云南汉文文学的研究虽有如此独特的价值和意义，但遗憾的是，它们没有得到应有的重视，无论是基础整理工作，还是个案或整体研究等方面，都没有做好。就清代云南文学来说，许多别集无人问津，没有整理出版，以收录清代诗文作品为主的《滇南诗略》《滇南文略》《滇诗丛录》《滇文丛录》等总集，至今也无人整理出版；大多数诗人没有得到学术界关注，即使有所涉及也往往流于一般性的评述，缺乏深入研究，更没有看到整体把握的宏观研究著作。令人高兴的是情况正在有所改变，一些青年学者，年轻的博士、硕士，已经着手相关的研究，并推出了一批成果，董雪莲这部《清代云南诗歌研究》就是其中值得关注的一部。

据我所知，董雪莲《清代云南诗歌研究》是迄今为止唯一一部关于清代云南诗歌整体的、系统的研究著作，或者说是第一部比较完整的清代云南诗歌发展史著作，对清代云南诗歌在整个中国文学史、清代诗歌史上的地位及其文化史、文学史研究上的价值、意义以及云南文学史中的许多重要问题都作了清晰而深入的阐述，它的出版问世必将对云南古代文学特别是清代文学的研究起着推动作用，也必将引起更多的关注，帮助更多的人认识到明清云南汉文文学在中国文学史上的重要地位和独特的价值、意义。从这个角度来说，我认为，这部《清代诗歌研究》不仅是清代云南文学研究的重要成果，也是中国文学史、中国清代诗歌史研究的重要收获。

就研究的角度和方法而言，董雪莲《清代云南诗歌研究》的一个突出的特点是，一方面，尽量把云南清代诗歌放在全国的社会背景和文学发展的框架中进行检视，把云南诗人及其创作活动与内地诗坛联系起来，比如赵士麟与康熙年间的京师诗坛、钱南园与乾隆年间诗坛、刘大绅与嘉庆道光年间的山东诗坛的交往唱酬，朱觐和戴纲孙与林则徐、龚自珍、魏源、汤鹏等内地诗人的联系。在论述云南诗歌发展时又注意与清代的理学与实学、科举、文字狱、鸦片战争等社会思潮和现实联系起来。这样就很自然而又合乎逻辑地强调了云南诗歌与清代诗歌发展的整体相关性，展示了云南诗歌作为清代诗歌的一个组成部分及其所达到的水平，也实事求是地评价了云南诗人在清代诗歌史上的地位。另一方面，努力把云南清代诗歌的发展与云南特殊的地理位置、自然环境、多民族的社会现实、经济文化发展水平紧密联系起来，从而能突出清代云南诗歌的特点。"绪论"第一部分的标题就是"云南作为一个文化区域的独特性"，然后较为全面地描述了特殊的地理位置、地形地貌、自然生态环境、多民族文化、各具风采的民风民俗等自然和人文环境，同时也叙述了在云南影响比较大的改土归流、汉文化教育的推行、科举考试等历史事件，以及农业生产的改进和其他的社会经济文化的发展，指出清代云南诗歌正是在这样的环境和历史背景下发展演变的，因而也自然具有了与内地诗歌既有紧密联系的共性，同时也有自己特质鲜明的个性。具体到对诗人及其作品进行分析时，还注意并且点明了他们的民族身份，比如白族的赵炳龙、何蔚文、李崇阶、谷际岐、师范、王崧、李于阳等，彝族的高奣映、李云程等，回族的马汝为、孙鹏、马之龙、沙琛等，纳西族的桑映斗、牛焘、李玉湛、杨四藻、杨品硕等。在论述中作为例证的许多诗歌作品，有的与云南的山川景物、民俗风情有关，有的涉及明末清初的沙定洲之乱、孙可望和永历入滇、吴三桂之乱及平息，还有嘉庆至同治年间云南各地频繁发生的鼠疫等灾害，这些都烙上了清代云南历史的深深印记。总之，《清代云南诗歌研究》既强调了云南诗歌与内地的联系，又突出了其独特的品质，这是非常符合清代云南诗歌实际的。

一方面，紧密联系全国诗坛，把云南清代诗歌作为整个清代诗歌的组成部分，另一方面，又考虑云南清代诗歌发展的自然和人文背景及社会历史发展脉络，突出清代云南诗歌的特殊性和云南诗人的创造性，这也体现在本书关于清代云南诗歌发展演变的分期和对清代云南诗歌整体特点的概括上。本书将清代云南诗歌的发展分为四个时期，即明末清初（从明亡到三藩之乱平定）、清代前期（康熙二十年到乾隆前早期）、清代中期（乾隆早期及嘉庆道光时期）、清代晚期（咸丰到清末）。这里的明末清初时期，是从 1644 年李自成进北京、崇祯自缢、明朝灭亡、云南发生沙定洲之乱始，其后历经孙可望大西军进云南、明永历帝入云南、清军入滇、吴三桂叛乱，到清军再次入滇平定吴三桂之乱止，从 1644 年到 1681 年（康熙二十年），前后近 40 年间，云南一直处在动荡不安的战乱之中，与内地早已进入比较安定的社会状况不同。与此相关，云南此期的诗歌总体上也就呈现出与内地诗歌不同的一些特点来。因此单列一个"明末清初"是合适的，可谓按体裁衣。其他几个时期的划分则基本与一般文学史关于清代诗歌的分期大致相近。《清代云南诗歌研究》中的分期既有关注和借鉴一般文学史关于清代诗歌发展分期的地方，也有按照清代云南历史演变和诗歌发展的实际而有所调整和设置之处。这里还要顺便指出，据我所知，在云南文学的研究中，《清代云南诗歌研究》第一次对清代云南诗歌作了清晰的分期，并且明晰地提炼、概括了每个时期发展的基本面貌和特点，比如：复古之风的绵延（明末清初）、诗教与性理的书写空间（清代前期）、地方诗学传统的建构与继承（清代中期）、从风雅之变到古典的终结（清代晚期），每个时期底下又有更细的概括与论述。这些概括都是有实际材料支撑的，基本上是言之有理的。在概括和论述明末清初的云南诗歌的复古之风时，书稿中指出，清代云南诗歌与内地诗歌相比，与明代似乎有着更为亲密而长远的联系，明末清初的云南诗歌受到明代前后七子的影响，有明显的复古倾向，但云南诗人如担当、赵炳龙、何蔚文等却能跨越"诗必盛唐"，而尊崇汉魏乐府，甚至上溯《诗》《骚》，创作了一大批乐府、变雅、骚体诗。书稿将清代云南诗歌发展演变的特点概括为四点，即：一以贯之对儒家传统诗教的尊崇和坚守；不为时习所染，坚持传统和保持自我理性；本乎学问却不同于学人之诗；整体上呈现出厚朴刚健的风格特征。书稿认为，清代云南诗歌的文学史意义主要在于，它以独特的地域文化背景和大量少数民族诗人群体的参与，丰富了中国古典诗歌版图和地域诗歌发展史，多民族诗歌创作对汉语诗歌的贡献，是考察汉文化传播及对少数民族文学影响的窗口，是各民族对国家、对中华文化认同的见证。以上这些概括和相关论述显然都是立足于清代云南诗歌发展演变的实际，把云南与内地紧紧联系在一起，既凸显了与清代诗歌发展的同一性，又阐释了清代云南诗歌的特殊价值和意义。

当然，任何理论、观点和结论的成立都必须看论证是否合理与材料是否坚实，《清代云南诗歌研究》在这两方面都是做得比较成功的。在论证方面，作者对论述框架结构的设计是下了一番功夫的。书稿将清代云南诗歌的发展演变分为四个时期，每个时期为一章，其中一到两节重点论述一到两个代表性诗人，除了论述诗人的主要创作成就外，又将其分别与整个清代诗坛和云南诗坛联系起来；其中一节论述几个重要诗人；还有一节论述此期诗歌创作的主要倾向和特点。比如：第二章第一节主要论述赵士麟，以下有分别论述赵士麟的诗教思想、诗歌创作特点与成就、赵士麟与康熙前期的京师诗坛、赵士麟与云南诗坛；第二节则从四个方面论述了此期云南诗歌创作的特点；第三节则分别论述了许贺来、张汉、段昕等三位重要诗人。这样有点有面，有重点有一般，有个案有提炼概括，俨然形成了以赵士麟为主干，连接许贺来、张汉和段昕，再连接云南诗坛和全国诗坛的树形结构，不但见其设计之用心与精巧，而且能非常鲜明地显示康熙前期以赵士麟为中心的云南诗坛的总体情况、特点以及作者的观点。在具体的论述特别是个案分析上也做得比较成功，书稿中关于赵士麟、许贺来、张汉、段昕、钱沣、袁氏兄弟、刘大绅、严廷中、李于阳、朱庭珍等代表性诗人或重要诗人的分析都比较细致深入，对他们作品的分析、思想和特点的把握都比较恰当深到，论证比较严密，文字和观点都比较精彩，有些观点很有新意。通过《清代云南诗歌研究》的论述，通过对他们诗作和当时诗坛影响的分析，有些学术界不大注意的诗人如赵士麟、张汉、段昕、刘大绅等诗人，也得到了应有的评价和地位。学术界对朱庭珍的诗话关注较多，相关的研究也形成了一定的声势，但对其诗歌创作的研究却比较孱弱，而《清代云南诗歌研究》不仅论述了朱庭珍的诗学思想和贡献，还重点分析了他的创作实践、艺术风格和成就，认为合理论和创作两方面来看，朱庭珍是清代云南诗歌的集大成者，尽管这个结论不一定为大家所完全赞同，但可以看到《清代云南诗歌研究》中的论证是严密的，是经过认真细致分析而提出的。

在材料的搜集和运用上，《清代云南诗歌研究》也是严肃认真的。清代云南诗歌进入了一个繁荣兴盛的时期，诗人众多，作品浩繁，绝大多数作品未经整理出版，绝大多数诗人未经深入研究，甚至未经人道及。清代云南诗歌发展的时空跨度大，清朝被推翻又经历了一百一十多年，加上兵燹和灾害、各种政治变动，在较长时期内人们把古代文学资料作为糟粕，未能妥善保管，很多清人的诗集都佚失了。显然，要对清代云南诗歌作整体研究，搜集到足够的文献资料，完成好《清代云南诗歌研究》的写作，无疑困难重重。但董雪莲博士不畏险阻，知难而上，在昆明的各大图书馆，杭州等地的大学和公共图书馆，四处寻找，上下求索，又充分利用互联网搜寻各种资料，积数年功夫，终于积累了为完成书稿所需的较为完备的资料。从书稿所列的参考文献来看，有近330种，其中有大量的明清云南诗歌和云南地方史志的稿本、抄本或刻本，这些文献大多未经点校、注释，有些极少甚至没有人提及，可见搜寻之深细，梳爬之细密。这些资料使用起来也很棘手，需要自己影印或抄录、辨析、标点、校对，其中的艰难和辛苦，做古代文学和文献研究的人都能体会。书中所举例证，都是精挑细选的第一手资料，而且不取孤证，总是旁征博引，多方论证，之后方引述出观点或结论。以合理的论证和坚实的资料为基石，《清代云南诗歌研究》可以说是一部令人放心之作。

概而言之，我认为《清代云南诗歌研究》是一部用心之作、成功之作，是第一部较为全面系统研究清代云南诗歌发展演变的用力之作，是清代云南汉文文学研究、清代诗歌研究的重要成果，值得祝贺！

当然，在此书出版以后，如果作者想进一步就清代云南诗歌这个话题继续研究时，我觉得有些问题还可以作更为细致和展开的讨论。比如，作者认为整个清代云南诗歌的发展演变有着一以贯之的对儒家传统诗教的遵守和坚持的特点，也就是说"温柔敦厚"贯穿始终，但我觉得这样的概括比较简便明晰，也大致不错，但却比较笼统，有些简单化，像套在赵士麟、张汉这些人身上，也还合适，但要用来概括比如担当（僧人）、李于阳（穷愁抑郁，有些近乎闻一多说孟郊那样的"破口大骂派"）、赵藩（吸收不少禅理）那样的诗人显得不够周全。"温柔敦厚"作为儒家的经典教条，可能大家都在说，都不会否定，但对其具体内涵的理解上却是会有差异的。同时我认为，自明代到清末，云南的一些诗人儒家思想是比较松散的，这也形成了一条或明或暗的线，正好与纯粹的儒家诗人相映成趣。是否如此，还可以讨论。另外，近代以来，近邻缅甸、越南和老挝等国相继沦为英法等国的殖民地，云南省成为西方文化向中国扩张渗透的前沿地区之一，成为凸现中华民族危机的焦点地区之一。这特殊的地缘政治特点使云南比中国内地许多地方受到的冲击和压力更大，危机更深，激起的反抗意识也更为强烈。同时，在一些方面和一些地区也开始了具有近代性质的社会文化变迁，云南也成为了反对殖民主义、反对封建专制、促进中华民族复兴与进步的热点地区甚至是中心地区之一，在这个过程中涌现出了一大批呼吁救亡图存、推翻帝制的进步知识分子，传统的士人队伍分化了，这也反映到了一些诗人和他们的作品中。也就是说，清代末年云南文化和诗歌最大的特征是这种巨变。我们在讨论清末云南诗歌的演变时，应该重在把握近代以来的这种巨变，这样对这个时期诗歌总体特征的讨论和对此时期代表性诗人、重要诗人的分析也就会更为深入周到。

　　我觉得，董雪莲博士性格娴雅沉静，文采敏捷，善于思考，勤于钻研，在清代云南诗歌的研究方面已经做得很成功了，已经奠定了继续深入研究的基础。

段炳昌

2024 年 1 月 20 日于昆明市龙泉路云南大学教工住宅区

目　录

绪 论

云南作为一个少数民族聚居的大省，"地居天末，百蛮杂处"①，在漫长历史进程中随着中央王朝控制边疆力度的强弱变化而与中原的联系时有时无，汉文化发展时续时绝。到明代，随着朝廷在云南政治、经济、文化、教育等方面的大力治理，其汉文化得到大幅普及，诗道得以大昌，开始进入中原内地主流文学视野，到清代走向全面繁荣。在地域诗歌百舸争流、百家争鸣的有清一代，云南成为一个新兴的文学基地和一道醒目的诗坛景观，影响了整个中国诗坛格局。它以其独特的面貌和特征，与内地中原诗坛共同呈现了中国古典诗歌在终结前的最后华章。关于明代云南诗歌的发展，现已有孙秋克教授《明代云南文学研究》及《明代云南文学家年谱》等比较系统深入的研究，而清代云南诗歌的研究目前还处于相对零散和局部研究的阶段。

清代是云南古典诗歌的鼎盛时期，也是终结时期。可以说，它经过明代的初步发展之后，用约三百年的时间，走完了中国诗歌上千年的历程，这是一个非常特殊的现象。因为特殊的历史原因，云南诗歌创作没有赶上中国古典诗歌发展的黄金时期，也没有像中原内地诗坛有数千年的文化积淀和创作经验供后人探索总结，或许在内地诗人眼里，清代云南诗歌依然还处在学习、接受和模仿中国古典诗歌的阶段，尚未走向成熟，更未建立起属于自己的地域诗歌传统，就已走到了古典诗歌的终结。事实果真如此吗？清代云南诗歌到底经历了一个什么样的演变过程？总体面貌和格局是什么？其迥异于

---

① （清）鄂尔泰、尹继善修，靖道谟纂：《（乾隆）云南通志》卷七"学校·附书院·义学·书籍"，台湾商务印书馆影印本，1986 年版。

中原内地诗坛的特征何在？儒释道文化对少数民族诗歌创作的影响如何？民俗风情、民族性格和气质在诗歌创作中可有鲜明体现？作为一个边徼之区，其诗坛风气受当时文学流派和思潮的影响程度如何？诗歌创作在哪些方面取得了较高的成就？它是否形成了自身的诗学传统？这些问题，至今学界还没有一项系统的研究来给予回答。这也是本书研究的目的和意义所在。

一、云南作为一个文化区域的独特性

云南地处西南边陲，与多个东南亚国家接壤，素称严疆，"关隘雄深，山海盘郁，树屏藩于边徼，实蛮荒之要区"[①]，它既是青藏高原的南延，也是云贵高原的重要组成部分，因此形成了海拔高、地势雄伟的特点，《（乾隆）云南通志·疆域·形势》这样描述云南："中国地势起西北、汇东南，独滇居西南，凡大江以南之山，多由滇派分，论形势，有'登高而呼'之概焉。夫左绕金沙，右界澜、潞，重关复岭、鸟道羊肠，此滇之大势也。"[②]这段话概括了云南山脉总领中国长江以南诸山，呈现出万山丛集、山河交错之势。云南境内峻岭千重、峡谷纵横，山川地貌雄奇壮美，"蛮岭千重遮鸟道，寒江百折绕羊肠"[③]，"孤江铁锁跨长虹，鸟道雄关一线通"[④]，就是它山川景物的真实写照，同时，它气候复杂，如西北风高，丽江"有长年不消之雪"，宛如边塞；元江大热，"有一岁两获之禾"[⑤]；省会及周边府郡均气候温和，四季如春，"九夏竟无炎热苦，四时常得暑寒平"[⑥]，"冰霜不到冬愈暖，草木长青夏亦凉"。[⑦]与此同时，得天独厚的自然条件孕育了它丰富的物产，"山川有余力，酝酿皆奇珍。……灵药遍地有，烟云日相亲"[⑧]，"琪花瑶草四时闲，此景仿佛

---

① （清）刘慰三：《滇南志略》，转引自方国瑜《云南史料丛刊》第13卷，云南大学出版社，2001年版，第37页。
② （清）鄂尔泰修：《（乾隆）云南通志》卷五"疆域·附形势"。
③ （清）刘范：《云州道中经诸葛寨》，赵浩如编《古诗中的云南》，云南人民出版社，1995年版，第544页。
④ （明）马继龙：《沧江怀古》，《（乾隆）云南通志》卷二九"艺文·诗"。
⑤ 《（乾隆）云南通志》卷二"星野·附气候"。
⑥ （清）阮元：《滇南伏日》，《揅经室集·续集》卷八，清光绪十四年（1888）点石斋印本。
⑦ （清）朱庭珍：《温泉》，《穆清堂诗钞》卷下，《丛书集成续编》第137册，上海书店，1994年版，第537页。
⑧ （清）刘大绅：《读兰芷庵先生〈滇南本草〉》，《寄庵诗文钞·诗钞续》卷九，民国《云南丛书》本。

非人间"。① 在这片山川灵奇、富饶美丽的土地上，自古众多少数民族错杂而居，呈现出斑斓多姿的风俗文化和民族风情。在漫长的历史演进过程中，各民族宗教信仰、节庆礼仪和风俗又不断相互影响和融合，形成一个多元民族文化相互渗透、浸染的局面；同时随着汉文化的传播而普及的中原礼俗及儒、释、道思想与少数民族的信仰风俗又造成二次交融。它的文化进程是特殊的，是一个以中原文化和少数民族文化在漫长的历史时期内相互消长、最初以民族文化为主的形态，通过文治教化的方式不断融合，逐渐演变成以中原文化为主、少数民族文化与外来文化多元共存的局面。云南的汉语诗歌创作，就产生于这种复杂多元的民族文化背景之下。

古人云："言诗者必本其土。"② 不同的人文地理环境孕育出不同的文化，影响着人们的个性、气质和风俗，不同地域独特的生态环境、风俗习惯，赋予了当地诗人独特的禀性、气质、情怀、审美与精神面貌，形成群体相对固定的文化传统，使其作为一种长期带有地域色彩的风格或隐或显地存在着。《汉书·地理志》云："民涵五常之性，而其刚柔缓急，音声不同，系水土之风气，故谓之风；好恶取舍，动静亡常，随君上之情欲，故谓之俗。"③ 这种相对固化的风俗传统对诗歌创作的影响无疑深远且直接："诗，心声也，而系之土风，东南之音柔婉而多情致，西北之音慷慨而尚气力，吴讴越吟不能强而秦声也，赵之瑟燕之筑不能变而齐竽也，习也。"④ 一方水土的诗歌就是代表一方的文化，"故其陈之则足以观其风，其歌之则足以贡其俗。"⑤ 云南的人文地理特征、民族构成有其特性，历史上与中原王朝叛服不常，汉文化时断时续，故其诗歌发展也是一个独特的存在，而它的特征，又远非"南北异同"就可简单概括。

云南诗歌于整个中国诗歌版图而言，如泰华之培塿、江汉之支流，虽然它并不是最险峻壮美的那一座山峰，也不是最浩瀚渟泓的那条河，但却有着自己无可取代的独到景观。它与中原内地诗坛遥相呼应，既不可避免地有着

① （明）童轩：《点苍山歌》，《（乾隆）云南通志》卷二九"艺文志·诗"。
② （清）魏禧：《容轩诗序》，《魏叔子文集》卷九，（清）林时益辑《宁都三魏文集》，咸丰元年（1851）刻本。
③ （汉）班固：《汉书》，中华书局，1962年版，第1640页。
④ （明）申时行：《徐侍御诗集序》，《赐闲堂集》卷十"序"，明万历刻本。
⑤ （清）刘肇虞：《东川子诗序》，《元明八大家古文》卷八"序·书"，清乾隆刻本。

汉文化影响下的共同特色，又具有自身的独特面貌和演变规律。由于特殊的地理位置和相对滞后的文化进程，它也许没有强大的辐射范围，但却有着容纳百川的胸襟和气度，它不仅展现着云南自然、人文景象和独有风情，还昭示着这块神奇土地上孕育出来的滇中文化精神，这一切，值得我们去挖掘、探讨和传承。

二、清代云南诗歌繁荣的社会、经济、文化背景

清廷于顺治十六年（1659）攻下云南，因先前此起彼伏的各地土司叛乱、加上随后的三藩之乱，最终平定云南的时间前后长达二三十年。朝廷吸取明朝边疆控制不力、内外交困的教训，对地处边陲、接壤东南亚多国的云南高度重视，加强了在政治、经济、军事和文化方面的控制和治理，其中大规模的改土归流和对教育的发展对整个云南文化的进程产生了巨大而深远的影响，汉文化的普及程度、儒学思想的传播范围超越了历史上任何一个朝代，在清代以前许多"汉语不通、教化难施"的地区如昭通、东川、丽江、普洱、元江、开化、顺宁、曲靖等地都发生了翻天覆地的变化，这是清代云南诗歌得以繁荣的背景。

（一）大规模的改土归流的推行加速了云南地方经济和文化发展

为确保边疆稳固、朝廷的有力控制以及促进地方经济发展，清朝从初期至晚期在云南不断推行"改土归流"，雍正年间力度最大，涉及面最广，对云南的社会结构、生产方式、经济和文化发展都产生了深刻巨大的影响。

"改土归流"是指将原来西南地区统治少数民族的土司头目废除，改为朝廷中央政府派任流官。土司制度的本质是在少数民族地区"以土官治土民"，朝廷承认各少数民族首领的世袭地位，给予其官职头衔，以进行间接统治。在相当长的时间内，土司制度可以说是朝廷对少数民族地区各州县羁縻管理的有效制度。但时间一长，其弊端也逐渐显现。一方面，土司势重地广，在地方拥有绝对权力和优势，朝廷敕诏很多时候并不能够真正得到贯彻，土司叛服不常，不利于国家大一统。另外土司之间为争夺地盘和利益，反复出现相互仇杀，这种情况在明清两代都屡见不鲜。另一方面，土司政权内部因为

承袭问题，也经常争斗不休，"仇杀连年，边方弗宁"①。再者，土司在地方因为缺少制约，经常恃强杀掠，盘剥土民，流毒一方，"各土司僻在边隅，肆为不法，扰害地方，剽掠行旅，而于所辖苗蛮，尤复任意残害……草菅民命……"② 这些弊端相沿日久，成为中央王朝亟待解决的问题。因此从明朝开始，朝廷就断断续续进行改土归流，但鉴于特殊的历史原因，只能个别、小范围地进行，成效并不显著。到了清朝，清兵入滇之初就开始陆续镇压土司，确立自身统治势力，清朝政权稳固后，朝廷杀伐决断地对云南实行了大规模的改土归流，剿抚兼施，取得了巨大成效。

改土归流的举措对云南影响深远，不仅是一时除残禁暴，对当地经济、文化、教育的发展都起了积极的推动作用。如丽江地区，自元代至清初改土归流前四百多年间，一直受木氏土司统治，木氏土司为与朝廷沟通，本身积极学习汉文化，但对平民阶层却实行文化垄断政策，"因如秦人之愚黔首，一切聪颖子弟俱抑之奴隶之中，不许事《诗》《书》"③。雍正元年（1723）清政府实行改土归流，结束了木氏的统治，除采取改革吏治、发展经济等措施外，朝廷在丽江兴建学校，大力发展教育，汉文化逐渐普及到平民阶层，涌现出了大批具有精深汉文化造诣的士子，康熙三十六年（1697）孔兴洵至丽江任通判，感叹当地"汉语不通，教化难施"④，至乾隆丙辰年（1736），管学宣任丽江知府，却发现已经"頖宫俎豆，俨然中土"⑤。短短四十年的时间，丽江面貌变化如此之大，可见改土归流对文化影响之巨。此后至清末一百多年间，几乎从未有过科名记录的丽江出翰林2人，进士7人，举人60余人，副榜、优贡等200多人，有诗文传世者50多人。⑥对于一个长期处于文化落后的边远少数民族地区，这无疑是一个巨大进步。

再如昭通等地，昭通为滇省东北之极边，旧名乌蒙，隶属四川，"夷多汉少，风气刚劲，习俗凶顽，出入佩刀以随，相见去帽为礼，居多木棚。"⑦

① （明）陈文等：《明英宗实录》卷二七，中华书局，2016年版。
② （清）岑毓英修，陈灿纂：《（光绪）云南通志》卷一四四"秩官志·土司"，清光绪二十年刻本。
③ （清）杨秘：《迁建丽江府学记》，（清）管学宣、万咸燕《（乾隆）丽江府志略·艺文略·记》，《中国地方志集成·云南府县志辑》第41辑，凤凰出版社，2009年版。
④ （清）孔兴洵：《创建文庙碑记》，《（乾隆）丽江府志略·艺文略·记》。
⑤ （清）管学宣：《修丽江学记》，《（乾隆）丽江府志略·艺文略·记》。
⑥ 洪开林：《科贡坊》，载《丽江文化荟萃》，宗教文化出版社，2000年版。
⑦ 《（乾隆）云南通志》卷八"风俗"。

雍正五年改隶云南，设流官，除发展经济外，设学建庙，广施教化，当地面貌大变，"复给以田土、助以耕牛、资以谷种，俾得各安其业。……于是童叟忻忻、廛市攘攘，烟火万家、吠鸣千里，殷庶之象，宛然内地矣。……爰建书院，择子弟之野处而不匿其秀者，敦致宿儒以训诲之，使知我公所以改土归流之意，盖去其椎髻，易以衣冠；去其巢窟，易以室庐；去其戈矛，易以揖让；去其剽掠，易以讴吟"。①

文山等地改土归流前"蒙舍吐蕃称雄窃据，仍是部落时代"，改土归流后"中州礼乐以次输入，至于今日，纲常道德、文章风雅亦已大备，故士敦廉洁，女重贞操，力农务本，知耻好义，俭朴成风，忠孝为贵"②，对当地的社会、经济、文化、教育等都影响深远。清代改土归流的规模、力度和范围都远超明代，因此之前比较落后的大片地区都走上了经济、文化发展的道路，清代人文炳蔚超越前朝，改土归流是一个重要原因。

（二）教育的大力发展

清初吴三桂之乱平定后，经历了数十年战乱的云南不仅民生凋敝、满目疮痍，而且文献损毁，读书种子殆绝，为安抚代表民望的"士"阶层，也为敦孝悌、立忠信、淳风俗，稳固自身的统治，清政府开始着手大力恢复和发展教育，建学官、书院，置义学、增学额、置经籍、制礼乐器，在各地州府都大力恢复与发展教育，这种状况一直延续到清代末期，主要采取的措施有：

1. 大力恢复明朝所建府、州、县学，不断新增官学、义学、书院，文化建设向边远地区和少数民族地区延伸。建学规模和数量，都比前代大有发展，除了腹里发达地区以外，边疆少数民族地区也加强建设。就义学而言，顺治九年定"每乡置社学"③，可见朝廷发展教育之决心与力度。据云南大学古永继教授《清代云南官学的发展和特点》，明代截止到天启年间，在云南共有学官 63 个，书院 48 所，社学（后来的义学）163 所，清代则共建学官 101 所，

---

① （清）徐成贞：《昭通书院碑记》，《（乾隆）云南通志》卷二九"艺文·记"。
② （民国）张自明：《马关汉夷风俗琐记序》，王富臣《（民国）马关县志·风俗志》，民国二十一年（1932）铅印本。
③ 见《（乾隆）云南通志》卷七"学校·附书院·义学·书籍"。

书院 201 所，义学 866 所，远远超过明代。这些突破在偏远地区尤为明显，如腾越厅建义学 60 处，蒙化厅 35 处，丽江府 27 处，而这些地方，在明代是没有设学记录的。① 另据田景春《试论明清时期云南的书院教育》中对明清两代书院的统计对比，明代云南广西府、广南府、顺宁府以及普洱、开化等少数民族聚居的偏远地区没有书院，到清代仅顺宁府有书院 12 所；大理府在清代有书院 46 所，几乎是明代整个云南书院总数，而明代仅 13 所；明代楚雄府有书院 5 所，到清代增加到 17 所；澄江在明代有书院 4 所，清代增加到 12 所；曲靖府在明代仅有书院 1 所，在清代有 21 所。这些翻倍增长的数字，可以看到清代云南教育发展力度之大。就书院的藏书而言非常丰富，比如昆明五华书院，云贵总督鄂尔泰于雍正九年建成后，购置经史子集加上御赐书《古今图书集成》"计六汇编、三十二典、六千一百九部，共一万卷五百二十函五千一十八本"。

2. 大力鼓励科举。清朝自顺治十六年开始在云南开科取士，因云南离京师路途遥远，交通不便，为鼓励士子积极参加科举，朝廷实行补贴盘费的政策。自康熙二十六年始，凡滇省文武举人会试、岁拔贡生廷试，都给予盘费银两若干。这个政策一直持续到乾隆时期，且资助数额不断增加。同时因为云南为山区，交通落后，清政府尽量为士子参加科考提供便利，据《（民国）新纂云南通志》，乾隆九年、二十六年、三十四年分别议准云南大片偏远地区如昭通、东川、元江、鹤庆、镇沅、永北、景东、镇雄、丽江等地童生可赴最近州县参加岁考，免去长途跋涉之艰险不便。② 随后的嘉庆、道光等朝亦有相应措施。

3. 增设教职和学额，加大教育人力的投入，扩大就学人数。云南虽为偏远地区，朝廷除了设立学正，还和发达地区一样增设训导、教授、教谕等职，同时各地不断增加学额，使更多人有读书机会。康熙二十五年"设师宗、云州、新平、定边、元谋、五州县教职，增马龙州、宁州、呈贡县入学额"，"（雍正）二年六月增云南各州县岁科试取进文童额数，昆明、宜良、南宁、通海、河西、河阳、太和、浪穹、保山、楚雄十县，安宁、晋宁、寻甸、建

① 古永继：《清代云南官学教育的发展及其特点》，《云南社会科学》，2003 年第 2 期。
② （民国）龙云、卢汉修：《（民国）新纂云南通志》卷一三三"学制考三·古代学制三"，《中国地方志集成·省府志辑》第 7 辑，凤凰出版社，2009 年版。

水、石屏、新兴、赵州、邓川、剑川、腾越十州，各五名，呈贡、蒙自、云南三县，陆凉、沾益、宁州、阿迷、宾川五州各三名，和曲州四名，黑、白、琅三井准其设学，俱照小学例，各取进八名，分定远县训导驻黑井，大姚县训导驻白井，姚州训导驻琅井"。① 以上这些措施都可见清廷对云南很多昔日教育不发达的边远地区的关注和投入。

（三）兴修水利、减免赋税、鼓励垦荒，大力发展农业生产，为云南经济的繁荣打下坚实基础

就拿水利来说，整个清代对云南的水利建设非常重视。云南由于特殊的地理条件，山地居多，"万山奔流而下，冲击沙石，时多填淤而又地高势迅，涸可立待。讲水利者，较他省地形为难"。② 水利作为农业发展的先决条件，清朝自上而下都非常重视这一点，各任云南地方督抚及郡丞皆积极兴修水利，"或分浚以杀其汹涌，或约束以制其汗漫，或相其壅障而排刷之，或时其盈缩而蓄泄之。镇斯土者，率属励翼，无远弗周，庶推广圣天子讲求水利，粒我蒸民"。③ 尤其是雍正、乾隆年间，据云南大学吴连才博士的论文《清代云南水利研究》统计，康熙二十九年至雍正十二年，云南省兴修水利工程1045处，雍正十二年至道光十五年兴修水利工程1076处，可见对云南农业发展的巨大投入。此外，从清初到中期，历任皇帝都对云南实行多次免捐税、轻徭薄赋的政策，加上鼓励垦荒、招徕流民等，云南的农业生产得到迅速发展。

（四）其他方面的措施

除了教育、农业等的发展，清政府还在交通、商业、手工业、矿产业等方面采取一系列举措，促进了云南经济整体的飞速发展。比如就矿业而言，前文已经提及云南矿藏丰富，多种矿藏居全国首位，矿在清朝的开采和利用最为突出，也整体上带动了云南经济的进步。以铜为例，据《清史稿》所载："滇铜自康熙四十年官为经理，嗣由官给工本，雍正初，岁出铜八九十万，

---

① 见《（乾隆）云南通志》卷七"学校·附书院、义学、书籍"。
② 《（乾隆）云南通志》卷十三"水利"。
③ 《（乾隆）云南通志》卷十三"水利"。

不数年且二三百万。……乾隆初，岁出铜本银百万两，四五间岁出六七百万或八九百万，最多乃至千二三百万。户工两局暨江南、江西、浙江、福建、陕西、湖北、广东、广西、贵州九路，岁需九百余万，悉取给焉。"[1] 可见到了乾隆年间，云南的冶铜在西南边疆地区乃至全国的经济生活中的作用已举足轻重。据陈庆德《清代云南矿冶业与民族经济的开发》[2]，清代云南铜产量占全国95%，集中了全国72%的银厂产量占全国97%，其余的锡、铅等矿亦具有全国瞩目的规模。在矿业的全盛时期，云南有150家矿厂在同时生产，是云南的支柱性产业。矿业的发达，吸引了外地客商，解决了大量人口的谋生问题，"历来内地人民贸易往来纷如梭织，而楚、粤、蜀、黔之携眷世居其地租垦营生者，几十之三四"，"客民经商投向夷地，挈家而往者渐次已繁"。[3] 矿业的发达，客观上促进了云南交通、经济的发展和对外经济、文化的交流。

以上论及清政府对云南的治理只是择取其中几项典型政策，以剖析云南文学得以繁荣的原因。此外还有汉族人口的大量迁入，客观上为汉文化在云南的传播起到了积极作用，明末清初随永历入滇、大西军入滇、清兵入滇和吴三桂镇滇，以及上文提到因经商、仕宦、贬谪、流寓至云南的大量的汉族知识分子的涌入，也是促进云南各地汉文化发展的重要因素。

三、清代云南诗歌发展概况

在明代以前，山经地志对云南都鲜少提及，本地连史志类的相关文献也很罕见，遑论文学及诗歌。我们只能从目前的汉代《孟孝琚碑》，晋宋间《爨氏龙颜碑》、《宝子碑》，南诏《德化碑》，和大理国时期《大理护法明公德运碑赞》等金石文献以及残留的史料中得知，明代以前的云南，至少在统治阶层，已经具有相当的汉文化和儒学修养，无论是碑文还是书法都体现出精深的造诣。可惜，明以前云南诗人的文学创作，却几乎没有保存下来。清代云南保山诗人袁文典、袁文揆昆仲编纂《滇南诗略》，这是云南第一部大型地方

---

① （民国）赵尔巽等：《清史稿》卷一二四《食货志》，中华书局，1998年版。
② 陈庆德：《清代云南矿冶业与民族经济的开发》，《中国经济史研究》1994年第3期。
③ 《中国人口·云南分册》，中国财政经济出版社，1980年版，第80页。

性诗歌总集，其中收录汉代至元代 9 位诗人的诗作 14 首，后来这一数字有所增长。陶应昌先生 1996 年出版的《云南历代各族作家》统计，汉代至元代云南作家共 36 人，其中两人为无名氏。

到了明代，朝廷以武力征服云南后，意识到了治理部族林立、民族信仰和风俗各异的云南根本困难之所在，决定从化民破俗入手："欲治其性，先破其俗，欲破其俗，则惟使之变汉而已。"[①] 因此除了加强军事、政治上的控制外，朝廷开始在云南大力发展教育、传播儒学、鼓励科举，同时迁入大量汉族人口入滇，"移中土大姓以实云南"[②]，汉文化开始在云南大规模地普及开来，文学创作也从数千年的沉寂中崛起，诗道得以大昌，出现了海内闻名的杨一清以及"杨门六学士"为代表的一干诗人以及晚期的苍雪、担当、陈佐才、文祖尧等，越来越多的云南诗人通过科举或仕宦走向中原内地。云南作为一个长久沉寂于中国诗坛的文化洪荒之域，开始崭露头角。尽管如此，明代云南诗人的数量和规模还相当有限，由于云南复杂的历史地理原因，除省府及周边区域以及大理、永昌、临安等府有比较普及的汉文化，其余大部地区仍属土司治理，汉语不通。如昭通、丽江、东川、临安府东南以及普洱、元江、顺宁、开化等大部地区，整个明代还是荒服之地，基本没有汉语诗歌创作。此时诗人比较集中于省府及其周边府郡，诗坛的发展是极不平衡的，百花齐放的时代尚未开启。

经过明代二百余年的涵濡和积淀，发展到清代，云南诗歌出现了前所未有的繁荣，最直接的体现就是作家人数的翻倍增长和作品数量的极大增加。就作家人数而言，赵藩《滇诗丛录》和陶应昌先生《云南历代各族作家》收录云南明代作家三百五十余家，至清代则近一千三百家，是明代的四倍；从诗文作品来看，《滇文丛录》记载阮元修《云南通志》，其中"艺文"一门统计清代滇人著述近八百种，《（民国）新纂云南通志》则统计为八百余种[③]，而因各种原因湮灭于历史烟尘的，尚不在少数。对于在漫长历史进程中曾一度被视为荒服之地的云南，这是令人瞩目的成就。

---

① （清）周作楫修，朱德璲纂：《（道光）贵阳府志》卷七七，咸丰间刻本。
② （清）范承勋修，吴自肃纂：《（康熙）云南通志》卷三"沿革·大事考"，《中国地方志集成·云南省志辑》，凤凰出版社，2009 年版。
③ 诗人人数统计据陶应昌先生《云南历代各族作家》以及《滇诗丛录》等收录的作家情况统计，别集数据来源于浙江大学吴肇莉 2011 年博士论文《云南诗歌总集研究》。

　　具体而言，清代云南诗歌总体面貌和格局有如下特点：

（一）出现了分布广、人数众、作品多的强大诗人阵容，形成了蔚为大观的诗坛繁荣景象，超越了此前任何一个朝代

　　相比于明朝相对集中的诗人分布，清代的很多州府都出现了大量诗人，如明代汉语不通的很多地区如元江、昭通、丽江、顺宁、文山、东川等州府，都涌现了一批优秀的诗人和群体。此前就文化相对发达的地方则更为繁荣。

　　当然，数量的增多只是诗坛繁荣的一个表现，优秀诗人的频繁涌现是诗歌成就高低的一个重要评判标准。如乾隆年间的昆明诗人钱沣不仅是当时云南诗坛的领军人物，在全国诗坛也是一员猛将，姚鼐、法式善和洪亮吉等诗坛名宿对其推崇备至，洪亮吉评价他为"天下第一流人物，即便以诗论，亦不作第二流人想"[①]。道光间石屏诗人朱腾的诗，龚自珍赞其"秀出天南笔一枝，为官风骨称其诗"，[②] 蒋湘南、徐世昌和袁嘉谷都称其诗为大宗，不仅为滇南翘楚，亦可"旗鼓中原，可并逐鹿"[③]，在道光诗坛上他也是一名引领宋诗风潮的健将。同时代的昆明诗人黄琼，曾国藩称其"道德、文章冠冕人伦"[④]，曹懋坚说他"文笔风云道"[⑤]，林昌彝在《射鹰楼诗话》中评价他"器量宏深，风骨严峻……诗笔苍深古秀，直迫少陵"[⑥]。道咸间的昆明诗人戴䌹孙，与龚自珍、何绍基、梅曾亮等都是好友，何绍基评价其诗"行芳志洁有骚情，味雪多年骨更清"[⑦]（"味雪"为其诗集名），戴䌹孙出宋湘门下，张穆称赞他的诗歌"选声炼色都有法，笔妍墨妙光轮囷"[⑧]。另外宁州诗人刘大绅在晚清不仅是云南诗坛的核心人物，培养出"五华五子"为首的优秀诗人群体，在其仕宦山东的十余年间，对山东诗坛也产生了深远影响。这些都会在后面的章节中

① （清）洪亮吉：《北江诗话》卷一，清光绪授经堂刻《洪北江全集》本影印本。
② （清）龚自珍：《别石屏朱丹木同年腾》，《定庵全集·定庵续集·己亥杂诗三百十五首》，清光绪二十三年万本书堂刻本。
③ （民国）袁嘉谷：《卧雪诗话》卷一，《袁嘉谷文集》第2册，云南人民出版社，2001年版。
④ （清）曾国藩：《黄矩卿师之父母寿序》，《曾文正公诗文集·文集》卷一，《四部丛刊》景清同治本。
⑤ （清）曹懋坚：《黄矩卿侍郎归养滇中奉题采兰艺菊图即以赠别》，《昙云阁集》诗集卷七，清光绪三年曼陀罗馆刻本。
⑥ （清）林昌彝：《射鹰楼诗话》卷十二，清咸丰元年刻本。
⑦ （清）何绍基：《怀都中友人·戴云帆》，《东洲草堂诗钞》卷十三，清同治六年长沙无园刻本。
⑧ （清）张穆：《题宋芝湾观察与池钥庭戴筠帆手札及所作十三诗草稿应筠帆属宋有〈红杏山房诗文集〉》，《殷斋诗文集》诗集卷四，清咸丰八年祁寯藻刻本。

详细论述。

清代一部分优秀诗人的出现，不仅对促进当时诗坛的活跃与繁荣产生积极影响，他们中相当一部分诗人，身兼循吏、名臣，或治经研史，或集诗书画造诣于一身，考因革之弘规，览风雅之逸韵，或出经纶于敷陈之内，或寄清响于山水之间，以文章经济震耀一时，对清代中国的政治、历史和艺术文化的进展亦产生过举足轻重的影响。民国由云龙在《（民国）新纂云南通志》序中曾不无自豪地回顾滇中先贤："钱南园以气节著，赵玉峰、刘寄庵、程月川以吏治称，以及王乐山、吴鼎堂之治经，王畴五、师荔扉之治史，李复斋、何丹畦、窦兰泉之究心理学，皆国中有数人物。读志中各种列传、丛传，足使百世之下顽廉而懦立，岂尝逊于中原哉！"①

（二）少数民族诗人数量的剧增

随着清初开始的大规模改土归流，很多少数民族地区文化教育得到大力发展，先前许多不通汉语的荒服之地文教兴盛，诗道亦昌，涌现出了很多少数民族诗人，比如昭通的彝族、回族，丽江的纳西族，文山的回族，剑川、鹤庆的白族等，都涌现出大量优秀的诗人，其中不乏可与中原优秀诗人并驾齐驱的人物。如清初彝族诗人高𡽪映，生平著述八十余种，贯通儒释道三教；白族诗人师范和王崧，以经史和诗文享誉大江南北，王崧为乾嘉时代南中大儒，阮元称其"精思卓识，博通万卷，不囿于浅，不避于俗，是博通九经疏义，识史家体制者"，姚鼐称师范为"天下之才"；回族诗人马汝为、马之龙、孙鹏、沙琛等，也都海内闻名。马汝为精通满文、汉文和阿拉伯文，在翰林院时朝廷御试满汉书，马汝为俱拔第一。他还是滇南回族中仅有的书法大家，与虞世瓚、赵鼎望、赵士麟以书法并称"滇中四杰"②，书法有"字压两江"③之誉。清代后期的回族诗人马之龙精通儒释道文化，林则徐赞他"得古佛言外意，是高士传中人"④等；纳西族诗人桑映斗三兄弟、牛焘等，都具有很高的诗文创作成就。

---

① （民国）由云龙：《〈新纂云南通志〉序》，（民国）龙云、卢汉修《（民国）新纂云南通志》卷首，《中国地方志集成·省府志辑》第7辑，凤凰出版社，2009年版。
② "四杰"之称见《马悔斋遗集》刘序以及杨钟义《雪桥诗话》三集卷二，民国求恕斋丛书本。
③ 见《马悔斋先生遗集》卷二"杂识"，上海书店《丛书集成续编》第128册，第184页。
④ （民国）赵藩：《马子云先生传》，《雪楼诗选》卷首，上海书店《丛书集成续编》第134册，第425页。

（三）女性诗人的大量出现

自清代中期开始，云南涌现出一批女诗人，这在昔日为荒服之地的云南是难以想象的。她们中的一部分才学为中原内地士人所赞赏，代表了云南女诗人创作的较高水平。如，晋宁的李含章、李仲筠，昆明的钱瑗，大理的周馥、伍淡如，赵州袁惟清之女袁氏，石屏丁玉琴，蒙自胡蒨桃等，都是海内闻名的优秀女诗人。李含章被誉为清代闺秀诗人的翘楚，袁枚称她的诗"见解高超，可与三百篇并传也"[①]；道咸年间的太和女诗人伍淡如《餐菊轩诗稿》不仅抒写了自己的动乱时代饱尝艰辛、颠沛流离的一生，也反映了晚清云南女诗人生存境遇与生命体认，其集有李鸿章、汪世泽、顾思贤等十余名士作序，后有孙诒让等题跋，赞其诗"含思澹逸，树体隐秀。足以探微旨于南雅，嗣道响于唐音"，《清人诗文别集总目提要》《八千卷楼书目》和《历代妇女著作考》等书皆有著录；太和女诗人周馥，王庆厚评其诗"其旨远，其辞微，其托于吟咏，有足以感发人只善心者，此太史观风之所由陈，尼山之所以存而弗删者。……发乎性情，而止乎礼仪，腕底峭劲"[②]。

（四）诗人结社林立，特别晚清云南诗人结社在全国瞩目

清代云南诗人结社也是一个值得注意的现象，其结社之众和影响之大，是世人瞩目的。如康熙年间石屏诗人何凯、万肃、刘柱国等先后结锦屏社、连云社，张汉、杨正笋、任侯等十八人结焚舟社，相互砥砺学行，切磋诗歌技艺，影响很大，社中成员后来登甲科者七人，其中张汉成为清代云南自成一家的代表性诗人。乾隆中有蒙化（今云南巍山）诗人彭翥、赵州诗人师范、龚锡瑞、袁惟清以及昆明诗人王运昌、太和诗人杨履宽等，于蒙化结紫薇山房诗社，他们中大部分诗人后来走上仕途，都成为有名的循吏和诗人。道光年间有戴绷孙、陆应谷、杨本程、欧阳丰、施介曾等于京师结吟秋诗社，蒋敦复、顾夔、黄仁等均为诗社成员。此外天香诗社、梅花诗社由云南县知县张同登发起于祥云，竹林诗社由元江知州李令仪发起于元江，莲湖吟社由石

---

① （清）袁枚：《随园诗话》卷三，人民文学出版社，1982 年版。
② 王庆厚：《绣余吟草序》，转引自周锦国《清代白族赵氏作家群作品评注》，云南大学出版社，2007 年版，第 51 页。

屏诗人朱庭珍、昆明诗人杨高德等发起于昆明，如兰诗社由石屏诗人许印芳、朱在勤等发起于石屏，品翠亭诗社由何文轩、彭松森等发起于元江，翠屏诗社由冯誉骢发起于东川，此外还有宜良严廷中于武昌发起的秋声诗社、于扬州发起的春草诗社等数十个诗社。

无论云南诗社成立于何时，皆为发展清代云南地方文学做出了贡献。虽然很多诗社只是很小范围内的活动，但无论是切磋技艺、砥砺气节或是移风易俗，都起到一定的作用，在一定程度上产生了影响，也推动云南诗歌走向全国。例如乾隆年间的紫薇山房诗社，虽然各成员当时皆名位不显，所结诗社又是省府数百里之外的偏远小城，但诗社成员却个个成就不凡，龚锡瑞、苏橱和彭翥的诗皆见赏于袁枚等大家，受到高度评价，成就最高的白族诗人师范，中举后八上春官，纵游名山大川，结交天下俊彦，洪亮吉、法式善、姚鼐等都与其密切交往，对其赞誉很高，同时他与诸多云南诗人刘大绅、钱沣、沙琛、严烺、袁文揆、张登瀛等交好，形成了乾隆年间蔚为可观的云南诗人群体，为云南诗歌走进全国视野做出了贡献。师范官安徽望江令六年间，其书斋"小停云馆"成为四方文士时常诗文相会的场所。

再如清代晚期石屏诗人朱庭珍于昆明倡导的莲湖吟社，社员来自五湖四海，有云南昆明、剑川、石屏、晋宁、太和、赵州、保山，江西临川，浙江山阴等地人士，诗社提倡风雅，影响遍及全国，尤其对于拯救当时云南空滑疲弱的诗风起到了重要作用，"时滇经大乱后，公私典籍多焚毁，士子读书少，诗文多流于空滑一派，庭珍力倡以典雅生造，文风为之一变"[1]。"以诗古文辞提倡后进，吾滇风雅赖以不坠者，庭珍之力也。"[2]

（五）诗歌家族的勃兴

云南诗歌家族在明朝已破土萌芽，到清代出现了争奇斗艳之势，各府郡几乎都涌现了有代表性的诗歌家族，如晋宁唐氏、李氏，石屏朱氏、罗氏、何氏，大理赵氏、师氏，宁州刘氏，丽江桑氏，蒙化左氏，呈贡孙氏，保山袁氏，宜良严氏，等等。晋宁以李因培为主的李氏家族，不仅以一门四代

---

① （民国）龙云、卢汉修：《（民国）新纂云南通志》卷二三三"文苑传二·临安府"，《中国地方志集成·省府志辑》第7辑，凤凰出版社，2009年版。
② 《（民国）新纂云南通志》卷七十八"艺文考八·滇人著述之书八·集部五·别集类五十二"。

三进士一举人的科第佳话享誉滇中，且四代都出诗人，李志民、李因培、李
翊、李翃、李翿及李含章（女）均有诗集，由李因培孙李浩辑为《李氏诗存》。
石屏朱氏作家群朱奕簪、朱腾、朱庭珍、朱次民、朱在勤，都是云南颇有声
名的诗人，其中朱腾、朱庭珍诗文成就最高，朱腾官至陕西布政使，龚自珍
称其诗"秀出天南笔一支，为官风骨称其诗"[1]。宜良的严烺和其子严廷中、其
女严迢都有诗名，严烺官至甘肃布政使，著有《红茗山房诗草》，严廷中为清
代后期享有盛誉的诗人、词人和曲家，严迢著有《琴余小草》。严烺早逝的另
外一子一女生前均善诗，在严廷中集中屡次有唱和。

　　诗歌家族的勃兴是清代云南诗坛繁荣的重要标志，比较隆盛的诗歌家
族都产出了卓有成就的诗人，这不仅标志着云南文化和诗学的积淀深厚，且
文学家族薪火相传，为繁荣云南地方诗坛、为诗人成长都提供了充足的条
件。诗歌家族都很重视家学传承，他们代代相习，学有渊源，形成鲜明的家
学特征，在诗法取向和艺术风貌上都有自己的特点，如石屏朱氏中著名诗人
朱腾对朱庭珍诗学的影响一脉相承，宜良严烺对其子严廷中宗唐的影响，等
等。诗歌家族或以诗书传家，或以耕读传家，或以忠义传家，形成独有的家
族文化，成为族中子弟的约束力和推动力，并成为当地学习的典范，这种家
族文学精神由小及大、由点及面，形成了清代云南诗坛独有的景观，促成了
云南诗歌的全面繁荣。这是清代云南的汉文化有了相当深厚的积累的表现。
值得注意的是，其中一些诗歌家族还是少数民族，如大理赵氏、师氏均为白
族，赵氏赵廷玉、赵廷枢、赵廷玉子杨载通、妻周馥都有诗集，这也是白族
文化兴盛的标志。桑氏三兄弟桑映斗、桑柄斗等是纳西族，桂馥兰馨，绵延
不断。

（六）诗歌创作理论的繁荣

　　相对于明代云南诗歌理论还一片榛芜的情况，清代诗歌创作理论兴盛。
清代云南代表性的诗话有陈伟勋《酌雅诗话》、杨霆《榆门诗话》、师范《荫椿
书屋诗话》、严廷中《药栏诗话》、王寿昌《小清华园诗谈》、朱庭珍《筱园诗
话》、王宝书《味灯诗话》以及袁嘉谷《卧雪诗话》等；其余诗论著作如李琼簪

---

[1]　（清）龚自珍：《别石屏朱丹木同年腾》，《定庵全集·定庵续集·己亥杂诗三百十五首》，清光绪二十三年
　　万本书堂刻本。

《诗法探源一览》、王裕《诗说》、张坤《诗学启蒙》《诗学辑要》、许印芳《诗法萃编》《律髓辑要》《诗谱详说》等。除此以外，在很多诗人的文集中，专门有论诗的篇章，如赵士麟的《论诗》、朱庭珍《论诗绝句三十首》等，都以不同形式对诗歌的发展和创作进行了深入探讨，另外还有很多诗学思想和观点是在为他人所作的序跋中出现的，多不胜数。

（七）地方诗歌总集的编纂热潮

清代诗歌繁荣的另一表现就是出现了诗歌总集的编纂热潮。开山之作为保山诗人袁文典、袁文揆兄弟名垂青史的《滇南诗略》。与袁氏兄弟《滇南诗略》同时的还有赵本扬、张履程所编《滇南诗选》八卷，其中明诗二卷，清诗六卷。随后有昆明诗人黄琮辑《滇诗嗣音集》，石屏诗人许印芳刻《滇诗重光集》，李因培《唐诗观澜集》，孙髯《国朝诗采》，师范《小停云馆芝言》《雷音集》，朱庭珍《莲湖吟社吟稿》，黄琮《滇诗嗣音集》，刘大绅《五华五子诗钞》，徐敏《太华山诗纪》及《太华山诗纪续刻》，丁应銮《落花诗刻》，以及方外诗人释元位《净檀诗萃》《音吼庵选诗》等。据浙江大学吴肇莉博士《云南诗歌总集研究》统计，嘉庆朝云南诗人共编纂诗歌总集十八种，道光朝十四种，咸丰同治朝因兵祸不断，共计两种，光绪、宣统两朝二十九种，加上嘉庆朝之前的编纂，清代云南诗歌总集不下七十种。这种热潮一直持续到民国年间，诗歌总集的出现是云南诗学传统积淀的产物，就以《滇南诗略》而言，序跋、弁言达十三则，作序者十余人，有督抚大员、诗坛名宿，参订者二百余人，除宦滇官员外，几乎集结了当时云南诗坛上所有的诗人，这样的编纂活动不仅是诗歌发展到一定程度的结果，也是诗坛繁荣的表现。

从以上对清代云南诗歌整体面貌和格局的呈现，可以看到它达到了前所未有的繁荣，它的发展演变特征、创作主体、内容和艺术成就以及在整个中国诗坛的地位和价值，需要进行系统深入的研究才能给予客观公正的评价。

第一章

复古之风的绵延：明末清初云南诗歌

　　与中原内地相比，清代的云南诗歌与明代似乎有着更为亲密而长远的联系，这似乎与云南的历史文化进程以及对明朝特殊的感情有关。对云南地域文化的发展而言，明代实在具有不可替代的意义。尽管云南历代文人出于对乡邦文化的尊崇，常常将滇中风雅之兴追溯至汉代，"文章早重龙门史，千古犹存汉学基"[①]，然而明朝之前的诗人，几乎并无一可举称者。清代编撰的云南首部大型地方诗歌总集《滇南诗略》收录从汉代至元代的云南诗人，只有9人，无一人为中原内地所知，随后这一数字虽有所增长，却也不超过40人[②]，其中两人还为无名氏，亦无可与中原诗人旗鼓相当者。这一薄弱的数字说明，明代之前，在中国古典诗歌漫长而璀璨的发展历程中，云南几乎一直都处于沉寂状态。

　　明代开始，云南文教大兴，诗道亦得以大昌，云南诗歌方进入中原内地视野并争得一席之地，正如明末滇中著名诗僧苍雪所言："爰及我明兴，王业冠百史。文运继天开，三百年于此。"[③]这几乎是所有云南文人心中的共识，在清代各种云南地方诗歌总集、别集的序跋中，类似的观点屡见不鲜。因此，出于对明朝特殊的感情，清代云南诗人潜意识里就有从文化上继承和发扬明朝传统的心理。民国云南学者由云龙在《定庵诗话》中也写道："滇之先

---

① （清）张汉：《滇南怀古》，《留砚堂诗集》卷六，《丛书集成续编》第128册，上海书店出版社，1994年版，第639-640页。

② 云南学者陶应昌先生《云南历代各族作家》（云南民族出版社，1996年版）统计，汉至元代云南作家共36人。

③ （明）苍雪：《徐元叹五十初度拙句亦如数赠》，《苍雪大师南来堂集》补编卷一，《云南丛书》本。

哲，能诗者甚多，大都远宗三唐，近法明代"①，指出了清代云南诗人的这一倾向。而主盟明朝诗坛长达百余年的前后七子，无疑就是明朝诗歌的代表。因此，尊崇七子，就是尊崇明朝诗歌。如果说这一倾向在明朝中前期还并不明显，那么到了明末清初面临王朝覆亡时，这种继承和发扬的心理则得到了集中体现。当明末清初中原内地诗坛掀起了全面批判七子的滔滔洪流之时，尊崇七子、以复古为导向的诗学风尚，却在这时成为云南诗坛的主要选择。在他们心目中，明朝诗歌的地位仅次于汉魏盛唐，比苍雪稍后的彝族诗人高𡶻映就这样说道："六朝两汉，诗之浑秀也，至唐大备矣。……明专具体，性灵以之，故兼二京两汉之朴茂，盛代趋于盛唐，而以性灵全其气骨，大有胜金元者矣。"持有相同观点的诗人，并不在少数，这一时期的云南诗坛，罕见批判七子的言论。如果说这有云南地处偏远、风气转移滞后的原因，但久居吴中的苍雪、常年往来于大江南北的担当以及效力于南明朝廷并与各地诗人多有交流的雷跃龙、赵炳龙等都坚持复古就无法解释这一点。只能说，出于对明朝特殊的感情，不愿意颠覆代表明朝诗歌的七子的思想主张，才是这种现象的深层文化心理。

清初，当云南大地硝烟止息之时，其他各省已休养生息二三十年，诗坛在一派新朝气象中早已开始鼓吹休明，雅正之音响彻四海。诗人们基本已经完成了对前代诗学的全面反思和总结，各地诗坛名宿或宗魏晋，或效晚唐，或倡宋诗，或出唐入宋，在诗歌创作上试图另辟全新路径之时，云南诗坛还在伤痕累累的土地上，长时间踯躅于七子开辟的复古道路，艰难地探索前行，久久吟唱着怀念故国的篇章。

当然，明末清初的云南诗人尊崇七子，一方面基于对明朝的特殊感情，另一方面在明末云南社会剧烈动荡的情况下，七子欲通过诗歌复古来敦复古道、扶正人心以致匡扶世运无疑是一剂救世良方，也是相对保守的云南诗人最佳的选择。他们在面对社稷倾覆的危机之前，力图在诗歌创作中呼应古代贤者的风范和志节，起到一种挽救世道风气、振衰起敝的作用。

明末清初的云南实在灾难深重，前后饱经战乱长达数十年。从崇祯三年（1630）开始的阿迷土司、宁州土司等联合叛乱，至随后的武定土司吾必

---

① （民国）由云龙：《定庵诗话》卷上，张寅鹏主编《民国诗话丛编》第三册，上海书店出版社，2002年版。

奎、阿迷土司沙定洲叛乱，到农民起义军张献忠余部大西军入滇及与地方政府交战，继而永历驻跸滇省，再到顺治十五年（1658）清兵进军云南，至康熙元年（1662）永历帝殉国，再到之后康熙十二年（1673）云贵总督吴三桂反清，一直到康熙二十年（1681）覆灭，数十年间，云南兵戈迭起、民物凋耗、人烟杳绝，"白骨黄沙皆战垒""十室曾无一室烟"[①]，整个云南大地在战火摧残中几成一片焦土，满目疮痍，"凡两迤之往来大路，桑麻久废，鸡犬无闻……所余者荒邱蔓草、白骨青磷已耳。乃又以杀气未除，蒸为疫疠，民之死于刀锯、死于冻馁与死于疾病者又何可胜计耶"！[②] 在这个背景下的云南诗坛，和中原内地一样，在明末清初的这段时期，经历了从平和、沉寂走向爆发，最后又逐步归于平缓的过程。这一时期的诗歌，因承载着厚重的家国情怀和斑斑血泪而酝酿着巨大的张力，诗人们对明末云南动荡现实和国运民生的抒写，风雷激荡中饱含着深沉的爱国情怀，蕴含着巨大的人格力量，充斥着刚烈忠贞之气和孤清凛冽之风，与明清之际的全国诗歌一样，开启了崭新的篇章，推动了诗歌的发展。

在坚持七子复古主张的同时，云南诗人也对其进行了修正和完善，加上社会剧烈动荡的现实，客观上也使得这一时期的云南诗歌避免了步入形式主义和模拟的窠臼，而是在对国运和民生深切关注的基础上，结合诗人自身境遇的悲欢使得复古的创作充实、厚重，在复古中实现了超越与创新。尤其是遗民诗歌在云南的首次出现，大规模、成就高的诗人群体创作为明代云南诗歌谱写了回肠荡气的尾章，并开启了清代云南诗歌波澜壮阔的序章。同时这一时期传统儒学的回归、诗人们对性情书写的重视又使云南诗坛整体血肉丰满，气格高华。另外，诗人们普遍注重学问、留心经史、修身洁志，他们博学多才、笃行务实、通经致用，诗歌创作体现出在儒家传统伦理道德浸润下昂扬奋发、勇于担当和以天下为己任的蓬勃精神。

同时，云南在明朝中前期尚处于萌芽状态的诗学理论经过创作实践的积累也在这一时期纷纷破土而出，作为诗学核心概念的"性情"首先被云南诗

---

① （清）文化远：《辛酉秋尽书事八首》，《晚春堂诗》卷六，《丛书集成续编》第105册，台湾新文丰公司出版，1989年版，第177页。

② （清）蔡毓荣：《筹滇第一疏》，（清）鄂尔泰等修，靖道谟纂《（乾隆）云南通志》卷二九"艺文·奏疏"，版本见前。

人们重视并广泛接受，随着政治局面的演变经历了复杂的内涵转化，此后成为伴随整个清代云南诗歌发展的重要理论范畴，贯穿始终。

云南诗坛在明末清初以遗民诗人为主的复古宗向，一直绵延到入清后相当长的时期，甚至到中后期皆有迹可循。如乾嘉时期著名云南保山诗人袁文揆、太和白族诗人杨履宽以及稍后的尹尚廉、刘家遹等颇有声名的诗人都是七子的拥护者。袁文揆不仅批判竟陵派对七子的攻击，且惋惜七子失势后诗道之衰："好极必有争，室内可操戈。不见门户习，竟陵攻李何。一唱几百和，谁其挽江河。"① 同时，他还依然以七子的宗汉魏盛唐和讲求格调的主张为准绳，"高文属江左，千载惟陶公。六朝竞绮靡，小谢犹称雄。有唐迄于今，谁不敛英风。……所以格调高，音节皆冲融"②。杨履宽的诗歌创作风格在"七子之间"③。尹尚廉"论诗以选体为法，律体则宗明李、何七子"④，他还盛赞与其在诗歌创作上有相同志趣的友人赵本敩"百年交道怀嵇阮，千古文章重李何"⑤。道咸间宁州诗人刘家遹亦宗七子。这些都可见这一取向和风气对清代云南诗歌影响深远，形成以汉魏三唐为宗的发展主线，最终形成云南诗歌自身的诗学传统。

第一节　明末清初遗民诗歌：复古宗向与救世情结

明朝之前，云南诗歌创作在中国诗史上的影响基本可忽略不计。因为在明之前，地处边陲、关山迢递的云南在漫长历史进程中与中央王朝的关系时强时弱、若有若无，大部地区汉语不通、政教寖微，不知周公孔子之教，亦不识《春秋》之义为何，王朝的兴衰和更替对云南而言波澜不惊。

明朝的灭亡对滇南大地的冲击和影响前所未有。就其原因：其一，云南在明朝始真正与中央政权建立起密不可分的联系，百蛮杂处的云南首次有了大一统观念，有了国家和文化的高度认同，汉文化和儒学在云南的传播使得

---

① （清）袁文揆：《读诗偶作》，《时畬堂诗稿》卷十一，台湾《丛书集成续编》第117册，第506页。
② （清）袁文揆：《再酬宋于廷四章》其一，《时畬堂诗稿》卷六，台湾《丛书集成续编》第117册，第453页。
③ 《（民国）新纂云南通志》卷七六"艺文考六·滇人著述之书六·集部三·别集类三"。
④ 《（民国）新纂云南通志》卷二百三"名贤传一"。
⑤ （清）尹尚廉：《赠赵直夫》，《玉案山房诗草》卷下，上海书店《丛书集成续编》第136册，第737页。

忠君爱国观念在云南深入民心。其二，明朝的国祚终结于云南。南明永历政权播迁至此，并覆灭于此，云南臣民亲自参与了保卫天子和朝廷的浴血斗争，亲眼见证了家国梦碎的现实，亡国伤痛刻骨铭心。虽然永历从入滇到埋魂昆明，只不过短短数年，但在这数年里，曾寄寓了整个神州复兴以及无数仁人志士救亡图存的希望，正如顾炎武所言"犹看正朔存，未信江山改"[1]。陈寅恪《明季滇黔佛教考序》亦言："明末永历之世，滇、黔实当日之畿辅，而神州正朔之所在也。故值艰危扰攘之际，以边徼一隅之地，犹略能萃集禹域文化之精英者，盖由于此。"[2]

正因如此，云南在明朝的最后几年，写下了滇南历史上尤为悲壮惨烈的力挽乾坤的记录，云南诗歌也在血与火的斗争中迸发出了气壮山河的击节之音，在诗歌史上留下了浓墨重彩的篇章。

蜀僧朱中困在读蒙化著名遗民陈佐才之诗后曾掩卷叹道："翼叔抗傲不屈，万死一生，凛凛英风，即古之烈士有加焉。……将所著五卷诗相示，予读辄哭，哭已辄又读，虽有触而悲，实为此诗伤也！倘竟不得传于中原，孰知滇中犹有忠义、风雅人也！"[3] 由此可知，直至明末，中原内地很多人还以为云南犹未开化，遑论在鼎革之际有黍离板荡之音了。

云南遗民的大量出现及其诗歌创作取得的丰硕成果，无疑在云南诗歌史上具有划时代的意义。虽然在明代云南诗歌已经崛起，但真正进入全国文学视野的诗人却寥若晨星，而到末期，遗民诗歌的数量之多、成就之高以及对后世影响之深，都是前所未有的。民国云南学者秦光玉在《明季滇南遗民录》中叹道："永历播越西南十有五年，而在吾滇建邦设都、开科取士，回旋于金碧、苍洱间者亦历有年。所及至铁壁出奔、国势已去，金蝉遇害、明祀遂绝。一时忠义之士，靡不遁迹荒郊、吞声饮泣，与松柏之悲，寄麦秀黍离之慨。呜呼！此明清鼎革之际吾滇遗民之所以多也。"[4]

---

[1] （清）顾炎武：《书武英殿大学士路振飞在厦元造隆武四年大统历用文渊阁印颁行之九年正月臣顾炎武从振飞子中书舍人臣路泽溥见此有作》，《亭林诗集》卷二，中华书局，1959 年版，第 302-303 页。

[2] 陈寅恪：《明季滇黔佛教考序》，陈垣《明季滇黔佛教考》卷首，《现代佛学大系》第 28 册，台北弥勒出版社，1983 年版。

[3] （明）朱中困跋：《是何庵集》，《重刊明遗老陈翼叔先生诗集全集》卷首，民国三十四年（1945）排印本，云南图书馆藏。

[4] （民国）秦光玉辑：《明季滇南遗民录》自序，呈贡秦氏罗山楼藏版，民国二十二年刻本，云南省图书馆藏。

这一时期，云南各府郡都涌现出了大批杰出的遗民诗人。云南蒙化（今云南巍山）诗人陈佐才，原为武将，国变后为抒愤而学诗，生前拒不剃发易服，以汉服出入乡里，"义士"之称声名远播，死前他凿石为棺，刻诗其上，誓不入大清之土。其诗传至后世，袁枚慨叹"有如此才，而隐于百夫长，可叹也"！① 呈贡诗僧苍雪，自幼出家，却终身怀抱楚囊之情，持饮冰之操，写下无数爱国忧民的诗篇，不仅成为华严一代宗师，还被吴伟业、王士禛誉为"诗僧第一"②。呈贡文祖尧，在江南讲授传统儒学，启迪一方，陈瑚、陆世仪等称其为"儒学宗风"，其怀乡思君的诗歌感人肺腑。晋宁担当和尚，遁入空门却终身不忘故国，身体力行，意图以诗歌"复古"而匡扶世运，陈继儒、董其昌和李维桢都视其为不可多得的人才。剑川赵炳龙，壮年岁月追随明末金沧道副使杨畏知苦心经营于南明朝廷，晚年在亡国之恨中终老，以楚骚体写下无数杜鹃泣血般的爱国诗篇。保山刘坊，他出生时距甲申之变已过十四年（1658），南明政权灭亡时他只有三岁，但因祖父、父亲都死于国，他以自己系两世忠贞之后自励，一生都在为复国而奔走，满篇都是"泪尽而继以血"③ 的作品。此外玉溪雷跃龙、昆明杨永言、高应雷、朱昂，浪穹（今云南洱源县）何蔚文、蒙化彭印古④、楚雄刘联声等，都是这一时期遗民诗人的杰出代表。

这一时期的云南诗歌，普遍都以七子为宗，坚持复古主义的倾向，而

---

① （清）袁枚：《随园诗话》卷七，第 52 条，吉林大学出版社，2011 年版。

② 吴伟业称其诗"苍深清老、沉着痛快，当为诗中之第一，不徒僧中第一也"（吴伟业《梅村诗话》卷五，《娄东杂著》道光刻本）。王士禛在《渔洋诗话》中亦称："近日释子诗，以滇南读彻（苍雪）为第一。"（王士禛《渔洋诗话》卷三，中华书局 1963 年版）

③ （民国）柳亚子：《天潮阁序》，《天潮阁集》第二页，政协福建省上杭县委员会文史资料编辑室，1988 年版，第 60 页。

④ 陈垣先生在《滇黔佛教考》中否定彭印古的遗民身份，判定他参加了清朝科举，证据是《（民国）新纂云南通志》记载彭印古"吴三桂叛，胁以官不受，隐遁西山，年三十二遽卒。"陈先生认为，吴三桂反清始于康熙十二年（1673），"时彭才三十余，则其生当在崇祯末，固清诸生也"。这样的判断似乎有道理，但笔者有不同意见，在彭《松溪集》中有诗《赠方伯徐先生》一首（徐方伯即徐宏泰，见陈佐才一节），题下注有小字："时遭沙酋之变"，也就是说作者写这首诗的时候正值沙酋之变，即阿迷土司沙定洲叛乱一事，据《（康熙）云南府志》和倪蜕《云南事略》，沙酋之乱始于乙酉年（1645）冬，至 1647 年平定，时彭印古有诗投赠友人，说明年龄至少在十五岁以上，完全有可能已是诸生身份。另外，彭印古有诗《寒食客维扬作次韵》中有句："春光五十客中残，寒食重逢邗水边。"可见诗人写诗时年已五十，通志关于其三十二岁卒的记载必定有误。另有诗《丙寅夏酷暑芒种后数十日不雨草木欲枯至大暑始得畅霖喜作》《庚午春仲集澹宁轩》《庚午新秋制府招游雄川阁即事》等三首，丙寅为康熙二十五年（1686），另庚午为康熙二十九年（1690），如果彭印古三十二卒，那他当生于 1655 年以后，是不可能遭遇乙酉年（1645）沙酋之变的，因此，陈先生所言其为清朝诸生，值得再商榷。笔者认为应承认其遗民身份。

此时全国各地以钱谦益、黄宗羲、顾炎武、王夫之、傅山、周亮工等为首的诗坛耆宿已开始激烈批评前后七子的模仿因袭，云南诗人唯独对七子情有独钟，长久滞留于七子营造的复古旧梦中，意图通过诗歌的复古来敦复古道，挽救世运。整个云南诗坛笼罩于浓郁的复古氛围中。

一、以明七子为宗的诗学倾向与主张

明七子的复古主张对云南诗坛的影响源远流长，如果说保山著名诗人张含师从李梦阳，在云南首开复古之风，还未见这一影响之巨，那么到了明末清初，几乎整个云南诗坛对七子的尊崇却不得不令人瞩目。虽然同时期明末江浙诗坛尚有云间陈子龙、娄东吴伟业等亦为七子拥趸，但就此时整个中原内地诗坛而言，基本上已经形成了全面批判七子的滔滔洪流。数年间，随着云间派和娄东派等渐次凋零，前后七子开创的复古风气在历史烟尘涤荡之下越来越稀薄，唯在云南诗坛却久盛不衰。从明季到清初相当长的一段时间内，云南无论是东南、中部还是西北的诗人，都无一例外地继续扛着复古的大旗，蹒跚而又坚定地追随着七子的脚步。且不说分别去世于康熙十二年（1673）、三十一年（1692）、三十六年（1697）和三十八年（1699）的担当、陈佐才、赵炳龙和何蔚文以及朱昂等云南卓有影响的遗民诗人生前对七子复古的极力拥护，入清以后的徐崇岳、文化远、高奣映等清初声誉卓著的诗人也受复古风气影响，尊崇汉魏、盛唐之风，甚至回溯到了《诗经》《楚辞》，即便到了清代中期，复古风气在云南依然有绵延之势。

担当（1593—1673），法名普荷，亦为通荷，号担当，云南晋宁人。通荷为担当在会稽参云门湛然法师时所得名，后剃发时云南水目山无住禅师取名普荷[①]，担当一般以通荷自称。

担当俗姓唐，名泰，字大来，生于书香世家，有深厚家学渊源，祖父唐尧官为明代嘉靖、万历年间著名诗人，有《五龙山人集》，父唐懋德为万历癸卯举人，官陕西临洮同知。担当自幼才学过人，年十三补博士弟子员，但此后科场并不得意。屡次蹭蹬后，他无心科举，始游历江南，足迹遍及大江

---

① 见（明）担当：《樾庵草跋》，《担当遗诗》卷首，台湾《丛书集成续编》172 册，台湾新文丰出版公司，1988 年版，第 530 页。

南北，尝受书画于董其昌、陈继儒和李维桢，陈继儒赞其为"当世磊落奇男子"[①]，董其昌亦称他是少有的人才，"余所求之六馆而不得者，此其人也"[②]，对他的评价都很高。

担当一生有着深厚的爱国情怀，明朝灭亡后，身心无所寄的他弃家为僧。因兵戈扰攘、道路阻隔，有心受钵于湛然禅师而不得，即从云南水目山无住禅师受戒，遁入空门。后结茅大理宾川县鸡足山，晚年寓居大理苍山感通寺，常往来于鸡足、苍洱间，与蒙化遗民陈佐才、浪穹何蔚文、剑川赵炳龙及闽人许鸿、歙县汪蛟等一干故老遗民往来唱酬，是明末清初卓有影响的遗民诗人。

担当的诗歌以复古为旨归，他认为诗歌创作的风气关乎世运，因此力图通过倡导古风来正人心、敦古道、挽世运："诗以代言，重复古也。为世运关于声歌者，代有明验。苟声歌流而趋下，世运可知。故是操觚者，复古洵为要务，非仅姿弄吟已也。"他非常赞同明前后七子倡导的复古思潮，是他们的忠实拥护者，"……至何、李崛起，大雅正始，复还旧观，至七子而再盛，有如长江始于岷嶓、汇于洞庭，忆壮则壮矣，安能截其流使之不下注哉！……"[③]他强烈批判反对七子复古的人："余慨近代诗人，饶工近体，薄古体，一概置之不问，专以尖新隐僻、佶屈聱牙靡然相尚，蔑何、李为旧物，耻七子为叫号，致使世运随之而转，及究气温厚之旨，谁不茫然？悲夫！尚敢忘其鼓吹休明、挽回世运哉！"[④]他认为就是一味薄古厚今，丧失传统，才导致世运的衰落，因此只有专意复古，恢复古道，挽救世道人心，才能转变国运。

在创作实践上，担当也一直身体力行，以复古为宗。他喜作古体、乐府，集子中出现大量以"歌""行""谣""曲"等命名的古乐府，如《垓下歌》《陇上歌》《黄鹄歌》《大风歌》《易水歌》《子夜歌十二首》《懊侬歌十首》《紫骝马歌》《孤儿行》《侠客行》《太守行》《苦寒行四首》《秋胡行》《国士行》《放歌行》《日出行》《嗟哉行》《谁谓河广行》等等以及《上陵》《上邪》《有所思》《将进酒》《战城南》《关山月》等旧题，此外有大量的五言古诗、

---

① （明）陈继儒：《翛园集序》，《担当遗诗》卷首，台湾《丛书集成续编》172 册，第 527 页。
② （明）董其昌：《翛园集引》，《担当遗诗》卷首，台湾《丛书集成续编》172 册，第 528 页。
③ （明）担当：《橛庵草序》，《担当遗诗》卷首，台湾《丛书集成续编》172 册，第 529 页。
④ （明）担当：《子夜歌十二首·小引》，《担当遗诗》卷一，台湾《丛书集成续编》172 册，第 537 页。

七言古诗，可见其复古之决心与笃行。即便在出家后多年，担当依然初衷不改，一心倡导复古，他在《橛庵草》自序中还申明自己"专为复古计耳"①，此时的担当已年逾七十。

担当屡次申明自己虽为滇人，僻居天末，且先为布衣，后为衲子，亦处尘劫之中，不敢处培塿而干霄汉，但他坚定认为"匡扶运会，大丈夫皆有其责"②，可见他取"担当"为号，亦有深意，即便遁入空门，也决意担起拯救世道和风气的责任。这一时期云南诗坛的复古，承载着巨大的社会使命感，已经不是简单意义上的拟古风尚。

同一时期尊崇七子、力主复古的诗人还有浪穹白族诗人何蔚文。

何蔚文（1625—1699），浪穹人，白族。何氏家族是浪穹较有名望的书香门第，何蔚文曾祖何思明为嘉靖癸卯举人，历任西川仪陇知县、乌蒙府通判，祖父何邦渐隆庆间官无为、下邳知州，皆有声，归里后倡修学宫、武庙，《（民国）新纂云南通志》称"浪邑诗学实自邦渐倡"③。何邦渐著有《初知稿》六卷、《百咏梅诗》一卷，并纂有《浪穹县志》八卷，开浪穹地方志之先河。父亲何鸣凤，万历乙卯举人，历官郫县知县、六安知州，入《明史·名宦传》，长于诗，所著有《嵩嶅集》《半留亭稿》，陈继儒曾为其作序，对其诗评价很高。④何蔚文的长兄何星文、子何素珩亦工诗，何氏在浪穹有"一门五代六诗人"之称，被誉为"白族诗人之家"。⑤

何蔚文由于良好的家学渊源，从小就有深厚文学素养，加上童年和少年时期曾随父仕宦到过江浙、安徽和蜀中等地，因此很早就广见闻、长阅历，自有胸襟和识见。何蔚文步入青年时期，云南就动乱迭起，吾必奎、沙定洲、孙可望等先后乱滇，科举也屡屡中断，一直到永历入滇，于丁酉年（1657）开科取士，何蔚文方才入试中举，但他还没有来得及勾画报国蓝图，永历朝就覆灭了。满怀失落和悲愤的他遂回乡隐居，不问世事，清廷数次檄令丁酉科举子赴教职或场屋应试待用，何蔚文坚辞不就，与一干遗民担当、汪蛟、许鸿等诗文酬唱，终老林泉之间。到晚年75岁时，何蔚文还创作传

① （明）担当：《子夜歌十二首·小引》，《担当遗诗》卷一，台湾《丛书集成续编》172册，第537页。
② （明）担当：《橛庵草自序》，《担当遗诗》卷首，台湾《丛书集成续编》172册，第529页。
③ （民国）龙云，卢汉修：《（民国）新纂云南通志》卷一九二"列传四·明·何蔚文传"。
④ 《（乾隆）云南通志》卷二一"人物·文学"，版本见前。
⑤ 云南省洱源县志编纂委员会：《洱源县志》，云南人民出版社，1996年版，第670–714页。

奇《缅瓦十四片》，记叙永历帝在清军追击下逃奔缅甸，后被缅酋交于清廷，死于昆明的故事，以此来寄托心中亡国之痛，"缅事目击，乃日久亦恍亦惚，错舛且忘，如忆往梦。偶填词得《缅瓦十四片》，真长歌当哭也。若以漏多瓦少，又略补盖，然猿听三声，已不禁泪下，那得再"①。可见他对明朝的怀念一直持续到生命的终结。

何蔚文的诗歌创作以复古为主导倾向，与苍雪、担当等人一样，他也是明七子的拥护者，在诗中不止一次表达对七子的追慕，"不遇七才子，宁肯竖降幡"②，其诗歌创作也以汉魏、盛唐的诗歌为圭臬，"文心共追汉，骚情欲续楚"③，因此在他的创作中，喜拟古、作古体，写下了不少乐府体和五、七言古诗，其友人许鸿评他的诗"文摘史汉兼魏晋，诗接盛晚气崔嵬"④，也点出了他以汉魏、盛晚唐为宗的复古倾向和创作特点。

同一时期的云南诗人，残存的篇章中虽然没有留存明显支持七子的言论，但在创作实践上走的依然是复古的路子，这与他们之间相互的影响密切相关。如著名遗民诗人朱昂和陈佐才的诗歌创作都深受担当影响，朱昂为担当外甥，跟随担当学诗画多年，他的诗歌创作主张与担当如出一辙："朴质存吾道，虚怀见古风"⑤，《滇南诗略》称他的诗"性情神韵，皆得杜之宗旨，自然清新，又兼王孟之盛"⑥，也点出了他的诗宗法盛唐的趋向，称其为大家。陈佐才亦曾从担当学诗，其诗歌创作直抒胸臆、言浅意深，也纯然是汉魏朴质的风格。剑川赵炳龙的诗歌创作几乎都是古体；高应雷师事赵炳龙，亦深得其古法；彭印古诗歌创作亦以盛唐为宗；鹤庆诗人李梦顾称"文不秦汉，诗不汉魏不可"⑦，亦纯然是七子的忠实追随者。这一时期的云南诗人，或出入盛唐，或上溯汉魏，或学《诗》《骚》，不约而同地结伴相行于复古之路，他们有些并不相识，有些亦师亦友，但都为敦复古道的理想而坚守着心中信念。这一时期整个云南诗坛，几乎完全笼罩于七子开创的复古风气之中。

———————————

① （明）何蔚文:《年谱诗话》，康熙己卯（1699）抄本，云南图书馆藏。
② （明）何蔚文:《示儿》，《浪槎稿》，抄本，云南省图书馆藏，第85页。
③ （明）何蔚文:《许子羽先生遗书云举目无一可读，因走笔成诗》，《浪槎稿》第48页。
④ （明）许鸿:《放歌行寄稚翁有道》，何蔚文《浪楂稿》第17页。
⑤ （明）朱昂:《留别宣城诸友》，《借庵诗草》第二册，近抄本，云南图书馆藏，第70页。
⑥ （清）袁文典、袁文揆纂:《滇南诗略》卷十八，上海书店《丛书集成续编》第150册，第298页。
⑦ 《（乾隆）云南通志》卷二一"人物·李梦顾传"。

二、复古创作中的修正与开拓

这一时期的云南诗歌虽然以七子复古思想为宗，实际在创作中却并未亦步亦趋照搬七子后学"字字效盛唐，言言法秦汉"拟古套路，从而陷入形式主义的泥淖和后学窠臼之中，剧烈动荡的社会现实也客观上使得诗歌内容充实饱满，情感真实充沛，承载浓郁厚重的家国情怀而焕发出新的面貌。

第一，从思想内容上看，诗人们的诗歌创作建立在对现实的深切关注之上，注重情感的抒发。他们将怀才不遇、报国无门的悲慨、社稷倾覆的悲哀、民物凋耗的心痛熔铸于笔墨之中，内容厚重充实，感情强烈深沉，涤荡了模拟涂泽之病，就如何蔚文晚年整理自己书稿时慨叹："屡有词林大用之机，辄以沧海桑田递变而止，文章遇而不遇，殆真命也！后多征营幕草，俱付瀛烈。……念年华老去，髀肉复生，必不能复望凤阁龙台，含毫运时，可胜叹慨！"① 这样熔家国命运与自身境遇的悲欢为一炉而创作出来的诗歌，必然有"重情尚实"的特点，一味的模拟是不能传递出真情实感和表现艺术张力的。

何蔚文的一些诗歌效仿杜甫、李白和李贺，就拿效仿李贺的诗作而言，所谓从其类而明其志，他生不逢时，遇河山迁改，自己空有才学和抱负却难以施展，因此他效仿现实中失意的李贺，将抑郁伤感化为焦思苦吟，运用大胆、诡异的想象力，在神仙鬼魅世界里驰骋，营造出迷离惝恍的艺术境界，以忘却现实的失意，如《长星》：

> 长星长星，尔何以扫井参、射鬼柳，吾不计何年战、何年守，怕听金戈铁马声已久。食熊不肥，嚼龙不寿，织女停机，牵牛荒亩。今用削月斧，截去星尾首，尔星敢不昼匿夜伏，免得人家流离四郊哭，不尔厌见旌旗红。②

在诗中，诗人希望自己可以挥舞神斧，遨游星河，扫荡和消灭带来兵革祸患的长星，还人间太平安宁，诗歌寄寓了作者希望安邦济民的心愿，这不

---

① （明）何蔚文：《浪楂集自序》，《浪槎稿》卷首。
② （明）何蔚文：《长星》，《浪槎稿》第 41 页。

是仅仅从形式上效仿李贺绮丽诡谲所能达到的效果。再如《飞龙引》，同样以浪漫的想象、瑰丽奇峭的语言，寄托了作者心忧天下苍生的情怀："不羡骑龙飞上太清家，不羡宫中采女颜如花，只羡荆山遗下好丹砂，遍赐天下穷人不同嗟。竟须点成金世界，不游青天，其乐亦无涯。"① 诗人值浊世而抱遐心，以长歌当哭，身在草莱，心存当世，显露了其胸怀天下的抱负和仁爱济民的情怀。汪蛟评他的诗"微言讽世，别趣解颐。……何子发愤抒词，睥睨一世，上下千古，直于小窗中窥破浮云幻境，又奚足挂其襟抱乎！……今吾子能坚定清节于烟霞云雾之表，游心楮墨，泄普陀、罢谷之奇，吾不能测其高深矣。"②

何蔚文虽然终其一生无所作为，寄傲物外，放适如水禽山鹿，远谢人事，一味涂抹山川，抒发离忧激楚之情，但他砥节茹苦、力学敦行，诗歌语多高致，堪为世羽仪，不愧为浪穹首屈一指的诗人。"先生忠孝性成，故行之笔端，遑遑出风入雅，淋漓尽致。此固由平日取友读书，引殇刻烛，推敲于汉魏晋唐古风、近体之林而然乎？而实则披襟蹑履、品泉搜石，箕踞于名山胜水、疏风朗月之下得之者。"③ 诚哉斯言！

再如担当，生平创作了大量的乐府诗，且以男女情感为主，但却有着深刻寓意，并不纯为仿古而作。在担当诗集中有一段关于创作乐府诗的说明，阐释了自己创作的初衷与苦心：

> 余为乐府，其《子夜歌》最为多者，非侈于情词也者，以侈情而为一家言，不过拾香奁、诗余之残唾已耳，于泱泱大雅何称焉？……诗本性情而发者也！其切而易见者，莫如夫妇之间，是以三百篇首乎《雎鸠》，六艺首乎风，而汉魏作者意关君臣朋友词，必托诸夫妇，以宣旧而达情焉，其义远矣。……是作也，余安敢云得性情之正，以安敢以切而易见者莫若夫妇，与操觚家较一日之长，惟是敛其狂心、约规矩度，不忍为欺世之语，自娱以娱天下后世之人。猥呈优劣，俟审音者鉴之，

---

① （明）何蔚文：《飞龙引》，《浪槎稿》第 43 页。

② （明）何蔚文：《破窗啸咏题叙》，《浪楂稿》卷首。

③ 康熙七年戊申（1668），何蔚文与周泰垣等于柴村结社唱和，作《柴村社草》，何如璧作《柴村社草小引》此句引自周泰垣评《柴村社草小引》，何蔚文《年谱诗话》。

庶于风教有当焉。然非为诗也，知罪抑又何辞！①

在担当的乐府诗中，往往以男女情感的微妙变化和捉摸不定来比喻君臣遇合，抒发心中愁绪，通过希冀两情相悦、琴瑟和谐来寄寓自己的才华能得到赏识以及形成君臣之间融洽、信任的关系，从而达到整个国家的政体通达和上下和美。他早期的乐府创作多寄寓怀才不遇的苦闷，后期的古体诗和乐府诗则主要是通过描写男女之情中的相思和至死不渝来表达对故国的思念与忠贞之情。

以《关山月》为例：

关山月，才圆又复缺。嫁夫未三载，与夫永决绝。更因明月太孤寒，致使花柳无颜色。花柳多情不耐秋，徘徊只见月当头。不知边塞征人苦，可与闺中一样愁。剪刀声碎虫声哽，少妇停梭清夜永。解衣怕上合欢床，有恨都成明月影。欲报朝廷甘自弃，女流饶有丈夫气。若得挥戈建大功，妾愿居孀君尽瘁。②

此诗以夫妻的分离和丈夫的出征暗示国运困顿，自己忧心如焚，即便身为妇人，也恨不能枕戈跃马报效国家，结尾数语，抒发了即便身为妇人也有杀敌报国的豪气。其他还如《送郎曲九首》，也通过描述与自己爱人的别离，抒发了君臣相离、国事艰难而引发的心中愁怨（录其三首）：

送郎到门外，妾回到中堂。不过咫尺地，有如万里长。（其一）
人去霜更寒，一上一千盘。不见巫山高，不知行路难（其三）
春初方作别，忽忽秋又晚。只见关山月，不信关山远。（其七）③

再如古体诗《拟古十九首》：

悠悠未行迈，忽忽嗟路歧。殷勤执君手，欲语渊且迟。杨柳经繁霜，将凋犹依依。如何双鸳鸯，同行有纷飞。毛羽岂不洁，难当苦风雪。今昔不自怜，明朝空郁结。胶漆本相粘，谁能忍轻折。原无乖疑

① （明）担当：《子夜歌十二首》引言，《担当遗诗》卷一，台湾《丛书集成续编》第172册，第537页。
② （明）担当：《担当遗诗》卷一，《丛书集成续编》第172册，第539页。
③ （明）担当：《送郎曲九首》，《担当遗诗》卷一，台湾《丛书集成续编》第172册，第540页。

意，恩爱难断绝。愿言早还归，焉免重哽咽。①

诗人通过写现实中无可奈何的别离来道心中哀怨，同时传达了对恩爱之情的万分不舍和眷恋以及坚定不移的守护之情，以此暗喻自己对于国家的忠诚与牵念。这种效仿屈原"香草美人"的手法从形式上看固然是复古的取向，但如朱鹤龄所言："以神仙之境，为艳情巾帼之间作廋语，斯固夫君美人、灵修山鬼，屈宋之家法也，岂徒丽藻云尔乎。"②同时代的周亮工对这种手法也颇为认同，其主张与担当也有异曲同工之妙，"男女之情，通于君臣朋友，国风之蝤首蛾眉、云发皓齿，其词甚亵，圣人顾有取焉。《离骚》托芳草以怨王孙，借美人以喻君子，遂为汉魏六朝乐府之祖。古人之不得志于君臣朋友者，往往寄遥情于婉娈，结深怨于蹇修，以序其忠愤无聊、缠绵宕性之致"。③

从以上的诗歌我们可以看到，无论诗人如何有意识地选取某种体裁，都不是单纯模拟体制、句式和声调，其中蕴含的深厚的思想感情和深刻的寓意，都投射着时代特殊的色彩，有深沉厚重的艺术感染力。

在担当乐府诗中，除了以男女之情寄寓理想和怀抱外，还有很多是关注现实、揭露黑暗的作品，如《苦寒行》《孤儿行》《自鬻歌》《鬻女行》《鹤庆苦雨》等，《苦寒行》通过写贫家男主人"业农工力食，田畴无种粮。赁逋养牲畜，夜为虎狼伤。官租难自办，迫走天一方"，④他不得已背井离乡，外出谋生，备尝艰辛，连思念亲人也不敢回，处境何其凄苦！《鬻女行》则描写一个在战争中痛失三子的年迈老妇，迫于生计，不得已卖掉自己的女儿：

> 君不见，不旱不涝民失所，野哭无人不痛楚。十日无食家无黍，老妇伶仃来鬻女。从来母性惟女知，问妇何不卖男儿？妇云有男三四个，里中征兵骨肉离。每一荷戈即不还，个个抛尸在军前。老朽失养将垂亡，谓女还值几文钱。鬻了去买升合米，今日且把性命延。

两首诗都通过第一人称叙述悲苦境遇，将走投无路的下层民众形象塑造

---

① （明）担当：《拟古十九首》其一，台湾《丛书集成续编》第172册，第541页。
② （清）朱鹤龄：《西昆发微序》，《愚庵小集》卷七"序一"，景印《文渊阁四库全书》本。
③ （清）周亮工：《因树屋书影》卷十，清康熙六年刻本。
④ （明）担当：《关山月》，《担当遗诗》卷一，台湾《丛书集成续编》第172册，第536页。

得栩栩如生。战乱、苛政带给人民的痛苦以及百姓在饥寒交迫中苦苦挣扎的现实，让人痛感"枯肠也断铁心酸"，发出了"天行时令固有主，须念泪雨如血淋"（《鹤庆苦雨》）的呼吁。语言之朴实，真宛如直从百姓口中道出。

因倡导和笃行复古，担当作诗不事雕琢，语言浑朴自然，颇有古意，内容充实，情感质朴，意蕴深刻，继承了古乐府"感于哀乐，缘事而发"的现实主义传统，"即事名篇、无复依傍"，音节和谐流畅，不仅形式上拟古，而且文质兼美，从思想内容和艺术手法上都有所超越。还有其他一些作品，或借古讽今，或借他事喻此事，都深刻地反映了社会现实，批判了黑暗的社会现状，体现了他对民生疾苦的深深关怀。李维桢评价担当的诗"独能作开元、大历以前人语，轻而不薄，婉而不荡，法古而不袭迹，卑今而不吊诡"①，也指出了他在复古中的突破。而同一时期其他遗民的诗歌无不具有这种"重情尚实"的特点，如民国姚子甫评价苍雪的诗歌创作"国变后更栖栖无定所，与往来酬唱者，类皆胜代特立畸行之士，所为诗多悲歌慷慨，多故国麦黍之音。师虽方外，于兴亡之际，感慨泣下每见之诗也。……读《南来堂集》者，不仅可想见大师之禅机、气概，且如读明清之际诗史焉"②，高度肯定了诗歌多方面的价值。

第二，从复古效仿的对象看，云南诗坛不止如七子以汉魏和盛唐为宗，而是延伸范围更加广阔，上溯到了《诗经》《楚辞》，或是往后延伸到晚唐等时期。赵炳龙的创作，大量效仿《诗经》变雅和屈原《离骚》，如《同无心六章》《去故都三章》《离忧六章》《惜菊五章》《今夕五章》《广烹鱼四章》等等，均用骚体。他以屈原忠君爱国、高标自洁的精神为最高典范，诗中处处流露出对国运的深切担忧，感情深沉，强烈奔放，具有一咏三叹的艺术感染力。如《去故都三章》：

> 去故都兮山水其长，人之云亡，涕泗其滂。……
> 去故都兮雨雪其霏，人之云亡，麟凤其悲。……
> 去故都兮岁月其沉，人之云亡，禾黍行吟。我心之永贞兮，惧愆修而忝亲。

---

① （明）李维桢：《㑊园集序》，《担当遗诗》卷首，台湾《丛书集成续编》第172册，第526页。
② （民国）姚子甫：《南来堂诗集序》，《苍雪大师南来堂诗集》卷首。

再如《离忧六章·闵遇也》："欲离忧兮，云天之寄兮，白云飘缈而长逝兮，羌予不能御兮；欲离忧兮，灵均之谒兮，湘水泱漭而无楫兮，羌予不能涉兮。……"这些诗歌怆恻深永，都表达了对日益衰颓的国运深深的忧虑和无可奈何的痛心与悲哀，其感情之深沉强烈，言辞之哀婉，令人动容。

第三，从审美方面来看，云南诗人充分重视性情，调和了七子复古主张中情思与格调的矛盾。七子的复古主张中尤其强调古典诗歌的审美特质，过于重视"格调"方面的复古，注重诗歌的体格法式、声调韵律，虽然也屡次强调情感对诗歌创作的重要性，"流动情思，故其气柔厚，其声悠扬，而闻之者动"①，"情动则言形，比之音而诗生矣"②，但如何调适性情与格调的矛盾，却始终显得力不从心，二者难以并举，因此诗歌创作中难免情思匮乏，性情失真。而云南诗坛此时已经普遍出现对性情的重视和情感的抒发，如苍雪推崇汉魏风骨，重寄托，重视性灵和情感在诗歌中的作用，他认为好的诗歌来自于对天然的美好心性的抒发，只有发自性情、抒发真情实感才可取，"空明透心光、干净涤尘滓……苟无真性情，徒为强悲喜"。如果失去了性情之真，突然从形式上模仿古人格调，诗歌创作自然失去价值。正因为有这种深厚性情和浩然之气，苍雪作为幼年即遁入空门的僧人，面对社稷危亡，并未塞耳闭听，而是密切地关注着国运与民生，写下了众多流传后世的诗篇。在国破前后，苍雪对时局的关切与忧心在其诗中随处可见，清军入关前两年，朝廷内外交困、风雨飘摇，他为国运忧心忡忡："关门严启闭，寇盗正纵横。天下日多事，男儿谁请缨。……能无今昔感，徒有去来情。"③眼看朝廷颓势难挽，他心中焦虑无比："战马哭秋风，老将颓颜色。不闻阵鼓声，遥望关山月。"④当永历帝在瞿式耜等忠臣义士的拥立下于广西称帝，艰难抵抗清军之时，他心里担忧与希冀并存："南渡偏安休忘昔，崖山遗恨到于今。西南半壁回天力，会见烽烟挽日沉。"⑤在他去世前一年，仍渴望自己有生之年能再看到乾坤扭转，"要离封古墓，塞马牧苏台。故国知何处？遗宫遍草莱。奇峰

---

① （明）李梦阳：《空同集·缶音序》，《空同集》卷五二"序"，《景印文渊阁四库全书》本。
② （明）李梦阳：《题东庄践诗后》，《空同集》卷五九"杂文"。
③ （明）苍雪：《壬午重阳绳武中怡招游大明寺平山堂诸胜已赋七言一律又得一百字》，《苍雪大师南来堂诗集》补编卷一。
④ （明）苍雪：《杂树林百八首》，《苍雪大师南来堂诗集》卷四。
⑤ （明）苍雪：《山居赠郑桐庵二首》，《苍雪大师南来堂诗集》补编卷三。

当夏出，远水抱城来。海上烽烟靖，何时奏凯回"①。诸如此类，字字句句可见赤子之心，爱国情怀丝毫不让南宋爱国诗人陆放翁与词人辛弃疾。

与此同时，他还写下了许多心忧百姓、痛疾民瘼的诗作。面对朝廷苛捐杂税，他为百姓担忧，"青天犬吠云，白日花无语。农心那得月，偿租似求雨"，"今秋山下田，莫问收几许。愁课不愁饥，那得上仓米"，字里行间，流露出他对民食之艰的深深悲悯。寒冷的冬夜，他亦为饥寒交迫的百姓而难以入眠，"含愁恨夜遥，为欢苦夜近。冻馁隔珠帘，纵然无人问"。这些饱含着深情与慈悲的诗句，仿佛不是出自一个幼年即遁迹空门的方外之人，而是一名满腔热血、心怀天下的儒生。此外还有《乙酉秋积雨纪事》《赠蜀僧挝鼓篇》《丙戌立春晓望怀娄东吴司成梅村诸公》等感慨民生、忧心国运的诗作，或沉痛或悲慨，皆可见其拳拳之心与赤子之情。

苍雪与众多遗民如王时敏、毛晋、陈瑚、陆世仪、朱鹤龄、顾梦麟、郑敷教、徐波、杨补等人密切来往，无论是参与诗会雅集，或是专程拜访，抑或道中相逢、书信往来，其诗歌投赠中出现了很多与遗民诗人声气相求、互为砥砺慰勉的作品："披发入山去，幸存国士风"②，"吴宫花草久尘埋，三径犹存志未乖"。③他与他们心照神交，高度肯定与赞扬他们对节操的坚守，"晚节自来知未易，孤根到底不须盘"④，"芝兰不易秋来性，铁石难移井底心"⑤。须知遗民们隐居不出的行为看似自我废弃、无所作为，却是对正道的维护与气节的坚守，同时还承担着文化存亡续绝的重任。老子曰"得时则驾，不得时则蓬累而行"。他们在特殊时期不为功名利禄所扰，怀用世之心却有避世之操，有经世之略却负绝俗之志，以有为之才弃其所长，束身而处，宁愿憔悴山林、终老岩穴，只为坚守气节。这种固穷乐道、绝尘不返的坚守，是尤为难能可贵的品质。苍雪与他们在一起，屡屡投诗高度赞扬其矢志孤忠、坚持操守，这些互通胸臆的赞扬与肯定，对围绕在他周围的士子，无疑是一种巨大的激励与慰勉，对他们的心态产生了积极的引导与鼓舞。

---

① （明）苍雪：《甲午五月休夏宝月庵就医二首》，《苍雪大师南来堂诗集补编》卷二。
② （明）苍雪：《张德仲躬耕东朱》，《苍雪大师南来堂诗集》补编卷一。
③ （明）苍雪：《和杨曰补答申少司农青门戴菊别墅谶赏有并蒂一枝十二首》，《苍雪大师南来堂诗集》卷四。
④ （明）苍雪：《和杨曰补答申少司农青门戴菊别墅谶赏有并蒂一枝十二首》。
⑤ （明）苍雪：《山居赠郑桐庵二首》，《苍雪大师南来堂诗集》补编卷三上。

除与遗民诗人唱和外，苍雪与众多抗清义士亦有往来。文献记载苍雪主持中峰寺时曾多次收留避难的抗清义士及其家属，为其提供庇护。与抗清义士交往，或为其讲经说法，或彻夜长谈、投赠诗歌相互慰勉，他们一起感叹国势艰难，砥砺前行，"世路行来皆未易，冷斋话到夜偏长。濯足濯缨谁可疑，高歌且复卧沧浪"。[①] 如方以智、刘曙、魏耕、杨廷枢、侯汸等都曾与苍雪有往来。方以智海内闻名，自毋庸赘言。刘曙，字公旦，江苏长洲（今属苏州）人，崇祯癸未进士，吴中抗清义士，顺治三年（1647）被捕，与夏完淳同时就义。魏耕，原名璧，字楚白，号雪窦山人，诸生。甲申后改名耕，又名甦，浙江慈溪人，国亡后结交贤豪义侠，意图救国，于苕上起兵，兵败后流亡四方，犹自暗中联络水师图再起，后被执就义。在他们与苍雪的诗歌投赠中，处处可见苍雪对他们的鼓舞与勉励。如赠方以智有句"高歌醉舞千人石，走笔寒吹六月风"，"事往壮心犹按剑，酒醒后夜忽闻钟"[②]，对方以智九死不悔的报国之志高度颂扬。刘曙与苍雪亦是甚为相投，一见如故，苍雪曾有诗《次答刘使君公旦见赠》，其中有句："彭泽饮冰休问渴，首阳高卧竟亡饥。烟尘蔽日天无色，风雨闻鸡夜剃眉。一息仅存亡国恨，片言相对是何时。"亡国的命运不仅让他们心曲相通，对志节的坚守更让他们惺惺相惜。他赞赏刘曙出生入死、杀身报国的忠肝义胆，并给予其极大的鼓励。刘曙就义后苍雪还去其墓前拜祭，并含泪作诗"恩仇感切情何有，草木春深泪不干。日望故都吟更苦，举头远近问长安"，抒发了自己内心的哀思与悲痛。魏耕、侯汸等人避难中峰寺时都曾彻夜听苍雪讲法，彼此之间亦有诗文投赠。

因爱国忧民的深厚性情灌注于诗歌中，苍雪的诗显得笔力遒劲、清隽高迈，体现出丰富深沉的情感世界以及毫无矫饰的高洁心性与胸怀，并不像一般诗僧之诗有禅机而无意趣，重义理而伤于枯淡清空，而是鲜明地体现出其"主情"和重寄托的特点。无论清灵飘逸、磊落洒脱还是苍凉悲慨，均显得自然、充实、厚重，而又风骨峻峭。苍雪饱蘸血泪深情的笔墨，熔铸着忧国爱民的忠贞、慈悲以及对正道、自我的坚守，深深烙刻着时代的印痕，在风雨如晦的岁月中唱出了时代的强音。

---

① （明）苍雪：《答魏雪窦见赠次韵》，《苍雪大师南来堂诗集》卷三上。
② （明）苍雪：《次答桐城方密之见赠时遇虎丘》，《苍雪大师南来堂诗集》卷三下

《滇南诗略》论其"出世而不忘世，其胸中无数丘壑，乃出笔绝无粘滞描摹气习，高出尘寰，飘飘欲仙，非食人间烟火人所能见。因由笔妙，亦由性情深厚，即三唐间诗僧罕有其匹"[①]，盖对其诗才、性情与品格合一的公道评判。

担当的诗文创作也重视性情，上文引用其乐府创作的感言就可见得一二，从他自身来说，他出家后曾声言"绝口不谈世事"[②]，自己亦作诗"了却凡俗旧姓名"，"不惹人间剥啄声"[③]，衰辑、删改自己诗歌时还注明"有类香奁、诗余者不入，有悲歌慷慨触时忌者不入"，看似要完全断绝尘缘，彻底脱离凡尘，但在字里行间却让读者时时感知到他未冷的热血和对现实的强烈关注，且一刻也没忘记过对君国的牵念："纵有新堂构，难忘故国情"[④]，"百年心事几人解，一树梅花知未知"[⑤]。据云南清季民国学者李根源《普荷传》记载，永历帝西奔缅甸之时，已出家多年的担当得知这一消息，曾托名云游，徘徊于腾越山水之间，意图入缅甸寻找车辂，为此历尽艰辛，但几经辗转，最终无果而返。这一事实证明，即使出家，担当对君国的深情一刻也未曾泯灭，在他坐化前，还交代自己墓表上需题"明遗僧普荷之墓"[⑥]，这些都足见其性情之厚。龚锡瑞评其诗："其拳拳忠爱之意时时流露，即士大夫中亦罕有其匹，何况衲子？读其诗想见其人，……担公必是血性男子，故虽粗沙大石，不暇磨治，正不失其天然之趣也。"[⑦]陈荣昌评担当诗也言道："僧家诗多淡远一派，担公独慷慨激昂，时局使然，亦性情使然。"[⑧]

此外如陈佐才的诗歌，一味追求抒写性情，虽然语言浅直，显得蕴藉不够，格律不够谨严，但因没有太多章法和积习的束缚，却有酣畅淋漓、笔势纵横之感，不事穿凿，自成一家。

第四，从诗歌风格来看，云南诗人注重诗歌风格的多样化。这一时期云

---

① （清）袁文典、袁文揆：《滇南诗略》卷十四，苍雪诗后跋语，《丛书集成续编》第150册，上海书店，1994年版。
② （清）冯甦：《担当法师塔铭》，《担当遗诗》卷八，台湾《丛书集成续编》172册，第625页。
③ （明）担当：《山居八首》其三，《担当遗诗》卷七，第613页。
④ （明）担当：《赠徐交伯结庐近郭》，《担当遗诗》卷四，第564页。
⑤ （明）担当：《漫兴》，《担当遗诗》卷五，版本见前。
⑥ （民国）李根源：《普荷传》，《担当遗诗》卷八。
⑦ （清）龚锡瑞评，担当诗：《滇南诗略》卷十四，版本见前。
⑧ （民国）陈荣昌题担当：《漫兴五首》，《滇诗拾遗》卷六，《丛书集成续编》第151册，上海书店，1994年版。

南诗人的创作突破了七子局限的汉魏和盛唐之风的质朴、高古的风貌，显示出诗歌风格多样化的特征，体裁上有骚体、古体、乐府、七言、五言、歌行体等，风格上有陶渊明的清新脱俗、杜甫的沉郁悲壮，也有王、孟的清新淡远和李贺、李白的瑰丽奇崛。如苍雪的诗歌有"一夜花开湖上路，半春家在雪中山"、"乱流落叶声兼下，听彻寒扉不上关"的清幽空灵，有"恩仇感切情何有，草木春深泪不干"、"一息仅存亡国恨，片言相对是何时"的绵绵无期之恨，也有"匹夫有志实堪从，难夺三军气可钟"、"好看傲色严霜后，独擅秋容晚节全"的慷慨高昂。被称为南明"天朝柱石"①的玉溪遗民诗人雷跃龙一生心志悲苦，诗歌中既有大量仿汉魏古体和杜甫风格的诗作，也有以香草美人的手法所作《怀梦草》《耀光绫》《一斛珠》《永巷春》《美人草》《孤鸿影》等诗歌，以汉武李夫人、隋炀帝尚夫人、唐玄宗梅妃、虞姬等史上的佳人为吟咏对象，以她们曾与帝王无比恩爱，却皆未得善终的结局自比，哀叹自己深受皇恩，最终却辜负君国，抒发自己救国未能、愧对君恩的深沉痛苦。诗歌风格有苍凉悲慨，有辽阔沉雄，也有清新淡远。如《杂诗九首》《有怀四首》《横江四首》《秋兴三首》中时事艰危、报国无门的忧愤悲愁，调苦情真，如："一船离恨三更月，十载蓬心半夜霜"②，"长夜不能寐，揽衣步庭墀。寒风起西北，明星何离离。永念长叹息，俯仰心中悲"。③同时又有六言诗《玉溪杂兴》的萧疏淡远和长篇歌行体《昆池篇》的情思绵渺和韵律悠扬。如《昆池篇》：

> 汉家欲拟昆明池，油幢绣鹢晚风吹。于今池上波犹阔，枉度青宵鼓角时。五更鼓角三更歌，石鲸骧首窥明月。野兔画鹢寂无声，十里芙蓉连夜发。芙蓉万朵柳千条，双堤一镜照花娇。三三五五菱歌女，暮暮朝朝燕子桥。燕子桥南烟馥馥，卷画楼台冰雾縠。明霞水际郁空苍，绿鬟青黛潇湘竹。潇湘昨夜雨茫茫，不分昆湖杜若芳。日月悠悠闲出没，溪山历历自笙簧。笙簧奏罢长天碧，晴雪喷崖螺髻白。太华峰顶揖桐君，玉案山头淹羽客。羽客淹流玉案愁，海风吹断五湖秋。……解佩江

---

① 永历帝在滇时封赠雷氏一门四代，命黔国公沐天波在雷跃龙家乡为其立"天朝柱石"牌坊一座。
② （明）雷跃龙：《有怀四首》之三，《明新兴雷石庵尚书遗集》，《丛书集成续编》第179册，第140页。
③ （明）雷跃龙：《杂诗九首》，《明新兴雷石庵尚书遗集》，第142页。

皋忆楚妃，怀仙渡口思交甫。渡口怀仙去不还，吹箫人在野荬湾。我欲从之横别渚，微风落日水潺湲。君不见，辋川图、鉴湖曲，处士孤山梅萼绿。又不见，浔江悄、归帆杳，徒悲天际孤鸿渺。何似泛星槎、歌窈窕，银河清浅寒光皎。盈盈一水两心悬，年年照彻湖天晓。

诗歌用七言歌行体，以清新自然的语言描述了昆池（即云南滇池）美景。全诗每四句一韵，章法整齐却不呆板，音节流畅，韵律婉转悠扬，起承转合自然巧妙，气象万千，却又浑然一体。全诗熔诗情、画意、哲思于一炉，情思绵邈，画面澄澈空明，读来韵味无穷。诗人感叹万古沧桑、时移世易，唯有昆池之水年年月月，盈盈水波亘古不变，不解人间之愁。因此面对大好河山、良辰美景，他"羡宇宙之无穷，哀吾生之须臾"，将历史的沧桑与变迁、对宇宙时空的感慨以及人生归宿的叩问与思考融入其中，让人深有共鸣，思想和艺术上都超越了单纯的模山范水、写景抒情的景物诗，有沁人心脾之美。云南学者林超民先生认为这篇与西晋木华的《海赋》可相媲美，笔者则认为从体裁、风格和情思而言，更近于《春江花月夜》，诗中"日月悠悠闲出没，溪山历历自笙簧""盈盈一水两心悬，年年照彻湖天晓"，与张若虚"人生代代无穷已，江月年年只相似，不知江月待何人，但见长江送流水"，其蕴含的哲思和意境何其相似！

再如担当的诗有古朴自然、慷慨磊落，也有嬉笑怒骂、雄健峻峭，以及意境遥深等多种风格。朱昂兼有杜甫的古朴厚重和王、孟的清新澹远，江浚源《滇南诗略》中评价他"性情神韵，皆得杜之宗旨，自然清新，又兼王孟之盛"。① 何蔚文的诗歌创作风格是多样的，有杜甫的沉郁苍凉、李贺的奇崛险怪，也有李白的清新飘逸。

总之，这一时期云南诗坛在复古道路上追随七子的同时，也扬弃和修正了七子思想和创作中的一些局限，避免了复古中的一些弊端。特殊的社会现实和个人境遇，让他们在黍离板荡之中自写性情，涤荡了模拟涂泽之病，并未在对古人的心慕神追中丧失自我风貌，而是呈现出了鲜明的自我风格。在特殊的时代背景下，诗歌中投射着那个时代的阴霾与风雨，能令人感受到作

---

① 《滇南诗略》卷十八，上海书店《丛书集成续编》第150册，第298页。

者的心志之苦、步履之艰，而从中折射出苦难中的勇气、坚韧与担当依然动人心魄，诗人们的心志之坚、节操之高以及胸襟之广，也在苦难的时代中渲染出了诗坛最高华的色彩。

第二节　传统儒学与诗教的回归

明末清初云南的复古风气不仅体现在诗坛上，学术上也和中原内地一样掀起了回归传统的洪流。在空谈心性的王学末流败坏了世道风气最终导致社稷倾覆的共识之下，社会各阶层转向了"尊经复古"，士大夫们开始致力于振兴儒家正统思想和政教精神，重建社会伦理秩序，呼吁回归以程朱理学为指导思想，主张砥砺德行、磨砺学问，以经世致用为旨归，以此匡扶世道人心。正如夏维中先生所言："他们最基本的就是道德济世，即着眼于现实世界的困境，重提学术思想上的道德传统，重树道德伦理上的严格标准和绝对权威，在善恶、是非、君子与小人之间，二元对立，绝不含糊，并进而依此标准，来梳理现实世界，挽救危机。"①

传统儒学的回归使诗人们关注现实、重视修身笃行和学养，客观上契合了诗学复古中有裨风教、恢复古贤风范和志节的要求。这一时期的云南诗人，普遍体现出来返归程朱理学、重视经史、通经致用的倾向，并对后世产生了深远影响。如呈贡诗人文祖尧滞留娄东期间，在人才济济、硕儒辈出的江南太仓州讲授程朱儒学，被吴伟业、陈瑚、陆世仪、归庄等敬称为"滇南先生"，奉为一代大儒；姚安县彝族诗人高奣映，身兼土司、学者、诗人、隐士、慈善家于一身，生平著述八十余种，"自性理、经济、玄释、医术莫不洞晓，诗词歌赋皆能深造入微"②；保山王宏祚"敏达宏硕，自诸生时即以经济为学"③，顺治间主修朝廷《赋役全书》，奉为清朝赋役制度"一代程序"④，他的《滇南十义疏》《筹画滇疆五条疏》等，对饱受战乱的云南疗治疮痍、兴废举

---

① 夏维中：《关于东林党的几点思考》，《南京大学学报》1997年第2期。
② 《高奣映传》，（民国）霍士廉等修，由云龙等纂《姚安县志》卷二七"人物志三·乡贤"，民国三十七年铅印本。
③ （清）张英：《子告光禄大夫太子太保兵部尚书王公宏祚墓志铭》，（清）钱仪吉纂《碑传集》卷十"明臣·部院大臣"，中华书局，1993年版。
④ 《清史稿·列传·王弘祚传》卷二六三"列传"五十。

坠产生了积极影响；蒙化诗人张锦蕴，学问渊赡，值明末兵火之后书籍散亡，他"手纂《四书》讲义，以教后学"①，泽被一方；鹤庆孙桐，不仅制义精悍，擅长诗古文词，同时"尤契伊、洛渊源理，……讲学授徒，弹琴乐志，益精性命之旨"②，生平著述丰厚；剑川诗人赵炳龙深谙韬略，明末追随金沧道副使杨畏知，为云南平定沙定洲之乱以及效力于南明朝廷，多所筹划；通海诗人阚祯兆负经世之学，"于国计盈绌、吏治臧否、民生利病靡不淹贯该洽"③；蒙化诗人张端亮"经济、学业殊绝"④；等等。此外昆明杨文林、丁焜南三兄弟、保山戈允礼、太和杨定国等无不沉潜濂洛之学，终身精研性理。他们不仅能诗擅文，且均通经致用、切中时务，普遍具有务实精神和经世之才。

随着传统儒学的回归，"温柔敦厚"的诗教和旨归开始潜流暗涌，担当在倡导复古的同时，已经提出了"温厚"的创作原则："余慨近代诗人，饶工近体，薄古体，一概置之不问，专以尖新隐僻、佶屈聱牙靡然相尚，藐何、李为旧物，耻七子为叫号，致使世运随之而转，及究其温厚之旨，谁不茫然？悲夫！"⑤陈继儒评他的诗"调激而不叫号，思苦而不呻吟，大雅正始而不入于鬼诗、童谣、俚语、方言之俳陋"⑥。董其昌也言其诗"温淳典雅，不必赋帝京而有四杰之藻，不必赋前后出塞而有少陵之法"⑦，都已看到了他诗歌创作尊崇儒家传统诗教温柔敦厚的倾向。在追求温柔敦厚的同时，这一时期的诗歌开始强调儒家的道德和学识修养："明季作家，大率重才轻养，犹学仙者，知有还丹而不言火候，自误误人非小，可不慎哉！"⑧砥砺德行、重视学养的倾向已经显现。同时期的苍雪主张诗歌创作中的"浩气"，也是对孟子和韩愈养气说的阐发："爽籁发童谣，浩气流元始。弦管被叶和，参赞造化理。易水风萧萧，壮士发上指，禾黍离离兮，横涕莫能止。"⑨

在学术和文艺皆回归传统、齐头并进的潮流下，儒家传统诗教在这一时

① 《（乾隆）云南通志》卷二一"人物·张锦蕴传"。
② 《（乾隆）云南通志》卷二一"人物"。
③ 《（民国）新纂云南通志》卷二三三"文苑传二·阚祯兆传"。
④ （清）管学宣：《抚松吟集》序，张端亮《抚松吟集》，台湾《丛书集成续编》174 册，第 359 页。
⑤ （明）担当：《子夜歌十二首·小引》，《担当遗诗》卷一，台湾《丛书集成续编》第 172 册，第 537 页。
⑥ （明）陈继儒：《翛园集序》，《担当遗诗》第 527 页，版本见前。
⑦ （明）董其昌：《翛园集引》，《担当遗诗》第 528 页。
⑧ （明）担当：《橛庵草自序》，《担当遗诗》第 529 页。
⑨ （明）苍雪：《答松陵顾茂伦、徐介白诸友寄茂伦所选〈丽则集〉为艺林所赏》，《苍雪大师南来堂集》补编卷一，版本见前。

期也得以在云南诗坛重新崛起，并形成清代云南诗歌本乎学问、以儒家诗教为旨归的发展主线。只不过这一步是入清以后才真正完成的。

一、"滇南先生"文祖尧与传统儒学

江南太仓州，自古钟灵毓秀，人才辈出，至明末更是彬彬济济、十步芳草，先后有复社巨子张溥、张采，文坛宗主王世贞、诗坛耆宿吴伟业、理学名儒陆世仪、陈瑚，丹青名家王时敏等，无不名重天下。但就在这样一个人文荟萃之地，一个来自滇南荒徼之区、选贡出身的微末下吏，在战乱之时滞留此地，竟得到当地硕儒名彦的推重，敬呼为"滇南先生"，相与从学。他返乡之际娄东名士数十人绘图作诗相赠，挥泪送别；闻其卒于归途，他们在其生前居室设立牌位，并命其室为"思贤庐"，私谥"贞道先生"，久为缅怀。他就是来自云南的文祖尧。

文祖尧（1589—1661），字心传，号介石，晚号日月外史，云南呈贡人。天启辛酉年（1621）选贡，任四川名山县训导，崇祯癸未年（1643）晋江南太仓州学正。国变后他毁服弃官，遁迹苏州中峰寺，从苍雪法师游，后寄迹太仓之昙阳庵，因兵阻不得归滇，滞留娄东十七年。为怀念故国，文祖尧取"日月外史"为号，以"日月"为"明"之意，终身不忘故国。顺治十八年（1661）闻滇道通，决意返乡，八月至湖南桃源，病中听闻永历帝已被困于缅甸，悲痛不食而卒，年七十三。

文祖尧虽然官位不显，但德粹学纯，操履严正，他很早就认识到了传统儒学衰落的危机并一直致力于起衰救弊：

> 儒学者，别异学、曲学也，异学则无裨于纲常伦纪，曲学则无当于天下国家。惟儒学则道在人伦、教垂经籍，上可整纲肃纪，下可易俗移风，其有关世道人心者甚巨。……迨至晚近，此学不明，不特官不能以约士，士亦不受官之约，悠忽者既坏于因循，旷达者或流于诞放，即矫然以豪隽自命，亦惟是采春华、忘秋实，奋精神于帖括，冀邀青紫而经义彝伦之学未尝过而问焉。……无怪乎伦纪日颓，风俗日坏，天下岌岌，

鲜宁宇也。①

　　这段话中虽然没有直接指向阳明心学及其末流对学术和风气的败坏，但清醒地看到了儒学衰落导致的世道人心之隳颓。出于匡时济世之宏愿，文祖尧任四川名山训导和太仓学政期间，以传统儒学教习诸生，并刊进修日程，以德行问学、古道训士，自己亲身躬行为表率，"士习为之丕变"②。滞留娄东期间，他多次受陈瑚、陆世仪、郁法等邀请于静观楼、尉迟庙等处讲学，在场的有归庄、陈瑚、陆世仪、王育、盛敬、郁法以及王时敏之子王抃、王撢等娄东名士，归庄曾记："尝记十余年前，旧太仓学博士文介石先生虽已解任，犹寓其境内，二三君子迭为讲学之会，每推文博士为都讲，环坐竦听者尝数十百人。"③据陆世仪《跋滇南文介石先生戊子讲义后》一文可知，文祖尧的讲学以程朱理学"诚""恒""敬"命题为要义，很明显是对阳明心学空谈心性弊端的反拨。晚明阳明后学的流弊，导致士子蔑视礼法而崇放达，儒家纲常伦理败坏，文祖尧提倡依仁蹈义，以名节廉耻相尚，大力倡导忠孝节义，一意摒弃空疏虚浮、脱离实际的学风，要求士子居敬穷理，强调自身道德修养，讲求务实、主张笃行，陆世仪称他的启发"无一字一句不可反之身心，无一字一句不可勖之同志"④，归庄亦感叹其讲学："称圣人之遗训，演先儒之眇旨，知人伦之不可苟，名教之不可犯，天理之不可灭，人欲之不可纵，能无惕然动于中乎！"⑤在社稷倾覆、学术信仰迷失的时期，文祖尧的学术导向无疑在当时具有鲜明的时代精神和导向，对明末清初娄东传统儒学的复兴产生了积极影响。吴伟业结识文祖尧后感叹："娄之人不知师道二十年于兹矣，自先生至，教以君臣父子之礼，尧、舜、周公、孔子之道，董其怠惰，诚其凌淬，以期于有成，于是远近称为先生。"⑥他将文祖尧与高僧苍雪并称，感叹滇南"神僧大儒却并出"⑦，对其敬爱有加。陆桴亭亦有诗称赞文

① （明）文祖尧：《儒学日程引》，《明阳山房遗文》卷一，台湾《丛书集成续编》第105册，第111页。
② （清）陈田：《明诗纪事·辛签》卷十六，清陈氏听诗斋刻本。
③ （清）归庄：《送张耐庵先生之任太仓序》，《归玄恭遗著》，民国十二年上海中华书局本。
④ （清）陆世仪：《桴亭先生诗文集·文集》卷六，清光绪二十五年唐受祺刻《陆桴亭先生遗书》本。
⑤ （清）归庄：《静观楼讲义序》，《归玄恭遗著》，民国十二年上海中华书局本。
⑥ （清）吴伟业：《文先生六十寿序》，《梅村家藏稿》卷三六"文集十四·序"，《四部丛刊》景清宣统武进董氏本。
⑦ （清）吴伟业：《过昆阳观访文学博兼感苍师》，《梅村家藏稿》卷十"后集二·七言古诗"。

祖尧的到来对东南学术的影响："举世悲胥溺，中流幸有师"[1]，称赞他的学术"万里微官犹正朔，一方绝学是宗风"。这些都足见文祖尧在儒学方面的精深造诣和对娄东士子的启迪之功。

文祖尧死于桃源后次年，娄东诸子才得讯，他们相约至其文祖尧生前寓居地昙阳庵哭祭，悲痛万分。他死后三年，诸友仍然不能忘怀，改昙阳庵为思贤庐，时时祭祀，并私谥文祖尧为"贞道先生"。郁法作诗颂曰："教比程朱敦正学，文同屈宋抱遗忠。共扶大义矜高节，私谥名贤绍古风。萍藻春秋仰止地，自应百世瓣香同。"[2]

虽然文祖尧人生的最后十余年都在江南度过，但其对传统儒学复兴的必要性的深刻认识并非在江南才形成。在他所任的名山县和太仓州，均以启迪一方而名重一时。文祖尧以微末下吏而被视为大儒，足见当时在偏僻荒远的云南，士大夫们对晚明学术的反思和质疑并不比中原内地更晚，这是显得非常可贵，并值得注意的。可惜文祖尧关于儒学的著作已经亡佚，仅存一些讲义附于集中，为深入研究其儒学思想留下了很大遗憾。

受传统儒学的影响，文祖尧的诗歌创作体现出鲜明的儒家精神和内涵。篇中时时体现出传统儒士修身立德、抱节守志的倾向和以天下为己任的情怀与担当精神，内容上以儒家忠孝节义、勇于担当、关怀现实的精神进行自我砥砺的倾向非常明显。

1. 宣扬儒家安贫乐道、持节自守的品质

文祖尧辞官后曾一度生活窘迫，娄东人士对其甚为敬重，争相邀请他至家，以一饭为荣，但他坚持以青鸟术自给，处境清贫。陈瑚形容他的处境"吟残丹叶空留恨，读遍青鸟未疗饥"[3]，但他忧道不忧贫，全然不以自苦。在他的集子中很难见到吐露自己流离困顿之苦，他从不哀叹个人境遇，关心的都是国家的命运和人民的疾苦。他作有《饭足窝》一诗，有句："广文虽贫仕，素餐实可羞。谁云饭不足？我惧食犹浮。"[4] 深恐自己的德行操守对不住一日三餐，他常常反思自己，"仕不足达道，学不足穷理。德业方古人，不

---

① （清）陆世仪：《二月二十六日滇南文介石先生同石隐圣传虞九人表人衷寅士诸兄过小斋论易（丙戌）》，《桴亭先生诗文集·文集》卷六，清光绪二十五年唐受祺刻陆桴亭先生遗书本。
② （清）郁法：《合祀介石文公、檗庵熊公》，汪学金《娄东诗派》卷十四，清嘉庆九年（1804）诗志斋刻本。
③ （清）陈瑚：《拟邀文介石先生住尉迟庙》，《确庵文稿》卷一"诗"，清康熙毛氏汲古阁刻本。
④ （明）文祖尧：《明阳山房遗诗》，台湾《丛书集成续编》第105册，第106页。

足与齐轨。事功对时贤，不足与媲美。风教不足培，流俗不足砥"。他觉得自己事功、德业都有愧前贤，能吃饱饭已经心满意足，不应该奢求更多。文祖尧在诗中还时时以前贤的困厄来自比，以他们在困境中彰显出的德行操守来自我砥砺。他在《集陶》诗中写道："闻有田子春，竟抱固穷节。荣叟老带索，袁安困积雪。邈哉此前修，栖迟讵为拙？常恐负所怀，量力守故辙。"[①]《在留别娄东诸友》中又以"疏水箪瓢安素履，蒲团竹杖托微权"[②]相砥砺。诗中体现的素履以往、安贫乐道的可贵品质与情怀，正是传统儒家精神对士人的要求。

此外，文祖尧诗的另一个主题是以矢志孤忠、以身许国的古人为榜样，勉励自己忠于故国，坚守节义，如《挽节烈郭孺人》中有："鲁连前在赵，不肯帝强嬴。胡铨后在宋，独劾作金臣。彼固天下士，烈行宜铮铮。"[③] 在对忠君爱国的先贤进行褒扬的同时也是对自我的要求，同时也是在批判明亡后士大夫节操尽失、"满朝朱紫尽降臣"[④] 的现实。又如在唱和吴伟业赏菊诗中有句："不辞清冷甘孤立，为厌繁华懒斗妍。……无声泣露芳心苦，有意凌霜劲节全"[⑤]，通过赞扬菊花傲雪欺霜、不辞清冷、洁身自好的品质表露了自己在国运艰难中绝不改柯易节的志向。这种忠节自苦、没齿无怨，处忧患颠沛流离而不能屈其志，厄穷憔悴不能更其守，正是千百年来儒家倡导的大节。文祖尧晚年自号"日月外史"，取日、月为"明"之意，以示自己对明朝的忠贞与眷念，诗中也多次出现"日、月"字眼，抒写故国之思以及复国的坚定信心，如"头上尚悬双日月，眼中仍是旧山川"[⑥]，"乾坤自觉非前阔，日月犹能再见无"[⑦]，"今时两地虽暌隔，日月依然共一天"[⑧]，无不是对故国的思念与对振兴国运的殷殷期待。

再看他另一首诗《金陵感怀》：

---

① （明）文祖尧：《集陶》其四，台湾《丛书集成续编》第105册，第96页。
② （明）文祖尧：《留别娄东诸友》，台湾《丛书集成续编》第105册，第101页。
③ （明）文祖尧：《挽节烈郭孺人》，《阳明山房遗诗》，台湾《丛书集成续编》第105册，第96页。
④ （宋）汪元量：《醉歌》其十，《水云集》不分卷，清《武林往哲遗著》本。
⑤ （明）文祖尧：《西田赏菊次吴骏公韵二首》其二，台湾《丛书集成续编》第105册，第103页。
⑥ （明）文祖尧：《思乡还未得聊赋自解》，台湾《丛书集成续编》第105册，第102页。
⑦ （明）文祖尧：《次韵答周安期见赠》，台湾《丛书集成续编》第105册，第101页。
⑧ （明）文祖尧：《留别娄东诸友》，台湾《丛书集成续编》第105册，第101页。

天作钟山久毓灵，欃枪倏尔变常经。龙蟠陵土惟荒草，虎踞金瓯暗晓侵。父老犹能言旧内，英雄谁复泪新亭。多情独有长江水，兀自朝宗不改行。①

诗人身处六朝古都南京，也是故国曾经的留都，面对难以挽回的局势，面对钟灵毓秀但已面目全非的山河，心中之悲无法描摹，他对着滔滔江水，强忍内心的痛苦，誓与其一样永远不改东流的方向，抒发了自己永远心念故国的决心。诗歌悲中有壮，苍凉无奈中又蕴含着力量，读来让人心潮奔涌。其他的很多诗也抒发了同样的情思，"人事忽惊新岁月，梦魂犹认旧山河"②，"毕竟誓将心作铁，等闲不忍质为蒲"③。无论山河迁改、身世飘零，心中不变的是对故国深深的怀念。

2. 理性的思辨和批判精神

文祖尧的诗歌并非一味的以泪洗面，哀叹呻吟。面对亡国的现实，他体现出了理性的反思，总结亡国的原因，如他仿杜甫安史之乱后所作《乾元中寓居同谷县作歌七首》之体制，作《悲歌七首》④，除了感喟家国变迁的悲愤，也从多个方面对亡国进行了反思。其一感叹殉国的崇祯帝"生不逢辰"，指出他虽然有励精图治之心，但大臣们人心涣散，无所作为，"身独忧勤臣泄泄，支手如何天可撑"，导致了大厦倾覆。后面六首分别从相职、司马、大将、科甲名流、士兵等方面进行批判，痛斥他们国难当头罔克尽职、无所作为的无能表现，如写相职"居恒既乏奠安谋，临危惟将躯命惜。致令鼎湖饮恨归，台衡用尔终何益"，对朝廷各阶层进行了批判。如第五首：

嗟我朝廷重名流，鼎甲元魁第一筹。入彀英雄惟此最，反面胡为便事仇。文章若此成何用，科名正被尔曹羞。⑤

此诗有力抨击和深刻反思了科举制度下选拔的杰出士子，取到功名时朝廷倚重、万人景仰，但国家危难时却正是这帮人率先变节、斯文扫地，平时

---

① （明）文祖尧：《金陵感怀》，台湾《丛书集成续编》第105册，第104页。
② （明）文祖尧：《丙戌元旦》，台湾《丛书集成续编》第105册，第101页。
③ （明）文祖尧：《次韵答周安期见赠》，台湾《丛书集成续编》第105册，第101页。
④ （明）文祖尧：《悲歌七首》，台湾《丛书集成续编》第105册，第97页。
⑤ （明）文祖尧：《悲歌七首》其五，台湾《丛书集成续编》第105册，第97页。

满口道德文章，却成为国家的奇耻大辱，深刻地揭露了"培养士气三百载，殉难仅得十余双。脱更无此数君子，反愧南朝一侍郎"的无情事实，让读者看到明末大厦倾覆之时，本该撑起国运作为砥柱的各上层人物是如何不堪一击，还原了明末衰敝败坏的世风和早已腐朽的体制，也揭露了亡国的本质。欧阳修认为儒者应该"通乎天地人之理，而兼明古今治乱之原"，这一点在文祖尧身上还是有明显体现的，虽然看到了问题的实质却不意味着能对现实有任何改变，只能警示后人。当然，诗人并非一味只指责别人，对于自己亦有深深的反思，"峥嵘志不就，慷慨意徒殷。士节知能励，民忧愧未分"[1]。他惭愧自己一介儒生，武不能上场杀敌，文不能治国安邦，虽然能坚贞自持，但却不能为国为民分忧，儒冠误身的无奈深入骨髓。

文祖尧虽以儒学知名，但诗歌创作也有自己的特色，虽然他起居住行都用儒家标准要求自己，但他的诗没有理学家的气息，偶尔有理趣，却并不枯燥死板。他有一首诗写《画墨竹》，其中有句："解箨便无脂粉气，凌云犹带墨痕香。生计活泼随浓淡，劲节峥嵘任短长。不爱世人夸好色，墨符玄造共苍苍。"[2]虽是写画，却与文学创作思想异曲同工，可以看出他崇尚朴素自然、不事镂刻雕琢的倾向，由于诗中凝聚了忧国忧民的情怀和敦克自励的品格，诗歌感情真挚深沉，意境深远，有沉郁厚重之风，加之浩然之气贯穿其中，自有一种风节凛凛的气概。

二、传统儒学复兴下的云南诗人群体

文祖尧在江南以儒学闻名，滇中的诸多诗人也掀起了儒学复兴的浪潮，除"尊经复古"、著书立说的表现外，他们文行并举，体现出了儒家的笃行精神和经世品格，为推动这一时期云南学术与诗歌的发展做出了巨大贡献，部分诗人的功绩甚至泽被四海。彝族诗人高奣映、王弘祚、阚祯兆、张端亮，白族诗人李崇阶，昆明杨文林、丁炜南昆仲，保山戈允礼，太和杨定国，鹤庆孙桐，和稍早一些的赵炳龙等，都是这一时期的杰出代表。

高奣映（1647—1707），字元廓，又字雪君，小字遐龄，别号问米居士，

---

[1]（明）文祖尧：《补任偶成》，台湾《丛书集成续编》第105册，第99页。
[2]（明）文祖尧：《画墨竹》，台湾《丛书集成续编》第105册，第101页。

亦号结璘山叟，姚安土知府，彝族，明末清初云南思想家、学者、文学家。他生平著述八十余种，在明末清初云南人中当推第一。关于其族属有白族、彝族、汉族诸说，但其累世生长于以彝族为主的楚雄地区且为彝族土司，目前学界比较认同的是彝族这一说法。

高奣映家世显赫，据云南大学林超民先生考证，其始祖为江西庐陵人，汉时落籍云南，为南中大姓之一。高奣映为大理岳侯高智升之后，因高氏为段氏大理国开国功勋，后累世为云南权臣，期间曾独揽朝政，被拥立为王，后还政于段氏，但世代权倾朝野，子孙分封于云南各府郡，世守其地。其中高明清一系分封于姚安，高奣映就属于这一支系。

自元朝始一直到清初，高氏为云南姚安府土知府，在云南发展史上卓有影响，清末姚安举人赵鹤清评价高氏"九爽七公八宰相，三王一帝五封侯"[1]，可见其在云南的显赫地位和辉煌历史。清朝雍正三年实行改土归流，时高奣映孙高厚德在位，高氏被削职，迁籍南京，从此消失于历史舞台。

高奣映父高耀，字海容，一字青岳，又字芝山，明末时任姚安土知府，永历帝入滇后，授太仆寺丞，升太仆寺卿，随永历播缅，至腾越时，闻清廷仍授其家族土知府世职，为保全族平安，遂归，但自己不愿事清，由年仅十三岁的高奣映承袭世职，自己剃发于鸡足山大觉寺，于康熙己巳年（1689）圆寂。

高奣映承袭世职后，实现了高氏家族由明到清的平稳过渡和发展，在三十七岁时他将世职授予其子高映厚，自己则隐居结璘山，日事丹铅并裁成后学，不仅个人学术取得巨大建树，其教学也惠泽一方，及门之士成进士者二十二人，登乡荐者四十七人。

高奣映生平著作八十余种，涉及经史诸子、易理注疏、释典医药、声韵训诂、舆地方志，有《太极明辨》《增订〈新刻瞿塘先生易注〉》《等音声位合汇》（原题《重订马氏等音外集》）《药师经参礼》《金刚慧解》《心经发微》《心印经解》《定观经注》《胎息经解》《问愚录》《迪孙》《理学粹》《维风权宜翼》《备翰》《理学西铭补述》《滇鉴》《鸡足山志》等；诗文词方面有《妙香国草》《结璘山草》《非非草》《索居吟》《梅村集》《菩提树词》《蜀江吟》

---

[1] 见于云南姚安军民府旧址、土司衙门牌坊所题写对联。

《春雪吟》《五华吟》《享西堂草》《问香集》《笔余诗集》《绿山诗草》等。除去著书立说、接引后学之外，高奣映关心民生利弊，《高雪君先生家传》记载他"喜施济，凡施药、施棺、养老、放生、掩骼、埋黄，及一切济贫拔困之事，皆捐资为之，无所吝"。此外他关注乡梓发展，对于当地水利改善、农业生产、教育发展、转变陋习等方面多有贡献，体现了儒家卓越的笃行精神和经世品格。虽然他终身未走出西南，却以自己的淹通博识和经世之才成为南中一代大儒。清季云南学者由云龙评价高奣映："凡经史子集，宋元以来先儒学说，与夫诗、古文辞、佛藏、内典，皆能窥其底蕴而各有心得……扫前人支离，自辟精主，并于先儒偏驳处时加教正。故清季北平名流有谓：'清初诸儒，应以顾、黄、王、颜、高五氏并列'，非过论也！"①虽然将高奣映与顾炎武、黄宗羲等大儒相提并论的北平名流已不知为谁，但想来也不是由云龙信口一说，高奣映的学术成就和思想主张，在清初同一时期的作家中确实占有重要一席。

王弘祚（1603—1674），字懋自，号玉铭，晚号思斋，永昌（今云南保山）人，从小饱读诗书，对经世之学犹有浓厚兴趣，"敏达宏硕，自诸生时即以经济为学"②。崇祯十五年（1642）由蓟州知州迁户部郎中，督饷大同，顺治元年清兵入关时投降，是云南唯一入《贰臣传》的云南官员。王宏祚降清后，历官户部侍郎，户部、刑部、兵部尚书，太子太保，晚年致仕居金陵，康熙十三年卒，谥端简。著有《颐庵诗文集》。王宏祚任户部期间，主修《赋役全书》，"裁定赋役，一准万历间法例，晚末苛细巧取，尽刈除之，以为一代程序"③，可以说对清初赋役制度的完备做出了不可磨灭的贡献。顺治十五年他向朝廷上《滇南十义疏》，就"稽丁田、恤士绅、抚土司、宽新政、慎署员、开乡试"等善后诸事进言，提出兴利除弊、与民休息，对于当时战乱后的云南有安抚民心、疗治疮痍的作用。顺治十八年他再次上《筹画滇疆五条疏》，对于朝廷针对云南一系列新政的实施有积极作用。王弘祚虽为贰臣，大节有亏，但鉴于其在出仕新朝后提出一系列与国计民生攸关的惠政，裕国纾民，

---

① 《高奣映传》，（民国）霍士廉等修，由云龙等纂《姚安县志》卷二七"人物志三·乡贤"，民国三十七年铅印本。
② （清）张英：《子告光禄大夫太子太保兵部尚书王公宏祚墓志铭》，（清）钱仪吉纂《碑传集》卷十"明臣·部院大臣"，中华书局，1993年版。
③ （民国）赵尔巽等：《清史稿·列传·王弘祚传》卷二六三"列传"五十。

诗歌中也屡屡流露出对于民生的深切关怀，《滇南诗略》评其"其心可恕、其情可悲，其功业自可见"①。他经世致用的才能是这一时期读书人的集中体现。

阚祯兆（1641—1709），河西（今云南通海）人，字东白，号芝岩，又号大渔、杞湖逸老，康熙癸卯（1663）举人。他少负经世之学，"于国计盈绌、吏治臧否、民生利病靡不淹贯该洽，烛照数计"②。云贵总督范承勋、王继文、按察使许宏勋等器其才，数次礼聘，参与修纂《（康熙）云南通志》，"均徭平赋诸大政，多所筹划"③，此后自己又修《通海县志》，范承勋亲自为之作序。著有《大渔集诗草》。

李崇阶，字象岳，浪穹人，白族。康熙癸卯（1663）举人，官保山县教谕，丙辰年（1676）调任四川釜水（今富顺县）令。李崇阶与保山徐崇岳为同榜举人，也是知交，二人为康熙年间滇西著名诗人，并称"石李"，现存诗集《釜水吟》两卷。除工诗文外，李崇阶还究心儒学，著有《儒学正统》《圣学宗传》《正学录》等，并纂辑《浪穹县志》八卷，是浪穹地区通经致用的诗人代表。

张端亮（1645—1739），字寅揆，号退庵，蒙化（今云南巍山）人，康熙己酉（1669）举人。吴三桂反清后，随父隐居，力却伪诏。事平后，历任浪穹教谕、顺宁府教授、石屏州学正，后升山东潍县知县。清代诗人管学宣在《〈抚松吟集〉序》中称他"经济、学业殊绝"④。张端亮是这一时期笃行、务实的诗人代表。其在石屏、浪穹任教谕、学正长达二十三年，期间乐育英才，诲人不倦。年七十时还除山东潍县县令，以古稀之年跋涉千里赴任，亦毫无怨言。在任六年，谨终如始，无倦政。门生万咸燕还记张端亮年六十时本欲致仕回家奉养耄耋老父，却被老父劝阻，"吾家世读书，学校乃储才地，勉尽厥职，……勿远念"⑤。可见，即便未能实现匡时济世的宏愿，他也完全认可自己的社会价值，这是一种相当务实的精神和安贫乐道的人生态度。著有《抚松吟集》。

此外还有剑川白族诗人赵炳龙（1608—1697），深谙韬略，明末追随金沧

---

① （清）袁文典，袁文揆：《滇南诗略》卷十六，上海书店《丛书集成续编》第150册，第264页。
② 《（民国）新纂云南通志》卷二三三"文苑传二·阚祯兆传"。
③ 《（民国）新纂云南通志》卷二三三"文苑传二·阚祯兆传"。
④ （清）管学宣：《抚松吟集》序，张端亮《抚松吟集》，台湾《丛书集成续编》174册，第359页。
⑤ （清）万咸燕：《抚松吟集》跋后，台湾《丛书集成续编》第174册，第375页。

道副使杨畏知，先为云南平定沙定洲之乱出谋划策，后效力于南明朝廷，多所筹划，不仅诗文写得好，也是匡时济世、身体力行的杰出代表。昆明诗人高应雷投笔从戎，随南明军队辗转抗清，亦为文武全才。上文所提及的保山戈允礼，也都是这一时期通经致用的诗人代表。

北宋欧阳修曾经感叹："今之学者，莫不慕古圣贤之不朽，而勤一世以尽心于文字间者，皆可悲也"①，批判了在一定时期内儒者们埋首经籍、不通世故和不务实不笃行的治学态度。晚明阳明后学张扬主体精神，关注个人心性，造成空谈浮薄的风气，对社会造成了巨大危害。面对社稷倾覆的危机与教训，云南诗人与中原内地诗人同步地对学术进行了反思并身体力行进行风气的改造，事实证明是卓有成效的。在传统儒学回归的思潮的影响之下，这一时期的诗人们学习圣人之道，并付诸实践，躬行务实，体现出了经世致用的学术情怀、强烈的用世精神和责任担当，他们强调对现实社会的关怀，反对脱离实际的学风，以抵御世变，挽救士风，注重学术研究的社会价值与功用，"不徒诵其文，必能通其用；不独学于古，必能施于今"。关怀现实、经世致用成为这一时期云南地域学术的特征，与全国保持了一致的步调。虽然他们没能挽回明朝亡国的局面，但对后世云南文化和诗坛的影响同样积极而深远。

三、淑世品格与诗歌创作

明末清初云南以传统儒学为依托建立起来的诗学体系，除褒扬和践行儒家尚节义、鄙荣利、重道德、崇礼法等传统伦理道德和匡时济世的责任感、使命感等，还对现实充满强烈关怀，仁民爱物的儒者情怀借诗歌的表现力深入人心，对社会黑暗与不公的批判力透纸背，对战争造成的苦难深刻反思，风格上追求情感的真实、充沛，不作空疏之语，内容充实，格调高昂，风格刚健。从思想、内容和艺术风格而言，这一时期的诗歌具有如下特点：

（一）思想上体现了积极用世、以天下为己任的强烈入世精神和责

---

① （宋）欧阳修：《送徐无党南归序》，楼昉《崇古文诀》卷十九，明刻本影印本，第586页。

任感

　　"丈夫生世间，天下为己任"①，"男儿要当出有益，不然岂无山之阿"②，这一时期的诗歌体现出强烈的经世情怀，忧患意识、担当精神和现实关怀成为主调，"苍生难未已，吾忍独谋身"③，"丈夫千古心，岂能谋石甔"④。诗人们不以个人荣辱得失为虑，时时不忘匡时济世的责任，纵然知道自己身份卑微，却当仁不让，"匡时经济传先略，千盅艰勤待后贤"，"尼父行藏吾岂敢，希文忧乐与谁归"⑤，"丹艧不随风雨易，定将广厦庇苍生"⑥，战乱的时候他们敢于投笔从戎，挺枪跃马，为恢复国运九死不悔，复国无望后毅然担起文化传承的使命，积极有所作为。因此，即便这一时期的诗歌有国仇家恨、故国之思和壮志难酬的忧愤充溢其间，但总是于迷茫、悲哀中焕发出新的勇气，体现出百折不挠、九死不悔的精神和昂扬不折的气节，就如保山遗民诗人刘坊所言，为了国家社稷有一往无前的勇气，"不为死生利害之所惑，至有触天地鬼神之忌，犯雷霆斧钺之怒，举世诽之而不顾，赴汤蹈火而不疑"⑦。这种昂扬高举的悲壮，傲视忧患、独立不移的气概和迎接苦难、超越苦难的情怀，正是儒家精神浸润下的读书人风貌。这是晚明衰颓的风气所不能企及的。

　　（二）对现实的强烈关注与批判

　　清初云南遗民诗人们对现实的关切与书写自不必言，清廷平定云南后相当长的时间内，随着复国希望的彻底破灭与战争的终止，诗坛上以风雷激荡的笔势书写摧肝裂胆之痛的氛围虽然大幅减弱，但受易代之际刚健激越的诗风影响，这一时期的诗歌有强烈的现实主义精神和批判意识，这一时期以传统儒学为根底的云南士子们以经世的情怀密切地关注着现实，刚刚走出战争阴影的社会底层人民成为他们描写的主要对象。如入清以后的诗人文化远、

① （清）文化远：《杂诗五首》，《晚春堂诗》卷一，台湾《丛书集成续编》第105册，第137页。
② （清）徐崇岳：《送又槐应侯府之聘请》，李根源辑《永昌府文征·诗卷》十一，民国石印本，第71页。
③ （明）刘坊：《辛酉除夕客温泉呈李元仲先生四首》其三，《天潮阁集》，政协福建省上杭县委员会文史资料编辑室，1988年版，第65页。
④ （清）徐崇岳：《秋怀诗十一守追和昌黎公原韵》，《永昌府文征·诗卷》十一。
⑤ （明）刘坊：《黄河舟中作四首》，《天潮阁集》第43页。
⑥ （清）阚祯兆：《初秋归自都门登鹤滩二弟郭外新楼成四律以贻子孙》其四，《大渔集诗草》卷一，云南省图书馆藏，第43页。
⑦ （明）刘坊：《赠别陶苦子先生序》，《天潮阁集》，第27页。

石崇岳、李崇阶等，都有大量的诗作反映在战乱方息又陷入苦海的生民。

呈贡诗人文化远的长篇歌行体《流民行》《田父歌》是这一时期现实主义诗歌的代表作。

文化远，字殷侯，号又山，又号可村、渔隐，呈贡人，生于明崇祯癸未年（1643），为文祖尧之孙、文俊德之子，康熙丙午（1666）举人，曾官湖南溆浦知县，不数年解组归田，耕读终老。现存《晚春堂诗》八卷。

文化远整个青少年时期处于南明王朝最后的岁月，是云南剧烈动荡的时期，因受祖、父辈风节影响，他前期的诗中仍有浓郁的故国之思和守节之念，很多诗歌还描写了战乱时期百姓的悲惨境遇以及和平时期所受的盘剥压榨，具有强烈的现实主义精神。在他笔下，连年的战乱导致云南"白骨黄沙皆战垒""十室曾无一室烟"。[1]他眼中的家乡"断镞埋沙沉浩劫，阴磷飞火怨秋光""天上星霜初转柄，人间肌骨已无皮"[2]，处处伤心惨目，即便好不容易迎来天下太平，百姓要面对的苛政让他们同样处境凄惨，"催科吏如虎，县帖纷纷至。总是无名征，民生何日遂"。家国身世之悲，民生社稷之苦，在他的笔下刻画得生动无比。《苦雨触怀有述》《虎牛斗》《云南杂诗十二首》《喜雨》《雨足至喜》《辛酉秋尽抒事八首》《己巳秋兴八首》等诗，都表现了对民生疾苦的强烈关怀。

《流民行》是战乱方平后云南生民的真实写照，闪耀着现实主义光芒。战乱时百姓四处逃难，背井离乡，战乱后返乡同样遭受种种盘剥，有家难归，读来催人泪下：

> ……弱者尽属强梁吞，富家枉送催符断。十全或二三，山谷夜相唤。悲声惨切不堪闻，闻之恻怛生长叹。长叹曾几时，戎马遍地驰。打粮济军实，劫掠首蛾眉。马牛与羊豕，一见扫无遗。……北门锁钥乡勇执，得钱者生何横行。寒驴疲犊塞城府，权官点阅如审丁。驴三牛五须上值，不然摆跕役王程。豪衿废绅焰冲汉，勾连胥吏剥愚氓。……自春历夏不得归，和盆已滴胸前泪。耐可从秋又复冬，依旧故乡无净地。疫疠死有三，饥寒死有七。斗米如今过二金，多时簪珥衣裳毕。人人共恨

---

[1] （清）文化远：《辛酉秋尽书事八首》，《晚春堂诗》卷六，台湾《丛书集成续编》第105册，第177页。
[2] （清）文化远：《己巳秋兴八首》，《晚春堂诗》卷七，台湾《丛书集成续编》第105册，第183页。

不得归，只恐归时十无一。①

此诗以惨痛的笔触描绘了百姓们在战乱中家破人亡、饥寒流离的场景，即便好不容易幸存下来，也不一定能回得了家，因为进城需要交钱；即便回了家，也不一定能继续生存，因为家中已一无所有。在这种情况下，依然还要受到官府的各种刁难和盘剥，敲骨吸髓，直至榨尽血汗甚至生命，血淋淋的现实让人不寒而栗。

保山诗人徐崇岳的《六凉歌》描写战后荒凉的六凉城，对战争残酷、无道的批判却有强烈的现实主义意义：

> 少年曾骑六凉骢，头高八尺气如龙。今日始经六凉地，连天春草马群空。……二十年来逢丧乱，云屯大马如烟散。……君看此日六凉城，昔年万家如列营。高楼大屋连甍起，深夜犹闻歌管声。乱历瘼矣遭驱掠，良家大半填沟壑。断井颓垣不复知，高田一望无耕凿②。

诗中的六凉即现在云南省陆良县，诗人以其真实的内容和高度概括的艺术，通过叙述曾经盛产骏马、繁华一时的六凉经战乱后变为空城的现实，对战争造成民间严重的破坏和民生摧残进行了淋漓尽致的刻画。此诗气韵沉酣、笔势驰骤，对战争的控诉与批判力透纸背。

徐崇岳另外有些非常有价值的诗作是大胆直露地揭示社会矛盾和黑暗现象的，如《门有车马客》③借过客之口，揭露了贪官污吏与高利贷者狼狈为奸，压榨百姓的现实：

> ……高官与放债，此是取富资。大官噬下吏，千金徒渺而；下官敲穷民，吮吸尽其脂。放债取十利，过手即穷追。叠算鬻妻子，遑恤哭与啼。贪吏无债客，棰楚得亦迟。债客无贪吏，不得穷榜笞。所以斯二者，表里互扶持。结交尚气焰，兄弟甘如饴。

官吏与债客相互勾结，唯利是图，盘剥百姓，根本不顾下层人民的死

---

① （清）文化远：《流民行》，《晚春堂诗》卷二，台湾《丛书集成续编》第105册，第140-141页。
② （清）徐崇岳：《六凉歌》，《滇南诗略》卷十七，上海书店《丛书集成续编》第150册，第281页。
③ （清）徐崇岳：《门有车马客》，李根源辑《永昌府文征·诗卷》十一，民国石印本，第63页。

活，其贪得无厌而又凶残丑恶的嘴脸在诗人笔下刻画得无比形象。

再如白族诗人李崇阶，写下了《催科》《清烟》《忧旱》《喜雨》《城中虎》《牧牛行》《计册》《蜀疆》《釜水即事》等大量反映战后民生的作品。战乱方平，百废待兴，本该让百姓疗治创伤、休养生息，但随之而来的苛政却让他们苦不堪言。李崇阶鞭挞腐败，揭露黑暗，强烈批判和抨击那些身在权位却只图中饱私囊、置民生于不顾的贪官污吏，"今之达权人，嗜欲如溪谷。但图一己饱，哪闻一路哭"①。他将贪官污吏对贫困百姓的盘剥压榨比作城里的猛虎，凶残无情，所过之处，鸡犬不留、民不聊生，《城中虎》诗云：

> 乱后人民稀，孑遗猥且孱。荒城半丰草，白额游其间。犬豕恣溪腹，毛泽多肥斑。若肉择而食，谁与抗威颜。渡河登封事，今古渺难扳。夜吼我墙西，彼声何猛顽。利刃不敢试，长弓不敢弯。虽无泰山哭，相对徒潸潸。我欲请于帝，恐帝谓不闲。安得周公者，驱之于深山。②

战乱后的百姓还未走出战争的萧条与凋敝，贪官污吏已如老虎一样横行，他们四处劫掠，把自己养得毛泽光亮、身躯肥硕，人民深受其苦，却是敢怒不敢言，更无从反抗，就连反映现状的陈词，也根本没有途径能达天听，最后诗人感叹只能寄希望于像周公一样贤达又心怀苍生的人来改变现状。这些闪耀着现实主义光芒的诗歌，以史家之笔，记录了明末清初这一时期经历战乱兵祸后的云南社会民生状况，反映了很多欲有所作为但不得志的读书人心中的愤懑与痛苦。

《（民国）新纂云南通志》评价文化远的诗："韵语清健，感时抚事之作尤悲凉动人"③，可以代表这一时期云南诗人现实主义诗歌创作的风格。也许因为出于对战争的厌憎与民生的深切悲悯，曾经有着深深的遗民情结的文化远，在清廷平定吴三桂之乱后，写下《旋师谣》一诗，才有"天恩邈何及，闻

---

① （清）李崇阶：《酬中岩老人》，李崇阶《釜水吟集》卷二，上海书店《丛书集成续编》第125册，第375页。
② （清）李崇阶：《城中虎》，李崇阶《釜水吟集》卷二，上海书店《丛书集成续编》第125册，第385页。
③ 《（民国）新纂云南通志》卷七五"艺文考五·滇人著述之书五·集部二·别集类二"。

语泪纵横。泪感我皇德,亦畏我皇明"① 这样歌功颂德的句子,除了表达对清廷的拥护,很大程度上诗人的热泪盈眶之情恐怕更多是出于对乡邦百姓脱离战争苦海的欣慰吧!

(三)留心经史、精通掌故的实用倾向,提升诗歌的社会功用价值

这一时期的云南诗人们受经世致用思想影响,普遍留心经史、精通掌故,讲求笃行务实,诗歌中也有强烈的实用色彩和存史意识。如彝族诗人高𪩘映的《妙香国草》。

《妙香国草》成书于康熙二十五年(1686),为高𪩘映漫游大理期间所作。"妙香国"代指大理。大理素有"妙香国"之别称,至于这一别称的来源,历来聚讼纷纭,但都与大理佛教兴盛密切相关。明代谢肇淛在其所撰《滇略》中记载:"世传苍洱之间,在天竺为妙香国。观音大士,数居其地。"清代僧人释同揆在《苍洱丛谈》中亦言"大理府为天竺妙香国"② 。还有一种说法认为,在南诏时期,大理佛教得以空前发展,甚至到了"以佛立国、以佛治国"的地步,因此称为"妙香国",意为大理为佛国妙土。《妙香国草》系高𪩘映在文学创作方面唯一流传下来的一部完整著述,收录 68 首诗作,涉及大理名胜古迹数十处,如浩然阁、三塔寺、汝南王碑、阿育王塔、花甸、荡山、罗刹洞、观音市、上关花、盟神祠等。很多地方都有悠久的历史和优美的传说,每首诗歌前面诗人都写有题释,解释、补充诗歌中不能囊括的历史、掌故、神话传说,并阐发自己的思想。题释本身就是一篇优美的小品文,作者本着求实存真的态度,对大理某些历史掌故提出质疑,纠正谬误,他自己也声明此集"上下古今全其真,摘其谬,订古者十一,据今者二三,一勺等于沧海,一撮重于泰山。……不徒作文字观而已"③ 。在凡例中又言:"史有正情,必生观感,适阅榆志,不合作史本旨,或一二诞谬荒浮,难为传信。此虽小品也,核实纠论,实存深意。……盖搜古以思风会之从来,以见物情之正伪,不徒作游览观耳。此正所谓怀滇苦心,也不然,则游戏笔墨,可无作矣。"④ 集中《水滨神石》纠正李元阳《大理府志》谬误,《罢谷》指出史书之谬

---

① (清)文化远:《旋师谣》,《晚春堂诗》卷一,台湾《丛书集成续编》第 105 册,第 136 页。
② 《(民国)新纂云南通志》卷一百一"宗教考一"。
③ (清)高𪩘映:《妙香国草自序》,《妙香国草》第 30–31 页,康熙二十五年刻本,云南图书馆藏。
④ (清)高𪩘映:《妙香国草·凡例》,《妙香国草》第 44 页。

误，等等。

《妙香国草》除了有文学价值，还有史地学价值，堪称大理山水志和风物名胜志，著名目录版本学家黄裳曾说："《妙香国草》是时代较早、网罗较备的主要地方风物志。"①

需要指出的是，《妙香国草》一书虽然有究心史地、留心掌故的明显倾向，但创作中却并未丧失文学的美感。恰恰相反，它文情并茂。例如其五律《龙尾关》②：

> 晓月衔龙尾，雄关锁雪峤。壁环青嶂合，城转白浪摇。扶石云垂翼，联桥水抱腰。云狲千万壑，泥塞一九饶。

龙尾关始建于唐天宝年间，是南诏王皮罗阁拱卫国都、屯兵御敌的重要关隘，城上可览苍山叠翠、洱河西流的美景，为古来兵家必争之地。诗人对龙尾关的险要及山川气势的描写十分形象生动，引人入胜。对这首诗的题释也很精彩：

> 西扼点苍山，东瞰洱水，高壁危构，巍然雄视。其女墙外，又偃月重环之，其外有层桥隆起，桥下洩洱水，湍涧以出合江浦，与怒江水合。其远峰环狲，又与苍山之右峰比翼以争联焉。所谓天生桥者，券衡而凭虚当关，则俯视二山千仞，惟一峡中通矣，疑有排闼竞入之势。然落月莹悬，晓星独朗之际，天光水色，荡漾若银……

简练朴素的文字，交代龙尾关的地理位置和特点，却丝毫不让人觉得如在读地理著作，形象生动而又文采斐然。

再如《登浩然阁观海有感限韵》③：

> 碧波千顷落拜溪，杰阁攒空洱水西。柳彩游怀鸣系马，棕篱渔艇立连鸡。春风自我招携得，秋月何人感慨齐。自是云龙真可以，樽前潦倒鹧鸪啼。

---

① 黄裳：《西南访书记》，《读书》，1981 年第 12 期。
② （清）高奣映：《龙尾关》，《妙香国草》，第 83 页，云南图书馆藏。
③ （清）高奣映：《登浩然阁观海有感限韵》，《妙香国草》，第 53 页。

诗中描绘的浩然阁，唐代始建于洱海西岸，为原"叶榆十六景"中"海阁风涛"一景，置身此阁中"风起后涛鸣龙吟，仿佛轻舟出没，有凫鸥倚栏，观之觉胸中浩浩不能言其所以然"，浩然阁因此得名。在浩然阁上"俯沧波百里，风起涛涌，时有泠然欲仙之慨"，诗人用清新简练的文字，将浩然阁俯临洱水、碧波千顷、柳岸沙洲、鸢飞鱼跃的画面勾勒得无比形象，湖光山色之美，让人有深入画图之感。

题释中诗人写道："由紫城（大理城）东少缘此堑行，夹路皆迂折于平田中，绿吹麦浪，碧混远天。其阡陌间多香花，紫白绣错，至令行嬉迷返。将至，便入一小港，多渔人家焉。过渔家，度石桥，则棕篁挺直，柳眼阴森，于稠阴中望之，而阁杰然出矣。"隽永深刻的文字，饶有趣味而又新颖，不落俗套，用浩然阁的周边美景衬托其遥临天外的风姿。

《妙香国草》中多是大理名胜古迹和山水奇观，富有浓郁的地域特色和艺术性，诗有五言七言的律诗、绝句和古体，形式丰富，题释与诗歌互证互补，相映成趣，体现独特情景下诗人的情怀和思想，还具有民族文化色彩的审美价值。从诗歌特点来说，格律严谨，音韵铿锵，形象鲜明，意境深远，风格质朴沉厚，文情并茂。高奣映学贯古今，旁及九流，亦儒亦释亦道，博大精深的文化底蕴以及独特的生命情感和审美体验，使他的诗歌既有学者的理性，又有诗人的感性。

除了实用色彩，这一时期诗人们还体现出"以诗存史"的意识和追求，如蒙化遗民诗人陈佐才写下很多悼念明朝忠臣的诗，如《哭黔国公沐天波》《阅缅录哭沐黔国》《听说小传再哭沐黔国父子》《吊窦将军名望王将军玺死战》《吊元江世守那公》《题死节长沙周太守遗容》等，申明自己写下这些诗的目的之一是："余吊之者，恐史书编不到之意也。"[①] 他对诗歌历史价值的重视以及以诗补史、以诗证史的积极努力和追求，使诗歌完全扬弃个人化、主观化而紧密联系现实，体现了一种自觉的社会担当精神。

（四）提倡真诗，创作主张返璞归真，传达真情实感

"真诗"这一概念自七子领袖李梦阳提出并反复强调之后，成为后世诗人

---

① （明）陈佐才：《吊元江世守那公》自序，《重刊明遗老陈翼叔老先生诗全集》，民国三十四年（1945）排印本，云南省图书馆藏。

广泛关注的命题，其创作主张就是要摒弃伪情，不主雕饰，而倡自然。诗歌创作中以缘情为本，推重比兴和风人之义，要求情真、景真、事真、意真，立足现实，抒发真情实感。

　　文化远在诗集自序中写自己曾经苦心钻研诗歌，而当走出户牖，"历湘渡河，观太行之崔嵬、燕台之壮丽，乃喟然叹曰：'是则为真诗矣'"[1]，主张回归事物本真的状态，不加修饰地再现客观事物的面貌和规律，认为朴实自然才是真诗。白族诗人李崇阶认为古人的诗歌能流传后世，就因为真实自然，"古人具至性，于书藏其真。……以彼真率端，反以留先民"[2]，也是提倡真诗，主张诗歌创作发自性情，直抒胸臆。高奣映强调诗歌创作中感情的真实充沛，他认为情感真实是创作的基本条件，"为文之道，顾其情真耳"（《迪孙·情景》）。他还说："情贵真，而发语定然简练"（《迪孙·近情》），他崇尚"气实声宏"的文风，认为要做到气实声宏，离不开感情的真实充沛，"气多发于真"（《迪孙·气应》）、"真则气至，文亦至""近情则真且挚"（《迪孙·情景》）。这些论述都可见他在文学创作中对情感真实的绝对重视。

　　看他的《感通寺恭读明太祖御墨》一诗[3]：

　　　　荡山赤日照人愁，圣藻初开思不休。拜罢香烟疑似昔，读来玉轴感同秋。当年白马嘶何处？此日丹茶放小丘。为忆临轩重慰问，殊方今已负皇猷。

　　此诗写诗人与其门生同游感通寺，寺僧以四百余年前明太祖御墨展轴相示，诗人睹物思人，感怀流泪。其中的故国之思感人肺腑。

　　感通寺又名荡山寺，位于苍山圣应峰南麓，在大理府城西南约十里。初建于汉，一说初建于唐，至明代大兴，有寺庵三十六院，在历史更迭中可谓历尽兴衰。史载云南纳入明朝版图后，感通寺主持无极禅师率弟子数十人于洪武十六年由滇进京朝贺，向天子进献滇中白马和山茶，帝龙颜大悦，赐诗二章，加上翰林近臣唱和诗共十八首，御制成幅，成为感通寺镇寺之宝。高奣映在题释中写下自己看到御墨的反应："正冠肃容，瞿瞿然立，……莫敢仰

---

[1] （清）文化远：《晚春堂诗自叙》，《晚春堂诗》卷首，台湾《丛书集成续编》第 105 册，第 132 页。
[2] （清）李崇阶：《望古》，《釜水吟》卷二，上海书店《丛书集成续编》第 125 册，第 369 页。
[3] （清）高奣映：《妙香国草》第 48 页，康熙二十五年刻本，云南省图书馆藏。

视，再拜稽颡而后敢读……不知涕泗之何浇颐，而伤焉之何由兴感也……怀今思昔，悲何可言。"诗人在题释中追溯这段历史，遥想当年场景，仿佛自己置身其中，山茶盛放，白马长嘶，而今山河易主，物是人非，勾起诗人对故国故主的无限思念和伤痛之情，"为忆临轩重慰问，殊方今已负皇猷"，更是表达了自己面对现实无能为力、辜负皇恩的愧疚之情。他自己有言"三百年泽深，即欲媚时也，何敢"①，表露了对明朝故国深深的怀念以及趋时避害的深深无奈。

上文已经提及，高𣿰映之父为不屈节侍清而出家，高𣿰映承袭世职时年仅十三岁，肩上担负着全族兴衰存亡的重责，此时他可谓胆未坚、识未透，没有足够能力和勇气赌上家族的命运对抗清朝，可以说，在大势所趋的情况下，降清是他不得已的选择。他在《训子语》中有言"保基土如执玉，如履薄临深"，可见他为了保持高氏基业，心中承受了巨大的压力。他晚年自铸铜像（现藏于姚安县城德丰寺），保留的依然是明朝装束，这说明他至死也不愿放弃明朝臣子的身份。另外，《滇文丛录》卷九十四杨淳作《重修二忠墓记》，记载高𣿰映与浪穹何星文寻访到明初跟随建文帝到云南的叶希贤和杨应能的墓地遗址，进行重修，并碑题曰"明二忠御史叶希贤、教授杨应能之墓"，这样的行为，在当时可谓冒天下之大不韪，他对故国的怀念也彰显无遗。他在《迪孙·天格》中写过这样一句话："夫敦伦常者，自有无穷忍济苦衷，决不任情生愤，如屈、宋者流，终传于词令而已。故为真忠真孝之人，定有段诚感良图，绝不自觉宽恕。"这是对子孙的教导，又何尝不是自己内心苦衷的剖白。

可见在高𣿰映内心深处，从来没有忘记过自己的故朝，山水之间寄寓着自己对家乡的热爱，也有对逝去的故国深深而难言的眷恋之情。由于特殊的处境和心态的转变，他的诗歌虽然感情体现得不是很激烈，但能感受到他隐忍在其中融悲苦、无奈并又极力调适的心境，就是这种隐而不发、含蓄深沉的感情，才更觉醇厚幽深，韵味无穷。

另有一首《汝南王碑》也同样抒发了对明王朝灭亡的伤痛与深深怀念：

> 当年击玉咏春山，此日苔痕半剥斑。碧叶满溪花未见，暗香入寺草

---

① （清）高𣿰映：《妙香国草·凡例》，第44页。

难删。欲超尘表怀王志，忽对陇边忆旧颜。底事那堪秋月上，扪碑难读冷禅关。

汝南王碑，为明汝南王朱有勋立，在大理点苍山兰峰之北，无为寺旧址旁，因石碑叩之"声如玉磬，清越可听"①，又名玉磬碑，今已不存。诗人登临旧址，面对残碑断垣，想起故国昔日的繁盛，心中不胜悲慨。诗中"当年击玉咏春山"的意气风发和勃勃生机，与"此日苔痕半剥斑"的衰敝破败进行鲜明对比，旧址犹在，风景不殊，举目有山河之异，尘世间早已物是人非。"底事那堪秋月上，扪碑难读冷禅关"，意象清冷，沉郁苍凉，写景抒情融为一体，亡国的伤痛之情溢满字里行间。该诗措辞深婉，落墨黯然，不是刻意抒发对故国的怀念，却令人动容。他在《清游闲话》中论及晋朝周顗时曾感叹："余常思胸饶山水胜情，人一有感触，然后乃有山河之异也。斯黍离故墟，诗人报以兴叹，若无山水胜情，人胡能有兴起之心哉！"山水胜情，引发的均是故国之思，真实地袒露自己内心世界的矛盾与痛苦，没有美化自己，为自己辩解，实实在在的内心剖白，都以情见长，读来感人肺腑。

再看文化远的《十二声诗》，分别以梭声、漏声、砧声、琴声、橹声、笛声、书声、雁声、泉声、松声、蛮声、钟声为吟咏对象，以微见著，托微吟而思人世，寓意深刻、感情真挚，如《梭声》："轧轧哀鸣急，如闻赋《大东》。递抛心转细，暗度恨何穷。吴越纨绫盛，燕齐布屡空。遥怜机上女，清泪月明中。"《砧声》："寄远身难去，敲残片月清。铁衣无日返，闺恨几时平。"②《松声》："谡谡平湍泻，无风韵亦多。……总是还山曲，犹疑采药歌。"《钟声》："拂水随霜度，穿林带月来。最怜风雨夜，僧迹冷苍台。"③各种声音代表人生的种种处境，不平、失意、孤独、无奈，意境或幽远或苍凉或清冷，其中蕴含着对人生的反思与意义的追寻，富有哲思和情韵，耐人寻味，寄寓了对自然和生命的深刻感知，细腻感人。

（五）提倡游历，开阔诗歌境界

除以上论述的几点，这一时期的诗人还提倡以游历来丰富诗歌创作、提

---

① （清）高奣映：《妙香国草》，第56页。
② （清）文化远：《砧声》，《晚春堂诗》卷四，台湾《丛书集成续编》第105册，第162页。
③ （清）文化远：《钟声》，《晚春堂诗》卷四，台湾《丛书集成续编》第105册，第162页。

升诗歌境界，如李崇阶说："昔人谓胸无万卷书，足不履万里道，必不能文，即文亦闺阁语，旨哉斯言！可见山水、文字交相助也。"① 徐崇岳也指出"读书游历，无所不窥"②，才能创作出好的作品，高奣映在《清游闲话》中也多次重申了类似的观点："挹山水之真气，探山水之真情，穷山水之真况，契山水之真理，庶几游不空，游学乃真学矣！然此非寡欲十年，心清如水，眼空天地，腹洞古今，人不能神领也。"

诗人们提倡游历以壮襟怀、开眼界、长见识，与儒家笃行、经世的思想相契合，在游历中观世态人情、事物兴衰，从而在诗歌中体现经世的社会价值。昂扬意气和建功立业的情怀已经显露无遗。

第三节　"性情"诗学的崛起与初期衍变

由于云南诗歌在明代还处于发展的初期阶段，相应的诗歌理论还不具备生长的土壤，一些零星的诗学思想只偶尔散见于诗作或序、跋之中。到明代后期，随着创作实践的积累和汉文化的积淀，诗歌创作的理论探讨和经验总结也破土而出并逐渐呈现出活跃态势。"性情"作为儒家诗学的核心概念和中国古典诗学的重要理论范畴，随着传统儒学的复兴，以及时代发展的客观需要，在这一时期自然首先受到云南诗人们的重视。伴随着儒家诗教在云南的巨大影响力，"性情"这一概念在之后的整个清代成为云南诗人调和门户之争的重要武器。他们以书写性情为基本出发点，使诗歌回归抒情本质，在清代云南的诗歌演进中，抵挡着各种思潮和流派的影响，坚定地保持了自身的特色。"温柔敦厚"的创作主旨贯穿了清代云南诗歌始终，组成了其发展主线，做到了一以贯之，也完成了自身诗学传统的构建。

"性情"自与诗歌产生联系起就被赋予了丰富的内涵，"性情"二字，人人称道，却言人人殊，在不同的时代背景下，它有多种指向，它可以指独特的个性和纯粹的个人情感，可以无拘无束，甚至离经叛道；某些情况下，它的内涵更为丰富，饱含了天命之性、气质之性与常人之情，有血有肉；它有

---

① （清）李崇阶：《滇程日纪序》，（清）周沆纂辑《（光绪）浪穹县志略》卷十一"艺文"，民国元年石印本，云南图书馆藏。
② （清）徐崇岳：《偶然草诗集序》，《滇南文略》卷二十，上海书店《丛书集成续编》第152册，第443页。

时单独指向符合儒家伦理道德发于仁、义、礼、智四端的情感，如恻隐、羞恶、辞让、是非等，这样的"性情"有着浓厚的道德色彩，创作主体须涵泳道德，以一性一情周人情物理之变；在特殊的政治氛围和语境之中，它只代表"存理灭欲"的性情，感事述怀、触物咏情，都要求抒发能明心见性的情感；在更为特殊的背景下，"性情"还指超越了个人思想和利益得失的对家国政治的关怀与爱国之情。在明末清初被云南诗人广泛使用的"性情"，自然也承载着特殊的意义，并随着历史前进的脚步不时调整着自身的轨迹。

一、心系家国命运的"万古之性情"

上文已经论及，"性情"一说在明代前中期云南诗人中鲜少专门探讨。明末清初广泛提出，首先是遗民诗人。如担当明确提出"诗本性情而发者也"，要求诗歌创作要"得性情之正"[①]；苍雪提出诗歌创作"空明透心光，干净涤尘滓……苟无真性情，徒为强悲喜"[②]；陈佐才申明自己作诗"言余之所能言，言余之所欲言，亦自成其余其言而已"[③]，虽未直接言及"性情"二字，但却道出了诗歌直写性情的创作宗旨，正如他自己所言，"不题短什，何汰衷襟"；保山遗民诗人刘坊更是对诗中的性情进行了深入阐发和论辩：

> 吾尝闻近世江西持一先生之论者矣，曰："诗以道性情，吾达吾性情而已，奚暇工诗？"于是田夫、牧竖、廛肆、鄙僿之词，悉以入诗。其文径直如嚼蜡然，其体迁驳百出，读之势辄不能终篇。是其为性情也，抑末矣。于是后生末学，竞沿其波而愈甚。然目未尝窥古今之作，耳不闻四始之义，五七字成，遂连章累页，自署其稿，且以鸣于人。不知人之厌薄之者，已如尘饭土羹，而己犹嚣嚣焉，恬不知怪。嗟乎！……夫所谓达性情者，譬之风然，今夫风之动物也，其来也无端，其去也无涯，小风则蓼飔，大风则怒号，感于心，被于体，不言而人皆知其春秋

---

① （明）担当：《子夜歌十二首》引言，《担当遗诗》卷一，台湾《丛书集成续编》第172册，第537页。
② （明）苍雪：《答松陵顾茂伦、徐介白诸友寄茂伦所选〈丽则集〉为艺林所赏》，《苍雪大师南来堂集》补编卷一。
③ （明）陈佐才自序：《重刊明遗老陈翼叔老先生诗全集》卷首，民国三十四年（1945）排印本，云南图书馆藏。

之异候也。夫岂醉姬詈邻，老翁呕哑，而即达性情之谓乎？是其为性情也，抑末矣。……渊明子之为诗也，其思深，其意婉，其情笃，其命志遥，而取境迹。泣不以泪而以血，怨不以色而以神，不为新奇可喜之音，读之如行长松修竹中，使人脱然自远。虽若无意于诗，而太和洋溢，随物寓形，即极诗人之研深，有不可至者。

那么，这个时期云南诗人普遍提出的"性情"，应该是什么性情？是苍雪所言"空明透心光，干净涤尘滓"的不染纤尘、美好天然的心性吗？是陈佐才一意推襟送抱，"他人视为蛙鸣蝉躁亦可，视为狂呼浪叫亦可，视为明月昼耀、严霜夏起、痴虫呜咽、寒猿夜哭，亦无不可"[1]的傲视世俗的性情？抑或是担当笔下体现的嬉笑怒骂的性情？很显然，这一时期云南诗人言及的"性情"，远远不止于此。表面看来各不相同，要么纯粹抒发天性，要么张扬自我，但实则有着完全一致的指向和内涵。在社稷倾危、民生苦难的这一时期，他们所要抒发的性情，当然不单指任何背离世俗的纯粹自然的情感，而是如黄宗羲所言的饱含着深重家国情怀的"万古之性情"。

苍雪的"空明透心光，干净涤尘滓"的性情，看似与公安派"独抒性灵"的主张如出一辙，意在抒发纯粹的个性和情感，实则大相径庭。苍雪倡导性灵的同时，尤其重视"气"在诗歌中的作用，"爽籁发童谣，浩气流元始。弦管被叶和，参赞造化理。易水风萧萧，壮士发上指。禾黍离离兮，横涕莫能止"[2]。在他看来，没有浩气，徒有性情，诗歌就不会有真情实感，不会有感发人心的力量。这浩气来源于哪里？自然来源于深厚的家国情怀，来源于对国运的深切关注和民生休戚的深深悲悯，还有绝不改柯易节的忠贞。这与同时期著名遗民诗人陈恭尹所论的"气"无疑异曲同工：

> 文以气为主，非谓其驰骤阖辟，雄健滔莽，转折万变而不可穷也。古之作者皆以其经天纬地之才，悲悯时俗之心，超轶古今之时，不得已而寓之文章，其胸中浩浩然，磊磊然，盘勃郁积而不宣泄者，一与外物

---

① （明）陈佐才自序：《重刊明遗老陈翼叔老先生诗全集》卷首。
② （明）苍雪：《答松陵顾茂伦、徐介白诸友寄茂伦所选〈丽则集〉为艺林所赏》，《苍雪大师南来堂集》补编卷一。

遇，如决山出泉，叩弦发矢，一往奔注，不自知其所积，此文之至也。

因此他说："盖有道之言，简而气和；英雄之言，烈而气高；忠臣孝子之言，隐而气悲；高人之言，达而气决。"①

由此可知，苍雪所论有浩气流动的诗歌才能有"易水风萧萧，壮士发上指。禾黍离离兮，横涕莫能止"的艺术感染力。这一时期的性情，无疑是指在社稷倾危之时的忧国爱民之情。陈佐才的性情主张看似一味张扬自我，但这样的性情却是建立在忠君爱国的基础之上。没有这种爱国深情，他不会在永历奔缅后失魂落魄，"东倒西扶似病人"，他不会终身不脱明服，生命受到威胁时也绝不顾惜，也不会在死前自凿石棺，誓不入清朝之土。

黄宗羲有言："诗之道甚大，一人之性情，天下之治乱，皆所藏纳。"②他指出只有承载了家国政治关怀的性情，熔铸到诗歌中，才能体现诗歌最大的价值：

> 诗以道性情，夫人而能言之，然自古以来，诗之美者多矣，而知性情者何其少也！盖有一时之性情，有万古之性情。夫吴歈越唱、怨女逐臣，触景感物，言乎其所不得不言，此一时之性情也；孔子删之，以合乎兴观群怨、思无邪之旨，此万古之性情也。吾人诵法孔子，苟其言诗亦必当以孔子之性情为性情，如徒逐逐于怨女逐臣，逮其天机之自露，则一偏一曲，其为性情亦末矣。③

这一点论述，与上文刘坊关于性情本末的思辨又何其相似！没有这种饱含着家国情怀的"万古之性情"，刘坊写不出那么多"泪尽而继以血"④的作品。他于1658年生于云南永昌，出生时距甲申之变已过十四年，永历帝被逼入缅时他只有一岁，南明政权灭亡时他只有三岁而已。按理君国之念和亡国之痛于他而言并不深刻，但因祖父、父亲都死于国事，他以两世忠贞之后自励，一生都在缅怀故国，并意图恢复，历尽无数艰难困苦，矢志不渝。他

① （清）陈恭尹：《朱子蓉诗序》，《独漉堂诗文集·文集》卷三"诗序"，清道光五年陈量平刻本。
② （清）黄宗羲：《诗历题辞》，《南雷文定四集》卷首，清康熙二十七年靳治荆刻本。
③ （清）黄宗羲：《马雪航诗序》，《南雷文定四集》卷之一。
④ （民国）柳亚子：《天潮阁序》，（明）刘坊《天潮阁集》，政协福建省上杭县委员会文史资料编辑室，1988年版，第2页。

自己亦言："江山有意，风物多情，每听野店鸣猿，肠九回而未已；或对荒村夜魄，泪十下于何穷！"[①] 十九岁后离开云南漫游，结交反清志士和遗民，所到之处，"入目江山感，都来儿女悲"[②]，"古今多少伤亡恨，何事伤心只杜鹃"[③]。柳亚子评论他的诗"以嵚寄磊落之才，遘晦盲否塞之秋，国恨家仇，耿耿胸臆间，吐之不能，茹之不忍，于是发为文章，噌吰镗塔，足以惊天地、泣鬼神，……宁非孤臣孽子泪尽而继以血哉"[④]！真正做到像他自己说的那样，作诗"泣不以泪而以血，怨不以色而以神"，其中饱含着多少痛心国运的血泪。

再说几位遗民僧人，担当的性情如果不是建立在深厚的爱国情感之上，他就不会遁入了空门还一心匡扶世运，不会曾经苦苦奔走于腾越的崇山峻岭之中去寻找永历的踪迹；自幼出家的苍雪不会终身怀着亡国之恨，坚守志节期待故国的复兴；知空和尚也不会写下"满腔热血贯云赤，一片冰心较月迟。鹿郡遗碑无限泪，鹤林野史有余思"[⑤] 这样的诗句，并挥泪画下一幅幅"草木皆含征战气，江山尽带乱离声。男儿流落悲云变，妻女萧条哭月明"[⑥] 的社稷民生苦难图。

这些诗歌中的性情都超越了穷愁偃蹇的一己之性情，超越了狭隘的个人利益得失，心系社稷民生，一己、一时之情无不与兴衰治乱息息相关。时值国变，诗人们百忧咸集，他们面对山河易主、乾坤颠覆的现实，感时伤世的诗史意识、慷慨激昂的情感倾向以及理性反思和批判精神交汇融合，构成了富于张力的抒情空间。朝廷的衰微，又使他们失去政治的钳制和羁绊，出现个性的放纵和思想的自由，在"性情"的主张之下，恣意抒发着慷慨悲切的黍离板荡之音，饱含着深厚的忠君爱国和仁民爱物的情怀，因此内容厚重、充实，风格幽忧激楚、清刚凛冽。正如诗人归庄所言："吾以为一身之遭逢，

① （明）刘坊:《诗文自序》,《天潮阁集》，第 23 页。
② （明）刘坊:《宿中庵二首》,《天潮阁集》，第 52 页。
③ （明）刘坊:《成都阳王富》,《天潮阁集》，第 47 页。
④ 柳亚子:《天潮阁序》,《天潮阁集》，第 2 页。
⑤ （明）知空:《题杨文烈公祠堂》,《九台山知空禅师草堂集》卷一，康熙二十三年刻本，云南省图书馆藏。杨文烈公，名杨畏知（1608—1651），字介甫，陕西宝鸡人。官云南副使，分巡金沧道。明弘光元年，率领军民平定元谋土司吾必奎叛乱，力敌阿迷土司沙定州叛兵，大西军入滇，与其约定共扶明室，为云南安定团结起到举足轻重的作用。后因忠于永历帝，被孙可望杀害。
⑥ （明）陈佐才:《重刊明遗老陈翼叔老先生诗全集》卷一，第 123-127 页。

其小者也，盖亦视国家之运焉。诗家前称七子，后称杜陵，后世无其伦比。使七子不当建安之多难，杜陵不遭天宝以后之乱，盗贼群起，攘窃割据，宗社蜎轨，民生涂炭，即有慨于中，未必能寄托深远，感动人心，使读者流连不已如此也。"①

很多遗民曾经的咏歌早已随历史的烟尘飘散，无从寻觅，许多诗人的名字也已湮没无闻，他们中或许没有为改变历史做出任何贡献，但他们的精神亘古不灭，"人寰但有遗民在，大节难随九鼎沦"②。百年后翻阅他们残存的诗篇，依然可见其风貌。他们也许不谙韬略，身无长物，国难时甚至没有勇气投笔从戎，没有能力投入实际的战斗，甚至缺少抗争的勇气，更多的人只是日复一日踟蹰于残山剩水，访遗览古，在悲叹和泪水中写下心声，但他们守节不屈的精神，同样值得我们深深敬重。

明朝的彻底灭亡，使士大夫们的希望从由立志复国转向寄托于儒学的复兴和文化的传承，坚守道统成为精神寄托，转而移风易俗、张扬人道，这个时候的性情从舍身为国的情感发生了悄然的改变。

二、出处进退的复杂境遇与诗中之多样性情

康熙元年（1662），永历死于昆明，标志着南明王朝的最终覆灭。虽然云南多地的抗清斗争尚未完全销声匿迹，但已难再掀起惊涛骇浪，清廷也开始了在云南大刀阔斧的治理。然而久经战祸、满目疮痍的云南尚未彻底得到休养生息，吴三桂反清又将云南带入长达八年的动乱之中。待三藩之乱平息（1681），此时的中原内地经过清廷三四十年的治理，早已是一派欣欣向荣的新朝气象，诗坛上鼓吹休明之音早已响彻四海，云南却还未迈开渐返雅音的步伐。此时存活的云南士子们满心伤痕，之前他们未及从做遗民与出仕清廷的矛盾纠结中挣脱出来，后又被裹挟于三藩之乱的巨大漩涡中，其中相当一部分士子还寄希望于吴三桂"反清复明"，或被动或主动地徘徊于吴氏政权与清廷之间，心理非常复杂矛盾；而吴氏政权覆灭之后，他们又担心新朝清算，

---

① （清）归庄：《归庄集》，上海古籍出版社，1984年版，第182页。
② （清）顾炎武：《陈生芳绩两尊人先后即世适皆以三月十九日追痛之作词旨哀恻依韵奉和》其二，《亭林集》卷二，清康熙潘氏遂初堂刻亭林遗书十种本影印本。

如此种种。诗歌创作在这一时期也体现了他们痛苦而丰富的内心世界与复杂处境。呈贡文化远的诗"几许豪杰迷出处，一时消长昧阴阳"①，"得失还如梦，悠悠进退间"②，就是这种复杂心态和处境的最佳写照。

随着清朝政权的稳固和社会的进一步繁荣发展，诗人们的创作更多关注自己的命运沉浮，开始纠结于仕途的荣辱得失和调和进退的心态矛盾之中，努力使自己的创作跟上新朝的步伐。亡国之恨和仇视新朝的感情逐渐被稀释，以突兀凌厉之笔抒哀痛逼切之诗的氛围已经淡化，随着之前与遗民们声气相求、针芥之投的大批诗人如陆天麟③、张端亮、石崇岳、文化远等纷纷踏上了应试新朝科举的道路，更是标志着一个崭新时代的到来。尽管对故国尚有眷恋，但改天换地的事实让他们不得不努力调整自己的心态，故国之思、折节之愧和对仕途的期许以及失落交织在心头，因此表现出一方面欲有所为但另一方面又强烈向往隐居的矛盾。他们迫切想在新朝大展拳脚，实现经世济民的抱负，来为自己守节未终寻找慰藉，当这种理想在现实面前碰壁时，他们又开始后悔自己的选择，通过表达对归隐的向往来寻找精神的内在超越。

这一时期的诗人，依然普遍提倡抒发性情，但此时的性情与先前遗民诗人们所倡导的性情相比，已经有了不同的指向，因个人处境的变化异同而愈发复杂。

通海诗人阚祯兆（1641—1709）是作诗极力主张性情的代表：

> 人心合天地而通鬼神，发之于诗，任举一花一鸟，一虫一石，无不以性灵相关，非瑟瑟然务自雕饰，姑叫粘韵已耳。古人诗不拘格律，而自然入韵，后人按律求工凿巧，虽具体貌，其为精神没矣。是岂律之过欤？亦未静验吾心，求其灵响朴奥之所以然欤？④

---

① （清）文化远：《感兴二首和刘青田韵》之一，《晚春堂诗》卷六，台湾《丛书集成续编》第 105 册，第178 页。

② （清）文化远：《云南杂诗十二首效仿杜甫秦州诗》，台湾《丛书集成续编》第 105 册，第 152 页。

③ 秦光玉先生《滇南遗民录》、《（民国）新纂云南通志》、孙秋克教授主编《明代文学家年谱·陆天麟年谱》均言陆天麟为遗民，但据陈垣《滇黔佛教考》，陆天麟已参加清廷科举，本文同意陈先生之说，因此不将陆归于遗民之列。

④ （清）阚祯兆：《权知通海范参军诗序》，《滇文丛录》卷二三"序跋类"三，上海书店《丛书集成续编》第153 册，第 287 页。

他此处说的"性灵"与性情是相通的，在为浪穹诗人李崇阶所作诗序中他对此进行了进一步阐发：

> 诗之为道，有性情而后有骨力，有骨力而后有气象。志乎此者，将以探其远也，匪徒惊其流也。夫性情不易见，惟于骨力见之。……骨力犹不易见，惟气象可见，今欲舍气象以求骨力、性情，固不可，然遂泥气象以求骨力、性情，亦岂可哉！①

在他看来，性情就是诗歌创作的基础，诗歌没有性情就意味着缺乏骨力和气象。那么，什么样的性情才能显现诗歌的骨力和气象呢？如果结合阚祯兆的生平和经历来看，这"性情"无疑是复杂处境下的心态和性格体现。这并不是个例，当时的很多诗人，都有着相似的处境。

就如阚祯兆，他的少年时代是明末到南明的最后十几年，故国之思于他而言虽然不是那么强烈，但却不是没有，这在他的诗中有明显体现。他少负经世之学，"于国计盈绌、吏治臧否、民生利病靡不淹贯该洽"②。同时他还善书法，笔法劲健洒脱、气魄雄厚，有晋唐风韵，是当时云南屈指可数的书法家。才高志大的他也胸怀匡时济世的大愿，但刚刚经历亡国的他内心是非常矛盾的，"半生怀抱倾元礼，重引仙舟兴更长"③，一方面有济世之愿，一方面常因亡国遗痛而怀林泉之思。癸卯年（1663）阚祯兆参加清廷科举，时隔永历殉难仅一年，亡国的伤痛在许多士人心头还远远未曾痊愈，很多遗民故老尚在人世，此时踏上应试新朝的征途，作为一个深受周公、孔子之教濡染的读书人，无论他是否还真心怀念故国，迈出这一步必须迈过一道人心和伦理的高坎。但江山易主已成事实，满腔抱负的士子自然希望通过仕途来实现心中匡世济民的宏愿，"丹艭不随风雨易，定将广厦庇苍生"④，就是怀着这样的抱负，诗人才鼓起勇气参加清廷科举，但他科举仕进的道路并不顺利，理想

---

① （清）阚祯兆：《李象岳同年游鸡山诗记序》，《滇南文略》卷二一，上海书店《丛书集成续编》第152册，第445页。
② 《（民国）新纂云南通志》卷二三三"文苑传二·阚祯兆传"。
③ （清）阚祯兆：《署中即同姜四蔚简臣金沙妹丈李郁若名士饮》，《大渔集诗草》卷一，上海书店《丛书集成续编》第152册，第58页。
④ （清）阚祯兆：《初秋归自都门登鹤滩二弟郭外新楼成四律以贻子孙》其四，《大渔集诗草》卷一，上海书店《丛书集成续编》第152册，第43页。

在现实面前碰壁后，他又方才醒悟自己最好的归宿应该是隐居，这样既可保持节操名垂青史，又不用尝试现实中失意的苦涩。他年五十后自号芝岩，自明心志曰："秦汉之间，豪杰立功，千载一时。商山四先生独高蹈丘园，肥遁无疑，果许予附于其后乎？"过数年又号大渔、杞湖逸老，"东海之滨，北海之滨，伊何人哉？……临终则曰逸老，是亦大渔之意也"①。但其门人言其"抱大才郁郁不得志，故自号曰逸老"②。但或许终身困扰阚祯兆的还不仅于此，而是屈节于吴三桂之事。他于壬子年（1672）赴京会试，返滇时值三藩之乱，阻于湖南武溪，为吴三桂效力三年，后设法回乡。无论诗人依附吴三桂的初衷如何，吴当初在国难中投靠清廷，后又亲自弑永历帝于昆，以忠孝两坏之身起事，即便打着反清复明的口号，早已为人不齿。一个人在任何时期所作的选择，都不一定是正确的，阚祯兆的选择，无论出于什么样的考虑，都是意志不坚的表现。经此一事，他内心的悔愧更甚，回乡后本决意隐居，但云贵总督范承勋、按察使许宏勋等多次礼聘，延请他参与修订《（康熙）云南通志》。无论他退隐的愿望如何强烈，终究还是彷徨于几个政权中间以遗憾终老，隐也不彻底，仕也未偿所愿，在折节有愧中度过一生。他临终前自命逸老，或许是因为终其一生也没解开这个心结，想获得精神的救赎罢。他的经历，也是特殊时期云南士子的一个缩影。他的心境反映了同时代诸多云南士子内心的彷徨与矛盾，是那个时代的诗人在命运中挣扎的真实写照。

《秀山古柏行》是阚祯兆的代表作之一：

> 九年不见秀山柏，满地风烟天欲折。苍苔老干独森森，倒影玄湖柯烂石。鲸鲵横纵已伏藏，雷霆薄击空渺茫。排高拔厚气力足，车盖童童覆大荒。半身百寻流玉露，旁枝万子护空王。文根只许栖鸾凤，晚节谁同破冰霜。丞相祠前悲杜甫，汉家草木风云古。天宝兵戈又千年，寂寞黄鹂锦江雨。惟有秀山青不了，撑霄扶汉长昏晓。潭水萝薜树光寒，风磴幽香山月小。忽闻空翠作龙吟，矫若长虹不可侵。苦心澹颜存孤直，悠悠万古白云深。

---

① （清）阚揆雍、阚揆鲁跋：《大渔集诗稿》，《大渔集诗草》卷首，上海书店《丛书集成续编》第152册，第34-35页。
② 阚祯兆门人跋：《大渔集》，《大渔集诗草》，上海书店《丛书集成续编》第152册，第26页。

此诗为吴三桂政权覆灭后，诗人返回家乡后作。他壬子年（1672）赴京会试，阻于湖南武溪后，为吴三桂效力三年，回乡后，为躲避吴的寻找征聘，又藏匿六年，于辛酉年（1781）始归家，是为九年。诗中对经历了岁月的风吹雨打依旧挺立茂盛的古柏进行歌咏，感叹人世沧桑易变的同时借古柏昂扬不屈的傲骨抒发自己的心志，而此时诗人的感情是异常复杂的，一方面诗人于永历殉难的第二年即参加清廷科举，是对明朝故国的告别，后又屈仕吴三桂政权，则是对清的背叛，后又出山为清廷效命，数年之间几次反复，虽有无奈，但终究有愧于心。因此，面对风霜摧折而繁茂依旧的古树，诗人内心充满感慨与羡慕，但更多的是对比之后的自省。因此，此时情怀深沉厚重，寄托深远，读来就很有感染力。

阚祯兆现存的诗中虽然没有明显的故国之思，但作于晚年的《春游龙门山》四首，却流露了对遗民大节的无比敬仰，他在诗序中写道：

> 予闭户守拙，仰质先人，愧鹿门庞公甚矣。戊子（1708）春过云龙山，……诸老披荆莽、发岩壁，语余曰："流寇兵戈，弹指六十余年，建水刘牧讳偁者，弃官于此，日日瞻拜北阙，痛哭吞声。"余听后嗟叹久之，怅然而返，率成四律，志所见闻。①

诗中第四首为：

> 挂冠刺史说刘公，涕泪扶天势已穷。未死残生悲故主，将倾绝壁拜高嵩。弋人何篡冥鸿远，遁世方知老衲工。我欲摩崖传不朽，名山大节古今同。

上文已经说到，阚祯兆应试清廷时，永历方殉国一年，亡国伤痛依然触目惊心，可惜由于特殊的历史原因，阚祯兆的步伐有点错乱，导致了终身的愧悔。他的一生是遗憾的，既未能守节，也未能实现自己的抱负，所以临终前才有归隐的心愿吧。可惜，自号逸老，他却与逸老已经相去甚远。挣扎于政权更迭时期的读书人，内心之悲苦，真是非常人所能理解。百年后读其诗，触摸到他们内心的忧苦，也不禁感叹唏嘘。

---

① （清）阚祯兆：《大渔集诗草》卷八，上海书店《丛书集成续编》第152册，第52—54页。

阚祯兆门生沈秉贞在阚祯兆诗集的序言中这样写道：

> 唐宋以来诗文名家者不可胜数，而其间或传或不传，虽曰笔墨工拙之异，亦各有真焉，不可强也。约略稽之，迹远江湖，一饭自余，忠孝匪以诗也；信及豚鱼异类，亦服精诚，匪以文也。……诗文中果有真焉？可以通天地、动鬼神，常流行于斯人之心而不可须臾去学，不窥乎大本大源，终未足留一日之耳目已。……人伦无所逃于天地，至性每散见于万物。各安其常，乐机鼓舞，偶值其变，忧思蕴结。发精微浩渺于日用饮食，人惊先生之诗文也，先生只道其五伦之正而已；人高先生之伦常也，先生只率其五性之真而已。……时物之行生，山河之流峙，晦明风雨之往来，城郭乡井之同异，罔非因伦而起，附伦而彰耶？罔非本性而出，如性而止者，是不朽之学也。①

这段话体现出了阚祯兆诗歌抒写真实情感和心性的特点。正因如此，特殊境遇下复杂心态的展示才使诗歌彰显出厚重深沉的韵味。

而同一时期，像他一样困扰于故国之思、徘徊于吴氏政权与清廷之间的诗人，远远不止一个，高奣映、文化远、石崇岳、张端亮等都无不曾经处于这种困境中。所以，同样主张作诗要"兴会所至""性情所投"②的文化远也写下了这一时期诗人的心声，对于无法挽回的逝去的故国，一方面还有解不开的遗民情结，很多诗歌都表现了对遗民节操的敬仰和倾慕，如"世间最贵是遗老，势位勋名俱可扫"③，"夷齐已千古，视之犹若生。得丧靡二理，愚夫徒自惊"④；而另一方面，新朝的气象又召唤他们去实现自己的抱负理想，但现实又不是那么顺利，多重的矛盾深深困扰着他们，"几许豪杰迷出处，一时消长昧阴阳。星穷朱鸟偏多雪，地过炎方尚有霜。怀古何能无太息，我生原不遇陶唐"⑤。文化远的诗歌传达出了这一时期士子的普遍心态。再如《感兴二

---

① （清）沈秉贞：《大渔集序》，阚祯兆《大渔集》卷首，上海书店《丛书集成续编》第152册，第5—13页。
② （清）文化远：《晚春堂诗自叙》，《晚春堂诗》卷首，台湾《丛书集成续编》第105册，第132页。
③ （清）文化远：《遗老行赋赠徐在鲁八十》，台湾《丛书集成续编》第105册，第143页。
④ （清）文化远：《和陶〈饮酒〉二十首》之三，台湾《丛书集成续编》第105册，第134页。
⑤ （清）文化远：《感兴二首和刘青田韵》之一，《晚春堂诗》卷六，台湾《丛书集成续编》第105册，第178页。

首和刘青田韵》^①：

> 少年生长在干戈，老大烽烟未靖何。玉帛又同新礼乐，江山无复旧笙歌。遗民有泪啼嘘易，壮士无言慷慨多。三过八年成底事，怀襄仍见水滂沱。

"玉帛又同新礼乐，江山无复旧笙歌"以及"天上已回新甲子，山中犹卧旧烟霞"^②，都传达了一种和无可奈何的心态——新的时代已经开始，再故步自封，不与时俱进，已经显得不合时宜，尽管对已经消亡的旧朝还恋恋不舍，伤痛未愈，那又如何呢？山中烟霞未老，天地间照样换了新颜，那旧日的笙歌，已不适合新的气象，士子们就在这样的矛盾纠结中苦苦徘徊，这一时期走上科举的绝大部分读书人曾经都是遗民们的密友、后代，他们迈出投靠新朝的步伐，意味着对过去的背叛，内心是有愧疚和痛苦的。况且从此以后，再难公开表达自己的故国之思，要深深掩藏起心中的亡国之痛去为他们曾经仇视的新朝服务。"得失还如梦，悠悠进退间。所思惟好友，不厌是青山。永历宫何在，黔宁国不还。残碑苔蚀尽，愁绝绣纹斑"^③，文化远的这些诗句，在那个时代，无疑唤起了深深的共鸣，从一个末世王朝过渡到新王朝的士人复杂心态被他传达得淋漓尽致。这些复杂的心态和多重的情感，蕴涵在诗中，欲吐不吐，欲说还休，赋予了诗歌深沉的情思和厚重的内涵。

三、奋发有为的时代精神转向

与阚祯兆、文化远等同一时期极力提倡性情的还有浪穹诗人李崇阶，但他所主张的性情已经有所不同，而是带有儒家伦理色彩的新时代书写，"音由性始风多韵，事属天伦字有香"^④。在《望古》一诗中他又具体阐述了至情至性对诗歌的影响：

---

① （清）文化远：《感兴二首和刘青田韵》之一，《晚春堂诗》卷六，台湾《丛书集成续编》第105册，第178页。
② （清）文化远：《甲子元旦》，《晚春堂诗》卷六，台湾《丛书集成续编》第105册，第179页。
③ （清）文化远：《云南杂诗十二首，效仿杜甫秦州诗》，台湾《丛书集成续编》第105册，第152页。
④ （清）李崇阶：《赠邓惠吉》，《釜水吟》卷一，上海书店《丛书集成续编》第125册，第365页。

> 古人具至性，于书藏其真。行至而立言，摛词典且醇。惟此后来者，汗青罗其名。书读古人书，心谁古人心。雅洽良足观，至性不可寻。无乃皮相士，优孟徒裳巾。呫哉雕虫技，反为实用嗔。英雄负胸臆，自笑前言陈。及任当世事，别有理相亲。以彼真率端，反以留先民。……①

诗人提倡的似乎是抒发至性至情，这样才能创造真诗，但这种性情前面是有"天伦"二字的，意味着所抒发的至性至情，前提是要符合儒家的伦理道德思想，蕴含着美好的品格。

在这种主张下，李崇阶的诗歌创作没有体现出同一时代如文化远他们那样复杂的心境和情感，更多的是儒家强烈的用世之心和现世关怀。

李崇阶真诚地关心着下层民众的疾苦，写下了很多反映现实、抨击时政、关怀民生的诗篇，如《催科》《清烟》《忧旱》《喜雨》《城中虎》《牧牛行》《计册》《蜀疆》《釜水即事》等。他鞭挞腐败，揭露黑暗，强烈批判和抨击那些身在权位却只图中饱私囊、置民生于不顾的贪官污吏，"今之达权人，嗜欲如溪谷。但图一己饱，哪闻一路哭"②。面对民力衰竭、满目疮痍，屈居下僚的诗人无能为力，心中是异常痛苦的，"政拙头先白，鱼劳尾尽红"（《催科》），"忧时颇奈无奇策，忍见溪鱼变尽鲂"（《釜水即事》）。有时耳闻目睹百姓疾苦，他涕下沾襟，"余也闻斯言，泣下不能止。民之失其所，为司牧者耻"（《青烟》）。他只能以自己手中纸笔，宣泄心中的愤懑，同时寄希望于朝廷体恤民情，多下达一些有利民生的政策，"愿邀宽大诏，为我慰民穷"③。他的很多诗针砭现实，反映了清初民生状况，体现了清初诗歌强烈的现实关怀。战时百姓苦于兵火，太平盛世又苦于盘剥压榨，诗人为他们悲惨的命运鸣不平，同情他们的不幸遭遇，对于他们的处境深深悲悯，但他挣扎于微末下吏的阶层，时时因自己无能为力而深感无奈与悲哀，这种感情纠结在一起，使他的诗歌动人心弦、感人肺腑。除了为人事忧愤，诗人也为当时

---

① （清）李崇阶：《望古》，《釜水吟》卷二，上海书店《丛书集成续编》第125册，第369页。
② （清）李崇阶：《酬中岩老人》，《釜水吟》卷二，上海书店《丛书集成续编》第125册，第375页。
③ （清）李崇阶：《催科》，上海书店《丛书集成续编》第125册，第372页。

天灾而揪心，当久雨不晴，他彻夜难眠，写下"夜雨千家泪，秋田四野芜"①，当久旱不雨时，他又心煎如焚，"农人望云云不起，地肺炎生石骨紫。相谓青青陇畔秧，半学霜草枯黄死"，面对大旱，他忍不住痛呼"凭谁为我鞭火龙，卷起长江千尺水"②，当久旱逢雨之时，他比百姓还兴奋："余心更比农家慰，好把堂名志喜亭"③。

蒙化诗人张端亮终身沉沦下僚，但他的诗中没有叹贫嗟老、宦途失意的诸多感叹和和忧愤，偶有淡淡的惆怅，却绝无穷苦愁怨之言，诗句中处处折射的是旷达的内心和积极的人生观，他自己亦时有诗句"达人生慧业，世味薄膏粱"④，"岂有文章酬大块，但凭烟水阔疏襟"⑤，正是这一性情的充分表露。此外，他的诗歌虽然意境清新明快，但绝不显得纤巧浮薄，格局狭小，而是境界开阔，颇有气象高妙之感，已经体现出新朝雅音的气象。

小　结

明末清初的云南诗歌，从延续明朝的复古风气，以抒写动荡时代的家国情怀为主，逐步转向关注社会发展和诗人自身的命运，没有与同时期中原内地诗坛一样在强烈批判七子的基础上确立起新的诗学传统，而是在传统儒学兴起的背景下，在复古的道路上探索前行。由于政权更迭的时间不一致，诗坛风气的转变与中原内地的步调不一致，云南诗人对性情的重视调和了在反思明朝诗学的背景下出现的唐宋之争，而是以更加包容的态度，以复古名义对前朝诗歌采取了兼收并蓄的态度，走出了自己的特色。

受易代之际刚健激越的诗风影响，这一时期的诗歌还有强烈的现实主义精神和批判意识，经世致用的风气始终高涨，诗人们对现实有强烈的关注，描写民生疾苦和社会黑暗的诗篇比比皆是，诗歌的成就也较高，表现出刚健有力、浑朴厚重的风格。

---

① （清）李崇阶：《催科》，上海书店《丛书集成续编》第125册，第372页。
② （清）李崇阶：《忧旱》，《釜水吟》卷一，上海书店《丛书集成续编》第125册，第362页。
③ （清）李崇阶：《喜雨》其一，《釜水吟》卷一，上海书店《丛书集成续编》第125册，第362页。
④ （清）张端亮：《春日过何氏耕乐园用杜工部韵》，台湾《丛书集成续编》第174册，第365页。
⑤ （清）张端亮：《戊子春游孙氏别业》，台湾《丛书集成续编》第174册，第369页。

　　这一时期入清的诗人很多出生于鼎革之际，并且生活的时代与遗民几乎同时或稍后，有些之前甚至还与遗民有密切交往，因此作品中尚有亡国之思和兴亡之叹，但情感表达已经较为隐晦，不再是摧肝裂胆的悲愤和吞声饮恨的凄怆，一般通过怀古咏史、追悼忠烈、批判战争等来委婉地寄托故国情怀。由于关注的重点由家国之变转为社会发展，这一时期的诗歌体现出对现实强烈的关怀，关注民生疾苦、世道人心以及自身的命运沉浮。因此诗歌内容充实、情感充沛，成就也较高。从心态上来讲，诗人们虽已入清，但普遍还存在矛盾心理，出世的热情和隐逸的向往相互交织，尤其当仕途失意时，这种矛盾在诗歌中表现得更为激烈。

　　从创作倾向而言，入清后开始回归诗学传统，重倡诗教，标举真诗，倡导建立在高尚人格基础上的真性情的作品。"性情"由单纯赋予道德理想的爱国忧民，随着时代的变迁，逐渐转变为积极用世的儒士精神。宋安全称张端亮之诗得"性情之正"，同时期的赵士英跋杨谊远诗歌评价其"意致沉郁，寄托高远，具有性情，含蓄风旨，足以追踪古人"①，足见这一时期诗人对性情的重视。张端亮诗"庄而雅，秀而逸，工丽而淡远"②，已然是一派雅正之音的气象，云南诗坛开始逐步跟上中原内地诗坛大雅元音的步伐。但真正确立诗歌作为儒家诗教的地位，是从清初云南一代名臣赵士麟开始的。

---

① 《（民国）新纂云南通志》卷七五"艺文考五·滇人著述之书五·集部二·别集类二"。
② （清）宋安全：《抚松吟集序》，张端亮《抚松吟集》卷首，台湾《丛书集成续编》第 174 册，第 359 页。

第二章

诗教与性理的书写空间：清代前期云南诗歌

随着全省抗清斗争基本消沉，云南的社会秩序逐渐由乱而治，走向全面和平。《清史稿·圣祖本纪》赞曰："久道化成，风移俗易，天下和乐，克致太平。其雍熙景象，使后世想望流连，至于今不能已。"[①] 这虽然不免有自我鼓吹之嫌，但清廷对云南经济、教育、文化发展方面的大力举措，使云南社会很快从民物凋耗、伤心惨目中恢复过来，被血雨腥风折磨得心力交瘁的士人有了喘息之机，对平易宽宏的社会气氛和士林风范也开始产生向往。他们的目光逐渐从改朝换代移向对社会发展以及个人命运与前途的关注，开始纠结于仕途的荣辱得失和调和进退，努力使自己的创作跟上新朝的步伐。正如吴伟业所言："欲取惠泉百斛，洗天下伧楚心肠，归诸大雅。"

虽然康熙朝前期云南的诗歌依然体现出干预现实的社会功能，但诗歌中再现社会生活的广度和表现内心情感的深度以及批判性都有所减弱，易代之际惊天动地的情绪完全被淹没，诗歌的色彩主要彰显人格的光华和心性的高洁，有"温厚平易之乐，而无崎岖艰难之苦"[②] 的治世之音开始奏响，在云南大地上散播开来。

这一时期的全国诗坛，在全面清算和反思明代学术和诗学的基础上，已经重新建构起儒家诗学和政教传统，学术上回归程朱理学，经世致用思想持续高涨，诗歌创作重倡儒家传统诗教，提倡温柔敦厚，强调诗歌的现实主义功能，倡导以学问为本的创作理念，标举真诗，重视性情。这一时期王士禛

---

① 《清史稿》本纪八"圣祖本纪三"。
② （清）徐乾学：《渔洋山人续集序》，《憺园文集》卷二一，清康熙冠山堂印本。

"温而能丽、冲融懿美"的神韵诗风流播大江南北。与此同时，多种诗派林立，各张壁垒。学宋、宗唐、崇汉魏、倡《诗经》，各种风尚纷纷树帜登台，宋诗风潮成为一股气势强劲的洪流。云南诗坛在这种大背景下依旧体现出了自己不染时习、独立理性的选择，虽然在儒学复兴的大背景下它也逐步确立了诗教传统的地位，跟上了全国的步伐。虽然蒙化诗人张端亮、元江回族诗人马汝为等有学宋倾向，但无论是诗人个体还是诗坛整体，都以性情调和门户之见，体现出兼收并蓄、海纳百川的气度与胸襟，走出了自己独立的路子。同时，"七子"复古的影响依然还在，虽然不再有诗人公开声援和追随七子，但从他们的诗学主张来看，基本上还是以汉魏三唐的诗法取向为主。

清廷对云南采取的一系列灌输理学的强制性措施，使云南诗坛亦笼罩于浓重的理学氛围之下，诗人们也普遍出现了涵泳道德与性情的趋向，但由于云南诗人继承晚明以来自写性情的传统，使得这一时期的诗歌没有完全淹没在"温柔敦厚"的面目之下歌咏升平，他们将云南诗人特有的禀性气质熔铸于诗歌之中，重视诗歌抒情本质和美学特征，从内容到形式都避免了涵泳道德和喜谈义理的道学倾向，诗歌在传统诗教和理学矩范之内依然焕发出鲜明的个性色彩。

第一节　赵士麟与云南诗坛诗教地位的确立

随着清朝政权的稳固以及云南社会的逐渐安定和繁荣，士子们纷纷走上应试科举的道路，无论是否完全心甘情愿，他们已经成为臣服新朝的一个庞大群体，以相互间的酬唱赠答不由自主地奏起和平雅音，并逐渐成为诗坛主流。这个群体的诗歌创作，少见鲜明个性的书写和激烈情感的抒发，诗歌开始转向强调个人修养、注重学问，显现出中正平和、积极奋发的大雅气象，体现出整个康熙朝励精图治、奋发有为的时代精神。与此同时，诗人们依然保持着对现实的强烈关注，虽然批判性有所减弱，但明末清刚劲健的诗风此时还有余韵。此前因传统儒学的复兴，儒家诗教回归诗坛早已激流暗涌，但因七子复古风气的强大影响力，真正确立诗教的稳固地位，是从河阳诗人赵士麟开始的。

赵士麟（1629—1699），字玉峰，号麟伯，云南澄江府河阳（今云南省澄江县）人。生于明崇祯二年（1629），顺治十七年（1660）庚子科举人，康熙三年（1664）甲辰科进士，曾先后担任贵州平远推官、容城县令，因政绩突出、才能卓著，屡获升迁，在光禄寺、通政司、鸿胪寺先后任职，后以左副都御史身份巡抚浙江，两年后调任江苏巡抚，官至吏部左侍郎，为清初一代名臣。

赵士麟祖上赵圣传，于明朝永乐年间"以上元明经陛授澄江府教授"而举家迁入云南，在澄江讲授性理之学，"远近宗之，学者称为启南先生，谓南之学，公之启也"①，是理学在云南传播的先导者之一。到了赵士麟高祖、曾祖一代，都颇有名德，以善士称，赵士麟秉承了家族良好的家学渊源和传统，因家里藏书千卷，他从小博极群书，在理学方面也造诣精深。

赵士麟是清朝第一个考中进士的云南人，对当时读书人的影响很大，很多士子纷纷追随其步伐参加新朝科举。加上他仕途通达，后期在康熙朝举足轻重，声名远播，成为清初云南士人心中道德文章的双重楷模，对康熙朝云南诗坛影响深远。作为这一时期云南当之无愧的诗坛领袖和中坚，他对儒家传统诗教的大力倡导，引领了清朝前期云南诗坛风气的转向。

一、赵士麟的诗教思想

赵士麟是清代前期云南最为典型的以儒家传统诗教为旨归的诗人，其诗学思想体现在以下几个方面：

其一，极力倡导和维护儒家诗教，主张创作回归传统。赵士麟以孔子诗教为旨归，重视诗的社会功能和教化作用，他有《诗论》一文对此进行了深入阐述：

> 岂知诗上明三纲，下达五常，太极阴阳之化物，则民秉之懿。……汉魏以来古意削矣！人纲人纪，随其所居之位各有当尽之道，无所逃也。人人秉烛夜游，世教谁与维持乎？……夫君子之言，贵夫有本，非

---

① （清）徐文驹：《大清吏部左侍郎赵先生士麟行状》，（清）钱仪吉纂《碑传集》卷十九"康熙朝部院大臣传"，中华书局，1993 年版。

特诗之谓也。本乎仁义者，斯足贵矣。……惟夫笃志之士，不系乎世之污隆、俗之盛衰，独能学古之道，使仁义礼智备于躬出，其辞能近于古，外感乎物，内发乎情，情至而行乎言，言形而比于声，声成而诗生焉。①

在为王士禛写的《少司农王阮亭公诗文序》中他也阐发了相似的观点：

孔子曰"有德者必有言"，则是言者，德之符，言而不本于德，犹无源之水，潢污行潦，朝满而夕除也。言、文著必本于道，则是文者，道之著，文而不由于道，犹无根之木，风枝露花，西折而东萎也。……三纲、六纪、九法，文与诗之大者，何也？君臣父子之伦、礼乐政刑之施，大而开物成务，小而禔躬缮性，本末之相涵，始终之交贯，皆是物也。②

由以上可知，赵士麟坚持诗是教化的形态，承载着儒家"仁""义""礼""智""信"等传统美德的传播责任，诗歌的作用就是陶染性情、教化人心、维护世道，承担着淳风俗、美教化、端趋向的社会功能。因此，他认为诗"道明辞自达，理足气能伸"③，不强调诗歌的形式美，而强调内容的充实有益，完全秉持儒家诗教中"诗言志""思无邪""发乎情、止乎礼仪"等核心准则，合乎温柔敦厚之旨。

从这一点出发，赵士麟认为作诗的主要原则就是"务以衷情达志，绝不骄人"，他评价李白"以诗骄人，脱巾狂饮，纵酒不羁，皆非所以端趋向、厚风俗也，未可学也"。④ 即不能使人的情感太放纵、个性太骄纵，情感和主旨要有益于世道和风气。他严厉批评以曹氏父子为首的建安文学，"曹氏之辞总称悲流光之易逝，叹人生之无几，欲及时行乐耳，此风一开，晋人唐人往

---

① （清）赵士麟：《诗论》，《读书堂彩衣全集》卷八，《清代诗文集汇编》第115册，上海古籍出版社，2010年版，第210页。
② （清）赵士麟：《少司农王阮亭公诗文序》，《读书堂彩衣全集》卷十四，《清代诗文集汇编》第115册，第316页。
③ （清）赵士麟：《读书堂四首》之一，《清代诗文集汇编》第115册，第520页。
④ （清）赵士麟：《送陆揆哉督学四川诗序》，《读书堂彩衣全集》卷十四，《清代诗文集汇编》第115册，第337页。

往效尤，遂成旷达。……人人秉烛夜游，世教谁与维持乎？此曹氏父子忠孝友于之道全亏，良由视乐事之太重也。"这是他极力反对的，因为这种倾向对社会发展和世道人心有害无益，"此骄人者，上不能致君于唐虞，下不能致身如禹皋，元良喜起，乃赓载歌，宣天地之情，正生民之纪；次之不能守先待后，淑一世之人心，维斯道于不坠，而仅仅窃取乎文字之间，令人目我为诗人也，文人也，已负此七尺之躯，又以之骄人，不益愚哉！"①因此，受这种观念的影响，赵士麟的很多诗歌显得中规中矩，温润平和，板正持重，颇为契合儒家诗教的中和雅正之美，少了一份天然之趣和个性色彩，同时其诗不重辞藻与修饰，风格质朴平易。

其二，提倡真诗。赵士麟认为"十五国风有田夫闺妇之辞，而后世文字不能及者"，是因为"发乎自然而非有所造作于其间也"。他还指出后世拟陶渊明的诗人多如牛毛，很多才华过人，但都袭貌遗神而已，因为他们做不到如陶渊明一样"不炼字、不琢句、不用事，而性情之真近乎古人也"，批评"今之诗人随其能而有所尚，各是其是，孰有能之'真'，是之归者哉"。真要达到陶诗的境界，就必须像陶渊明一样"栖神于淡者也。惟神淡故意适，意适故情闲，情闲故诗逸"。②

其三，反对拟古。赵士麟认为每个时代的文学都有自己的特点，不能一味崇古拟古，导致袭貌遗神："今人言文，动云汉矣，究竟无一点汉气。犹之言书云晋矣，言诗云唐矣，卒之不晋不唐，何也？时为之也。"因此不必模拟因袭前代，"宋与元之文出宋与元，之不如唐者，非不能也，不为也；唐与晋之不如汉者，亦非不能也，不为也。动曰汉耳唐耳，此俳优之见也。"那些流芳百世的作家是因为"不拘一辙，不蹈前人，孤行己意，自创一家。所以可贵也。而动曰汉曰晋曰唐，其似者优孟之衣冠，不似者已陈之刍狗也，尚可言乎"③！赵士麟虽然没有明言批判的对象，但显然他就是针对七子。无论如何，这种提倡独创的精神是非常难能可贵的，他还有另外一首诗也阐发了同样的思想："作赋何须规往格，论文不必属谁家。情当至处饶风韵，思入微时

---

① （清）赵士麟：《诗论》，《读书堂彩衣全集》卷八，《清代诗文集汇编》第115册，第210页。
② （清）赵士麟：《宦允雷龙岸拟苏诗序》，《读书堂彩衣全集》卷十四，《清代诗文集汇编》第115册，第319页。
③ （清）赵士麟：《管希洛时艺序》，《滇文丛录》卷二三，《清代诗文集汇编》第115册，第282页。

散彩霞。"① 可见，虽然他提倡诗教，但也注重诗歌中性情的抒发，主张作诗兴会所至，援笔而就，不是焦思苦吟，在琢磨垂范中亦步亦趋。因此，尽管他的诗歌典雅持重，略显刻板，但也自有面貌与气象。

二、赵士麟的诗歌创作

赵士麟现存作品有《读书堂彩衣全集》，共四十六卷，语录四卷，文十七卷，诗二十一卷，条约四卷，四库馆臣言其"大抵应酬之作"②，此外并无更多评价。兴许因为赵士麟写诗中规中矩，刻板持重，宛若不苟言笑之人，让人觉得少了些意趣。但通读其诗集，并不乏境界阔大、气韵生动之佳作，其非凡的胸襟、学识和品性映射在诗句中，自有一种气韵和骨力，诚以为四库馆臣的评价太过简单，失之偏颇。赵士麟作为官场中人，尤其后期位高权重，应酬之作在所难免，但这并不能代表他诗歌的全貌。田雯曾在一篇文章中提到赵士麟，并这样评价他的诗：

> 余同年玉峰少宰，伟人也，体丰才雄，……泪放衙退食，辄复解衣，盘礴挥毫、落纸如飞，日所作诗文不下数余篇，甫脱稿即以示人，观者骇其摩垒堂堂、旌旗变色，是乃昂藏豪迈者之所为。及读诸艳体诗，则恍乎遇藐姑射之仙，肌肤冰雪，绰约如女子，所吟弄者才，人正未可测也。③

从田雯的形容可知赵士麟在当时诗坛并非庸碌之辈，唐鉴在《学案小识》中亦称赞他的诗"千古遐思、四时佳兴，可以想见其襟怀焉"④。我们由此可知，如果撇开赵士麟的一部分应酬之作，其诗作大有可观，应对其作出新的评价。

由于受儒家传统诗教的观念根深蒂固，赵士麟的诗歌体现出强烈的济世情怀。他幼时就立志以先贤为榜样，砥砺品格，有济苍生、敦古道、淳风俗

---

① （清）赵士麟：《座中论及诗文》，《读书堂彩衣全集》卷三六，《清代诗文集汇编》第115册，第660页。
② 《四库全书总目提要》第183卷《读书堂彩衣全集》卷首。
③ （清）田雯：《艳体诗序》，《古欢堂集》卷二四，景印《文渊阁四库全书》本。
④ （清）唐鉴：《河阳赵先生》，《学案小识》卷八"守道学案"，清道光二十六年四砭斋刻本。

的胸怀与抱负。他十五岁时所作《此日不再得和杨龟山诗》就有言："炯炯径寸心，勿使物欲戕。譬若获嘉谷，殷勤去秕糠。此心苟无逸，乃可论行藏。幸生古人后，典籍揖芬芳。力行固贵果，矢志亦贵刚。曰予年十五，晨夕自彷徨，去日虽尚少，来日正苦长。孔孟为吾师，讵数列与庄。……"体现了他从小就重视自身道德修养。《励志诗》其六更是抒发了自己效仿先贤造福苍生的志向："圣贤日皇皇，岂其志干禄？悲天而悯人，将以展所学。王道本人情，力田尚淳朴。诚心金石开，矧与子同属。规模务远大，庶为苍生福。"①立志高远可见一斑。这些言志诗并非赵士麟年少轻狂、好高骛远之语，步入仕途后为官数十年中，他始终笃行儒家大道，履行安民济世的儒士责任，力图实现自己的抱负和理想。他爱民如子，将百姓的疾苦时刻置于首位，"……立法贵有渐，爱民先使安。但得务本业，奚惮心力艰"②，"岂为民父母，忍睹饥与寒"③。

赵士麟一生仕宦经历丰富，饱览祖国壮丽河山，所过之处，留下了许多写景诗。如写家乡有《澄阳十景》《昆明十二景》，游宦之地有《容城八景》《金陵十景》《杭州十景》《西湖十景》《吴门十景》《寄园三十景》等，景物之中寄寓着个人怀抱与情趣，很多也写得别开生面。如《金台夕照》：

> 高丘突兀枕京畿，怀古登临日已微。九陌烽烟连夕照，满山乌鹊乱残晖。儿童驱犊田间返，羽骑携禽野外归。忆昔谁能收骏骨，空余台榭白云飞。④

此诗意境阔大、苍凉，笔力遒劲，有沉郁顿挫之感。
再如《北固山》：

> 长江浩浩镇方舆，武帝巡游驻彩旟。半壁金汤资北固，六朝锁钥在南徐。千秋桥畔风烟冷，万岁楼前草木疏。独有此山秦未凿，巍峨京岘自难如。⑤

---

① （清）赵士麟：《励志诗》，《读书堂彩衣全集》卷二二，《清代诗文集汇编》第 115 册，第 470 页。
② （清）赵士麟：《赴容城任》其二，《读书堂彩衣全集》卷三一，《清代诗文集汇编》第 115 册，第 558 页。
③ （清）赵士麟：《赴容城任》其二，《读书堂彩衣全集》卷三一，《清代诗文集汇编》第 115 册，第 558 页。
④ （清）赵士麟：《金台夕照》，《读书堂彩衣全集》卷三五，《清代诗文集汇编》第 115 册，第 596 页。
⑤ （清）赵士麟：《北固山》，《读书堂彩衣全集》卷三二，《清代诗文集汇编》第 115 册，第 570 页。

此诗写出了北固山独特的战略位置和壮丽雄阔的景色。

写钱塘江的《秋涛》诗云:"乍见海门飞匹练,忽惊江岸卷轻绡。鱼龙尽逐银涛徙,舟楫时随雪峤飘"①,与其他惊心动魄、地动山摇的钱江潮描写相比,又别有一番意境。

另外赵士麟有些即事感怀、写景抒情的诗,亦写得清新自然、颇有生趣。如写昆明玉案山"深涧秋藏三夏雨,老松晚带六朝风"②,写螺山"石如佛顶盘青髻,色似狮毛散绿披"③,《招屈亭》"目断微波悲帝子,情深芳草忆王孙。舳舻箫鼓中流竞,涕泪山川故国繁",或清新俊爽,或比喻形象生动,或寄托遥深,佳句频出。

他还有些咏物抒情诗也写得颇有情致。如集中有《四序韵言》组诗,以春、夏、秋、冬四个时令为吟咏对象,比如吟咏秋天景物的诗就整整一百首,命名为《百秋诗》,有《秋雁》《秋风》《秋虫》《秋闺》《秋涛》《秋露》《秋声》《秋烟》《秋砧》《秋鸿》《秋浦》等,很多都写得意境弘深,情思幽远。如写秋水"菰浦露冷清无底,木叶霜空碧映天。渺渺烟波聆漱玉,淙淙山涧助调弦"④,秋气之清冷,秋水之澄澈,涧声之悦耳,如在眼前,如诗如画。写秋闺"镜舞孤鸾罗袖薄,琴弹别鹤锦帷低。莲衣乱落烟波冷,菰米飘沉霜露凄"⑤,将女子独守闺房之凄凉孤寂传达得形神兼备。《秋望》所看到的是"野外小桥争浴鸟,村中高树乱鸣蝉。樵人系艇寻山径,牧竖驱牛度墓田"⑥,没有秋的萧瑟与荒凉,而是一派从容与安宁,勾勒了太平盛世百姓安居乐业的祥和景象,展现了一幅不一样的秋景。胡作梅评其四序韵言曰:"清思泉涌,异彩葩流,蜚风雨于层霄,变鱼龙于万态。匠心之妙,殆欲直补天工;信手之灵,应知别有神助。"⑦

赵士麟集中还有大量咏史诗,按朝代一共分为四卷,两汉、三国两晋、唐宋、元明各一卷,共302首,吟咏对象有历代学者大儒、功臣元勋、奸相

---

① (清)赵士麟:《秋涛》,《读书堂彩衣全集》卷三二,《清代诗文集汇编》第115册,第577页。
② (清)赵士麟:《玉案山》,《读书堂彩衣全集》卷三七,《清代诗文集汇编》第115册,第622页。
③ (清)赵士麟:《螺山》,《读书堂彩衣全集》卷三七,《清代诗文集汇编》第115册,第622页。
④ (清)赵士麟:《秋水》,《读书堂彩衣全集》卷三九,《清代诗文集汇编》第115册,第647页。
⑤ (清)赵士麟:《秋闺》,《读书堂彩衣全集》卷三九,《清代诗文集汇编》第115册,第648页。
⑥ (清)赵士麟:《秋望》,《读书堂彩衣全集》卷三九,《清代诗文集汇编》第115册,第654页。
⑦ (清)胡作梅:《读书堂彩衣全集》跋,《读书堂彩衣全集》卷首,《清代诗文集汇编》第115册,第25页。

佞臣以及文坛泰斗、英雄义士。他援古寄今，推己及人，在评论古今得失、历史兴亡、人物不同际遇以及结局中思索社会、民生、个人命运与选择，显得厚重深沉，其个人的审美趣味、胸襟怀抱和人生价值的取舍也在其中得到了集中体现。

由此可见，赵士麟的诗歌题材非常广泛、丰富，笔力雄健，无论哪种题材的诗歌，他都显得驾轻就熟，体现了深广的学识和胸襟以及过人的才华。

不妨以他写过的艳体诗为例。赵士麟曾在众人的玩笑中挥笔写下《艳体二十四首》，其七曰：

> 明珰皓齿麝兰香，挈伴春园共采桑。揽袖高攀不及叶，花茵小坐看鸳鸯。

该诗文笔清新灵动，将少女采桑和小憩的动作与神态勾勒得栩栩如生，富有浓郁生活气息和画面感。再如"冰簟轻排催斗草，湘帘半卷暗藏阄。不知梁月窥人笑，输却金钗当酒筹"[1]，以白描的手法再现闺中少女的日常生活，将她们的活泼、俏皮与欢乐的场景勾勒得鲜活生动。赵士麟后学刁略在艳体诗后记有一句："先生少时气象严严，不轻言笑。同学戏之曰：'肯为艳体诗乎？'曰：'何妨。'援笔草此，恐温李逊其风华也。"可知赵士麟二十四首艳体乃一气呵成，其才气和不拘小节的性格也跃然纸上。因此，上文提及田雯对其艳体诗极力称道，将其与历代艳体诗诗人相提并论，也并非过誉之词。

须知赵士麟虽然沉浸理学，甚至可以说在理学上颇有建树，但他并非迂腐呆板、食古不化的道学家，他的很多观点颇为后世称道。如他曾说"声色货利，不是一切去尽方是天理，止要得其正，即是天理"，可知他所秉持的"理"，并非否定了一切正常人欲的"理"，而是建立在每个人合理需要的前提下的"理"，只要不损人利己，不违背正道，他充分肯定人的一切正当需求。他还说："'学莫先于治生'之说，人每非之，夫治生岂营营逐逐之谓哉？男耕女织，常勤常俭，日用衣食，自可不缺，苟度岁月以黾勉于道，方是善学，若一概置之，妻啼饥、儿号寒，曰'吾忧道不忧贫也'，道岂如是哉！"这段话以思辨的精神，对"忧道不忧贫"提出了新的阐释，批评了那种置家

---

[1] （清）赵士麟：《艳体诗二十四首》，《读书堂彩衣全集》，《清代诗文集汇编》第 115 册，第 527 页。

人饥寒生死于不顾，装模作样以"道"为标榜的假道学，而是认为即使要追求"道"，必须在满足生存的基础上，体现了他颠覆传统、敢于质疑的精神以及人本主义的情怀，这是非常可贵的。因此，作为一个理学家，他能写出这样清新而富有生活气息甚至是勃勃生机的诗文，就不足为奇了。

再看他的长篇歌行体《中秋望云亭同友人醉月篇》：

> 静里千枝堆玉叶，倾来满地洒金卮。霜蛾飘堕菊葳蕤，佳人失暗怯帘帷。……此时峨眉千山遍琼琚，潇湘八月涵清虚。蓬岛瑶华隐珊树，沧海鱼龙抱明珠。昔照汉宫楼阁凉，更坠金鹅琥珀光。文犀玳瑁妆细碎，龙脑一缕飞中央。今夜鸳鸯隋苑浴，今夜许史绮筵张。石家步幛罗锦绣，海国玻璨掩缥绌。……秦时笛里关月明，辉光流入汉家营。前军将军屯葱岭，后乘十万度金城。何人不歌边塞月？何月不照远征人？几家少妇掩罗袖，几家老婆拂红巾。别有砧声敲冷月，啾啾切切伤蛩鸣。又见优昙莲花白，璘璘绣成幡盖双虹均。空山大众迷花雨，夜壑孤藤看佛经。亦有仙侣向瑶池，洞箫无和傍月吹。……人间岁月如春花，愁云思海从何始？人如一叶浮清空，摇曳绡烟谷雾中。欲趁游丝自飞堕，笑逐天边鹤发翁。吾人胸中浩浩落落如香水，海之洪流焉计海水中之一沤。此夕如辞喧嚣城市江头饮，惊谓天吞日浴乾坤浮。……①

诗歌写醉中看月的景象、联想和由此生发的人生感慨。开篇以华美的辞藻写眼中所见月华之美，夜的静谧、安详和朦胧之美让人如身临其境，在月光笼罩之下，诗人的思绪穿越时空，越过千山万水，看到了世事的变换和人间百态以及各种月下的情思，有人夜饮欢歌，有人望月思亲，有人自伤自省，有人度曲抒情，同样的月光照耀着一代代的江山兴废和人事变迁，在这样的时刻，俯仰宇宙，叩问人生，叹宇宙之无穷，念个体之渺小，岁月之易逝。诗人以永恒、无极的景象物候，衬托人生短暂，让人对自然产生深深敬畏的同时又警醒自己存世的意义，将全篇的立意进行了升华。全诗音韵和美，句法善变，情思绵邈，意境优美，宁静高远，引发读者无穷的遐思，画

---

① （清）赵士麟：《中秋望云亭同友人醉月篇》，《清代诗文集汇编》第115册，第619—620页。

面时而梦幻时而广袤，时而华丽时而凄美，给人以至高的审美享受。由此可见，赵士麟虽然受传统诗教的浸润和理学的深刻影响，但由于其满溢的才华和高迈的情怀，其诗中时时流露出别样的趣味和生气，不失为清初诗坛大家。

《滇南诗略》将赵士麟列为清初云南诗人的翘楚，认为他"当国初时，以清峻典重之音首开风气"①，充分肯定了其在清初云南诗坛的地位。赵士麟为友人作诗序曾写道："必有颖悟绝特之资而济以该博宏伟之学，察乎古今天人之变，而通其洪纤动植之情，然后足以奔驱百家而驰骋千里，功加矣；又必具温厚和平之养、庄严凝重之度然后其音淳庞而雍容，铿锵而锽锴，亢戾消则气象从容，夆鄙去斯尊严典雅矣。"②这与他的诗歌风格也是完全一致的。

赵士麟的诗虽然缺乏明显的个性色彩，总体显得端庄持重，内敛含蓄，但自有一种蕴藉厚重与从容不迫之感。张英在序言中评价他"以如潮如海之才，发有体有用之学。其文章博丽沉雄处得两汉气味，而又兼有眉山之浩瀚，漆园之奇放。其取材也富，其立论也精，其气飙发而泉涌，其格圭方而璧圆"③，是非常中肯的。赵士麟对程朱之学的深刻钻研在当时同僚中有目共睹，彭宁求说他"澄心默坐，返视静观，垂四十年"，达到"理学精醇"④的境界，他一生以慎独为宗，以躬行为要，以谨言慎行为先，以寡过修身为务，可惜，理学的思想限制了他的才华，否则，以其才情和胸襟，必能在诗坛上绽放更加夺目的光彩。

三、赵士麟与康熙前期京师诗坛

作为一名诗人、学者和出色的政治家，赵士麟在清初诗坛上比较活跃，尤其在任浙江、江苏巡抚后调回京师，与陈廷敬、张英、徐乾学、王士禛、熊赐履、李振裕、李之芳、翁叔元等同朝为官，同时与当时一批名士如彭孙遹、尤侗、戴名世、毛奇龄、严绳孙、龙燮、冯甦等交好，经常诗文往

① 《滇南诗略》卷二四，段昕诗后之跋语，上海书店《丛书集成续编》第150册，第404页。
② （清）赵士麟：《于章云仪郎诗序》，《读书堂彩衣全集》卷十四"诗序"，《清代诗文集汇编》第115册，第324页。
③ （清）张英：《读书堂彩衣全集序》，《读书堂彩衣全集》卷首，《清代诗文集汇编》第115册，第7页。
④ （清）彭宁求：《读书堂彩衣全集序》，《清代诗文集汇编》第115册，第10页。

来，留下不少投赠之作。赵士麟在京邸的居所为金碧园，因怀念家乡，以云南"金马碧鸡"之胜命名，金碧园成为当时京师一大批文人、士大夫诗酒之会的场所之一。王士禛、龙燮、熊赐履、彭孙遹等皆有多次诗歌记载宴集于金碧园。如王士禛诗写金碧园诗酒之会"雨歇凉生烟景昏，高台留客共开樽"①，孙洤《金碧园谶集》也描述了园中时常集会的盛况"退时待朋俦，集来无长少。……座人情倍殷，清谈各选要"。②严绳孙诗中也有在园中流连诗酒的回忆："微霜卷幔吟红叶，明月开尊醉绿莎。"③赵士麟诗集中亦有数十首众人宴集于园中的诗作。从中可以看到赵士麟金碧园在京师诗人活动中的繁盛情况。除此之外，他们还于政务之暇聚于官署藤花之下，或是相约春、秋郊游，彼此有不少诗文投赠。其中，赵士麟与彭孙遹、龙燮、王士禛、熊赐履、戴名世和冯甦等的关系最为密切。以王士禛为例，两人同朝为官，赵士麟为王士禛作过《少司农王阮亭公诗文序》《宫詹雷龙案少司农王阮亭两公唱和诗后跋》，与王士禛唱和之诗有《上元前三日宛平夫子饮怡园，同席铁庵翁大司寇、醒斋李大司空、阮亭王少司农、昊庐王少宗伯、曼园张少司马观灯，乐甚，不揣芜陋，即事辄赋长歌一篇，用纪其盛》《暮春西郊见林花初放，阮亭王少司农嘱赋四首》等诗，王士禛《渔洋山人自撰年谱》中多次提及赵士麟，对其品行、政绩颇为称道，如王士禛刚迁任兵部侍郎后，向赵士麟讨教经验："先是少宰赵玉峰士麟任督捕，有美名，山人以承赵后仕，虚怀请教，赵曰：'比年条例已极宽大，吾辈更当推广朝廷德意行之。'山人遂酌定条例数则，题请准行，颁之天下，由是法益宽。"④从王士禛对赵士麟建议的虚心采纳，可以看出二人至少在为官的原则准绳上是一致的，志同道合的他们也时常以气节、品行相砥砺，如王士禛在自撰年谱中记载了另一件事：

山人官总宪，一循台规，即一掌道亦必论资俸升迁，不徇一情面，以绝奔竞之阶，戒言者不得毛举细故，务崇大体，退食谢客、焚香扫

① （清）王士禛：《赵玉峰通政招同沈绎堂宫詹张箸汉太仆郭快庵侍读信初太常集金碧园玉峰滇人园名盖寓故乡之意》，《带经堂集》卷三八《渔洋续诗》十六，清康熙五十年程哲七略书堂刻本。
② （清）孙洤：《金碧园谶集》，《担峰诗》卷二，清康熙刻本。
③ （清）严绳孙：《秋水集》卷六"诗六"，清康熙雨青草堂刻本。
④ （清）王士禛：《渔洋山人自撰年谱》，陈祖武选《清初名儒年谱》第13册，北京图书馆出版社，2006年版，第93页。

地，下帘读书，自一二韦布故交以风雅相质外，门雀可罗也。少宰赵玉峰士麟谓山人曰："公为户部侍郎七年，屏绝货贿，不名一钱，夫人而知之。至为御史大夫，清风亮节、坐镇雅俗，不立门户、不急弹劾，务以忠厚惇大，培养元气，真朝廷大臣也，抑亦今日药石也。"[1]

从这段话可以看出，王士禛因坚持原则受冷落之时，是赵士麟高度肯定其品行节操，给予了精神上莫大的支持，可见二人不仅是同僚，还有互为知己之感。因此，彼此诗文酬唱甚多，王士禛《带经堂诗话》中还记载了一些和赵士麟之间的诗文趣事[2]，同时有《赵玉峰通政招同沈绎堂宫詹张箬汉太仆郭快庵侍读信初太常集金碧园玉峰滇人园名盖寓故乡之意》《夏日有事史部坐藤花下呈赵玉峰王昊庐二少宰诗》等诗投赠赵士麟，有"周行聊寄迹，丘壑共论心"等句，足可见二人相交甚为投契。

同时，清初戏剧家和诗人龙燮同为王士禛和赵士麟的好友，因此三人之间的联系非常密切。虽然龙燮目前在学界受到的关注并不多，但却是康熙朝有名的曲家，其剧作《琼花梦》数次观演都有名士聚集，并赋诗留念，如王士禛、施闰章、尤侗、孔尚任、彭孙遹等都为演出赋诗并相互唱和不下数十首。王士禛和龙燮的交往最为密切，二人之间唱和诗曾汇编成册，赵士麟为其作跋。龙燮作有《琼花梦》剧，赵士麟有诗"渔洋最爱梦《琼花》，闻道先生亦叹嗟"[3]。而赵士麟与龙燮更是互为知己，为龙燮作有《詹予龙雷案〈琼花梦〉剧序》《詹予龙雷案诗文序》《宫允雷龙岸诗序》《宫允龙雷案拟苏诗序》《宫詹雷龙案少司农王阮亭两公唱和诗后跋》等多篇序跋，汪灏在跋赵士麟《金闾会语》中曾记，龙燮"所制《琼花梦》新成，以非先生序不足传后。为请先生涉猎，新声一过，立挥千余言。阐发作者命意，兼于小中见大义，西部率都下同志合尊，延先生上坐，命歌者即歌《琼花梦》，以酬先生文"。赵士麟在为龙燮作的多篇序中也不止一次提及两人交情："予邸寓近雷岸，每有诗文脱稿即相证，且彼此序跋或畅论，可乐也。"[4] 龙燮也数次作诗忆及与赵

---

[1] （清）王士禛：《渔洋山人自撰年谱》，《清初名儒年谱》第 13 册，第 106 页。
[2] 见王士禛：《带经堂诗话》卷二七，清康熙五十年程哲七略书堂刻本。
[3] 赵士麟：《詹予龙雷案琼花梦剧序》，《读书堂彩衣全集》卷十三，《清代诗文集汇编》第 115 册，第 307 页。
[4] 赵士麟：《宫允龙雷岸拟苏诗序》，《读书堂彩衣全集》卷十四，《清代诗文集汇编》第 115 册，第 319 页。

士麟的交往："回廊曲径寄园中，忆昨招携把酒同。碌碌今为刀笔吏，犹能谈笑坐春风。"① "澄江少宰旧知我，岁寒肯作风花臀。问余一向坐诗穷，宜瘦而肥又何说。揽衣大笑上马归，尚有支贫骨如铁。"② 陆林先生在《燮公年谱》中记载，康熙三十九年，赵士麟曾出资为龙燮刊刻《琼花梦》③。从以上考察可以看出，赵士麟对龙燮当时在曲坛的影响，是有助推作用的。

此外，赵士麟与徐乾学、彭孙遹、熊赐履、毛奇龄、戴名世等也多有往来，徐乾学和毛奇龄对赵士麟的政治才干和智慧非常钦佩，毛奇龄有诗"禹穴豫呈金检册，浙潮初罢水犀军"，"何幸东南烦锁钥，岁星重傍斗牛分"。④ 徐乾学也有句"千里看移鹤，三公得佩刀。吴山翡玉马，江草育兰舻"⑤，褒扬赵士麟的才干与政绩。

在赵士麟诗集中，数十人为其作序、题词，总体的评价基本都是气厚学博，诗文创作能熔古铸今、出经入史，同时才大心细，法度严密，有名山大川之奇气，包圣贤师相之遗风等等。龙燮曾记赵士麟曾一日之间作《诗》《易》《春秋》《尚书》《礼记》之序，"一日之间，操方寸之笔而序五经之书"，震惊四座，称思维之敏捷、下笔之速，近世"未有奇于少宰玉峰先生者"⑥，戴名世评其"气盛、力大、格高、法老"⑦，张曾庆也曾记康熙多次召集儒臣制题理学，命各赋诗，"凡百臣工，敬而赋之，固不乏人，未有如我仙湖先生者，学富醇儒，文能哲匠，蔚蔚乎五百之名世也"⑧，甚至有人称为"济世之明宦，持世之醇儒，名世之大家"⑨。诚然，一些话有过誉之词亦在所难免，但儒家修身、齐家、治国的理想与行动在他身上都得到了充分体现，他不仅仕途通达，名位显赫，其道德文章、学识胸怀也为当世儒林之楷模，在康熙朝前期的诗坛上，他是一个极为活跃的人物。

---

① （清）龙燮：《读书堂彩衣全集》题词，《读书堂彩衣全集》卷首，第 27 页。
② （清）龙燮：《集赵给谏恒夫寄园同玉峰先生作聚星堂雪诗》，徐世昌《晚晴簃诗汇》卷四二，中华书局，1990 年版。
③ 见《燮公年谱》，陆林：《皖人戏曲丛刊·龙燮卷》，黄山书社，2009 年版，第 269 页。
④ （清）毛奇龄：《赵中丞开府两浙》其一，毛奇龄《西河集》卷一七八，《景印文渊阁四库全书》本。
⑤ （清）徐乾学：《送赵玉峰中丞出抚两浙四首》其三，《憺园文集》卷七，清康熙刻冠山堂印本。
⑥ （清）龙燮：《读书堂彩衣全集序》，《清代诗文集汇编》第 115 册，第 12 页。
⑦ （清）戴名世：《读书堂彩衣全集序》，《清代诗文集汇编》第 115 册，第 21 页。
⑧ （清）张曾庆：《读书堂彩衣全集序》，《清代诗文集汇编》第 115 册，第 11 页。
⑨ （清）朱雯：《读书堂彩衣全集序》，《清代诗文集汇编》第 115 册，第 16 页。

四、赵士麟与云南诗坛

赵士麟作为入清后云南的第一个进士，且仕途通达、才德文章出众，对云南士子的影响很大，无论是同辈或后辈，都对其心生景仰，视为典范。他的影响不止是在康熙朝，对后世云南诗人的影响也非常深远，如被袁嘉谷列为清代云南六家诗人之一的张汉就以赵士麟为榜样。张汉官翰林院期间，数次到赵士麟居住过的金碧园故址瞻仰、凭吊，写有《读书堂即事》《题赵少宰玉峰读书堂木榜》等诗，并以赵士麟曾经的书斋"读书堂"为自己的书斋命名，"玉峰有书名，日夕发辉光。我堂仍其名，读书讵敢荒"[1]，以此自勉。稍后的河阳诗人李发甲，为赵士麟门生，先后官山东按察使、福建布政使，两任湖南巡抚，也是康熙朝享有盛名的云南诗人，赵士麟对其影响深刻。而后世作诗称颂赵士麟政绩和风采的云南诗人，更是不计其数。

赵士麟位高权重之后，虽不能常回乡梓，但他对乡邦的士子非常照顾，很多来自云南的读书人无论进京赶考、谒选、寓居，都常常成为其座上客，"待桑梓极有恩义，从滇南至都下者，崎岖万里，先生每赈赡其所不足"[2]。他的居所成为接引乡邦士子的一个重要据点，他也因此成为京师云南诗人的核心。如上一章提到的遗民诗人刘坊，在流寓京师时就曾长期居住于赵士麟府邸，赵士麟本人是康熙朝重臣，但丝毫未因刘坊的遗民身份以及誓死抗清的言行而担心影响自己前途对其敬而远之，而是倍加关心、照拂。他本人没有遗民情结，但对前朝忠烈之士和诸多遗民故老却异常敬重，云南故臣赵譔于明季殉国，葬于京城城南，赵士麟每年"春秋二季，洁治牲牷，率同乡绅士肃拜冢下，又别为设祭，总奠旅魂，数十年如一日"[3]。他在为云南遗民张启贤、马明阳等诗文作序中，亦高度称颂他们的气节。赵士麟襟怀之磊落坦荡，实在令人敬佩。同时期的云南诗人许贺来、陈时霈、赵琎美、刁仲熊、陈于王、刘正等，均与赵士麟酬唱甚密。除许贺来、李发甲外，其他人都因官低位卑，声名不显。

许贺来（1656—1725），字燕公，号秀山，石屏人。康熙辛酉年（1681）

---

① （清）张汉：《题赵少宰玉峯读书堂木榜》，《留砚堂诗集》卷二，《清代诗文集汇编》第248册，第35页。
② 《大清吏部左侍郎赵先生士麟行状》，《碑传集》卷十九，版本见前。
③ 《大清吏部左侍郎赵先生士麟行状》。

举人，乙丑年（1685）进士，官至翰林院侍讲。于康熙乙酉年（1705）以母老面乞致仕，终老田园。许贺来是入清后云南的首位翰林，属于赵士麟的晚辈，因同朝为官，两人来往非常密切。许贺来诗才也很出众，著有《赐砚堂诗集》。下节将作专门论述。

李发甲（1652—1717），字瀛仙，号云溪，云南河阳（现玉溪澄江）人。康熙甲子（1684）举人，此前入赘施姓，亦曾姓施。授大理府教授、元江教谕，迁灵寿县知县，因政绩卓著，擢监察御史、山东按察使、福建布政使，两任湖南巡抚。著有《居易堂诗集》，同治间重刻后更名为《李中丞遗集》。

陈时需，字解如，号素庵，又号御鹿野人，蒙化人。顺治辛丑（1661）举人，任路南州学正，文词书翰俊逸多姿。据赵士麟文集和诗集序，两人为乡试同年，意气相投，后曾同赴甲辰春闱，陈时需未第。吴三桂之乱期间，音书隔绝，数年后再见其子，方知陈已于丙寅年（1686）故去，赵士麟深为悲痛。赵士麟称其不仅擅诗，还工书法，在滇中久负才名。著有《春生草堂诗集》《春生草堂文集》和《陈素庵文集》。

赵珽美，字上珍，剑川人。康熙癸卯（1663）举人，官临武知县，廉洁自持，终养告归，结墅于剑川金华山麓，种竹千竿，名"石竹居"，并以之名其诗稿。赵士麟与其相交甚厚，对其胸襟学识颇为赞赏，称他"真可谓渭川千亩在胸中"[1]。

杨浚，字正宸，号他山，定远人。贡生，官永北府训导，著有《正宸诗文集》《澜沧杂咏》，赵士麟在序中称其"古文诗歌不秦不汉，非晋非唐，直向洪炉大冶中融成一片，别具宝光，辉于天壤"[2]。

陈于王，字翼圣，新兴（今云南玉溪）人，顺治庚子（1660）举人，官教谕，著有《翼圣诗集》。陈于王与赵士麟为同科举人，二人一见如故，虽然陈后来长期困顿科场，但赵士麟始终与其保持联系。

刁仲熊，河阳人，诸生，撰有《梅花百咏》，与赵士麟为同乡，亦为好友，赵士麟为其诗集作序称"如初日芙蓉，天然莹洁，阮娘舞剑，宓妃踏波，……凌空而去，环佩留响，复如寒山诸子可以脱帽露顶散发坦然作人间

---

[1] 《（民国）新纂云南通志》卷二三四"文苑传三"。
[2] 《（民国）新纂云南通志》卷七五"艺文考五·滇人著述之书五·集部二·别集类二"。

散圣，眼空六合，气傲千秋"①，对其才学尤为称道。

赵士麟中进士后长期仕宦外省和京中，除了同在京中为官的云南诗人，其余因科举失意而长期居于乡邦的诗人因古代交通、邮政不便，能保持长期交往的并不多。略拣出以上几位，虽数量不众，但已足可见赵士麟对乡梓诗人的关心和提携。可以肯定的是，赵士麟对云南诗坛和文化的影响远非以上几位，其道德文章和品行节操，数百年来都是滇中儒林的榜样。他的诗道观念和创作实践代表了这一时期云南诗坛的总体取向。诗人们普遍以儒家传统诗教为旨归，重视自身的学问，大多数人淹通古今、出入经史，诗歌创作关乎世运，承载着敦化风俗和扶正人心的责任，强调性情的抒写，重视诗歌的真情实感，提倡真诗，反对模拟剽窃。从诗法上看，他们博综百家，兼收并蓄。如陆良诗人俞卿极力崇尚自然质朴的"真诗"："古人多大作，佳句必天真。"②陈时需的诗出风入雅，"深于道而非寻常才士之比"③。晋宁凌以恭"躬秉特操，与古为徒，渊渊德心，养和靖躁"，其诗"冲夷瀅远，……人读之，亦足以消其躁戾之衷而归于平正也"④；昆明杨谊远的诗"意致沉郁，寄托高远，具有性情，含蓄风旨"⑤。河阳李发甲"刻笃和平，具征性情之正"⑥。河阳李可杙"气格自佳，尤以养胜"⑦。王思训"古体、泊近体、述古诸诗显微阐幽，……其他点染风华，亦皆春容郁丽"⑧。李如玉"以斯道觉斯民，而扶大伦于千古之后"⑨。楚雄彝族诗人萨纶锡诗作"气度安详"⑩。刘文炳"蔼然如春、恬澹冲夷，不诡不随，为有道人之语"；等等。诗人创作风格方面所具有的群体特征，无论以学养胜、以"道"显，或尊崇风人之旨，或显性情之正，无不可以看到儒家传统诗教在这一时期的全面复兴。前一章我们已经论及，在明末的遗民中，以担当为首的诗人已经提出诗歌创作的"温厚"之旨，陈继

①　《（民国）新纂云南通志》卷七五"艺文考五·滇人著述之书五·集部二·别集类二"。
②　（清）余卿《与人说诗戏为短句》，《滇南诗略》卷十九，上海书店《丛书集成续编》第150册，第310页。
③　《（民国）新纂云南通志》卷七五"艺文考五·滇人著述之书五·集部二·别集类二"。
④　《（民国）新纂云南通志》卷七五"艺文考五·滇人著述之书五·集部二·别集类二"。
⑤　《（民国）新纂云南通志》卷七五"艺文考五·滇人著述之书五·集部二·别集类二"。
⑥　《（民国）新纂云南通志》卷七五"艺文考五·滇人著述之书五·集部二·别集类二"。
⑦　《（民国）新纂云南通志》卷七五"艺文考五·滇人著述之书五·集部二·别集类二"。
⑧　《滇南诗略》卷二六，跋王思训诗后，上海书店《丛书集成续编》第150册，第434页。
⑨　《（民国）新纂云南通志》卷七五"艺文考五·滇人著述之书五·集部二·别集类二"。
⑩　《（民国）新纂云南通志》卷七五"艺文考五·滇人著述之书五·集部二·别集类二"。

儒、董其昌等评价其诗也用了"大雅正始"①、"温淳典雅"②等用语，可知那时儒家"温柔敦厚"之诗教已有复兴端倪，只是在当时社会急剧动荡的背景下，"温柔敦厚"实在不适应天崩地裂、风雷激荡的现实，唯有长歌泣血、张扬刻厉才能尽情抒发家国身世之悲。因此，在儒学复兴的背景下，明末清初诗歌尽管出现了提倡风义、振衰救敝等内容，但全面归于"温柔敦厚"之下，却是云南入清之后才开始的。从此以后，这一创作原则，贯穿了清代云南诗歌的始终，成为一条发展的主线。

第二节　道、艺双修：理学语境下的云南诗歌创作

清朝平定全国后，迫切需要恢复社会伦理道德秩序，从思想上稳固自身的统治，备受批判的阳明心学已经承担不了这一使命，程朱理学成为不二之选，朝廷顺势而为，应和士大夫们复古尊经的努力，开始在全国大力"黜异端、明正学"，尊崇和倡导程朱理学。而在云南，这种推广力度远比中原内地更甚。

康熙二十年（1681）吴三桂之乱平定时，历经了数十年战乱的云南不仅民生凋敝、满目疮痍，而且文献损毁，读书种子殆绝，"闾阎涂炭，诗书煨烬，小民疲于供亿，绅士窜于山林，百姓十载无统诵声。……烽烟千里，满地干戈，泮藻黉宫，鞠为茂草"③，社会和人心都是一片荒芜，朝廷当务之急在于"修举废坠，收拾人心"④。针对这种状况，为安抚代表民望的"士"阶层，也为敦孝悌、立忠信、淳风俗，并稳固自身的统治，朝廷重建社会伦理秩序刻不容缓。面对云南土司割据、少数民族众多、信仰风俗不一的情况，朝廷认识到，只有加强伦理观念的灌输，才能快速安定人心，促进社会稳定，"僻在遐荒，鸟杂犷悍，最难调化，历代所不有者，以其山川之所限，风气之所移，语言不通，嗜欲已异，得其民不可使，故也"⑤。程朱理学作为官方

---

① （明）陈继儒：《偁园集序》，《担当遗诗》卷首，台湾《丛书集成续编》第172册，第527页。
② （明）董其昌：《偁园集引》，《担当遗诗》卷首，台湾《丛书集成续编》第172册，第528页。
③ （清）蔡毓荣：《新建昆明书院碑记》，《（乾隆）云南通志》卷二九"艺文·记"。
④ （清）蔡毓荣：《请补行乡试疏》，《（乾隆）云南通志》卷二九"艺文·记"。
⑤ （明）王世贞：《大理战书附》，《弇山堂别集》卷八五，明万历十八年刻本。

学术和统治思想，就是在这样的背景下以强硬的手段灌输到云南社会各个阶层。首先从当地统治阶级入手，朝廷规定云南所有土官子弟必须入学，灌输儒家忠君爱国的理念，使之以后安分守己，不轻易背叛朝廷："颁六谕发诸土司，令郡邑教官月朔率生儒耆老，齐赴土官衙门，传集土人，讲解开导，务令害于以悟，翻然以改，将见移风易俗，即为久安长治之机。……土官应袭者年十三以上令赴儒学习礼，即由儒学起送承袭，其族属子弟有志上进者，准就郡邑一体应试，俾得观光上国，以鼓舞于功名之途，古帝舜敷文德以格有苗，由此志也"，最终让他们"以朝命为荣辱，自不以私心为向背"。①

在这之前，传统儒学的价值在云南士大夫们之间早已得到了重新认识，他们还身体力行地致力于其复兴事业。如果说此前程朱理学的复兴只是在一批有识之士中间受到重视，那么入清后经过朝廷对云南的一系列强制措施，它很快深入渗透到了社会各阶层并收到了显著效果。

这一时期云南卓有声誉的诗人如河阳赵士麟、李发甲，石屏许贺来、张汉，昆明王思训、孙鹏（回族），元江马汝为（回族），楚雄钱熙贞，赵州李根云（白族）等，无不究心理学，他们中的一部分人甚至造诣精深，在学术、政坛和诗坛都不容被忽视。赵士麟一生"从事濂洛之学，澄心默坐，返视静观，垂四十年"，达到"理学精醇"②的境界，被誉为"济世之明宦，持世之醇儒，名世之大家"③，儒家修身治国的理想在他身上得到了集中体现。同是河阳人的李发甲以举人出身而官至封疆大吏，曾任山东按察使、福建布政使，两任湖南巡抚，也是一个典型的以儒家修齐治平理想来要求自己的读书人。他服膺濂洛之学，时时胸怀儒者的责任，身上体现出儒士肩负圣道、弘扬圣学的使命感："小儒抱一经，乃为大道忧。沉潜性命府，濂洛继圣修。"④被称为清代云南诗坛"一代宗风"的张汉，思想以程朱理学为根底，重视学问、胸襟、格局对诗歌的影响，有多首诗写道："竟日无言侍朱子，心情廉静洗澄渊"⑤，"少耽风雅成何用，晚信朱程是本师"⑥。清代云南首位翰林、诗

① （清）蔡毓荣：《筹滇十疏》，《（乾隆）云南通志》卷二九"艺文·记"。
② （清）彭宁求：《读书堂彩衣全集序》，《清代诗文集汇编》第115册，第10页。
③ （清）朱雯：《读书堂彩衣全集序》，《清代诗文集汇编》第115册，第16页。
④ （清）李发甲：《寿苏谷侯年翁》，《李中丞遗集》卷一，《清代诗文集汇编》第182册，第513页。
⑤ （清）张汉：《小斋偶兴》，《留砚堂诗集》卷六，上海书店《丛书集成续编》第128册，第635-636页。
⑥ （清）张汉：《偶悟》，《留砚堂诗集》卷四，上海书店《丛书集成续编》第128册，第585页。

歌创作被袁嘉谷称为"吾乡开山大手笔"①的许贺来也精研性理,注重治心养性、修身洁志,同时济以学古之功,他认为"能窥河洛方为学,不解风骚莫咏诗"②。鹤庆诗人李梦颀早年性耽书史,尤精《易》经,擅诗文,晚年专研理学,匾其室曰"与天为徒",中设周、程、张、朱四子位,有《希颜录》《自知录》《名贤格言》等多部理学著作。而上文列举的数位,只是其中较为突出的少部分而已。可以说,作为一个少数民族聚居的大省,云南在清代前期理学氛围的浓厚丝毫不亚于内地中原。上文提到的诗人中,一部分还是少数民族如白族、回族和彝族,理学对他们的影响也不见得轻于汉族知识分子。从生平履历、立身处世以及诗歌创作和理学修养来看,他们已经纯然是中原传统士大夫的风范。

这一时期,云南诗坛在理学笼罩之下,诗人们普遍也有涵养道德与性情、重视个人修养的倾向,他们学识渊博,关注立命担当,诗歌创作追求"温柔敦厚",整体表现出雅正醇厚和气象从容的特点。但是否这就是这一时期云南诗坛的全部面貌?答案是否定的。虽然受理学干预的诗歌或多或少都难免有道学气息,对诗歌抒情本质和美学旨趣有所损伤,"诗人之诗以情韵意趣为主,道学诗以义理心性为尚"③,不仅喜谈性理,还普遍体现出重道轻文的倾向,但这一时期的云南诗人似乎脱离了这个常规。他们服膺和沉浸理学,理学于他们而言是涵养性情与道德,形成自己诚于君亲、厚于友朋、嗟念黎元休戚的性情和道德根基,修炼诚心正意的基石,却没有成为他们创作与生活的严重束缚。从上文我们分析的赵士麟的理学思想就可以见得,云南诗人们重视"道",也重视人之常情,他们脱离了"存理灭欲"的极端,而体现出"理欲合一"的倾向,并且鄙夷那些以"道"为自我装点、沽名钓誉的行为。这显然与云南当地的学术风气是有很大关系的。云南地处偏远,民风淳朴,士子们为学笃行务实,不惯投机取巧。"远在西南,风淳地僻,人敦实学,士耻虚声"④,这不仅是云南人自己的评价,明清时期来滇仕宦或寓居之人对此多持有相同看法。乾隆间吴大勋在滇仕宦十一年,其在《滇南闻见录》

---

① (民国)袁嘉谷:《卧雪诗话》卷二第二条,张寅鹏编《民国诗话丛编》第2册,上海书店,2002年版。
② (清)许贺来:《病中示儿》,《赐砚堂诗集》卷十,《清代诗文集汇编》第209册,第577页。
③ 刘扬忠:《中国古代文学通论·宋代卷》,辽宁人民出版社,2005年版,第47页。
④ (清)许贺来:《张禺山先生诗选序》,《滇文丛录》卷二四,上海书店《丛书集成续编》第153册,第290页。

中感慨道："滇中民风淳朴，不尚浮华，士人尤敦庞纯，实无自衿佻达之习。其中琢磨成器者，类皆贞正自守，刚直不挠，而又不作矫激怪迂之行以炫耀于世。呜呼！世习如滇南，庶几首四民而无愧者欤！"① 正心诚意的学风，使云南诗人能够自觉地将程朱修齐治平的思想作为砥砺学问和德行的追求，而不是拿来作为博取功名和自我装点的工具。因此，尽管他们在诗中也不免有谈论性理、探讨大道的倾向，如"物性固不一，巧拙日相争。大拙乃至巧，我思古人情"② 和"天地有定理，万物有定情。……俯仰期无愧，悠然足此生"③ 等，但这种情况并不多见。在更多的创作中，他们倾向于将儒释道的思想熔铸运化，崇尚物性自然、各有所由的"鸢飞鱼跃"之趣，因此诗篇中流溢着智慧和性情的灵光，富有哲思、理趣而情韵不失。哲人的睿智、学者的理性和诗人的感性多情结合在一起。他们服膺理学，但不妨碍他们在关怀现实的基础上抒发真情实感。在这样的情况下，这一时期的云南诗歌体现出道艺双修的特点，词句优美，文采斐然，并不因道废文，加上这一时期的创作依然继承了明末清刚劲健的优秀传统，内容充实，有强烈现实主义精神。因此，无论从诗歌内容、语言艺术、情韵与境界等方面来说都颇有可观。

一、关乎世运的现实精神

虽然入清后的云南诗人们已经生活在承平时代，新的王朝勃发着新的气象，诗歌创作不乏歌咏太平的大雅元音，风格也普遍温厚平和，但这不代表他们整日歌咏升平、吟风弄月。与中原内地不同的是，云南于康熙二十年（1681）吴三桂之乱平定后才彻底走入和平，这一时期的诗人们普遍经历了战乱，甚至有些还是遗民的朋友、后代。他们继承了明末现实主义精神，依旧体现出儒者强烈的使命担当和责任感，对社会民生给予了深切的关注；诗歌内容充实厚重，有强烈的忧患意识。他们将目光投向刚刚脱离战争苦海又陷入阶级盘剥的劳苦大众，反映民间疾苦，鞭挞黑暗现实，写下了很多痛疾民瘼的诗歌，再现了下层百姓的凄惨处境。如石屏何其伟的《去妇词》《捣衣

① （清）吴大勋：《滇南见闻录》，方国瑜《云南史料丛刊》七，云南大学出版社，2001年版，第6页。
② （清）许湜：《咏怀》，《滇南诗略》卷二八，上海书店《丛书集成续编》第150册，第451页。
③ （清）时亮功：《示儿》，《滇南诗略》卷二三，《丛书集成续编》第150册，第387页。

曲》《田家行》《掇薇行》《妾薄命》《裁衣曲》，元江回族诗人马汝为的《食蟹》《杂诗》《偕同人游清凉山放歌》《长椿寺观前九莲菩萨遗像》《督师》《题侬人图》，石屏许贺来的《昆明纪事》《运米谣》《村中即事》《凶年叹》《田家》《田家词》《忧旱谣》《苦雨叹》《逃荒行》《五塘沟纪事》《苦雨》《癸巳夏秋之交淫雨连旬湖水四溢田庐淹没亦一时之灾也诗以纪之》等等，都深刻反映了下层百姓的生活苦况，揭露了社会的黑暗与不平。

如许贺来的《运米谣》：

> ……言出反遭官长骂，追呼吏横如虎狼。披头尽系入公堂，逞威肆虐姿鞭挞。克期残腊上官仓，绮筵夜夜醉歌舞。剥尽膏脂用如土，沉冤囹圄总无闻。肯怜剜柔医疮苦，风凄除夜泪沾襟。……只贪耗羡饱溪壑。蛮烟瘴岭别一天，排云何处叫阊阖。①

此诗揭露了在朝廷体恤百姓、免除蠲租的情况下，地方官却私自加派和征收公粮与杂税，百姓表示质疑反遭拷打入狱的黑暗现实，反映了刚刚告别战乱，未及休养生息，又遭到官府欺压盘剥的社会民生，"土兵才过又官兵，搜尽牛羊到犬豕。低头忍泪暗自伤，活命全凭君主张。但使田中禾好在，三秋得粟上官仓"②。许贺来还写了很多相同题材的诗歌反映官府的丑恶面目，如他们经常在未到收租之日，就开始上门征派，"如何今岁催租吏，才到栽秧已打门"③，"索逋征赋日填门，输尽公私无余粟"④。雪上加霜的是，当遭遇天灾颗粒无收之时，又面临地租和公粮的缴纳，"灾荒谁料遍南土，夏苦旱干秋苦雨。稻粱一半委泥沙，催科痛复输公府。……仓皇只顾眼前饥，抛弃骨肉如敝屣"⑤。面对残酷的现实，百姓们卖儿鬻女，渡过难关，抛弃骨肉如同旧鞋。即便如此，还是有不少百姓熬不过这难关，活活饿死，"村夫饿死无人识，哪解西山咏采薇"⑥，对现实的的批判力透纸背。

石屏诗人何其伟的很多乐府诗以关怀下层百姓的处境为题材，体现了强

---

① （清）许贺来：《云米谣》，《赐砚堂诗集》卷五，《清代诗文集汇编》第209册，第527页。
② （清）许贺来：《五塘沟纪事》，《赐砚堂诗集》卷五，《清代诗文集汇编》第209册，第527-528页。
③ （清）许贺来：《田家词》，《赐砚堂诗集》卷七，《清代诗文集汇编》第209册，第546页。
④ （清）许贺来：《田家词》，《赐砚堂诗集》卷七，《清代诗文集汇编》第209册，第550页。
⑤ （清）许贺来：《凶年叹》，《赐砚堂诗集》卷五，《清代诗文集汇编》第209册，第531页。
⑥ （清）许贺来：《村中即事》，《赐砚堂诗集》卷十，《清代诗文集汇编》第209册，第567页。

烈的现实主义精神，如《去妇词》描写一个被夫家休弃的妇女临行前内心的痛苦："登车别君子，泪下忽如沐。幸视襁中儿，毋令饥夜哭。我姑既衰迟，勉游慎寒燠。妾身若逝波，东流讵能复。去去复徘徊，秋风起空谷。"[①] 诗人言辞质朴，却将弃妇心中的哀怨与不舍传达得淋漓尽致，弃妇决定不了自己的命运，被休弃之后不敢有怨言，心里依然牵挂着襁褓中的幼子和年迈的婆婆不忍离去，心中悲苦令人深感同情，揭露了那个时代妇女不能主宰自己命运的悲剧。又如写闺怨的《捣衣曲》[②]：

> 九月九日风露凉，千家万家砧杵忙。含情催梦寐，和月捣衣裳。捣衣夜夜月将落，谁谓征夫衣更薄。衣薄妾心孤，西风吹远途。不辞长捣练，愿早平蛮奴，蛮平永罢西南征。秋鸿过黑水，羌笛下高城。不将远道风前恨，吹断深闺月下声。

诗歌通过捣衣时闺中人的心理活动，将内心孤苦与对远方亲人的思念传达得细微深刻，情思动人。

回族诗人马汝为的诗歌除了反映百姓的生存境遇外，还批判了当局大兴土木、劳民伤财的政策，如《偕同人游清凉山放歌》：

> 华严楼阁饰金碧，雕凿万佛烦人工。我闻佛慈重施济，火宅曾种青芙蓉。方今回纥正构患，王陵惨淡生悲风。割肉饲鹰佛不惜，忍见四野多哀鸿。

诗中批判朝廷不顾民生和外患，一味耗费巨资大建佛寺，有悖于佛法悲悯众生的宗旨，笔法大胆而直露，《长椿寺观前九莲菩萨遗像》一诗也表达了同样的情感："为民祈福兴梵宇，岂以土木劳苍生！"

娄际泰在马汝为诗集中评价他"触物感兴、记事论古，罔非至情至性，盎然纸上，盖不屑与世之流连光景者争靡丽于一时"，既是对马汝为关怀民生的诗歌创作的褒扬，也是这一时期云南诗人共有的诗歌创作特点之一。

除关注民瘼，昆明诗人王思训的诗歌创作还体现了留心经史和掌故的倾

---

① （清）何其伟：《去妇词》，《滇南诗略》卷二二，上海书店《丛书集成续编》第150册，第360页。
② （清）何其伟：《捣衣曲》，《滇南诗略》卷二二，上海书店《丛书集成续编》第150册，第362页。

向，他的很多诗以滇南旧史为吟咏对象，记录云南历代重要事件和人物，如《滇南述古诗》十五首、《滇南七咏》等，咏滇南历史旧事。此外他的很多诗以明朝旧事和故臣为对象，如《沐黔国公天波》《沐公子忠显》《杨副使畏知》《李安西定国》《皇姑坟》《圆圆歌》《五华山歌》《咒水歌》《金井庵行》《夹江二士歌》《杨娥曲》，均以南明永历在滇期间旧事为题材，或褒扬忠义，或感叹兴衰，称得上春秋笔法。《滇南诗略》评价他"擅持风雅，不拘一格。惟于兴衰治忽、大节攸关之处，拳拳阐发，风义昭然，洵属诗家史笔，有补名教"。①

二、多样的语言艺术风格

理学的浸润没有使云南诗人们在诗歌创作中空谈性理，也没有重道轻文，他们同样重视诗歌的美学特征，根据需要摘取适宜而精妙的语言来抒情达意，风格有华美、有清丽、有质朴、有语淡味永，能够做到衔华佩实，各有千秋。如这一时期的王思训和段昕，吴仰贤评价他们的文笔"古笔玲珑王检讨，新词清丽段曹郎"②，指出了他们诗歌语言质朴古淡、清新自然和不加雕饰的特点；《清诗纪事》评许贺来的诗"朴拙可喜"，袁嘉谷评价张汉的诗"吐言天拔，巧思绮合"③，也点出了其诗用语自然、妙手天成，却又想象丰富绮丽的倾向；胡作梅评赵士麟诗歌"清思泉涌，异彩葩流，蜚风雨于层霄，变鱼龙于万态。匠心之妙，殆欲直补天工；信手之灵，应知别有神助"④，是对其超妙的语言艺术和情思给予了高度评价。

不妨看看"吐言天拔"的张汉之诗《山村》：

> 白雪盖山村，青壁荫修竹。人家几茅茨，藏居在林谷。云深不见人，丁丁闻伐木。⑤

此诗没有搜奇抉异，就是对生活中常见物象看似随意的剪切、组合，就

---

① 《滇南诗略》卷二六，跋王思训诗后，上海书店《丛书集成续编》第150册，第434页。
② （清）吴仰贤：《偶论滇南诗》其五，《小匏庵诗存》卷二，清光绪刻本。
③ （民国）袁嘉谷：《留砚堂诗选序》，上海书店《丛书集成续编》第128册，第471页。
④ （清）胡作梅跋：《读书堂彩衣全集》，上海书店《丛书集成续编》第128册，第25页。
⑤ （清）张汉：《山村》，《留砚堂集》卷四，上海书店《丛书集成续编》第128册，第580页。

呈现出一幅幅生动的画面，除展现出山水本身的自然美外，还有劳动的美，朴实、自然的语言呈现出全诗的勃勃生机和浓郁的生活气息。

安宁诗人段昕擅写山水，语言妙造自然又少有雕琢痕迹，风格质朴无华，如他写于家乡的《高峣野望》[①]：

> 雄关衔落日，水市易黄昏。客子初停缆，归舟自到门。风涛低雉堞，烟火乱渔村。最爱波间月，平山露半痕。

此诗写的是诗人站在昆明西山脚下、滇池之滨的高峣所看到的由黄昏到日暮的景象，雄伟的碧鸡关衔住落日，喧哗热闹的水市在黄昏渐次消歇，高过城墙的波涛起起伏伏，袅袅升起的烟火以及波间倒映的半月，仿佛一幅流动的画面。"衔""易""乱""露"，皆自然超妙，另换一字都达不到这种效果。诗人在随意点染之间，就勾勒了一幅安宁静谧的画面，意境深远，韵味无穷。

再如他形容温泉用句"暖于春色洁于秋"[②]，比喻葡萄"水晶倒挂青油幕，鲛女闲穿碧海珠"[③]，咏莲子"更有相思牵不断，心窍半为多情空"[④]，等等，都形象生动，无比鲜活，显示了高超的语言艺术和丰富的想象力。

另一首同样写于家乡的《过滇池至暮始抵高峣》[⑤]：

> 归心催薄暮，一叶入天流。水砌芦花岸，风翻杜若洲。渔人横棹望，鲛女弄珠游。何处高峣渡，星星灯火浮。

诗中未用一字一词写自己的心情，通过描绘眼中看到的家乡熟悉景物，远处的灯火星星点点，家乡父老悠然自得的生活画面，就将远归游子由归心似箭到近乡情怯再到看到家乡父老时那踏实、安宁的心情传达得无比真切，让人倍感亲切、熨帖。

石屏何其伟的诗歌也以语言清雅纯洁知名，意境纯美，有淡泊之境，而

---

① 高峣，昆明西郊位于西山脚下、滇池之滨的小镇。
② （清）段昕：《温泉》，《皆山堂诗草》卷八，清康熙四十九年刻本，云南省图书馆藏，第14页。
③ （清）段昕：《葡萄架下作》，《皆山堂诗草》卷八，第16页。
④ （清）段昕：《莲子歌》，《皆山堂诗草》卷六，第13页。
⑤ （清）段昕：《过滇池至暮始抵高峣》，《皆山堂诗草》卷一，第85页。

又富有生活气息。如《便水》①：

> 远望回龙阁，先惊便水天。溪山随树转，驿路抱江圆。艇曩潭中月，人归浦上烟。此中堪避地，何必武陵川。

便水指便水驿，位于湖南芷江，是云南到京师必经的湖南十八驿之一，风光如画，云烟拂涌。诗人用朴素简单的语言，就勾勒出一幅山明水秀、恬静平和的画面，不事铺张和渲染，音节舒缓，笔调闲适，白描中见整炼，经纬绵密处又似信手拈来，有行云流水之妙和清新脱俗之美。

如果说语言的质朴清新与眼前之景有密切关系，那么一些即事感怀或怀古咏史的诗歌，其语言的锻造锤炼可以使诗歌具有完全不同的风格，如蒙化诗人张端亮七言长诗《万人冢》：

> 虎师误陷边庭谪，二十万人无遗子。热血迸为洱水潮，白骨堆成点苍雪。苍雪能消水易流，年年遗恨锁荒邱。玉龙吹沙风怒起，青磷聚火疑昼游。行人道上肠堪断，剥落残碑衰草畔。如山性命等鸿毛，不尽骼骸供戏玩。除却新丰折臂翁，几人称健几争雄。一朝结为泉下客，谁是凌烟付画工！残魂盼断秋原绿，来往何人刍一束。野狐拜月雁嘶空，笛声空度关山曲。堪嗟相国论功时，犹树南征报捷旗。大将捐躯军效死，当日上皇知不知？②

万人冢是云南著名的历史遗迹之一，为唐天宝间唐王朝与南诏交兵后，南诏王收唐朝死难将士尸骨数万将之合葬的地方。无数诗人都曾吟咏于此。虽然埋葬的是当年来征伐云南的数万唐朝士兵，但在此经过和感慨的诗人无不对当年那些惨死异乡的冤魂充满同情与悲悯，谴责战争带给人民的无穷灾难。

此诗沉痛激愤，开篇就批判当年错误的决策导致二十万人埋魂他乡，揭露无道的战争带给人民的巨大灾难与悲剧，用"虎师"变"白骨"，用热血对比洱海水，用玉龙雪山的风沙代表千年不息的怨愤，再用冷月下的野狐、孤

---

① （清）何其伟：《便水》，《滇南诗略》，上海书店《丛书集成续编》第150册，第367-368页。
② （清）张端亮：《抚松吟集》，台湾《丛书集成续编》第174册，第363页。

雁和笛声来衬托坟冢边的凄厉荒凉，其谴责和批判力透纸背，对统治者穷兵黩武、好战喜功，视士卒性命为草芥的行为进行了激烈鞭挞，揭露了战争中"一将功成万骨枯"的血淋淋的现实，让人读来倍觉惨然和悲愤。语言锤炼使全诗气韵沉雄、回肠荡气。

三、对诗歌抒情本质的充分把握

深受理学濡染的诗人们笔下难免多有立命担当、匡时济世的抱负书写，无论是李发甲"才忝封疆任，心怀䒷屋情"①以及"人生一世间，事业当不朽"②的胸怀抱负，还是马汝为"政事勤民惟善俗，文章报国在匡时"的儒士精神，或是赵士麟"悲天而悯人，将以展所学。……规模务远大，庶为苍生福"③的济世理想，都彰显了这一时代精神。但除此之外，他们有很多作品，都书写自己人生中细腻深厚的感情。如河阳诗人李发甲，他是一个典型的以儒家修齐治平理想来要求自己的读书人，他服膺濂洛之学，时时胸怀儒者的责任，身上体现出儒士肩负圣道、弘扬圣学、"濯磨以承圣范"的士人品格。他的理想就是效仿先贤，达成经世济民之愿，"小儒抱一经，乃为大道忧。沉潜性命府，廉洛继圣修"④，"狂歌岂为邀名计，弹铗当为济世谋"⑤。在许多人看来，理学可能就是涵养道德和性情的工具，但李发甲却将其与自己的理想信念熔铸在一起，并终身笃行。他重视自我道德的修养和提升，终身追求圣贤品格的实现，勤学、励志、笃行、自强不息。正是这样的儒士精神，让他以举人出身最终成了封疆大吏。这样的理学名臣，他的诗歌主题应该就是"万里思亲意，九重恋主心"⑥，"心悬魏阙孤臣节，梦绕庭闱慈母知"⑦等等，但同样以情见长，郭嵩焘评其诗文就言："为诗文求适意而已，一不用以为名，无有嶻绝奇异可惊喜者，然其于家庭骨肉之交、君国之际，缠绵往复其

---

① （清）李发甲：《长沙署中》，《李中丞遗集》卷一，《清代诗文集汇编》第 182 册，第 519 页。
② （清）李发甲：《庚午初度示仲青弟》，《李中丞遗集》卷一《清代诗文集汇编》第 182 册，第 511 页。
③ （清）赵士麟：《励志诗》，《读书堂彩衣全集》卷二二，《清代诗文集汇编》第 115 册，第 470 页。
④ （清）李发甲：《寿苏谷侯年翁》，《李中丞遗集》卷一，《清代诗文集汇编》第 182 册，第 513 页。
⑤ （清）李发甲：《倦游》，《李中丞遗集》卷二，《清代诗文集汇编》第 182 册，第 529 页。
⑥ （清）李发甲：《和许秀山太史韵四首》之四，《李中丞遗集》卷一，《清代诗文集汇编》第 182 册，第 517 页。
⑦ （清）李发甲：《夏日偶感》，《李中丞遗集》卷二，《清代诗文集汇编》第 182 册，第 528 页。

心常若有余，所为今体诗往往类唐白文公《长庆集》之为，盖深于情者也。"①又如丁佩玉的诗歌"清苍深秀，兼有一种绵缈之致，使人读之不知情生于文，文生于情"②。诗人们虽以性理调适身心，涵泳性情，提升自我修养，但并非在诗歌中都是彰显大义凛然、宠辱不惊、气度从容的个人境界，除了抒发对君国、家园和亲友的牵念与赤诚，他们也将自己荣辱沉浮、生离死别的悲欢以及对人生、世界的感悟尽泻笔端，感情真挚动人。

如张汉的《都中岁尾，夜巡者柝钲交击，柝偶钲奇，参错为节，其声噍以杀，是其为商声乎？因念小物偶击，亦中乐音，可按乐府，乃制此曲》③：

> 柝柝当，柝柝当，中夜闻声惊断肠。夜如何其夜未央，有人偃息在空床。乌头苦欲白，人鬓苦欲苍。满城明月满天霜，筘声何悲漏何长，我今追忆泪沾裳。柝柝当、柝柝当，惊断肠！

此诗写自己在河南解组归乡前回忆京中夜巡者钲柝之声，突然悲从中来。当时诗人因与上官抵牾被弹劾，仕途陷入困境。性格傲岸刚直的他不愿逢迎去讨好上级，决意辞官归乡。诗人通过描写深夜里在别人听来最寻常不过的钲柝之声，模拟其敲击的音节和声响，将在特殊的境遇下自己心惊断肠、夜不能寐的心情传达得细微深刻，勾勒出一个满怀抱负却深陷困境、心有不甘却又完全无能为力的诗人形象，令人深为动容。

张汉的一些怀古咏史诗也情景交融，寓意深刻。如写淮阴侯钓台："退难脱网千年恨，计比垂钩百战成。……魂归犹恋淮阴水，怒卷风涛有怨声。"④诗人面对淮阴侯故地，对当年韩信立下盖世功勋反遭忌被杀感慨不平，他并未直接抒发自己所想，而是借用淮阴水的涛声来比喻韩信千载难平的怨愤，情感酝酿深厚，真实感人，诗笔苍老，心中的不平之气和悲愤感具有别样的艺术感染力。

再如诗人到南宋与元朝最后一战的崖山故地，感慨万千，在回顾了宋亡

---

① （清）郭嵩焘：《跋李中丞遗集》，《清代诗文集汇编》第182册，第552页。
② 《（民国）新纂云南通志》卷七五"艺文考五·滇人著述之书五·集部二·别集类二"。
③ （清）张汉：《都中岁尾，夜巡者柝钲交击，柝偶钲奇，参错为节，其声噍以杀，是其为商声乎？因念小物偶击，亦中乐音，可按乐府，乃制此曲》，《留砚堂集》卷三，上海书店《丛书集成续编》第128册，第538页。
④ （清）张汉：《淮阴侯钓台》，《留砚堂集》卷四，上海书店《丛书集成续编》第128册，第570页。

的经过之后，他以波涛汹涌的气势挥洒出胸中兴亡之叹：

> ……我欲歌，声激切。陆与张，扬孤节！波涛与奔翻，丹心南海月。母后世多贤，后死声犹烈。宋家一块肉，化为泣鹃血。白沙载笔有春秋，不忍磨崖书宋灭。（诗中原注：崖旧书"元灭宋于此"，明陈白沙磨崖改书"宋母后宋帝并忠臣殉节处"。）①

他很多写亲情的诗也感人至深，如他写梦中亡母为自己制衣，其中有句："一线一亲恩，被服欲长久。廿载逮亲存，衣薄有余温。……竟穷即重貂，涕泪成冰雪"②，读来让人潸然泪下。

同样写思亲的王思训《谒墓》更加感人肺腑：

> 父今可苦饥？母今可苦寒？儿今在墓侧，胡不向儿言。父母弃儿去，儿当毁齿年。儿饥谁人念？儿寒谁人怜？空帷满夕照，儿怕鬼物喧。仓皇出四顾，孤冢愁深山。林昏犀兕叫，日落狐狸眠。魑魅忽喜怒，丛薄相纠缠。父母出壤外，应见儿盘桓。父今勿畏独，母今勿病孱。儿今在墓侧，可博权时欢。萧萧白杨树，漠漠黄云天。千秋长已矣，不见父母颜。③

诗人来到父母墓前，以聊家常一样的语气开篇，问候地下的父母是否感到饥寒，其心痛、伤感、思念之感开篇就让人倍觉酸楚，接着他回忆失去父母时年幼的自己孤苦无依的生活，在恐惧、孤单中一次次希望父母出现在身边，抒发了对双亲深深的怀念之情。诗的末尾又呼应开头，安慰父母不要像年少时的自己一样害怕孤独，因为他会陪在他们身边。全诗没有一个字直接写对故去的双亲的思念，悲恸和伤怀却绵绵不尽，感情真挚动人，催人泪下。

---

① （清）张汉：《崖山吊古》，《留砚堂集》卷四，上海书店《丛书集成续编》第128册，第576页。
② （清）张汉：《冬夜梦先母为汉制衣》，卷二，上海书店《丛书集成续编》第128册，第509页。
③ （清）王思训：《谒墓》，《滇南诗略》卷二六，上海书店《丛书集成续编》第150册，第421页。

四、富有情韵的艺术境界

以理学为根底的云南诗人们也惯于在日常一草一木、一人一事中追寻大道之美，在四季代谢、草木荣悴中感知万事变化的真相和规律。他们偶尔间涉理路，却不徒以明理载道为辞。他们抱着积极乐观、洒脱通透的态度，以出世的风格致力于入世的事业，诗歌格调既奋发向上，又悠然用世，自有鸢飞鱼跃之天然意趣与哲思。因此，诗歌既有闲适的意境，又充满理性的思辨之美，情景交融。由于诗人们注重情感的抒发，又具有超妙自然的语言风格，他们的诗往往熔铸和烘托出丰富多样的意境。

如何其伟的一些写景诗清新浏亮，饶有意趣：

过任亮可 ①

　　野径垂疏柳，停鞭过小桥。故人久不见，隔水忽相招。为语田园乐，浑忘归路遥。殷勤传茗碗，聊以永今朝。

诗歌清新自然，言语朴素，意境纯美，充满了意趣，却不下理语、不落言筌，可以说不减王孟风致。

看张汉深为袁枚称道的回文诗《秋夜》：

　　烟深卧阁草凝愁，冷梦惊回几度秋。悬壁四山云上下，隔帘一水月沉浮。翩翩影落飞鸿雁，皎皎光寒静斗牛。前路客归萤点点，边城夜火似星流。

回文诗因颠倒用韵、正反可读而成为诗人们不敢轻易尝试的体裁，它婉转反复，一般表达忧心辗转之意，正读倒读皆歌而成文，而且要求情韵谐畅，如契自然，须有高超的语言驾驭能力、精巧的构思和深厚的文学功底。张汉这首回文诗，无论倒读正读都滴水不漏，描绘秋夜的诸多意象无论正反都毫不相悖，意境、情感丝丝入扣，才思精深融彻，韵味幽深。

回族诗人马汝为的诗一般爽直亢丽，但部分写景诗也颇有韵致，如《海门桥道中》：

---

① （清）何其伟：《过任亮可》，《滇南诗略·何其伟》，上海书店《丛书集成续编》第150册，第367页。

星桥湖水阔，遥撼几家村。曲径绿山麓，长桥度海门。风腥人晒网，潮落花留痕。策马垂杨下，逢帘问酒樽。

同时期另一回族诗人孙鹏为人负气傲岸，有些诗歌"矜才使气"，有英气勃发的一面，也有悲壮沉雄的一面。如《紫金台放歌》，令人觉得笔势纵横、声调噌吰："噫唏嘘！高台昔作战垒雄，杀气横天掩郁葱。草根白骨堆台下，山鬼啾啾泣冷风！只今百战英雄化为石，嵯岈刺天空列戟。"[①]

另一首诗《官渡访同年熊广文》又给人以沁人心脾、意境悠远之感：

出郭沿流去，篮舆曲饶畦。湾环千万水，尽入野桥西。咫尺故人在，潇潇烟雨迷。落花行处满，知是近幽栖。[②]

此诗对眼前之景未着一字评论，握管濡墨，不事刻削，化去堆垛之迹，古淡闲远，如诗如画，置之唐诗而不逊色。

另外许湜的诗以格调清新著称，但他有些诗歌也有伤感落寞的意境，如"秋水湖头鸥梦冷，夕阳烟外笛声残"[③]，"照彻关山牵别恨，凉添砧杵动秋声"[④]。

通过对这些代表性诗人的考察可以看出，这一时期的诗人们诗中虽然没有了曲折的生命体验和情怀，显得不够厚重，也缺乏一种大开大阖的气势，但他们用自己的才学和襟怀赋予了诗歌独特的风格和内蕴。有些诗虽然笔调疏淡，但风气高劲，不坠纤丽，毫无轻靡之风和纤薄之感。他们追求自然和性灵的书写，又使其具有敛实黜华的特征，有一种超然绝俗的清真灵秀之美，读其诗若闻松中之风，饮涧下之泉，令人心旷神怡。有些诗没有沉郁顿挫的雄浑，没有铺张排簋的恣肆，没有枯瘦奇险的矫激，但有坚毅高洁的人格和独立不移的气概蕴含其中。这些诗歌格局大，气象高，境界开阔疏朗，通篇有一种高扬开朗的精神。

这一时期云南诗人们虽然躬行礼教、沉潜道德，践履学养，他们用理学

---

① （清）孙鹏：《紫金台放歌》，《滇南诗略》卷二八，上海书店《丛书集成续编》第150册，第458页。
② （清）孙鹏：《官渡访同年熊广文》，《滇南诗略》卷二八，上海书店《丛书集成续编》第150册，第459页。
③ （清）许湜：《秋郊晚眺》，《滇南诗略》卷二八，上海书店《丛书集成续编》第150册，第454页。
④ （清）许湜：《霁后见月》，《滇南诗略》卷二八，上海书店《丛书集成续编》第150册，第454页。

思想行己立身、事君临民，能做到体之于心、修之于身，用则著之于事功，穷则发之于著述，显示出了精深的理学造诣。在诗歌创作中虽然也于景物的动静转化中参悟养心悟道的要旨，却未执着于探讨理学精义或天道人心，他们触时感事、写景言情，于濂洛取其理，于韩、柳、王、孟取其雅，于陶、杜取其真，更注重诗歌的抒情本质和艺术特征，摒弃了重道轻文、因道废文的倾向。诗歌未成为有韵的语录，而是神理渊永，富有深厚的情韵。诗歌因诗人的个性、经历或以朴胜，或以工胜，或以味胜，浑融优美，清新雅致，展现了多样化的风格。

第三节　温柔敦厚中的个性书写

　　云南作为一个少数民族聚居的大省，"地居天末，百蛮杂处"①，独特的地理条件、自然环境和民族构成，形成了它独有的风俗习惯，也注定了它是一个民族性格纷繁不一的地区。如《马关县志》所载："位处天末，界错交边；万山起伏，百蛮渊薮；种族繁多，甲于他县。异风奇俗，缺舌文身，好恶取舍，百无一同情。"②此处描绘的仅仅是云南文山州马关县的风俗，一县之内都"百无一同情"，可以想象二十六个民族居住的整个云南省，又该是何等的千姿百态。《（乾隆）云南通志·风俗》中开篇这样写道："滇省地居南徼，夷猓同居，气禀不同，趋尚亦异。"③这也点明了各府县风尚不一的特点。在外界的眼中，百蛮杂处的云南，彪悍野蛮应该就是其人民性格的标志性特征，正如旧志记载武定府"俗尚刚悍，号称难治"，东川府"其气剽悍，其性猜疑，俗尚战争"，昭通府"风气刚劲，习俗凶顽"，丽江府"善骑射、最勇厉，……秉性顽悍，挟短刀，少不如意，鸣钲鼓相仇杀"。④确实真正描绘了民族性格顽悍刚猛的一面，但这不是全貌。实际上，他们虽然看似彪悍野蛮，但只要不触及其民族禁忌和宗教信仰，一般都善良平和、敦厚朴实，在地方志中多用"朴简""敦朴""朴厚""宽忍""向学"等词，如永北府"风俗

① （清）鄂尔泰、尹继善修，靖道谟纂：《（乾隆）云南通志》卷七"学校·附书院·义学·书籍"。
② （民国）张自明：《马关汉夷风俗琐记序》，张自明、王富臣纂《（民国）马关县志·风俗志》，版本见前。
③ （清）鄂尔泰修：《（乾隆）云南通志》卷八"风俗"。
④ 《（乾隆）云南通志》卷二四"土司·附种人"。

尚朴俭，勤稼穑，市无奇巧之货，人鲜奢靡之行"①，大理府"敦厚简约，俗悫而朴，亦蔼乎礼义之邦"②，临安府"绅士性多宽忍，无嚣陵气息"，③开化府"野有质朴之风，户鲜嚣凌之习"，等等。明清以后，随着汉文化的广泛传播和普及，各地的风俗逐渐迁改，各民族性格愈发趋于温厚平和，这也达到了朝廷通过风俗教化来有效治理边疆的初衷："风土刚柔不一，求协乎中；俗尚丰约不常，取范于礼；中以导和，礼以兴让，此秉道齐民所为，潜移默运于无迹也。"④

虽然各民族人民习得礼法规矩，风俗、性情、心态和行为举止都有了很大改变，但民族固有的秉性气质和地方文化传统却是根深蒂固的，各民族人民虽然不再像昔日一样好勇斗狠，动辄争斗仇杀，但骨子里血气方刚、任侠尚义、至性至情的特点未变，无论是少数民族还是汉族，在这片共同生活的土地上，幼而濡染，长而服习，形成了共有的秉性气质。他们淳朴敦厚、豪迈爽直、性情坚韧，同时乐观豁达、热爱自由。这块土地的人民安土重迁，对家乡有着深深的眷恋。云南的经济文化虽然落后于中原内地，但气候温和、山川俊美、物产丰富，云南人民深深热爱自己的家乡，内心认为在这片土地上力耕而食、享天伦之乐是人生最好的归宿，荣华富贵也比不上在家乡享田园之乐，内心强烈向往自由。所以，当自己的理想与现实有冲突之后，他们都会毫不犹豫地选择辞官回乡，根本不屑于委曲求全，曲意逢迎，真正能做到"权势利达无以动其心，死生利害无以移其志"⑤。

《（道光）昆明县志》对当地士子风气的总结可以看出这一点：

> 地平而人多恬退，鸿鹄之举，无心九霄，缨簪之族曾不三世，此其所绌者乎？士多秀颖，素重名义，民性淳良，不好争讼。民无告讦之风，士有干谒之耻。……吾滇人重去乡，县中自士大夫之服官于外，惟乡举赴礼部试乃出里门，否则井田桑麻，以终老田闲为乐也。其他牵车

① （清）陈奇典修，刘愭纂：《（乾隆）永北府志》卷六"风俗"，乾隆三十年（1765）刻本，《中国地方志集成·云南府县志辑》第42辑，凤凰出版社，2009年版。
② （清）赵珙纂修：《（康熙）续修浪穹县志》，民国间抄本，云南省图书馆藏。
③ （清）王锡昌等纂修：《（宣统）续修蒙自县志》，上海古籍书店，1961年版影印本。
④ 《（乾隆）云南通志》卷八"风俗"。
⑤ （明）薛瑄：《薛瑄全书》，山西人民出版社，1990年版，第1630页。

牛远服贾者百不一二见，以故淳朴之气较他处为优，然碍以见闻，辄失之窒。漆园叟之所谓拘于墟者，信乎！①

这些性格特点和心态在云南诗人的诗歌创作中都有明显体现。尽管清初随着儒家传统诗教在云南的逐步根深蒂固以及理学的重重笼罩，"温柔敦厚"逐渐成为这一时期云南诗坛的主要价值取向，社会的进一步安定繁荣，客观上也不可能再创作情感激烈的诗歌。张端亮诗"庄而雅，秀而逸，工丽而淡远"②；赵士麟诗"清峻典重"；许贺来诗"嬉笑怒骂无违于道，慷慨悲歌无乖于气"③；段昕诗"发为英华，无非温柔敦厚之旨"④；王思训诗"擅持风雅，风义昭然"⑤；马汝为诗"词意芊绵，气味温厚"；许湜诗"天怀恬退，雅度冲和"⑥；刘文炳诗"蔼然如春，恬澹冲夷"⑦；杨资治诗"平淡中正"⑧；等等。如上都显示了这样的特点。但这不代表这一时期的云南诗歌完全淹没于"温柔敦厚"的面目之下，一味歌咏升平，千篇一律地书写着新的时代奋发有为、匡时济世的理想抱负与人生得失的自我调适之中。"温柔敦厚"的传统覆盖了这一时期的云南诗坛，但并没有抹杀诗人们的个性，也难以完全掩盖他们骨子里的独有气质。他们根深蒂固的性格未变，或豪气或刚烈或耿直或淡泊，都鲜明地体现在其诗歌创作之中。他们或许不是有意对自己的心灵世界进行深入开掘，更谈不上什么深层意义上的自我觉醒，而完全是一种天然的个性流露。

这一时期的云南诗人延续了明末重视性情抒写的传统，关注世运的同时也关注自己的内心，他们游离于功名仕途和独立人格之间，在匡时济世的理想和个人身心自由的选择中徘徊取舍，他们依然忧国忧民、关注社会民生，但他们当理想与现实发生激烈冲突之时，都毫不例外地选择了服从自己的内心，不愿为世俗的功名利禄而苦苦挣扎，体现出了张扬个性主体和独立人格

---

① （清）戴絅孙纂：《（道光）昆明县志》卷二"风土志"，清光绪二十七年（1901）年刻本重印本。
② （清）宋安全（次梅）：《抚松吟集序》，张端亮：《抚松吟集》卷首，台湾《丛书集成续编》第174册，第359页。
③ （清）涂晫：《赐砚堂诗序》，许贺来：《赐砚堂诗集》卷首，《清代诗文集汇编》第209册，第464页。
④ （清）江芑：《皆山堂诗草序》卷一，段昕：《皆山堂诗草》，清康熙四十九年刻本，云南省图书馆藏，第13—14页。
⑤ 《滇南诗略》卷二六，跋王思训诗后，上海书店《丛书集成续编》第150册，34页。
⑥ 《滇南诗略》卷二八《许贺来小传》，上海书店《丛书集成续编》第150册，第451页。
⑦ 《（民国）新纂云南通志》卷七五"艺文考五·滇人著述之书五·集部二·别集类二"。
⑧ 《（民国）新纂云南通志》卷七五"艺文考五·滇人著述之书五·集部二·别集类二"。

的精神以及对自由的绝对向往。"得来兴会频呼酒，放下穷愁且著书"①，"胡为牵世网，劳劳苦行役"②。他们或是恃才放旷，或是淡泊功名，或是蔑视世俗，或是一身正气，或是傲岸刚烈。许贺来在仕途大有可为时急流勇退，张汉面对官场黑暗时愤而抽身，段昕将一腔失意挥洒于山川河流中，何其伟将心中不平聚于毫端，赵河泉石心坚、山林骨重，等等，他们将自己独特的个性气质熔铸于诗篇之中，书写出独有的面貌。

下面就以这一时期诗文成就最为突出的三位诗人为例，来探讨他们诗中的个性书写和独特风格。

一、许贺来的"孤独"书写与自我超越

许贺来，清代云南首位翰林，功名轻取、仕途得意，但在官场之中书写的只有无尽厌倦与孤独。他在前途大好之时毅然退隐乡野，终于觅得适意人生。于他而言，荣华富贵终不入眼，身心自由才是价值所向。他生平服膺濂洛之学，诗歌追求敦厚平淡，却不是唯唯诺诺、小心翼翼地在世俗应答中掩盖自己的本心，而是以书写性灵为旨归，彰显了他独特的内心世界与超脱性情。

许贺来（1656—1725），在赵士麟一节已有简略介绍。他不仅是清代云南第一位翰林，也是清初诗文成就首屈一指的诗人，晚清云南状元袁嘉谷对其诗极为称道，称"味之心凉，诵之吻香"，称为"吾乡开山大手笔"③；《清诗纪事》亦评价他"其诗不标家数，不趋时习，自抒胸臆，朴拙可喜"④，肯定了其诗自成面貌、朴实清新的特点。

许贺来年二十九就中进士，可谓少年得志，陈元龙称当时同榜中"先生为最年少，风流蕴藉，倾倒一座"⑤，当时的徐乾学和李光地都对其极为赏识。在别人看来，年纪轻轻就功名轻取，仕途通达，可谓前途无量。但许贺来对

---

① （清）窦琏：《秋思》，《滇南诗略》卷二五，上海书店《丛书集成续编》第150册，第405页。
② （清）许湜：《村居》，《滇南诗略》卷二八，上海书店《丛书集成续编》第150册，第451页。
③ （民国）袁嘉谷：《卧雪诗话》卷二，第二条，张寅鹏编《民国诗话丛编》第2册，上海书店，2002年版。
④ 邓之诚：《清诗纪事初编》卷八，《清代传记丛刊·学林类28·许贺来》，台湾明文书局，1985年版，第975页。
⑤ （清）陈元龙：《侍讲许秀山传》，《（乾隆）石屏州志》卷六"艺文志二·传"。

官场似乎并不热衷，入仕三年即有隐退之志，康熙戊辰年（1688）回乡探母即欲奉母不出，但未获允准，回朝后一路升迁，"擢右春坊左、右赞善，升侍讲，望益重，名益高，优游馆阁"，就在仕途最得意，即将"跻开府、列九棘"①之时，他又以母老为由面乞致仕，拂衣竟归，终老田园。他的选择让当时诸人大为不解，叹其"负馆阁之重名而早自隐去，不为威凤之回翔而为冥鸿之蜚遁"②，深感惋惜。

根据许贺来《赐砚堂诗集》卷一《纪恩诗》，可知仕途春风得意、前途无量并非陈元龙对他的溢美夸大之词。他于乙丑年（1685）春中进士后，五月就授翰林院庶吉士，丁卯年（1687）十月授翰林院编修，戊辰年（1688）即分校礼闱，可是当年他回乡省亲就辞官不赴，可见并非仕途不顺而萌生归隐之心，而是对官场心生厌倦。辞官未获准后，他无奈回朝，壬午年（1702）夏即入值南书房，癸未年（1703）在南书房授康熙嘉奖，御赐砚台一方，甲申年（1704）三月康熙在乾清宫接见，擢为右春坊右赞善，期间康熙曾多次御赐书籍、折扇，乙酉年（1705）七月擢翰林院侍讲。可以清晰地看到，无论是他第一次或第二次辞官，当时都是前途最光明的时候。乙酉年（1705）他刚擢为翰林院侍讲，有诗《乙酉七月初三日恩擢翰林院侍讲恭纪》，却再次流露归隐决心："衔恩欲上陈情表，翘首南云泪满襟。"③之后不久他便以奉养老母为由坚决辞官。但其母于四年后（1709）殁，他终未再重回仕途，从此终老乡野。这一切只有一种解释，就是于他而言再大的荣华富贵也抵不过身心自由，林泉之乐才是他一心所念。

按理来说，中进士后能入翰林是当时无数读书人的梦想，翰林作为清代"储才之地，……将来备内阁、宗伯、少宰之选"④，"名公巨卿多从是出"⑤，翰林官不仅升迁较他官容易，且有机会任南书房行走，草拟诏书，参与机要，与皇帝、皇子及近支王公有较多接近的机会，若才华出众，很容易受赏识提携；另外，如果入值上书房为皇子侍读，今后若皇子继位，便有望成为帝师，

---

① （清）陈元龙：《侍讲许秀山传》。
② （清）陈元龙：《侍讲许秀山传》。
③ （清）许贺来：《赐砚堂诗集》卷一，《清代诗文集汇编》第209册，第476页。
④ （清）王先谦：《东华录·顺治三》，清光绪十年长沙王氏刻本重印本。
⑤ （清）纪昀：《翰林院侍讲荫台王公墓志铭》，《纪文达公遗集》文集卷十六"墓志·铭·祭文"，清嘉庆十七年纪树馨刻本。

实在有诸多功成名就之机。因此翰林院是阁老重臣的踏脚石和晋升阶梯，多少人梦寐以求入翰林而不得。但也许正因如此，翰林院的内部斗争较他处更为酷烈。在这样的环境里，有野心的人可能挤到头破血流也在所不惜，而对于淡泊名利的人来说，这种如履薄冰的日常无疑就是一种煎熬。许贺来显然就是后者。

许贺来对功名富贵毫不在意，分析其家世生平，他科举仕进最初也许只为完成其母亲心愿。许贺来出身书香门第，本为殷实之家，其父早逝后家道中落，又适逢吴三桂叛乱，其母独立抚养其兄妹七人，在乱世中历尽艰辛，期冀他们能有所成："常语诸子，'汝祖父以来，家风清显，吾辛苦拮据以育汝曹，汝曹不可不勉，自固植以承先志，慰母氏之心。'自是诸子益感激，寒暑无少闲，每夕母子共灯火，机杼之声与读书相应和，闻者无不悯其厄、卜其达也。"① 这就可以解释他后来无心功名富贵的原因。在许贺来的诗中也时时流露出这样的思想："安闲保真性，富贵非所营"②，"自觉逢迎懒，干时耻钓名"③，他不愿为功名利禄而曲意逢迎、折节屈身；"澄怀肯让三秋月，洁性宁移一片冰"④，"宁辞风露苦，岂恋稻粱思"⑤，他的追求就是立身处世秉持节操，问心无愧；"有骨惯经霜露冷，无营博得梦魂甘"。⑥ 这并非他的自我标榜。梅之珩评价他"虽置身清华，晋历宫詹而闭门却扫，嗜读耽吟，不改儒生寒素"⑦。与许贺来交好的云南诗人涂晫也言其"胸次倘然，尘滓不得而入，善读古书，家窘而不思迁，处乱而不知变。似得古人意趣，深入而不知返者"⑧。就因如此，许贺来在官场中深感疲惫和孤独。陈迁鹤记其在京中"不赁屋，僻侨滇之邸馆，杜门稽古，屏谢人事，所交者皆淡而无华者，华者亦不至秀山之舍，惟悃愊至性之士慕秀山而乐与相亲"⑨。陈此文作于康熙乙酉年（1705），彼时许贺来被召回后又在翰林院供职已十余年，在这样的情况下他

---

① （清）孙勷：《许母李太君墓志铭》，《乾隆石屏州志》卷六"艺文志二·墓志"。
② （清）许贺来：《园居杂咏》其二，《赐砚堂诗集》卷六，《清代诗文集汇编》第209册，第533页。
③ （清）许贺来：《秋吟和韵》，《赐砚堂诗集》卷二，《清代诗文集汇编》第209册，第486页。
④ （清）许贺来：《六十自寿》其五，《赐砚堂诗集》卷九，《清代诗文集汇编》第209册，第565页。
⑤ （清）许贺来：《秋雁》，《赐砚堂诗集》卷二，《清代诗文集汇编》第209册，第488页。
⑥ （清）许贺来：《述怀》，《赐砚堂诗集》卷三，《清代诗文集汇编》第209册，第501页。
⑦ （清）梅之珩：《赐砚堂诗序》，《清代诗文集汇编》第209册，第462页。
⑧ （清）涂晫：《赐砚堂诗序》，《清代诗文集汇编》第209册，第464页。
⑨ （清）陈迁鹤：《赐砚堂诗序》卷首，《清代诗文集汇编》第209册，第461页。

依然未为自己购置寓所,一方面固然是出于清俭朴素的作风,另一方面也可看出,他或许从未打算长期留在朝廷,而随时做好辞官的准备。

翻阅许贺来在翰林期间的诗作,没有春风得意、踌躇满志,有的只是深深的无奈与无尽孤独。他的诗中时时流露着对官场的厌倦,"宦情谙巧拙,世味饱咸酸"①,"宦味深尝如嚼蜡,乡心摇落似悬旌"②;他欲归而未得,内心充满深深的孤独感,"关河归梦远,天地此身孤"③,"兴寄闲居客,悲深独醒人"④,"四朝兴废灯前梦,千古悲欢酒后心"⑤,他厌恶官场的尔虞我诈、钩心斗角,"清名人见忌,廉吏古难为"⑥,"下视人间世,得失争塞翁。区区方寸内,好恶迭相攻"。⑦在他看来,翰林院众人艳羡的官职只不过让他在温饱中虚度年华、蹉跎人世而已,"染翰朝朝渐报称,徒将温饱负平生"⑧,在日复一日的煎熬中"秋风憔悴侍臣颜"⑨,读来让人觉得莫名黯然心酸。

就是在这样的心境下,许贺来入仕三年即有归隐之志,但未获朝廷允准,后又坚持十余年,写下了无数苦苦挣扎于暗潮汹涌的宦途的诗篇。因此沈宗敬说他"盖深慨乎仁义礼乐之不能行于时,不屑与诡随倾险之夫争富贵于一旦,不得已而托兴于诗"⑩,可谓是知己之言。他的经历和心境,亦是数千年来中国无数文人士大夫在仕与隐、理想与现实的矛盾中彷徨的写照。可惜大多数人看透了官场的污浊却还是不能洒脱地放下,而许贺来在经过内心的挣扎之后,对人生自适的追求最终战胜了世俗的观念,回归了自己的本心,"霖雨苍生公等在,田园让我老耕耘"。如果说很多人的归隐是因官场失意、看透现实后的无奈之举,而许贺来却是真正清醒而理性地为了身心的解

① (清)许贺来:《秋日怀归》,《赐砚堂诗集》卷二,《清代诗文集汇编》第209册,第489页。
② (清)许贺来:《长安春兴和畴五韵》,《赐砚堂诗集》卷二,《清代诗文集汇编》第209册,第500页。
③ (清)许贺来:《秋怀》,《赐砚堂诗集》卷二,《清代诗文集汇编》第209册,第483页。
④ (清)许贺来:《秋居十首用张文昌和元左司韵》,《赐砚堂诗集》卷二,《清代诗文集汇编》第209册,第485页。
⑤ (清)许贺来:《京华秋兴用工部韵》其一,《丛书集成续编》第128册,上海书店,1994年版,第105页。
⑥ (清)许贺来:《同平山旧令刘占甲夜话》,《赐砚堂诗集》卷五,《清代诗文集汇编》第209册,第531页。
⑦ (清)许贺来:《杂诗》其五,《赐砚堂诗集》卷二,《清代诗文集汇编》第209册,第477页。
⑧ (清)许贺来:《长安春兴和畴五韵》其二,《赐砚堂诗集》卷三,《清代诗文集汇编》第209册,第500页。
⑨ (清)许贺来:《秋夜对月》,《赐砚堂诗集》卷三,《清代诗文集汇编》第209册,第510页。
⑩ (清)沈宗敬跋:《赐砚堂诗》卷末,《清代诗文集汇编》第209册,第577页。

放而放弃俗世的追求。素履以往，保持浑金璞玉之本色，襟怀何其之高！

他隐居后，写下了很多悠闲适意的诗篇，找到了自足惬意的感觉，"卧听鸟鸣春，坐看樵归岭。萝月襟怀清，松风琴几静"，乡野的生活"倾吐肺肝无禁忌，纵谈时事少嫌猜"①，让他永远告别了"饱经世事须箝口，觑破人情合闭门"②的谨小慎微与压抑苦闷，认识到"林壑栖真性益坚"③。

许贺来虽然以程朱理学为学问根底，究心钻研且深有造诣，有《古学集录》《性理释言》《省克录》等理学著作，他临终前他亦作诗告诫其子："能窥河洛方为学，不解《风》《骚》莫咏诗。"④可知理学对其思想影响必定不小，他自己的创作主张也是"须从敦厚追周雅，莫以离忧学《楚辞》"。⑤友人涂晫评价其诗"嬉笑怒骂无违于道，慷慨悲歌无乖于气"⑥，也点明了理学熏陶之下其诗"温柔敦厚"的风格和价值取向。但这并不代表许贺来的作品是唯唯诺诺、毫无个性和特点的平庸之作，他重视性灵在诗歌中的作用，"伪体别裁风自古，性灵陶写语多奇。纷纷魏晋余波丽，不破百城哪得知"。⑦他主张诗歌创作须广泛深入学习，不拘于一家一派，而应博学兼收，在观摩和研习古今众家之长后才能做到"伪体别裁"，从而形成自己的风格。他崇尚古人敦厚、质朴的诗风，尤其重视《诗经》《楚辞》和魏晋之诗，提倡真切自然、不事雕琢的创作，因此他的诗风格质朴清新，典雅平和之中有清逸之气。加上其襟怀恬淡，又注重学古之功，学识宏富，创作中时时有举重若轻之感，诗歌宛若行云流水，飘逸流畅。他崇尚性灵的抒写，将自己傲视功名利禄、追求人格独立和身心自由的冰雪一般的性情和高洁品格熔铸到诗歌之中，让人读来宛如置身于清芬幽谷，给人一种独特的审美享受。他写得最好的是五言古诗和律诗，如"新月淡将夕，凉风吹远天"⑧、"雾走树俱飞，云流山自动"等，灵动飘逸，清新隽爽，有沁人心脾之感。这些诗句不仅来自他出众的学识和才情，更来自他冰雪一样的品性与襟怀。

---

① （清）许贺来：《宿礼斋书房夜话》，《赐砚堂诗集》卷八，《清代诗文集汇编》第 209 册，第 560 页。
② （清）许贺来：《初夏雨中坐》，《赐砚堂诗集》卷二，《清代诗文集汇编》第 209 册，第 489 页。
③ （清）许贺来：《山中述怀》，《赐砚堂诗集》卷六，《清代诗文集汇编》第 209 册，第 537 页。
④ （清）许贺来：《病中示儿》，《赐砚堂诗集》卷十，《清代诗文集汇编》第 209 册，第 577 页。
⑤ （清）许贺来：《阅混儿诗口占示勉》，《赐砚堂诗集》卷十，《清代诗文集汇编》第 209 册，第 566 页。
⑥ （清）涂晫：《赐砚堂诗序》，《清代诗文集汇编》第 209 册，第 464 页。
⑦ （清）许贺来：《阅混儿诗口占示勉》，《赐砚堂诗集》卷十，《清代诗文集汇编》第 209 册，第 566 页。
⑧ （清）许贺来：《宿山塘驿》，《赐砚堂诗集》卷四，《清代诗文集汇编》第 209 册，第 516 页。

二、张汉的狂傲与率真

张汉（1680—1759），清代云南临安府石屏州（现云南省红河州石屏县）人，字月槎，号裛思，晚号蛰存。康熙五十二年（1713）进士，授翰林院检讨，后出任河南知府，解组归。乾隆丙辰年（1736）举博学鸿词，复授翰林院检讨，被称为云南史上"二次翰林"，晚年卒于家。他是清代云南由早期到中期的代表性诗人。

张汉性格狂傲刚直，一方面表现在对自己才华的自负，另一方面表现为对官场规则的不屑一顾。

首先说他在对自己才华的自负方面表现出来的"狂"。张汉崇仰古时大家，却有自己清醒理性的选择，反对因袭模仿，主张诗歌创作要自具面目、自张壁垒，"学未必逮古人，而志不可让古人，则吾平生之愿"①，可以看到他不让古人的抱负。其诗中也多次流露出这种"志不让古人"的豪气，如他给友人的诗写道："与君大雅扶轮在，要使雄篇压陆游。"② 怀念自己在翰林院时有句："文酒当年会，流风属我曹。不知天下士，今复几人豪？"③ 其狂傲之态，颇有睥睨天下之势，若非对自己学识才华的充分自信，何敢有此狂言？另外还有"仆有惊人句，豪吟下急滩"④ 等，无不彰显出他对自己诗才的充分自信。然而张汉的狂并非盲目无知的轻狂，在清初至中期，他当仁不让为云南独树一帜的诗人，同时及后世诸多学者对其评价甚高。袁枚曾与张汉同在翰林院，对其诗颇为称道，晚年回忆张汉时还希望能再读到他的诗："丙辰召试，有康熙癸巳编修云南张月槎先生，名汉，年七十余，重入词馆。……后五十年，余游粤东，饮封川邑宰彭公竹林署中。西席张旭出见，询知为先生嫡孙，急问先生遗稿，渠仅记《秋夜回文》一首。"⑤ 河南彭家屏（1696—1757）任云南布政使时，赠长诗给石屏诗人何朗之子，论及云南诗人，称"月槎先生南中首"⑥。晚清诗人吴仰贤最推重的云南诗人是钱沣和张汉，曾有

① （清）张汉：《向正存诗集序》，《滇南文略》卷二二，第 471 页。
② （清）张汉：《和赛琢庵韵》，《赐砚堂诗集》卷三，《清代诗文集汇编》第 248 册，第 552 页。
③ （清）张汉：《感旧》，《赐砚堂诗集》卷三，第 553 页。
④ （清）张汉：《豪吟》，《赐砚堂诗集》卷三，《清代诗文集汇编》第 248 册，第 550 页。
⑤ （清）袁枚：《随园诗话》卷十四，人民文学出版社，1982 年版，第 467 页。
⑥ 原诗见袁嘉谷：《卧雪诗话》卷四。

诗句“文章气节数张（张汉）钱（钱沣），一代宗风足比肩”[①]来称道二人；清初学者储大文评论张汉诗“上源于国风而采诸辅轩，被诸乐府”，认为在滇南诗人中，“张子第一矣”[②]。袁嘉谷亦评价张汉诗“出入于大历长庆之间，其在吾滇，固上扛禺山[③]，下揖南园[④]而无愧者”[⑤]，将其列为云南第一流的诗人。足见当时无论是在云南当地或是在外地诗人眼中，张汉都是云南具有标志性的诗人。

张汉的“狂”也表现为对世俗规则的蔑视，他写过一诗《感事自省》，题目下注有小字，感慨自己“时有以狂得罪者”，可知他曾因性格狂傲招致一些人不满，但他并不认为自己应该曲意逢迎、随波逐流，“块垒难禁满肚皮，那能与世共推移”，而是坚定地保持自我，“傲骨横今古，谈锋劈异同。生涯头上雪，世事耳边风”[⑥]，“狂生只任渔阳鼓，漫鄙融修大小儿”[⑦]，根本不将世俗放在眼中。

在河南任知府期间，张汉就与上官抵牾而罢官，《石屏州志》记载是因“清廉平恕，与当事抵牾，解组归”[⑧]，山阴胡天游记录得更为详细，“方在郡，值上官悭残，恃幸恣毒，仇视儒贤吏，尤憎人为诗，群吏靡慑。先生独以其民和乐，且日吟咏署中，……竟遭劾。”[⑨]上官憎恨别人为诗，他却偏要日日吟咏，足见其傲岸刚直之性。袁嘉谷在其序言中说，乙亥年（1755），当时76岁高龄的张汉在辞官八年以后，被诬陷，羁押于昆明，“……乙亥以事罣吏议，鞫非其罪，然卒不出一语辩白”[⑩]。面对随时可能被置于死地的处境，他都不出语辩白，一身傲骨，棱礴可见。这种傲岸秉性体现在诗中，自有一

---

① （清）吴仰贤：《论滇南诗》，《小匏庵诗存》卷二，《清代诗文集汇编》第683册，上海古籍出版社，2010年版。
② （清）储大文：《留砚堂诗集序》，《清代诗文集汇编》第248册，上海古籍出版社，2010年版，第1页。
③ “禺山”指明代云南著名诗人张含，字愈光，保山人，与杨慎、李梦阳相交甚厚。后人称为禺山先生。
④ “南园”指清代云南诗人、书画家钱沣，云南昆明人，字东注，号南园。乾隆三十六年进士，官至通政司副使，有《南园先生遗集》。
⑤ （民国）袁嘉谷：《留砚堂诗选序》，《留砚堂诗选》，《清代诗文集汇编》第248册，上海古籍出版社，2010年版，第3页。
⑥ （清）张汉：《追挽家行人我白先生和涂启夏韵》，《留砚堂诗选》卷一《清代诗文集汇编》第248册，第6页。
⑦ （清）张汉：《感事自省》，《留砚堂诗选》卷六，《清代诗文集汇编》第248册，第175页。
⑧ 《（乾隆）石屏州志》卷四，《中国方志丛书》本，成文出版社，1967年版，第103页。
⑨ （清）胡天游：《留砚堂诗选序》，《留砚堂诗选》，《清代诗文集汇编》第248册，第2页。
⑩ 《（乾隆）石屏州志》卷四“文学”，《中国方志丛书》本，成文出版社，1967年版，第103页。

种磊落凛然之气，"为诗虽不无叹老嗟贫之言，而气骨嶙峋，不以境移。虽不无酬应世俗之作，而绝不以干卿相、誉权豪"①。如此气节，令人叹服。

张汉的性格还有非常率真的一面，他不喜欢以风雅清高自命，生活中装模作样，而是率性地抒发生活中的喜怒哀乐，比如他数次抒发自己领到俸禄时的喜悦，毫不掩饰这种世俗的渴求，这不仅不显得其庸俗，恰恰展现了其真实可爱的一面。再如《游兴》一诗，写自己辞官后外出漫游：

> 混迹东西南北人，疑官疑贼喜何称。头衔尚引神仙职，行脚终成酒肉僧。横绝九州无芥蒂，直教一气自飞腾。②

诗人用游戏的笔墨，将自己忘却身份和世俗之心，自得其乐、身心毫无挂碍的游者形象，描绘得惟妙惟肖，妙趣横生。

张汉志大才高，满腔抱负，但因性格耿直傲岸，与官场不容，导致自己终身仕途偃蹇。先是在翰林院供职十年未获提拔，后出任河南知府，因与上官抵牾，被诬陷而罢官，几年后举博学鸿词再入翰林，依然不得志。但面对人生的失意，他表现出了绝不屈节逢迎、笑看人生浮沉的胸襟和气度。面对官场的黑暗与世道的不公，他勇于斗争，输了前途却不输气节。他的很多诗都显出了非比常人的豁达与高迈，"性比髯松犹倔强，形如瘿树较清癯"③，"人争捷径谁争隐，让我青山去略迟"④。

在河南被弹劾之后，他本有机会讨好上官而保住职务，但他毅然选择辞官，写下《爱膝吟》《别诗》《留砚堂抒怀》《解嘲》《微官》《叠韵二首》《含沙》等，痛斥官场的黑暗污浊，表露了自己绝不屈膝逢迎、讨好上官的心志，"仕宦无过两千宕，吾家门户重书生"⑤。他心中明白只要稍微改变一下自己的性格就能博得不一样的前程，但就是不愿为富贵功名而折损气节，"花前酒薄三公贵，云下田输一砚饶"⑥，"要与儿孙重文种，待看雨露发云根"⑦，即便

---

① 袁嘉谷《留砚堂诗选序》，《清代诗文集汇编》第 248 册，第 3 页。
② （清）张汉：《游兴》，《留砚堂集》卷四，上海书店《丛书集成续编》第 128 册，第 569-570 页。
③ （清）张汉：《忆赤瑞湖寄里中诸友》，《留砚堂诗选》卷五，《清代诗文集汇编》第 248 册，第 621 页。
④ （清）张汉：《寄友》，《留砚堂诗选》卷三，《清代诗文集汇编》第 248 册，第 546 页。
⑤ （清）张汉：《别诗》，《留砚堂诗选》卷三，《清代诗文集汇编》第 248 册，第 537-538 页。
⑥ （清）张汉：《留砚堂述怀》其一，《留砚堂诗选》卷三，《清代诗文集汇编》第 248 册，第 540 页。
⑦ （清）张汉：《留砚堂述怀》其二。同上。

失去大好前程，他却为了给后人树立立身处世的榜样而坚守自我。

生平自负的人对自己的前程本来就比别人期许更高，也更容易急功近利，但张汉面对功名利禄和处世原则的平衡与矛盾时，他毅然选择了保持独立的人格与尊严，"客数归程滇最远，宦宜捷径我原迂。青天可上无难路，陆地寻翻有畏途"。^① 对他来说，要换取青云直上并非难事，但他却视为畏途，只因不愿违背自己的本心，即便为此失去荣华富贵，也在所不惜。他在《忆归》^②一诗中写道：

> 愿作人间识字农，一麈投老白云峰。砚田细雨桃花湿，酒国春风竹叶浓。遂我中山千日饮，饶人南面百城封。岁寒亦有支离叟，莫遣清名让七松。

"砚田细雨桃花湿，酒国春风竹叶浓"，他所勾勒的田园生活，如此富有生机、趣味和闲情，抒发了自己决裂官场、归隐自适的心愿，"愿作人间识字农"，其情怀何等洒落高迈。

归隐后，张汉多次戏称自己为"下届神仙识字农"^③，并描绘了自己官场失意后居于乡野的闲适心境："记与鸥盟久，可塞亦可寻。吾门清似水，野客会如林。坐啸行吟处，孤桐瘦竹荫。风尘三千岁，不换白云心。"^④ 结语一句，何等的高洁！

即便到了晚年，重回官场又失意而归的张汉，诗中仍然没有颓废之气，"自比黄花晚，秋深也复荣。读书人竟老，说剑气犹横。名以无金重，官以有笔成。长时高枕上，目送野云生"^⑤。

他虽大半生积极用世，但并非以个人的进退荣辱为念，更与功名利禄无关，只是努力地在仕进过程中试图履行儒者经世济民的责任。虽然终其一生他的理想和抱负都未能得以充分施展，却并未让他郁郁而终。这种高迈情怀体现在诗歌中，使他的作品自然有一种磊落之气，让人读来如行云流水，挥

---

① （清）张汉：《不如归去》，《留砚堂诗选》卷三，《清代诗文集汇编》第 248 册，第 542 页。
② （清）张汉：《忆归》，《留砚堂诗选》卷二，《清代诗文集汇编》第 248 册，第 498 页。
③ （清）张汉：《任静若见怀和韵寄复》，《留砚堂诗选》卷三，《清代诗文集汇编》第 248 册，第 556 页。
④ （清）张汉：《归兴》其二，《留砚堂诗选》卷五，《清代诗文集汇编》第 248 册，第 610 页。
⑤ （清）张汉：《偶成》，《留砚堂诗选》卷五，《清代诗文集汇编》第 248 册，第 610 页。

洒自如，又如春风化雨，滋润心田。

比张汉稍早的诗人王鸿绪在为许贺来诗集作序中曾写道："士大夫林泉闲居，吟弄篇咏，必有江湖魏阙之诚，而后其诗沉郁而笃挚，必有永言不匮之隐，而后其诗悱恻而缠绵，必有搜奇吊古之怀，而后其诗雅丽而典核，必有嗜退遗荣之致，而后其诗恬淡而冲和，反是则浮伪而已矣，浅俗而已矣，怨悱暴戾而已矣。"①这段话，用来概括张汉之诗，应该是最为恰当的。他的用世之心，比许贺来更切；他的遭遇，比许贺来更坎坷。因此，他能达到的心境，比许贺来更难！即便不得已隐居，他的心志却始终心系社稷民生，"重听《阳关三叠》曲，心悬魏阙九重天"②，"身在江湖心魏阙，隐存忠爱显文章"③，其胸襟之广，令人叹服。

张汉诗法取向以杜甫为宗，他屡次申明"大雅吾师杜少陵"④，尽管如此，张汉却并非亦步亦趋模仿杜甫，而是以杜甫的胸襟人品和诗歌成就作为自己学习的典范，并非东施效颦，他有言："世之称诗者，率以唐杜甫为渊海，诗备众美，海纳群流，观之者难为水也。彼其诗曰：'波澜独老成'，此一语可窥其涯涘矣。而窃恐学海者不至于海，终亦向若而叹。"⑤他深知杜甫之诗海涵地负，博大精深，这绝非模仿就可成就得来，"（李杜）二公之诗，至宋未尝绝，吾恐学之亦买椟还珠耳，二公可学而至耶"⑥？他深知一味的模仿只会导致袭貌遗神，反而失去自我本色。这也是其诗歌有鲜明个性特征的原因。

同这个时期大多数诗人一样，张汉也受到理学的深刻影响，他服膺程朱理学，一生精研性理，他诗中也多次出现言及这种倾向："竟日无言侍朱子，心情廉静洗澄渊"⑦，"少小言诗好是闲，晚师濂洛与闽关"⑧，这些都可以看出他对程朱理学的热衷与青睐，于他而言理学才是学问的根基和决定思想、眼界的因素，"刻画云山写丽词，每乘清兴便忘疲。少耽风雅成何用，晚信朱

---

① （清）王鸿绪：《赐砚堂诗集序》，许贺来《赐砚堂诗集》卷首，《丛书集成续编》第128册，第52—53页。
② （清）张汉：《梦入朝报馆职》，《留砚堂诗选》卷六，《清代诗文集汇编》第248册，第640页。
③ （清）张汉：《读家禺山集予旧诵刘孝威禺山句谓可移赠今足成诗》，《留砚堂诗选》卷六，《清代诗文集汇编》第248册，第641页。
④ （清）张汉：《示笑微僧》，《留砚堂诗选》卷三，《清代诗文集汇编》第248册，第541页。
⑤ （清）张汉：《泽州陈白村问津集诗序》，《滇南文略》卷二二，第472—473页。
⑥ （清）张汉：《向正存诗集序》，《滇南文略》卷二二，第471页。
⑦ （清）张汉：《小斋偶兴》，《留砚堂诗选》卷六，《清代诗文集汇编》第248册，第635—636页。
⑧ （清）张汉：《家砺山公车入京遗我〈周南书院即事〉诗因感旧游用韵见赠》，《留砚堂诗选》卷五，《清代诗文集汇编》第248册，第611页。

程是本师"①。但值得注意的是，张汉服膺和沉浸理学，却丝毫没有理学家重道轻文的倾向。在实际的创作中，他不喜在诗中谈性理，而是崇尚物性自然、各有所由的"鸢飞鱼跃"之趣。他作诗喜直抒胸臆，不谈性理，不拘泥于教化，更不在意世俗的评判和看法，因此其诗读来生机盎然，清新灵动，字里行间处处是率真个性的张扬，让人耳目一新。这与他洒脱通透的人生观是密不可分的，也正是他的生平写照。他狂放自负、傲岸刚直与真率不拘的个性，使诗歌焕发出独具特色的面貌。这也是他在清代云南诗坛独树一帜的原因。

三、段昕的山水真性和自由追求

段昕（1661—？），云南安宁人，字浴川，号皆山，康熙庚辰（1700）进士，曾任福建连城知县，官至户部湖广司主事，莅事三月后即面奏乞致仕归里，终老田园。

段昕的诗歌擅写山水，现存的《皆山堂诗草》十卷中，绝大部分作品为山水行旅诗，他自康熙丙子年（1696）中举后两次从滇往返京城参加会试，又于甲申年（1704）赴京谒选，一生至少三次往返京城与滇南，行程数万里，后又游历冀北、关中与江南，期间仕宦及游历至闽、粤等地，足迹遍及海内。而其本人亦于书史之外，尤其酷好山水。他在《燕行草》自序中言及自己幼时阅九州地舆图就立下了壮游四方之志："每次喟然兴叹曰：'嗟乎！丈夫具四方志，安用龌龊房帏哉！不历万里，不知一隅之陋也。……即便不能如史迁车马遍天下，而顾乃足趾不逾里巷，闻见不出阃域，即闭户读《三都》《两京》，太冲、平子辈应亦笑人耳'。"②此后自丙子年（1696）冬诗人首次进京会试起，至自京中辞官回乡，其足迹丈量过的行程逾十万里，行迹所至之处，诗作盈箧。他大半生遍历中国，江河湖海、峻岭险滩，无不一一亲涉。他在山川游历中涵泳性情、体味人生，审视历史和人文的沧桑变迁，借以观照自然的生息变化，将人生领悟、历史的思考或是纯粹的审美体验汇聚

---

① （清）张汉：《偶悟》，《赐砚堂诗集》卷四，《清代诗文集汇编》第248册，第585页。
② （清）段昕：《燕行草自序》，《皆山堂诗草》卷三，清康熙四十九年刻本，云南省图书馆藏，第20—21页。

笔端，将山川形胜与人的精神气韵合二为一，赋予了山林厚重的人文情怀，堪为清初云南山水诗人大家。

段昕的前半生看似都在为功名奔波，辗转数万里，身心疲惫只为求得一官，但事实并非如此。相反，从其诗中流露的心迹来看，他本身并不热衷仕途，参加科考只为博慈颜欢喜，他在给儿子的诗中写道："吾生已半世，万里就一官。岂曰觅温饱，聊以奉亲欢。"① 中进士之时他欣喜而泣，但首先想到的不是自己得偿所愿，而是父母的欣慰开怀："洗净榜前千点泪，拂开镜面几重尘。高堂色笑增多少，又喜迁疏得致身。"② 在段昕的诗中，很少见他抒发过什么经世济民的抱负，却总是自命"李白情怀小谢诗"，自由自在地徜徉于美丽山河才是他的人生追求，他有一首自嘲诗写道：

> 自笑凡禽也入笼，狂奴故态少人同。胸藏五岳成奇癖，业在千秋动热中。心上尽余行乐地，枕边时有不赀风。等闲惯作游仙梦，常到蓬莱第一宫。③

可见脱离世俗的牢笼，尽情饱览大好河山，在山川河流间放任如水禽山鹿，才是他所向往的人生。这也是为什么他中榜后又经过漫长的等待谒选，但只上任三月就辞官归隐、终老田园的原因吧，他本身也不想在这条道路上执着前行。其实那个时代又有多少读书人有这样的感受，很多时候只是为了光宗耀祖或是迎合世俗对自己的期望，不得已才要一次次证明自己。

段昕的创作非常注重性情，他在诗集自序中明确阐述过自己的主张：

> 《书》不言乎"诗言志，歌永言"，是诗歌之作以道志也。然志之所趋，缘于情之所好，而情之所好，又出于性之所近。……故举耳目之所见所闻，行迹之所涉历，草木禽鱼之情状，风雨花月之声色，以及悲愤感恸、抑郁愁苦之襟怀，无不寄于歌咏太息中。盖性情与之俱，非徒志之云也。余自少攻制举家言，非能为诗者，然雅号之声，不必谐俗，兴至即成；语不必惊人，神来即止，格亦不敢求合于古人，意不复求知于

---

① （清）段昕：《示骙、骧俩儿》，《皆山堂诗草》卷七，第18页。
② （清）段昕：《秋捷》，《皆山堂诗草》卷二，第18页。
③ （清）段昕：《自笑二首亦用前韵》其二，《皆山堂诗草》卷八，第63页。

老妪，惟自据其一时之兴致而工拙总不计也。^①

段昕的诗作不拘泥于一家一派之长，既不蹈袭模拟前人，又不故步自封，他各体兼备，以深邃的学养、洒落的胸次和性情、独到的审美情趣、出众的才华描绘了一幅幅美丽山河的图景。这些图景刻画着他大半生的足迹，记录着他生命和年华的变迁，缀连成一幅文人士大夫交织着政治追求和人生梦想、林泉之志和俗世追逐的终极矛盾的徘徊轨迹图。

他记载初次进京，在历时三个多月、行程近万里的旅行中，同行诸人"于道路风尘中愁叹不绝，甚至往往有泣下者"，自己却怡然自得、乐在其中：

> 有时陡壁峭天、蛇盘鸟道，转侧倾危，立身无地，人所震怖愁怨者，余敲句未成而已过之矣；有时危滩束峡，怪石怒撑，天堑奔流，惊涛拍岸，人所屏气惕慑者，余扣舷歌之而又过之矣；甚且北风割肤，严霜载体，手足不灵，须眉欲脱，人所掩面袖手而欲避之者，余且等铜雀旧址、巨鹿战地而想当日豪杰之气以壮襟怀……^②。

这段文字所表现的喜气洋洋、无所畏惧的神态，何其生机勃勃！在漫长艰难的征途中，他丝毫不以为苦，借吟哦以消旅况，正如他自己诗中所言："风雪一身三月路，山川满箧几篇诗。"^③哪怕遇到再艰难的旅程，"风利似刀愁不断，雪平于膝仆难前"^④，在他看来也丝毫不为所苦，而别有趣味，反而觉得"冻云过尽才知路，羸马行迟好看山"^⑤。这样的精神风貌，昂扬向上的积极心态，既来自他乐观的性情，对大好河山的热爱，更来自他展望前景的热情，对年轻而充满才华的自信与期许。

但随着自己的落榜以及随后在漫长的年华蹉跎中一事无成，段昕一次又一次奔波于漫长的旅途中。第二次进京，中榜后并未得到理想的安置，漫长的等待后，又再次赴京谒选。因此，在后两次进京的诗作中，已经很难看到

---

① （清）段昕：《皆山堂诗草后序》，《皆山堂诗草》卷一，第 21—22 页。
② （清）段昕：《燕行草自序》，《皆山堂诗草》卷三，第 20—21 页
③ （清）段昕：《春入都门至云南会馆作》，《皆山堂诗草》卷五，第 34 页。
④ （清）段昕：《新乡大雪》，《皆山堂诗草》卷五，第 28 页。
⑤ （清）段昕：《清平道中》，《皆山堂诗草》卷三，第 37 页。

如初次一样轻松的格调，而是带了更多的沉闷和伤怀，途中同样的路线和景点，后两次的诗作也明显有所减少，不像第一次一样几乎步步成诗，而且即便是同一景，也多了很多理性沉思的色彩。如他初次出门的心情是"征鞭自此堂堂去，半世迂疏快壮游"①，对未来征途的迫不及待和无限憧憬甚至冲淡了与亲人的离别之情，但后两次出门更多的情绪书写则是"岁华双鬓觉，乡思一灯知"，"愁兼风雨侵华发，梦绕关山侍老亲"②。途中所体会的不再是单纯的壮游之兴奋与乐趣，而是承载了人生更多的无奈。因此旅途中也开始书写羁役之苦，"乡梦艰难偏夜雨，客愁容易又秋风"③，"何为远游人，经年徒自悲"④。第一次出门是迫不及待，到后来是迟迟不愿出发，"天涯鞍马上，欲别更迟迟。儿女卿为政，风霜我自知。路遥休入梦，鬓老欲成丝"⑤。这些诗句，都体现了随着岁月蹉跎和人生失意的叠加心境产生的转变。因此，当每次的游览都带有沉重的期许时，诗歌就不是那么明快了，风格的转换不仅在于技法的成熟、阅历的增长，还在于心态的转变和对生命的更深体验和思考。

在段昕笔下，川黔、冀北、江南、楚地、洛水的不同风光，经过其妙笔随意点染，呈现出或浩瀚或苍凉或壮美或灵秀的画面，如他写《蓟门晓望》，"三边雨洗烽岚气，万里春苏草木风"⑥，写扬子江"豚拜风来潮有势，龙拖雨过水添腥"⑦，写岳州"山连楚蜀周遭碧，水合沅湘日夜流"⑧，都气势雄浑，境界阔大，写卫辉"竹书万卷襄王冢，烟树几家君子村"⑨，写旅途中的孤寂与乡关之思"大观天在水，独醒夜如年"⑩，"残月光中游子梦，乱云堆里马蹄声"⑪，均别有意趣。许贺来赞其诗"汇风俗于毫端，揽山川于箧底。孤灯破壁，拥被推敲，残月晓风，据鞍刻炼。旗亭之冷霜断雁，刘司户逊彼凄清；驿路之峻岭危滩，杜樊川惊其奇丽。休明骚雅，泂推正始之音，鼓吹庙堂，

---

① （清）段昕：《自滇境初入黔界》，《皆山堂诗草》卷三，第29页。
② （清）段昕：《四十四初度感怀》，《皆山堂诗草》卷二，第60页。
③ （清）段昕：《上谷道中》，《皆山堂诗草》卷八，第22页。
④ （清）段昕：《七夕有怀》，《皆山堂诗草》卷八，第23—24页。
⑤ （清）段昕：《别内》，《皆山堂诗草》卷七，第18页。
⑥ （清）段昕：《皆山堂诗草》卷四，第13页。
⑦ （清）段昕：《渡扬子江二首》，《皆山堂诗草》卷六，第35页。
⑧ （清）段昕：《岳州》，《皆山堂诗草》卷六，第109页。
⑨ （清）段昕：《卫辉即事》，《皆山堂诗草》卷三，第59页
⑩ （清）段昕：《湖心夜泊》，《皆山堂诗草》卷六，第111页。
⑪ （清）段昕：《喜入滇境》，《皆山堂诗草》卷六，第124页。

见其风人之致"①，可谓精到之极。

段昕喜写山水，擅写山水，但绝不仅仅是描摹山水，更多的是情怀的咏叹。他各地的山水诗，随着岁月、心境的变迁，展现出一种多层次的色彩，构成风格各一的面貌，而这些又和呈现在他眼前的景物融为一体，有沉郁有婉丽，有悲壮有真率，有俊逸清新，有澹达闲旷，也有沉郁厚重。同样写江上景色，他有"半江斜日晚，一槛远天秋"②的辽阔疏远，也有"浪拥楚江千里月，烟开水市万家灯"③的绚烂华美，有"秋禾鼓西风，吹浪没飞鸟"④的萧瑟。写舟中夜景"夜静鱼龙随浪起，天空星斗入窗低"⑤，"星渚一槎浮竹叶，龙宫半夜泛珠光"⑥，舟上波浪起伏，船舷外满天星斗的美景生动鲜明，让人如身临其境。

段昕作诗主性情，不重视技巧，因此语言简洁朴素、自然简练，有天然之趣，缺少雕琢痕迹，加之才高学博，描摹景物看似信手拈来，却生动无比。他登临会景、感物赋怀，皆由视听感受自然地引发情感，很讲究兴会所至。山月江风中总能得奇趣，鸟声花色中自见真机，无论描摹何种景致，无不达情通志而曲尽其体物之能事，形神兼备却又不伤于刻画，随着时空的转换，季节的迁移，情绪起伏转化，吊古则悲歌历落，呜咽横生；志别则悱恻缠绵，气谊独挚。羁旅之思、怀归之情和山水之乐，无不传达得深细如微，却丝毫没有雕琢之感，驾驭任何的情景都轻松自如。

王薛淀论段昕诗："其本之性而导之情者可知也。彼斤斤规摹唐宋，以争晚唐之帜；或高语初盛而仅得其字句迹相，遂诩诩自鸣。今以浴川之诗置其间，当必有辨之者。"⑦

除以上几位云南代表性的诗人，这一时期还有钱熙贞、马汝为、王思训、何其伟、涂晫等，他们的诗歌都具有自己的特点。元江回族诗人马汝为的诗虽"清丽芊绵，简重典雅"⑧，俨然"温柔敦厚"之貌，但记事论古，自写

① （清）许贺来：《燕行草序》，《皆山堂诗草》卷三，第8页。
② （清）段昕：《武陵寓中》，《皆山堂诗草》卷三，第48页。
③ （清）段昕：《武陵即景》，《皆山堂诗草》卷三，第48页。
④ （清）段昕：《舟晓》，《皆山堂诗草》卷六，第11页。
⑤ （清）段昕：《宿武陵旧寓》，《皆山堂诗草》卷四，第41页。
⑥ （清）段昕：《沧州夜行》，《皆山堂诗草》卷六，第14页。
⑦ （清）王九龄：《客凫吟序》，《皆山堂诗草》卷七，第8—9页。
⑧ （民国）唐继尧：《马梅斋遗集序》，（清）马汝为《马梅斋遗集》卷首。

性灵，"皆不规规于一家之作"①；何其伟的诗不拘一家一派，体现出变化繁复、包罗万象的特点，"以真性情自出机轴，意在笔先，故而飘然不群"②；王思训的诗"丽而有骨，浓而有味，清无纤尘，风流自赏"③，"在滇诗中犹为独标一帜"④；楚雄钱熙贞的诗"如倩女隔花，欹鬟微笑；又如迎风折柳，不惹纤尘"；涂晫《野苓堂诗稿》"丰骨遒劲，意致遥深，取材博而用力专"⑤，回族诗人孙鹏的诗"英气勃发，有一往莫遏之势，语云豪气飙驰，逸情云上"，诗人们都自具面目。

通过对以上几位代表诗人及其作品的考察，可见即便置身于相当浓厚的理学氛围之中，云南诗歌依然有自己独特而鲜明的面貌，没有淹没于"温柔敦厚"的面孔之下丧失其个性特征。他们服膺理学，精研性理，却始终将自写性情作为创作主张，缘情尚真，诗人们用独树一帜的语言，将自己真实境遇下的个性、心态和思想熔铸其中，畅怀所言，在时代精神的主调之下唱出了自己的声音。他们追求人生适意，追求精神的自由，但儒家伦理的深刻影响和云南当地传统保守的风气以及敦厚朴实的秉性又注定他们不会走上放浪形骸、叛离传统的道路。因此，在个性的抒写当中依然有情感的适度收敛，而不会体现出如纯粹的性灵派的极度舒张。

小　结

清代前期的云南诗歌，由于儒家传统诗教地位的确立和理学的笼罩，整体上呈现出中规中矩的创作局面，随着社会的安定和平，诗歌风向逐渐跟上了中原内地的步伐，共同奏响了一个新时代的雅音。当然，由于所处环境的不同，诗人们所受到的风气影响也不一样，审美追求、风格特点也不尽相同，但又都具有这一时期一些共同的特点，如强调诗歌对现实的关注以及敦风俗、美教化、正人心、端趋向等社会功用价值，强调诗歌言志、抒情、载

---

① （民国）娄继泰：《马悔斋先生遗集跋》，《马悔斋遗集》卷首。
② 《滇南诗略》卷二二，上海书店《丛书集成续编》第 150 册，第 372 页。
③ 《滇南诗略》卷二七，第 449 页。
④ 《滇南诗略》卷二六，跋王思训诗后，第 434 页。
⑤ 《（民国）新纂云南通志》卷二三三 "文苑传二·临安府"。

道的作用，在这种思想主导下，诗歌体现出立意高远、内容充实厚重的特点以及强烈的忧患意识和社会责任感，反映了清初伦理道德体系和社会秩序重建的强烈趋向。诗歌的情感抒发，普遍重视合乎儒家伦理的"性情"，性情之正与否成为评价诗歌的重要标准。

他们在创作实践上，反对模拟，提倡真诗和独创，倡导抒发真情实感的诗歌，同时受经世致用思想的影响，注重学问。理学的崛起也使这一时期的诗人们普遍有涵养道德、重视个人修养的倾向，诗歌具有高华色彩的同时又具有气象从容的特点。但在整体的面貌之下，自写性情的云南诗人依然凭借他们对诗歌艺术的执着追求和真情实感的抒发勾画出了自己鲜明的风格。

由于对明朝以前后七子为首的独尊盛唐的诗学的反拨，清初中原内地诗坛，先有钱谦益、黄宗羲、王士禛等开宋诗风气，后有吴之振、宋荦、查慎行等响应，掀起了一股宋诗潮流，纳兰性德在《原诗》说："十年前之诗人，皆唐之诗人，必嗤点夫宋；近年来之诗人，皆宋之诗人也，必嗤点夫唐。万户同声，千车一辙。"[①] 可见宋诗的影响已经很大。但考察这一时期的云南诗人，鲜见有明确宗宋的倾向。谢履中依然高举汉魏三唐的旗帜，文化远"最爱唐风朴，还愁晋士疏"。[②] 许贺来宗陶渊明，何其伟有王孟之风，又得杜陵家法，孙鹏对李白心慕笔追等。马汝为的诗歌虽被视为学江西诗派和陆游，但他隐居后的诸多诗作以及关注现实、批判黑暗的诗歌又可明显看到陶诗和杜甫的影响，很难说他是完全倾向于学宋。总体来讲，清初的宋诗风潮对云南诗人并未产生多大影响，他们在脱离明七子的影响之后，作出了转益多师、兼收并蓄的选择。这并不仅仅因为云南地处偏僻而不受时习所染。即使长期仕宦于京师或外省的诗人也几乎没有看到有明显的学宋倾向，这体现了云南诗人理性的自我选择与坚持。

---

① （清）纳兰性德：《原诗》，《通志堂集》卷十四，清康熙刻本重印本。
② （清）文化远：《归田诗十二首》之十一，《丛书集成续编》第105册，台湾新文丰出版公司，1988年版，第152页。

第三章

地方诗学传统的建构与继承：清代中期云南诗歌

　　学术界一般认为，相比于清代初期和晚期，中期的诗歌是比较平庸的，一方面是由于文字狱的高压，使得诗坛"真气淋漓"[①]的诗作不多见，另一方面，经济的繁盛、社会的安定平和，使得诗歌普遍歌咏太平、涵濡雅化，表现为醇厚雅正的诗风，缺少干时济世之气，不再有风雷激荡、掀雷抉电的情感激烈之作，也少有荡气回肠、跌宕起伏的生命和情感体验，总体呈现出温厚平和的特点。清代中期云南诗歌也一样，未能游离于森严政治的高压之外而别张壁垒。

　　康乾间的文字狱虽然未在云南酿出惨祸，但有几件大案依然使云南诗人牵涉其中。康熙年间的戴名世案，赵士麟就因与戴名世过从甚密而被问罪劾查，幸而无恙。乾隆间，云南景东诗人涂跃龙任江苏东台知县时，因徐述夔"一柱楼诗案"被牵涉，以查办不严之罪杖刑一百，流徙三年，此后终身未尽其用。师范《荫椿屋诗话》还记录，石屏诗人张宜轩因有诗句"渭水同归河水浊，大梁何处觅清波"违禁而被罢官[②]。这些事件加上各地频发、动辄牵涉上千人的文祸，必然对云南诗人的心理产生了巨大影响，客观上使这一时期的云南诗人继承和发扬清代前期重视儒家诗教的传统，延续"温柔敦厚"之风。这一时期成就最高的诗人也未能脱离这一矩范，如乾隆朝云南诗坛中坚钱沣主张"力变气质以合道"[③]的创作原则；白族诗人师范虽然力主性情，"推襟送

---

① 严迪昌：《清诗史》，浙江古籍出版社，2002 版，第 185 页。
② （清）师范：《荫椿屋诗话》，上海书店《丛书集成续编》第 158 册，1994 年版，第 54 页。
③ （清）钱沣：《题秋崖改吟图小照》，《钱南园先生遗集·补遗》卷二。

抱"，但告诫不能脱离"温柔敦厚"之旨，使"言者无罪，闻者足戒"①；刘大绅坚持"诗以为道"以及"尽将抑塞态，敛之变温醇"②。不止这些代表性诗人，同时期的大多数云南诗人创作都有一致的倾向，如回族诗人沙琛的诗"缠绵悱恻之思，温柔敦厚之旨，使读者肃然而起，悄然而悲"③，严烺"所为诗一皆本于优柔平中，乐恺和易，养之深而积之厚"④，袁氏兄弟"志和音雅，不失先正典型"⑤，女诗人李含章"讵知风人志，性灵籍陶淑。发情止礼仪，本自三百牍"，等等。这些诗学主张，无不是这一倾向的集中体现。

　　清代中期中原内地诗坛以袁枚、沈德潜和翁方纲等人为代表，性灵、格调、肌理三说并行。袁枚以性灵之说，挣脱传统羁绊与诗教桎梏，天下影从；沈德潜主盟诗坛，力图以格调之实挽神韵之虚，重倡儒家传统诗教，提倡"温柔敦厚"，追随者云集；翁方纲的肌理说虽不及前二者风头旺盛，但也是乾嘉朝学人之诗的必然反映。在这三大股潮流的裹挟下，云南诗坛并未受到影响，而是坚持了清初以来以儒家传统诗教为宗的路线，表面上看似服膺沈德潜"温柔敦厚"的格调派主张，但并非只坚守沈氏所倡导的以唐诗为宗的风尚，而是兼采百家之长，自身延续了清初以来以儒家诗教为主自写性情的风尚。

　　从整体发展来看，与全国沉寂平稳的状况相反，云南诗坛却在这一时期达到了全面的繁荣，不仅诗人数量大规模增加，还涌现了不少优秀的女诗人，诗歌家族也遍地开花。随着"改土归流"在云南的大规模推行，很多少数民族居住的边远地区如昭通、丽江、元江、东川、文山、普洱、顺宁等地汉文化教育得到普及和深化，涌现了大量优秀的少数民族诗人。如以纳西族为主的丽江地区，在雍正初改土归流前，"汉语不通，教化难施"⑥，改土归流后短短几十年的时间"籩宫俎豆，俨然中土"⑦。此后至清末一百多年间，丽江出翰林 2 人，进士 7 人，举人 60 余人，副榜、优贡等 200 多人，有诗文传世

---

① （清）钱沣：《题秋崖改吟图小照》，《钱南园先生遗集·补遗》卷二。
② （清）刘大绅：《即事》，《寄庵诗文钞》诗钞续附卷十，民国《云南丛书》本。
③ 《（民国）新纂云南通志》卷七六"艺文考六·滇人著述之书六·集部三·别集类三"。
④ 《（民国）新纂云南通志》卷七七"艺文考七·滇人著述之书七·集部四·别集类四"。
⑤ 《（民国）新纂云南通志》卷七六"艺文考六·滇人著述之书六·集部三·别集类三"。
⑥ （清）孔兴询：《创建文庙碑记》，（清）管学宣、万咸燕撰《（乾隆）丽江府志略·艺文略·记》，《中国地方志集成·云南府县志辑》本第 41 辑，凤凰出版社，2009 年版。
⑦ （清）管学宣：《修丽江学记》，《（乾隆）丽江府志略·艺文略·记》。

者 50 多人 [①]，其中大多为纳西族。一个地区的变化就如此之大，全省范围的情况可以想见。诚然，诗人数量的增多和某些诗坛现象的出现并不能完全代表诗歌成就的高低，但至少是一个相对重要的评价标准。就诗文创作的成就而言，这一时期涌现出了享誉四海的昆明诗人钱沣，赵州白族诗人师范，宁州刘大绅，回族诗人沙琛，晋宁诗人李因培，蒙化诗人彭翥、龚锡瑞，保山袁氏兄弟以及周于礼、万钟杰、孙髯、石屏罗氏兄弟等。女诗人如晋宁李含章、大理周馥等先后继响，闻名海内。他们的成就使更多中原内地诗人关注云南，云南诗歌的影响力进一步推向全国。

同时，云南的诗歌理论也在这一时期走向成熟，出现了一批系统的诗学理论批评著作。诗坛的繁荣，催生了大型地方诗歌总集巨著《滇南诗略》的编纂，这对整个云南诗文文献的保存和之后云南诗歌总集的编纂产生了深远影响。《滇南诗略》以"大雅为宗"的编纂宗旨强调了清初以来云南以儒家传统诗教为宗的诗歌价值取向，同时对云南诗学源流自觉回溯和清理，从地方人文历史中提炼出滇南本土的文化精神加以建构，使得云南诗学传统得以基本确立并以极大的影响力传承下去。与此同时，各府郡诗歌家族的勃兴也对日趋形成的诗学传统的继承和发扬产生了积极影响。云南的诗学传统在这一时期得以完成建构并延续。

第一节　钱沣与乾隆朝诗坛

钱沣是清代云南诗歌史上不容忽视的诗人，无论以品行、声望还是以诗歌成就、书画造诣，他皆可视为清代云南的一座丰碑，在乾隆朝，无论是对当时的云南还是全国，无论是廊庙还是山林，都影响深远。

钱沣（1740—1795），字东注，号南园，云南昆明人，乾隆辛卯年（1771）进士，先后任国史馆纂修、江南道御史、通政司参议、太常寺少卿、通政司副使等职。钱沣因与以和珅为首的权臣相抗而闻名于世，以其清风峻节和铮铮铁骨成为当时士大夫的楷模以及后世儒林标举的榜样。他曾先后弹劾陕西巡抚毕沅、山东巡抚国泰、布政使于易简等，在军机处亦弹劾和珅等人结党

---

① 洪开林：《科贡坊》，载《丽江文化荟萃》，宗教文化出版社，2000 年版。

营私，直声震天下。除胆识气节外，钱沣的书画造诣亦倍受当时与后世称道，是乾隆朝声誉卓著的书画大家，在诗坛上也是一名健将。他因正直敢言名留青史，世人更多关注其品性气节，对诗歌成就或有所忽视，正如清诗人朱琦所言："天下多传其奏议，而于诗或略焉。"① 但与钱沣交往密切的当时诗文名家姚鼐、洪亮吉、法式善等对钱沣诗才高度评价，洪亮吉曾言："昆明钱侍御沣为当代第一流人，即以诗而论，亦不作第二人想。"② 姚鼐赞他"钱君吐文五色章，我见夺目贡玉堂"③，"节概今无两，文章古与伦"④，评价都很高。

就以云南诗坛的地位而言，钱沣堪称一代大家。清人吴仰贤在《论滇南诗》中将钱沣视为云南诗人之翘楚："文章气节数张（张汉）钱，一代宗风足比肩。伪体别裁追风雅，刀圭那肯逐时贤。"⑤ 袁嘉谷也曾言道："钱南园书法为吾滇第一，诗亦大家"⑥，将其列为明清以来滇诗四家之一，"滇诗以杨石淙第一，苍雪、钱南园、朱丹木可定为滇南四家"⑦。民国王灿选《滇八家诗选》，钱沣亦名列其中。由此可见，钱沣诗歌独树一帜，自有气象，在清代乾隆朝诗坛，他不仅可称为云南诗坛巨擘，而且在全国诗坛也很有影响。

一、钱沣以"合道"为核心的诗歌主张

钱沣没有专门论述诗歌理论的文章或诗篇，为他人诗文集作序也很少见，其诗学思想仅散见于几篇与友人赠答或是书画题咏的诗文中。归结起来，他的诗歌创作非常重视对前人和经典的学习，但主张活学活用，创作中倾向于自写性情、直抒胸臆，同时要求诗文合乎大道、讲究法度，反对雕饰刻镂。

---

① （清）朱琦：《味雪斋诗文钞序》，戴绚孙：《味雪斋诗文集》，《丛书集成续编》第135册，上海书店出版社，1994年版，第2页。
② （清）洪亮吉：《北江诗话》卷一，清光绪授经堂刻《洪北江全集》本重印本。
③ （清）姚鼐：《题九客图》，《北京图书馆珍本年谱丛刊》第110册，北京图书馆出版社，1999年版。
④ （清）姚鼐：《惜抱轩诗文集·诗集》卷十，清嘉庆十二年刻本。
⑤ （清）吴仰贤：《论滇南诗》，《小匏庵诗存》卷二，《清代诗文集汇编》第683册，上海古籍出版社，2010年版。
⑥ （清）袁嘉谷：《卧雪诗话》卷二，《民国诗话丛编》第2册，上海书店出版社，2002年版，第329页。
⑦ （清）袁嘉谷：《卧雪诗话》卷一。

钱沣的诗歌观点主要体现在《杨二丈清渠》①和《题秋崖改吟图小照》②两诗中，由于两诗均较长，在此不全文录入。先看《杨二丈清渠》节选：

> 吾党诗人杨清渠，得力自读活人书。一年三百六十日，日日出门无宁居。晓钟欲动鸡鸣初，争先踵趾错其庐。我问何挟造此欤？仲景东垣法故余。望闻问切谁不如，如十用九致龃龉。笑谓无躁姑徐徐，养龙龙归虎虎媚。以人治人人即余，形包骸裹各冠裾。天机满眼明相于，已心柴栅先别疏。擢形葭苇要耘锄，自然对面镜彻胆。岂但出门辙合车，岂不在书岂在书。即为诗法岂异诸，大音元气塞扶舆。本之自然来与与，感人动物风吸嘘。雕音饰色希名誉，此道久矣其沦骨。我闻语竟心神舒，若胶发逢银篦梳。……丈人良药为之祛，更因诗贻筌在鱼。偕来之众散无余，从丈更读十年书。

诗中的杨二丈既是医者，又是诗人，他医术高明，能妙手回春，"病之千态及万变，呻吟号叫求拔除。满愿生死而肉骨，但信其手发无虚"。诗人惊异于他为何医术如此精湛，求其诀窍，答案是"仲景东垣法故余"，就是在广泛学习的基础上，对各种病症、疗法、药方都已了然于胸，自然能药到病除，"以人治人人即余，形包骸裹各冠裾。天机满眼明相于，已心柴栅先别疏。擢形葭苇要耘锄，自然对面镜彻胆"，诗人听了之后恍然大悟，深受启发，认识到医道和诗道有相通之处，他从中体会到学习要剔除杂念，去芜存菁，"岂不在书岂在书"，要能够活学活用，博观约取，当学习积累到一定程度，自然能融会贯通、水到渠成。其中还讲到了要善于把握事物本质和客观规律，无论形态如何变化，总能随物赋形，手到擒来。而实际生活中的钱沣，也是秉持着这样海纳百川的学习态度，"追逐雅颂诗，攀跻商周诰。班范下撷华，荀杨中择奥。绩丝作黼衮，琢璞备珪瑁。菌翳并翦剔，清浊各疏导"③。这和他上文讲到的学习观点是一致的。

除了钻研前人典籍，钱沣还比较重视向他人学习以及自我揣摩，他在另

---

① （清）钱沣：《杨二丈清渠》，《钱南园先生遗集》卷二，台湾《丛书集成续编》第156册。
② （清）钱沣：《题秋崖改吟图小照》，《钱南园先生遗集》卷二。
③ （清）钱沣：《自题画六首·溪山小筑》，《钱南园先生遗集》卷一。

一篇《夏绚庵诗集序》中记录了自己从少时到为官后不断向他人求教，加上自己揣摩钻研，逐渐体悟诗道的过程。钱沣少时有同乡好友陈琦，长他八岁，钱沣步入仕途前有十数年的时间与陈琦一起读书学习：

> 沣自童时喜诵前人诗……亡友陈再冯长沣八岁，其大母为乡王永斋先生同产，故家多有先正遗书，性又与诗近，沣与游时，窃见所作已盈一囊，取而读之，再冯亦不靳，且时为指说法度……沣于是乃窃效为五七言。数年后同补弟子员，……与同辈更唱迭和，不一而足，然皆正之再冯，依为准则，久之，利病所在，稍若有会于心。在外十数年……深愧所业较之从前不过唯之与阿，特取他人所业以观，微能辨其高下、浅深、厚薄。同道之士，不耻下问，亦间就所见为之……①

从这段话我们可以看到，钱沣少时学诗主要是陈琦的指引以及他广泛阅读了其家中先贤的藏书，步入仕途后又虚心向别人学习、不断切磋，渐通诗道。他的这段话也阐发了一个道理，学习是一个循序渐进的过程，积累到一定的程度，就能厚积薄发、水到渠成，自然"利病所在，稍若有会于心"，不仅自己能写诗，也具备了很高的鉴赏和辨识能力，"能辨其高下、浅深、厚薄"，在不知不觉中就步入堂奥。他的这些道理是非常朴实而且便于实践的。

钱沣另一首诗《题秋崖改吟图小照》②，从另外的角度阐发了他的诗学观点：

> 薛子天性生崛奇，巨木横挺千寻枝。公输匠石不可作，谁能执斧以落之。行年三十历百患，兀然蹈险常如夷。随事物来有感触，率胸臆发为言辞。当其执一是独往，直能倒却千熊黑。骋雄肆快每不择，未免蝍蛆杂蛟螭。自视亦若遗唾耳，其如观者求索疵。读中秘书近二载，天遣文伯为之师。遂令故态倏忽改，降心敛气趋绳规。自云折肱幸知痛，及今能不深求医。遗我百纸馆课草，重重涂易何淋漓。椎控蜂破月明出，薪烘鼎熟牢味滋。别三日当刮目视，于子信矣复何疑。力变气质以合

---

① （清）钱沣：《夏绚庵诗集序》，《钱南园先生遗集》卷四。
② （清）钱沣：《钱南园先生遗集·补遗》卷二。

道，自此岂独工文诗。……

这首诗通过叙述友人在作诗方面风格和面貌的转变，也间接地阐发了诗人自己的诗学主张，他认为作诗固然要直抒胸臆，但并不主张个性太张扬，而是要合乎大道，"力变气质以合道"，同时要讲究诗法，注意裁剪，以合法度，"降心敛气趋绳规"，这样才能避免出现"骋雄肆快每不择，未免蛔蚓杂蛟螭"的凌乱与芜杂。

钱沣还有一些散句能体现其诗学思想，如他在一友人诗序中评价其诗"质实无浮藻，率胸臆而出，不规规求合前人而气体自成"①，也体现了他创作中崇尚朴实、直抒胸臆、自成一体的追求，其他如"天与诗人善生活，浊贤清圣请时中"②，又体现了他的诗文创作紧贴生活，不脱离现实的主张，这在他的诗歌创作中是一个非常明显的特点，钱沣作诗没有吟风弄月、无病呻吟之作，"布帛菽粟之味运以苍古雄直之思"③，这就是他诗歌风格最明显的特征之一，从中也可以看到他诗学主张和创作实践的高度一致。

二、深厚性情与诗歌创作

钱沣诗歌虽然现存作品不算太多，但内容宏富、包罗万象，时事、民生、怀乡、赠友、纪游、咏史、叙事、咏物、陈情，无所不有，大到边疆战事、黎元休戚，小到一花一木，一茶一饼，皆能见其深厚性情和赤子之心。在诗歌体裁方面，钱沣各体皆擅，各有面貌，但最引人注目的是长篇歌行体和排律。歌行体和排律不仅数量居多，且以内容充实、气势纵横、血脉贯通，形成独有的风神气骨。在艺术风格和审美追求上，他学杜较多，但兼有韩愈、苏轼和黄庭坚的风格，有沉郁厚重之美，也有苍凉雄直之气，同时不乏韵致清新之风。赵藩评论他的诗"不为韩杜即苏黄，余事都超翰墨场。第一流人非溢美，性情忠孝出文章"。④这是对其诗歌风格和人品准确而全面的评价。

① （清）钱沣：《夏绸庵诗集序》，《钱南园先生遗集》卷四。
② （清）钱沣：《同杨梦舫步归》，《钱南园先生遗集》卷一。
③ （清）师范：《原刻钱南园遗诗序》，《钱南园遗集》卷首。
④ 蓝华增：《云南诗歌史略——赵藩〈仿元遗山论诗绝句论滇诗六十首〉笺释》，云南人民出版社，1988年版，第148页。

钱沣的诗歌题材大概可分为书画题咏、怀乡赠友、羁旅行役和社会民生等几类。以题咏诗而言，钱沣因擅长书画，集中有不少题咏自己或他人书画的诗，在品评的同时也表达自己的审美，寄托怀抱与理想，抒发自己的人生遭际与感悟，颇能照见钱沣的思想、心态。

钱沣以画马最为著名，与马有关的诗或题咏就不少，如《相马》《题画》《自题画马》《题自画马寄师荔扉》等。这类诗歌寓意深刻，寄托深远，兼具艺术性和思想性。

如《题画》：

> 昔闻庄生说马蹄，患极烧剔整与齐。野人释耒束簪绂，形则贵盛心酸嘶。栈豆满前不敢顾，此情独与知心语。短衣欲背北风行，胡为顾我泣吞声。世间纵少扬州鹤，饶有天公付饮啄。千金费尽学屠龙，几年骨朽灰朝风。何况所见唯凡马，徒尘纸墨为此画。门径强托苏与韩，田中刍狗嗟谁看。

此篇以庄子《马蹄》为典故，钱沣以辛酸沉重的笔触批判了社会对人才的摧残与打压。庄子《马蹄》篇中，伯乐为了驯服和整治骏马，对马蹄"烧之、剔之、刻之、雒之，连之以羁霙，编之以皂栈"，导致"马之死者十二三"；训练过程中对马"饥之、渴之、驰之、骤之、整之、齐之，前有橛饰之患，而后有鞭筴之威"，此时"马之死者已过半"。通过这样酷烈的手段，使骏马具备了符合世俗期许的外形和风姿，但天生的骏马早已磨灭了它的本性，表面看起来高贵华美，但内心却苦楚不堪，"野人释耒束簪绂，形则贵盛心酸嘶"，曾经受到的摧残让其失去血性和傲骨，变得畏首畏尾，"栈豆满前不敢顾""胡为顾我泣吞声"，令人读后心中怆然。诗人感叹自己笔下纵然有飞腾恣肆的神骏，但在实际生活中却无处觅得，抒发了内心对现实深深的失望和孤独感，带有深刻的现实意义，揭露出特殊的政治环境之下人性的萎缩和血性骨气的丧失，不能不令人深思。

钱沣有如此深的感慨，与其生平经历是分不开的。在与以和珅为首的权臣相抗中，他历尽险恶风波，随时可能失去身家性命，他的正直无畏虽然在当世倍受景仰，但实际中与其并肩战斗者却寥若晨星，可以说在官场上钱沣非常孤独无助，姚鼐就曾言道："当乾隆之末，和珅秉政，自张威福，朝士有耻趋其门下以希进用者已可贵矣，若夫立论侃然，能讼言其失于奏章者，侍御一人而已。"① 能够像钱沣一样不顾自身安危与和珅相抗者，举世再无第二人，何其无畏而又何其孤独！联系钱沣笔下之马，从来没有膘肥体壮之身姿和华美绚丽之配饰，也没有尊贵雍容的气度，而是瘦骨嶙峋、形销骨立，仿佛历尽风霜侵蚀和跋涉艰辛，在他看来，这才是真正的骏马该有的丰姿，但在现实中却是完全相反的情况。正如他在另一首诗中所写的"世人相马空举肥，美观则是适用非。骅骝自负致千里，毛暗皮干饥冻死"②。真正有才华的人，却在凄风苦雨中艰难求生，正如他自己。他不止一次形容过自己的处境："蛟龙横平地，忠信入洪波"③，"云变半阴暗恒岳，尘腾十丈走滹沱"④，他也曾经不止一次想过放弃抱负与理想，正义与坚持，远离炎凉世道，辞官回家，"失意年来惯，还乡路正多"⑤，"怜余恃有昆湖梦，夜夜先还理钓蓑"⑥，但最终因一腔报国热血始终未冷，坚持做到了鞠躬尽瘁，死而后已。正如他在《自题画马》中所写："蹴踏边沙岁月深，毛骨消瘦雪霜侵。严城一夜西风疾，犹向苍茫倾壮心。"⑦ 尽管他从来没有动摇过自己的信念，但那饱经风霜、瘦骨嶙峋的骏马正是他自身艰辛历程和立身处世的写照！即便没有高贵的出身、优越的先天条件和华美的外在装饰，却依然是一匹纵横腾跃的骏马，无论风霜雨雪、旅途艰辛，始终壮心不已，志节不移。

钱沣还有一幅《守株图》，以此图自喻、自省、自警。守株并非守株待兔、不劳而获之意，而是表示对心中信念的持守："故株可以守，胡逾半步地。岂曰无少欲，终然绝机事"，"生平最昵子，娟娟冰雪姿。持囊贮芳露，朝来饲我饥"。⑧ 从他自己的题词我们就可明白，他所坚守的是图中有"娟娟冰雪姿"的那棵树，那就是心中正气的象征。但就如上文所论及的，他的孤

---

① （清）姚鼐：《钱南园遗诗序》，《惜抱轩文集》，李祖陶《国朝文录·惜抱轩先生文选》卷二，清道光十九年瑞州府凤仪书院刻本。
② （清）钱沣：《自题画六首》其三，《钱南园先生遗集》卷一。
③ （清）钱沣：《渡河》，《钱南园先生遗集·补遗》卷三。
④ （清）钱沣：《宿正定同陈绚斋杨云超施遂园》，《钱南园先生遗集·补遗》卷三。
⑤ （清）钱沣：《渡河》，《钱南园先生遗集·补遗》卷三。
⑥ （清）钱沣：《钱南园先生遗集·补遗》卷三。
⑦ （清）钱沣：《钱南园遗集·补遗》卷二。
⑧ （清）钱沣：《自题守株图》，《钱南园先生遗集》卷三。

军奋战和坚守是艰辛的，因此在有些诗中，他也抒发自己内心偶感的孤寂与辛酸，"山中憔悴奈若何，萧萧落木已辞柯。短发如蓬映白石，日暮天寒风雨多。"① 这首同样题在《守株图》中的诗，就是这种心情的写照吧。

但不得不说的是，生活中的钱沣无论如何清贫，处境如何凶险，他始终没有放弃自己的信念："丈夫堕地悬弧矢，何能郁郁竟终此！……吁嗟乎！骐骥岂曾孤鼓车，鸾凤何心避枳棘！……人情纵复如波澜，忠信出入身常安。为谢山中旧猿鸟，即今不道路行难。"② 他自始至终没有将个人忧患得失置于首位，而是秉持正义，将涤荡官场污浊之气的决心坚持到底。

钱沣的这类书画题咏诗，因蕴含个人抱负、胸襟和性情，显得内涵丰富、情感深沉，风格清劲质实，充溢着刚强雄直之气。郭嵩焘评价他的诗："雄厚峻深……浩然刚大之气无屈无挠，其著于文，绝云霓、负苍天，巉岩峻绝，不可逼视，积阳刚之气以能自强心，周乎天地之外而力贯乎一事一物之中。"③ 正是因为其中贯注了浩然正气，钱沣的诗歌才有这样的气血风骨。法式善说他"钱侯性耽酒与诗，不识人间高官爵。欲将肝胆报朝廷，哪管骸骨填沟壑"④。他一心涤荡乾坤，一身正气，傲视功名富贵，笔下流露出的自然就是顶天立地的胸襟和天风海雨般的气势。杨钟义《雪桥诗话》载有吴嵩梁题写钱沣诗句云："亮拔之才，植其高骨；雄劲之气，郁为正音。岱色夜明，下临星斗；河声秋壮，中挟风雷。先生以名节砥柱中朝，而诗亦卓然可传如此。盖能孤行其意，不为流俗所移，故有直造古人处。寡识之士，即文字亦多依附，卒与草木同腐，岂不哀哉！"⑤ 而其中他对世道苍凉、自己孤身负重前行之无奈的隐晦表达，以及内心不断自我砥砺、调适的心态的流露，更显得诗歌的厚重真实，更具有因人生命运与处境的复杂引发的丰富的、深层的动人情思，读来更具有艺术的张力和感染力。

钱沣的诗中有不少关于民事的作品，但他的民事诗并非习见的忧旱愁雨、同情劳作和批判苛捐杂税，而是往往因自己的遭遇即景生情，想到民生

① （清）钱沣：《再题守株图》，《钱南园先生遗集》卷三。
② （清）钱沣：《题蒋十二药园出山图》，《钱南园先生遗集》卷一。
③ （清）郭嵩焘：《跋钱南园诗集》，《钱南园先生遗集》卷首。
④ （清）法式善：《和兰雪题钱南园御史画马》，《存素堂诗集存录》卷二二，清嘉庆十二年王镛刻本重印本。
⑤ （民国）杨钟义：《雪桥诗话》卷七，民国求恕斋丛书本。

疾苦。正因如此，推己及人，更显得赤诚可贵。钱沣诗歌的这一特点与其宗法杜甫的倾向是分不开的。他既推崇杜甫的诗歌风格和创作法度，也以杜甫匡时济世、爱国忧民的人格为典范。"泉水但在山，稼穑何以济？万折及江海，何止一方惠"①，他希冀自己可以如灌溉稼穑的泉水一样，源远流长、百折不挠，所到之处，惠泽四方。因此，其诗歌也如杜诗一样，体现出强烈的现实主义精神和儒者情怀，充满仁民爱物的思想和积极用世的心态。

这一类型诗歌较多地体现在他羁旅行役、即事感怀的诗作中。《对雪》②一诗，作者先描绘了不眠之夜开窗后眼前雪花纷飞、银装素裹的场景，"……飘飘着人不避暖，逾窗拂砚纷交加。中庭众树齐玉立，二更又吐微月芽"。这样白茫茫的雪夜，万物洁白无瑕，令人神清气爽，"天公为人澡肝肺，涤除积垢无纤瑕"。但诗人接下来并未描写欣赏雪景的愉悦心情，而是随即笔锋一转，"只惜穷愁不并去，依然顾影生咨嗟"，穷愁不去、心生嗟叹，只因想到了在天寒地冻中犹自挨饿受冻的贫困百姓，"苴兰城东蓬作户，樊圃落寞枯篱笆。布衾似铁何足叹，多恐质米床无遮。饥寒一门合其受，安得独乐官京华"，他自己身在官邸，免于风雪加身，却为百姓饥寒而辗转难安，真有杜甫在狂风暴雨中"床头屋漏无干处，布衾多年冷似铁"之时的胸襟。身处困境，并未哀叹自身境遇悲苦，却抒发了"安得广厦千万间，大庇天下寒士俱欢颜"的心愿，体现了一名儒者心怀天下苍生的悲悯情怀，读来令人热泪盈眶。

另一首《半闸遇雪》诗，也抒发了同样的情感。作者旅途中遇大雪，衣衫单薄、行程艰难，滞留在道闸口，"啾啾冻雀先我睡，亦觉衣单久坐怯"，在这样的情况下，他丝毫没有抱怨自己时运不佳，嗟叹境遇凄苦，而是突然心生欢喜，只因想到瑞雪兆丰年，心中涌起欣慰之情："负墙小树枯未死，难胜重戴头低压。此邦谷不种粳稻，亥月二麦将解甲。岁中倘不见三白，编户何以安农业？念此心喜忆明岁，四月篝车连道夹。犹多遗穗及流者，擷拾盈衽带闲扱。"③另外一些诗如《初雪》《出沾益》等也体现了同样的情怀，如《出沾益》中"雨来滋麦兼滋豆，但愿绵绵不愿骤。千里同沾半犁透，明年不虑

① （清）钱沣：《题蒋十二药园出山图》，《钱南园先生遗集》卷一。
② （清）钱沣：《对雪》，《钱南园先生遗集》卷一。
③ （清）钱沣：《半闸遇雪》，《钱南园先生遗集》卷三。

春农瘦"①等句，将途中逢雨的喜悦心情彰显无遗，对农事稼穑的关心以及仁物爱民的情怀跃然纸上。在《初雪》中，诗人身着敝裘，寒冷中"冻毫着墨艰书字"，却为"何苑梅英最先吐，明年麦实定丰收。西征不与执戈役，闻近雪山天尽头"而欢喜无比。只要百姓安居乐业，自身的冷暖于他而言算不了什么。

钱沣另有一首七言长诗《赴随州》②，写自己途中遇到大批扶老携幼、前往异乡谋生的百姓，内心深受触动：

> ……人生所愿适乐土，终然惜汝轻去乡。祖宗坟墓寄谁所？谁供麦饭酬椒浆？况彼水土既未习，疾病医药求谁良？谁为相保谁相爱？相恤寇盗赒婚丧。……嗟汝昨夕止何所？蓐食岂办茶与汤？至此时腹岂犹果，岂皆血气如我强。观汝菜色无老少，沾襟血泪倾淋浪。且得无作沟中瘠，后日生事堪徐商。……

百姓离乡背井，辗转飘零中的种种苦楚，让诗人无比揪心，诗中的一系列问号，流露出了他深切的关怀与忧虑。但诗人并非慨叹两句就了事，他下定决心，要请当地官员对百姓妥善安置：

> 此邦刺史吾故旧，负才敏异心慨慷。尝欲广厦奉天下，非独大被周洛阳。今年到官未百日，善政已见数施张。昨过厉山终禾亩，今经溠水成舆梁。相见不远应道意，何术使汝人悦康。吁嗟乎！九州老死无来往，含哺击壤如炎黄。

诗的结尾让人无比欣慰。值得指出的是，钱沣诗体现的对百姓的关心，并非一种身在高位、对下层人民居高临下的同情和肤浅感叹，而是一种感同身受的由衷关怀。钱沣一生虽不似杜甫一样颠沛流离、遍尝辛酸，经历风雨飘摇的时局，常因忧心国运、痛疾民瘼而心境悲苦，但他从小家境贫寒，"家贫无钱买书，尝于水德庵废纸中得残编制艺，揣归"③，他自己在诗中亦回

---

① （清）钱沣：《出沾益》，《钱南园先生遗集》卷二。
② （清）钱沣：《赴随州》，《钱南园先生遗集》卷二。
③ （清）程含章：《钱南园先生墓志铭》，《钱南园遗集》卷首，台湾《丛书集成续编》第156册，第124页。

顾过家中苦况："力农不逢兼以末，拮据终岁无宁晷……温甘时阙不能继，相对啜泣中夜里"①，可知他从小饱受饥寒。三十二岁中进士后，钱沣以俸禄养家，除了赡养双亲、抚养幼子，还要养活孀居的弟媳和孩子，"故人族戚仰衣食者，禄入多给之"②。因此，钱沣一直生活清苦。选入翰林充任国史馆之后，曾经有长达十年的时间，钱沣都借住在云南会馆或是朋友、门生的居所内，无钱租赁或是购置自己的房宅；家中急难之时，多次蒙友人周济；他弹劾国泰之时，和珅见他衣服破旧单薄，解下身上轻裘相赠，欲图拉拢而被其拒绝；《清史稿》记载，他因衣服单薄而患寒疾，导致身故。以上事件都说明，钱沣的生活一直处于清苦贫寒的状态。

钱沣的诗中虽然偶有嗟贫叹苦之语，却绝少抑塞愤懑之气和孤寂悲苦之感，即便有"衣食奔走谩无成，长惜风尘岁月侵。雪暗乌罗孤马瘦，江吞赤壁一舟轻"③之类的诗句，也有"时命有利钝，此意久所体"④的豁达通透。他长期忍受着清贫与奔波，却能坦然接受，并绝不为此改柯易节，这是何等的胸怀与品性！即便在羁旅途中遭遇饥寒，首先发出的忧叹却关乎农事和百姓，这不能不令人感动。他对百姓的贫苦有切身体会，由此检束自己，自始至终戒奢宁俭、安贫乐道，"甚约，不以贵贱易。官翰林时，非朝会赴公所不坐车，蔬食大布晏如也，人或劝之，答曰：'吾本寒士，少年辛苦如在目前，且为官而为车马衣服是营，又乌能廉？'闻者叹服"⑤。钱沣坚守品行，绝非沽名钓誉。他一直抱朴守拙、素履以往，和珅等人始终未能找到机会向他下手，"求先生瑕隙以中伤之，终不可得"⑥。

钱沣的这类诗歌，语言平实、古朴，自抒胸臆，体现了他作为一名儒者对民生休戚的密切关注，其仁慈忠厚的性情和丰富多情的内心世界也得到深层次体现。他立身处世坚持原则、刚直耿介，令人望而生畏，但其人外冷内热，生就一副赤诚肝胆，正如王昶评价的"慷慨敢言，无所梗避。……眉棱

---

① （清）钱沣：《林香海诺为家大人作寿叙日久不至以诗促之并示孔撝约》，《钱南园先生遗集》卷一。
② 《（民国）新纂云南通志》卷一九七《钱沣传》，《中国地方志集成》本第7辑，凤凰出版社，2009年版。
③ （清）钱沣：《乙未乞假还滇留别京中诸友四首》其三，《钱南园先生遗集》卷一。
④ （清）钱沣：《长风三首》其三，《钱南园先生遗集》卷二。
⑤ （清）袁文揆：《钱南园先生别传》，《钱南园先生遗集》卷首，台湾《丛书集成续编》第156册，第125页。
⑥ （清）程含章：《钱南园先生墓志铭》，《钱南园遗集》卷首，台湾《丛书集成续编》第156册，第126页。

耸峭，同事畏之。其实中怀乐善，见如不及。清谈终日，必以世事为心"①，这就是真实的钱沣的刻画。

除了怀古咏史，钱沣的一些抒发羁旅之愁的诗歌也有独特的韵味，诗歌语言质朴、凝炼，意境深厚，在登山临水中或怀古咏史，或托物言志，或即事感怀，笔墨之外，自具性情，登览之余，别深寄托，如《自随州至江陵独行凡四日所至数吟以遣疲惫共得八首》（录两首）：

> 江流漫无数，屡渡不知名。马倦登船怯，鸥闲避棹轻。枯杨风意苦，废寺水痕明。此宿知谁托，飘萧暮笛声。
>
> 江陵城上望，江外望公安。万古滔天水，孤城一弹丸。风连巫峡动，烟入洞庭宽。去住嗟今昔，斜阳更倚阑。②

两首诗歌都抒发难以名状的羁旅之思，情感相似，意境有别。首先是不一样的视角，前一首为近景，后一首为远眺，第一首着眼于具体意象，第二首从整体视角入手，前一首萧瑟苍凉，后一首开阔壮美，都具有很强的画面感，让人如同置身画中，感同身受。"倦马""枯杨""废寺""暮笛""斜阳""孤城"等词，自然朴实而又形象生动，将只可意会不可言传的羁旅愁思铺展在苍凉画面之中，情感真切，意境深远，令人回味无穷。姚鼐评价他的诗"苍郁劲厚得古人意"③，是非常中肯的。

三、钱沣与乾隆朝京师诗坛

钱沣于乾隆三十六年（1771）成进士后，选庶吉士，次年任国使馆纂修，乾隆四十六年（1781）晋为御史，四十八年（1783）晋太常寺少卿，是年六月转通政司副使，直至乾隆六十年（1795）年去世，除中间曾典试广西、出使江南及回乡丁忧外，大部分时间任职京中，与当时很多诗人有密切交往。加之钱沣是当时首屈一指的书画大家，书画造诣在当时实鲜其俦，身边又随时围绕着一些同好，每当钱沣泼墨挥毫之时，围观者甚众，题咏也多不胜

---

① （清）王昶：《胡海诗传》卷三二"钱沣"，清嘉庆刻本。
② （清）钱沣：《自随州至江陵独行凡四日所至数吟以遣疲惫共得八首》，《钱南园先生遗集》卷一。
③ （清）姚鼐：《原刻钱南园遗诗序》，《钱南园先生遗集》卷首。

数，如法式善、翁方纲、洪亮吉、张问陶、吴锡麒、王昶、王汝璧、邵晋涵等一时名士，皆多次题咏。钱沣与王汝璧、程晋芳、周永年、沈世炜、任大椿、陈本忠等九人时常相与往还，诗文酬唱，有贡生申淑泮作《九客图》，当时士人争相题咏，传为佳话，"九客"成为当时人才茂盛的象征，姚鼐题诗盛赞"人才最盛乾隆时，磊落九客须眉奇。……当年九客居京都，写摹同气为之图。九客高才世所珍，中有直节高嶙岣。既殁不朽真谏臣，流传文笔皆千古"①。除赞扬九客气节而外，也有人称赞九客的学识修养，"文章气谊各铮铮，松柏结交真不柞"②。他们的交往虽然没有形成有规模的群体，但也是当时乾嘉诗坛上醒目的景观。又如有人为钱沣作《守株图》，钱沣在上面题诗自喻自勉之外，先后题咏之名流达十六人，同时代的有姚鼐、胡绍鼎、孔广森、林树蕃等，稍后则有林则徐、阮元等。③舒位在《乾嘉诗坛点将录》中将钱沣喻为"铁臂膊"蔡福，位列乾嘉两朝108位诗人之中。蔡福专管梁山刑狱，杀人手段高强，这一方面符合钱沣铁面无情的个性，另一方面也昭示了他凌厉纵横的诗风。

钱沣以其出众的人品气节为众人所追随，除与姚鼐亦师亦友外，与当时诸多诗人交情深厚。法式善曾记道："余以庚子年识南园前辈于同年徐镜秋斋中，镜秋方与余肄习翰林文字，初颐园亦读书城北，常就余与镜秋会课，南园为镜秋授业师，又以余与颐园为同馆，后进每得一题辄为疏解义理，指画隐奥，……余兼喜为古今体诗，脱稿就商，先生辄摇笔立和，亦常以所制示余，自此以文字相切劘，友朋之乐未有逾于此时者也。……"④由法式善的记录可知，当时为前辈的钱沣与他们毫无隔阂，切磋谈艺，亲密无间，他们几人从作为前辈的钱沣身上亦多受沾溉。

法式善所提到的与钱沣等人经常聚会的场所为近薇亭，后来由于徐鉴调任县令，钱沣离开，几经易主之后，为法式善所得，后成为京师文人雅集的

① （清）姚鼐：《题九客图》，方树梅《钱南园先生年谱》，《北京图书馆珍本年谱丛刊》第110册，北京图书馆出版社，1999年版。
② （清）余集：《九客图者程鱼门周林汲两编修景毂江王镇之两吏部沈南雷任子田两礼部陈伯思比部郑秋谷钱南园两侍御也为虞延申淑泮写图在王镇之处镇之为苏藩迁安徽巡抚临别示余因作》，《忆漫庵剩稿》，清道光刻本重印本。
③ 见方树梅：《钱南园先生年谱》，第361页。
④ （清）法式善：《钱南园诗集序》，《存素堂文集》卷一，清嘉庆十二年刻增修本。

重要场所——"诗龛"，法式善后来逐步主盟北方诗坛，成为八旗文学的执牛耳者以及海内卓有影响的诗人。初彭龄也历官监察御史、光禄寺卿，成为云南巡抚，在《滇南诗略》的纂辑中给予了极大的支持。而就在这片钱沣曾经借住、他们谈诗论道的地方，多年后热闹散尽，法式善还时时想起钱沣。钱沣故去十余年后，他还满怀深情作诗怀念这位曾经亦师亦友的故交：

> 三十年前地，槐堂早绿阴（余居即先生三十年前下榻处）。壁纱秋月照，楹帖古苔侵。世谓尘缘浅，吾知忠爱深。孤灯炯残梦，无语酒频斟。①

钱沣不仅仅对当时，对后世儒林也产生了深远影响，成为儒士们学习的楷模。顾莼言其"身著休明际，文遗国史中。未得亲谈笑，生迟恨靡穷"，以不能亲见钱沣为恨；阮元赞扬钱沣"声高鸣凤，节劲埋轮。清箱世守，不朽精神"，也将钱沣视为自己学习的榜样；晚清名臣左宗棠甚至愿意为钱沣执鞭："令生当其世，为之执鞭，犹恐先生弃我耳。"② 景东程含章为钱沣撰写墓志时感慨道："先生，吾滇人之望也，其清风亮节，昭著于天下。越今数十年，海内贤士大夫犹籍籍称道于弗衰。"③ 这并非虚言。

四、钱沣对云南诗坛的影响

钱沣作为乾隆朝最有声望的云南官员，对乡邦士子的影响不言而喻。他虽在朝为官，却一直情牵桑梓，对家乡的士子关爱有加，很多云南士子也都渴望与他结识、交往。钱沣立身处世无贵贱尊卑之别，他身边时常围绕着一大批云南各阶层的诗人，这些诗人无论为人处世或学业文章，都曾多受钱沣的激励和引导，钱沣对他们中的不少人产生了深刻影响。如师范在悼念钱沣的诗中写二人的交往："义居师友间，亲若兄弟行。劝善复规过，词气倍激扬。处或联笔砚，出并驱骊黄。颇有未决事，折节求其详"④，回顾了钱沣对

---

① （清）法式善：《岁暮怀人杂咏二十首·钱南园沣副使》，《存素堂诗初集录存》卷十八，清嘉庆十二年王塘刻本。
② （清）左宗棠跋：《钱南园先生遗集》，《钱南园先生遗集》卷首。
③ （清）程含章：《钱南园先生墓志铭》。
④ （清）师范：《哭侍御钱南园先生古体四章》。

自己学业、诗文以及立身处世的指引与帮助。保山诗人袁文揆回忆钱沣生前对自己的指导："揆自京师识先生，即以诗文进质，既得读所为诗，因稍知取径。今搜集滇诗至此卷，掩卷泫然。"[①] 除诗文指导外，他还有诗写钱沣对自己如父如兄般的关怀："怜我朴质勤教诲，丽泽始自燕台边。"[②] 回族诗人沙琛在诗中也写到钱沣："京华两岁接清尘，把酒谈诗气益振。世路尽嫌跅弛士，惟君不弃慷慨人。"[③] 这几位深受钱沣沾溉的诗人在当时都颇有声名，足见钱沣在云南诗人中的巨大影响。

钱沣在与云南诗人的交往中，又将他们引荐给当时自己的好友姚鼐、洪亮吉和法式善等名家，他们也得以在主流诗坛中受到关注和认可。如师范因钱沣认识姚鼐等人后，深受赏识。姚鼐为其诗文集作序，称师范："天下之才也。《滇系》撰论古今之是非，综核形势之利病，兼采文物，博考故实，此史氏一家之美……真世之君子，亦非独才智之美也。"[④] 洪亮吉也赞其"抱负既不凡，见地自觉迢远，发为歌诗，与流连光景、应酬世故者即不可同日语"[⑤]。师范也因此声名远播。师范有《哭侍御钱南园先生古体四章》，其中有句"泪若黄河流，欲哭声难成"，悲痛之情，溢于毫端。钱沣对云南诗人的影响不仅在当时，对后世亦然，如道光年间云南著名诗人、五华五子之一的戴絅孙，就时时以钱沣为榜样，朱琦在《味雪斋诗钞序中》说戴絅孙"向余时时称南园钱先生"，一生"私淑南园"[⑥]，以其为学习典范。

钱沣交往的云南诗人中，很多都是非常优秀的，如师范、彭翥等。师范是钱沣的至交，字端人，号荔扉，赵州（今云南弥渡）人。乾隆三十九年举人，屡试春官不第，以军功授安徽望江知县。师范与钱沣为莫逆之交，时间逾三十载，终生诗文酬唱不辍。他在《为苏晓园题先生所书诗册》又写道："乙未、庚戌、庚子、辛丑，公车驻长安，先生方馆徐氏，予每至必作数日谈，先生偶出，必宿予斋或听雨楼，未尝他诣也。"[⑦] 彭翥字少鹏，号南池，

---

① （清）袁文揆、袁文典：《滇南诗略》"钱沣"条，上海书店《丛书集成续编》第150册，第613页。
② （清）袁文揆：《题钱南园侍御遗札》，台湾《丛书集成续编》第117册，第441页。
③ （清）沙琛：《哭钱南园侍御》，《点苍诗人诗钞》。
④ 转引自方树梅：《自序》，《年谱三种》，生活·读书·新知三联书店，2014年版，第257页。
⑤ （清）洪亮吉：《师大令二余堂诗集序》，《更生斋集》文续集卷二，清光绪三年洪氏授经堂增修本。
⑥ （清）朱琦：《味雪斋诗文钞序》，上海书店《丛书集成续编》第135册，第2页。
⑦ 见方树梅：《钱南园先生年谱》，第362页。

为蒙化（今云南巍山）人，乾隆庚寅（1770）举人，辛丑以大挑为粤东知县，历官封川、香山令，官至琼州府同知，卒于官。彭翥文武双全，钱沣感慨他"平生所抱，未施十一"①，他不仅写得一手好诗，琼州任上还亲身出海捕盗，追击上千里，"羸如不胜衣，乃愤海贼病民，地方文吏仅仅幸其出境得免咎，因率丁壮亲执枹鼓，穷追出洋，几及千里，力战鲸浪之间，卒枭渠魁"②。他在任期间，琼州一带海盗闻风丧胆，销声匿迹。彭翥诗深为袁枚、徐铎及孙士毅等人所赏，袁枚在《随园诗话》中多次提及彭翥，对其赞不绝口：

> 香山令彭少鹏名翥者，在肇庆受业于余，曾载其佳句入《诗话》矣。今秋以获海盗，保荐入都，过金陵，宿山中三日，购书一船而行。其人弱不胜衣，而擒盗入洋，乃有余勇。余为惊喜，赠七古一章，载入集中。彭《狮子洋》云："到此疑无岸，飘然天际行。珠光随月满，水气与云平。猛虎原名镇，莲花别有城。一声秋夜笛，吹动故乡情。"《澳门》云："天上风云全护水，海中村落总依山。"其他如"涛声归壑急，海艇搁沙多""无云天水合，有月海山清""舟行未雨前，日落无人处"，皆奇境也……③

《滇南诗略》对彭翥的评价也很高："昔人论诗有体势、作用、声对、义类四者，皆贵于能深，而以气象氤氲、意度磅礴、用律不滞、用事不直，分泝厥由，其亦度尽金针矣。南池司马所为诗皆可诵，亦多可传，非渐摩于四深之论而能若是乎？"④彭翥中举前曾与师范等人成立紫薇山房诗社，钱沣也时常参与诗社成员唱和，相交三十余年，"间隔必历数年始一聚首，中间惟自辛卯之春迄明年夏，五对床京邸，日或易衣而出，懔然清癯，骄荣尽落，一起处之必时，一哂笑之有节"。⑤尽管后来因仕途各奔东西，但他们终生都未中断联系，结下了深厚友谊。

周于礼，字绥远，号立崖，嶍峨人，乾隆十六年辛未（1751）进士，官

---

① （清）钱沣：《涂二余静宁纪事诗序》，《钱南园先生遗集》卷四。
② （清）钱沣：《涂二余静宁纪事诗序》，《钱南园先生遗集》卷四。
③ （清）袁枚：《随园诗话补遗》卷四，版本见前。
④ 《（民国）新纂云南通志》卷七六"艺文考六·滇人著述之书六·集部三·别集类三"。
⑤ （清）钱沣：《彭南池司马墓志铭》，《钱南园先生遗集》卷五。

至大理寺少卿，除工诗外，也是云南当时的书法名家。周于礼是钱沣的前辈，对钱沣多有关照。周于礼居所为听雨楼，钱沣与同乡诸子时常聚会于此，上文已有论及。周于礼与敦诚、敦敏兄弟相交深厚，钱沣与两昆仲交往，正是由周于礼引荐。听雨楼藏有褚遂良等前代大书法家的真迹，钱沣常去临摹，他们在诗文和书法上长期相互切磋，志同道合。

万钟杰，字汝兴，号荔村，昆明人，乾隆乙酉年（1765）拔贡，任公安知县，官至福建按察使。乾隆三十四年（1769），钱沣春闱不售，万钟杰邀约其至公安盘桓一年。钱沣官检讨期间，万钟杰也曾至京师相会。万钟杰与钱沣年龄相当，交情深厚，方树梅在《钱南园先生年谱》中记二人"交若骨肉"，万钟杰甚至让其子视钱沣如父。在钱沣的诗集中，酬唱最多的就是与万钟杰的诗。

袁文揆，字时亮，号苏亭，保山人，乾隆四十二年拔贡，曾在四库馆任誊录，与钱沣多有往来，与钱沣有关的诗文有《钱南园侍御遗札》《哭钱南园侍御》《钱南园先生别传》等。钱沣故去后，袁文揆为其办理后事，抚恤遗孤。

陈琦，字再冯，号琢斋，昆明人。与钱沣自幼相识，长钱沣八岁，钱沣曾从之学诗，对钱沣影响很大："沣自童时喜诵前人诗，……亡友陈再冯长沣八岁，……家多有先正遗书，性又与诗近，沣与游时，窃见所作已盈一囊，取而读之，再冯亦不靳，且时为指说法度，沣于是乃窃效为五七言。数年后……与同辈更唱迭和，不一而足，然皆正之再冯，依为准则。久之，利病所在，稍若有会于心"①，可知钱沣学诗之始，从陈琦处多受沾溉。钱沣诗才超拔，陈琦应当不逊于钱沣。钱沣还记他"星经、药方、金石、篆刻穷年考究"，②可知他也是一个全才。可惜他久困童试，科名不显，不为人所知，甚是可惜。

文泰运，字西浦，号健斋，又号陶庐，乾隆二十四年（1759）举人，六上春官不第，大挑后补南安训导，曾官元江学正。生前有书卷诗藏于家，未刻。文西浦是钱沣在滇中的同窗，钱沣年十八时与小一岁的文泰运同补诸生

① （清）钱沣：《夏绅庵诗集序》，《钱南园先生遗集》卷五。
② （清）钱沣：《文西浦小传》，《钱南园先生遗集》卷五。

而相识，文泰运卒时四十四岁，两人相交近三十年，钱沣写有《送文西浦》《文西浦小传》《文母刘太孺人墓表》等多篇诗文。

赵州龚锡瑞，号簪崖，工古乐府及七言长句，袁枚对其《游飞来寺》《赠某》《悼亡》《龙尾关》等诗赞不绝口。

王运昌，号宜泉，昆明人，乾隆庚寅举人，官长乐县知县。著有《宜泉诗一卷》。

杨永芳，字慕如，号梦舫，昆明人，乾隆十二年（1747）举人，与周于礼同榜。屡试不第，于乾隆三十八年大挑出任湖北麻城知县，钱沣集中有数首和诗。

罗会恩、罗觐恩兄弟。罗会恩，字际叔，石屏人，乾隆三十三年举人，钱沣与荫恩为姻亲，兄庆恩、湛恩，弟荫恩、觐恩，都与钱沣交好。钱沣数次经济窘迫，皆为罗氏兄弟接济。

钱汝霖，字润苍，号望峰，昆明人，与钱沣同乡，是发小，乾隆二十一年举人，历官山西平鲁、安徽凤台知县，陕西榆林知府。钱沣集中与知交师范等的酬唱诗一首未保存下来，但写给钱汝霖的诗却有六首，如《天井关呈望峰》《龙门作寄望峰》《望峰生子不育作诗慰之》等，足见交情之深。

窦晟，字曙斋，罗平人，乾隆三十三年举人，与钱沣同年，历官大理府教授，山西洪洞知县。两人时有书信往还，钱沣曾两次向窦晟借钱周济。

与钱沣交好的云南诗人还有很多，如余萃文、涂跃龙、施培应、赵廷枢、段时恒、薛翊清等，限于篇幅，在此不一一罗列介绍，但从上面对部分钱沣交游的诗人粗略考察，已能看出他在云南诗坛的巨大影响。他们围绕在钱沣周围，砥砺节行，切磋诗文，纵论天下事。这些群体成员又有各自的交游，相互结交，圈子不断扩大，形成了一个以他为中心的云南诗人群体，时相酬唱。这些友人中，极少数同在京中为官，大多为失意落拓之士，长期蹭蹬科场或沉沦下僚，数次上春官不第，在京中的钱沣成为他们的依靠。他们以诗会友，砥砺节行，并在生活上彼此帮衬，很多朋友间亲如手足，如钱沣曾经长时间借住于朋友万钟杰和周于礼的馆署，如有朋友来访，周于礼、万钟杰等照样热情接待，钱沣曾记彭夔、文泰运、王运昌、石屏罗庆恩及其弟会恩等人辛卯年（1771）经常在自己寄居的寓所诗酒酬唱，"昕夕砥砺，易衣而出。故大理寺少卿、嵋峨周立厓先生雅重西浦，折节与交，杨梦舫故与立厓同学，友善，时将次得官，亦至，寓立厓听雨楼。每佳胜辄邀西浦、予及宜泉，有亭亦数数与，俱欢谐沈醉，竟夜达旦"①。师范《跋万本龄藏钱南园置万荔村方伯手札》亦言："乙未（1775）夏，方伯以众香令陛任随州，寓京师之准提庵，侍御方官检讨，每约文陶庐学博、彭竹林司马及宜泉聚谈，予亦不时走访，酒酣耳热之际，纵论古今事，拍案抵掌，声震屋瓦。"② 可见钱沣所在之处，就是一群志趣相投的云南诗人的宴集场所。而钱沣品行气节，深受景仰，因为官清廉，数次经济困窘，皆是其好友接济，如窦晟和石屏罗氏兄弟就多次接济钱沣和家人。钱沣死后，袁文揆代为照料和安置遗孤，竭心尽力，师范和法式善不遗余力搜集其诗文付梓，使一代名家之作得以保存流传。这些都是云南诗坛上的千古佳话。

以钱沣为中心的云南诗人群体，为乾隆朝云南文学的繁荣作出了卓越的贡献，也为云南诗歌走向全国起到了推波助澜的作用。很多中原内地诗人由此对云南诗歌有了崭新的认识，如洪亮吉通过结识钱沣、师范等人后，感叹"盖天南清淑之气，点苍、鸡足、玉龙、铜马、金沙、澜沧、洱河、潞江诸名胜不能尽之也！必有瑰人奇士出于其间，所谓瑰人奇士者，又必发为传世之文以鼓荡山川之灵气，则谓六诏之人文极盛于今日亦无不可"③。初彭龄亦言："余反复讽咏，喟然曰：滇固非无声韵之学也！……国初能诗者，不下数十家，……近则周立厓、菊畦、李载庵、唐药洲、孙髯翁、万荔村、钱南园、彭南池、李松屋诸公，典雅雄浑，劲正淳古，不相蹈袭，自名一家，足以超迈前贤，凌砾胜国，是岂非圣泽涵灌，风会日趋于上之验哉？"④ 清代中期云南诗歌全面繁荣，在全国诗坛也是一个值得注意的现象。

① （清）钱沣：《文西浦小传》，《钱南园先生遗集》卷五。
② 见方树梅：《钱南园先生年谱》第366页。
③ （清）洪亮吉：《师大令〈二余堂诗集〉序》，《更生斋集·文·续集》卷二，清光绪三年洪氏授经堂增修本。
④ （清）初彭龄：《滇南诗略序》，《滇南诗略》卷首。

第二节　《滇南诗略》与云南诗学传统的建构

在云南诗歌史上，乾嘉年间大型地方诗歌总集《滇南诗略》的编纂绝对是一件开天辟地的创举。它不仅使云南汉代至清代乾隆朝的诗歌基本得以保存和流传，也使云南诗歌首次以完整的面貌呈现在世人面前，刷新了中原内地诗人对云南诗歌的认识，终结了"滇中无诗"的历史，同时它还标志着云南地域文学观念和乡邦意识的彻底觉醒。通过对云南诗歌发展源流的梳理、对滇南本土文化和精神内核的提炼与凝聚，《滇南诗略》以统一的编纂宗旨、多方位的评价体系，自觉完成了对云南诗学传统的建构，使得云南诗歌清初以来以儒家传统诗教为核心的诗学体系在这一时期正式确立，形成了清代云南诗歌贯穿始终的发展主线。

关于《滇南诗略》，浙江大学吴肇莉博士2011年《云南诗歌总集研究》对其编纂背景、成书过程、编纂主体都进行了充分探讨，包括主创人员袁文典、袁文揆昆仲的生平、交游，都作了深入考察，本书不再赘述。只针对《滇南诗略》的编纂对云南诗学传统的构建方面所作的努力进行探讨。

一、云南诗人地域文学观念的觉醒

云南诗歌从明代开始进入中原主流文学视野，但因地处偏远，除了仕途显达之人能融入诗坛主流，更多的诗人只是在这片古老而僻远的地方自吟自唱，地理的遥远注定了信息的隔阂、交流的不便和文献采征的局限。人们在对云南诗歌了解不多的情况下，普遍形成了"滇中无诗"之成见。乾隆后期，云南巡抚初彭龄到云南之初，还抱着当地士子"声韵之学，多未讲求"[①]的印象。如果说在云南地域文学初步崛起的明代，云南诗人乡邦意识尚未完全觉醒，对这一现实还能接受的话，到了清代，随着地域文学的繁荣，云南诗人尊崇乡邦文化，构建地域诗学传统，寻源以自壮的心理日趋强烈。随着云南诗歌与主流诗坛的交流和融合日益密切，他们坚信云南诗歌并不逊色于其他地区，长久以来不为外人所知，只因"地处偏僻，表彰乏人，流传不远"[②]。

---

① （清）初彭龄：《滇南诗略序》，上海书店《丛书集成续编》第150册，第45页。
② （民国）纳汝珍跋：《滇八家诗选》，（民国）王灿辑《滇八家诗选》卷首，云南省图书馆藏。

他们对历代文献的损毁深感痛心，清醒意识到，再不加以搜集整理，将是对乡梓文化传承的严重失职，内心树立起了强烈的维护和传承乡邦文化的责任感和使命感。整理乡邦文献，纂辑先贤著述，为先贤立传，这成为势在必行之举。

在《滇南诗略》成书之前，不少云南文人有志于征刻滇中诗集，如清初诗人王思训、张汉、赵元祚及随后的孙髯、杨履宽、罗巍恩等，但因种种原因，未有一人能竟其志。王思训是清初最初积极呼吁征刻滇诗并付诸行动的人，可惜他此志未终即身故，只留下了振聋发聩、激励无数后人的《征刻滇诗启》[1]：

> 兰津南渡，篇什初兴。司马西征，人文踵至。一章颂体，祀隆缥碧之鸡；十卷《赋心》，客过孙原之水。盘蛇颓木，桓溪则夔道裁歌；筰马髦牛，常璩亦华阳作志。白狼远徼，悉奏风谣。赤虺炎河，尽登露布。王仲初《宫词》百首，南中之辨真者七篇；刘须溪《诗统》全书，滇国则补完其半集。敩经插矢，行号兵车；花髻珠缨，诗传骠乐。金枝玉叶，羌奴解味珊瑚；云片波澜，阿禤长吟吐噜。
>
> ……
>
> 凡兹感慨，尽入豪吟；在昔名流，类多杰构。徒以历年兵燹，都湮于戈船楼橹之间；万里风尘，不达于天禄、石梁之内。遂谓南荒西徼，原不生才；长使骚客词人，难消斯恨。

在《征刻滇诗启》中，王思训深情追溯了滇中风雅的源头和历史，"彼当荒远之代，已传藻丽之辞；迄乎胜朝，遂多作者"，诗人从战国时的兰津古渡开始，追溯古滇国的汉文化起源，随后汉代张叔、盛览从司马迁学赋，归而教授乡闾，一直写到元末段氏之妻女阿禤和羌奴流传后世的诗篇。即便云南文化的源远流长和灿烂历史有迹可循，但很多人却空留其名，著述不存，"徒以历年兵燹，都湮于戈船楼橹之间"，"长使骚客词人，难消斯恨"，其中的乡邦自豪感和乡梓文化不获传承的遗憾何其强烈！与此同时，王思训还写

---

[1] （清）王思训：《征刻滇诗启》，（清）鄂尔泰、尹继善修，靖道谟纂：《（乾隆）云南通志》卷二九"艺文·启"，版本见前。

了一系列滇南怀古诗，如《滇南述古诗十五首》《滇南七咏》等，追溯滇中风雅，缅怀先贤，极大地激发了同时代的诗人对乡邦文化的关注和责任感，如著名诗人张汉等开始积极呼应，加入了征集滇中文献的队伍，可惜因种种原因而未成事，但"文章早重龙门史，千古犹存汉学基"①的共识越来越深入人心，激励着云南诗人将乡邦文学发扬光大的志向和决心。他们深信"滇中无诗"现象的造成，最大的原因就在于文献没有很好地保存下来，"滇无诗？滇非无诗也，浮夸者无论矣"②。除了战乱兵燹，文献失传的原因是创作主体自身也不够重视，有"为而不重"③的倾向，师范在跋《滇南诗略》中就感叹道："秀杰之才，负性迂僻，一吟一咏惟求适情而已，多不存稿。其子孙之贤者珍如拱璧，秘不示人，不数传而化为乌有；其愚者则以供妇女之针包线夹，或同废纸鬻之市肆，其一二名作，非拾自水火之余，即夺诸鼠蠹之口，此滇之所以无诗也。"④这不是滇中诗人自我安慰的理由，云南在漫长的历史文化进程中与中原的联系时断时续，明代以前，汉文学始终没有成为云南文学的主流。云南人自己没有保存文献的意识，而中原内地也对此少有关注和采集，因此即便曾经有过文学创作，大多也都湮灭在了动乱和历史烟尘之中。《滇南诗略》收录从汉至元代的云南诗人只有九位，在元代现存的五首诗中，皆出自大理总管段功一族，分别为其妻高氏、妾室阿𧝶、其女羌奴和其子段宝以及部属杨智所作，五首诗中，女诗人就占了三首。虽然我们不能据此就断言当时的女诗人数量多，但至少可以肯定的是，到了元代，在云南贵族家里，精通诗文的女子不在少数，也可以肯定不止段氏一家能诗善文。文献的湮灭程度由此可以想象。明代杨慎戍滇，该时号称云南诗坛盛世，但即便名满中原内地、有"杨门七子"之称的众诗人，也只有张含、杨士云和李元阳有集子留存，其余难获一鳞片甲，"且蠹蚀漫漶不可卒读，其他率皆断简残编，等于吉光片羽，欲求备一代之文献，戛戛乎其难哉"⑤！在文学发达的明代尚且如此，何况乎前代！在《滇南诗略》编纂前，多少人未能终其志，因文献湮灭或损毁而摧折了信心。在《滇南诗略》编纂中，诗歌文献的搜集

---

① （清）张汉：《滇南怀古》，《留砚堂诗集》卷六，上海书店《丛书集成续编》第128册，第639—640页。
② （清）师范：《袁苏亭滇南诗略后序》，上海书店《丛书集成续编》第150册，第369页。
③ （民国）陈荣昌：《滇诗拾遗序》，上海书店《丛书集成续编》第151册，第761页。
④ （清）师范：《袁苏亭滇南诗略后序》，上海书店《丛书集成续编》第150册，第369页。
⑤ （清）袁文典：《明滇南诗略序》，上海书店《丛书集成续编》第150册，第37页。

之难更是让编者深有体会，“非拾自水火之余，即夺诸鼠蠹之口”。后世的黄琮在编《滇诗嗣音集》时，往往“邑乘难征，楹书久蠹”[①]，导致千年以来，“九隆风土，空留载纪之书；六诏声诗，不列輶轩之史。……蒙氏使臣，忠愤曾抒七字；梁家慧女，悲吟仅著一篇”[②]，这是非常令人引以为恨的事实。乡邦意识和地域文学观念的觉醒让清代云南诗人对于地方文化不获认知的焦虑日益深重，传承乡梓文化、终结滇中无诗的历史成为他们的共同使命：“金碧苍洱间埋没者何可胜道！不急为搜罗，将使前人著作终于郁湮，岂非后死者之职哉”！[③]

就在滇中诗人为纂辑乡邦文献积极活动的同时，乾隆年间发生的一件大事，深深刺痛了滇中诗人的心。时朝廷编纂《四库全书》，命各地收书上缴四库馆，时任云南巡抚的李湖为一己私念，以“边荒无著述”复命，将所收滇中著述悉数窃为己有，并欲带回家中，不料返乡途中不慎落水，全部书籍丧失。此举不仅导致云南典籍损失严重，而且《四库全书》中几乎没有云南著述，仅有的几本“皆采自他方”[④]，有的连滇中文人自己都没听说过。此事成为云南人心中的千古之痛，也成为抽打他们心灵的鞭子，促使他们更加坚定了整理乡邦文献、弘扬滇中文化、传播和继承乡邦风雅的决心，“付诸剞劂，虽非金碧之全身；播厥寰区，稍露苍华之真面。广加搜采，借以表彰。……俾知列贾浪仙于流寓，拓东原风雅之名邦；祀王逸少为圣人，滇纪袛荒唐之陋说。”[⑤]为了推翻“边荒无著述”的定论，也为了后世不再有同样的遗憾，云南诗人们终于积极行动起来，保山袁氏兄弟就在这样的情况下，毅然担起使命，“不可使金碧山川，减色于扬州烟月”，他们终前人未就之志，释同仁未解之怀，终成先河后海之《滇南诗略》，“寸金尺璧，固有美之必收；片甲一鳞，亦无长之不录。三千里内之文人学士，尽看日丽星悬；四百年余之雅制名篇，齐作云蒸霞蔚。汇丛编而成巨帙，照耀缥缃；读遗什而缅先型，敬恭桑梓。使知西方乐土，原不乏楩楠杞梓之林；南国偏隅，无弗沾礼乐诗书之

---

① （清）黄琮：《滇诗嗣音集序》，上海书店《丛书集成续编》第151册，第169页。
② （清）萧霖：《滇南诗选序》，上海书店《丛书集成续编》第150册，第48页。
③ （清）袁文揆：《滇南诗略弁言》，上海书店《丛书集成续编》第150册，第40页。
④ （清）王崧：《报董竹溪书》，《历代白族作家丛书·王崧卷》，民族出版社，2006年版，第142页。
⑤ 《（乾隆）云南通志》卷二九“艺文”。

泽"①。

二、袁氏兄弟的诗学思想与《滇南诗略》编纂宗旨

《滇南诗略》编纂者为保山诗人袁文典和袁文揆。

袁文典（1726—1813），字仪雅，号陶村，云南保山人，乾隆二十一年举人，官广西州学正，以母老乞归，著有《陶村诗钞》。

袁文揆（1750—1815），字时亮，号苏亭，又号犗痴，因在同族兄弟间排行十三，又称袁十三。袁文揆为乾隆丁酉拔贡，曾任甘肃县丞，供职于四库馆数年，后长期游于永昌知府，随后为云南布政使的陈孝昇幕下，晚年官云南教谕，有《时畬堂诗稿》。

袁氏兄弟名位不显，当时在诗坛的影响也不及钱沣、师范及刘大绅等人，但也算有诗名，《清史列传·文苑传》评袁文典的诗"问津少陵，气格高卓，时多杰作，小诗尤有远神"②。其弟袁文揆因先供职于四库馆七年，后又为陈孝昇幕中书记，大江南北广结人缘，颇有声名，其诗也受当时名流阮元等称道。嘉庆间陈孝昇因罣误获罪，袁文揆奔走万里为其酬纳赎镪，一时传为美谈，"侠气横九秋，英声驰六诏"③。兄弟二人更因纂辑《滇南诗略》《滇南文略》，成为云南文学史上垂范后世的文献功臣，"于文献者至巨，后有踵事，而先河之导，举国推袁无异词也"④。

《滇南诗略》的编纂继承了清初以来云南诗歌的传统，以儒家传统诗教为核心，"要以大雅为正宗，格律次之，才华又次之"⑤，强调诗歌"得性情之正"，有补世教，强调风人之旨。这虽然与当时和平安定的社会环境和文字狱下提倡"温柔敦厚"的诗坛风气有关，但与袁氏兄弟的诗学思想也不无关系。

赵藩评价袁氏兄弟的诗"志和音雅，不失先正典型"⑥，是非常切中肯綮

---

① （清）萧霖：《滇南诗选序》，《滇南诗略》篇首，上海书店《丛书集成续编》第150册，第49页。
② 《清史列传》卷七二"文苑传"三，中华书局，1987年版。
③ （清）吴世登：《荔扉大令召集小停云馆赠袁十三痴犗》，吴世登《云津诗钞》，师范辑《小停云馆芝言》第六册，清刻本重印本。
④ （民国）赵藩：《保山二袁诗稿序》，台湾《丛书集成续编》第117册，第397页。
⑤ （清）翁元圻：《滇南诗略序》，上海书店《丛书集成续编》第150册，第53页。
⑥ 《（民国）新纂云南通志》卷七六"艺文考六·滇人著述之书六·集部三·别集类三"。

的。兄弟二人在诗学方面的主张可以说完全践行了这一点，他们都以儒家传统诗教为宗，强调诗歌抒情言志的功能，重视诗歌的社会功用价值以及"温柔敦厚"的主旨，如袁文典在《滇南诗略后序》中曾言道："诗言志，本乎性，发乎情，止乎礼仪，温柔敦厚，不离乎《三百篇》者近是，次则变而为《楚》《骚》，乐而不淫，怨而不乱，《风》《雅》之遗篇焉。"[①] 相似的观点他不止一次阐述过："夫诗以言志，文以载道，诗文弗关乎世教，虽工弗传，虽传弗久也。"[②] 而其弟袁文揆在自己的诗中，也多次阐明过类似的观点："厄言日以出，载道文断绝。欲防江河下，盍将性情揭。煌煌三百篇，大文寓鸿烈"[③]，可以看到他对儒家传统诗教的尊崇。和其兄一样，他也很注重诗歌的社会价值和现实意义，"诗文原自关世运，和声鸣盛心自喜"[④]，"愿读有用书，不为无益咏"[⑤]，"风云月露词，谟训岂同科"[⑥]。在他们看来，诗歌如果没有现实关怀，不讲求风人之旨，都是无意义的。他们编纂的《滇南诗略》，虽然本着"以诗存人""以人存诗"的文献保存宗旨，但同时一再强调编纂以儒家传统诗教为宗，在此摘录数条：

> 余谓诗以言志，苟学焉而得其性之所近，上不悖于《三百篇》、骚、赋、汉魏六朝唐宋以来诸大家，则具体可也，一体亦可也；连篇累牍可也，一鳞片甲亦可也。使不本诸性情之正，关于伦纪之大、古今之治，忽安危所系、人物之贤否邪正所判，徒流连景物，驰骋才华；寻章摘句，袭貌遗神；言愈工而理愈失，词益支而意益违，于风雅奚取焉？是编所选，悉以大雅为宗……上自台阁名贤，下至山林隐逸，以及闺秀、流离，收撷靡遗；洪纤浓淡，不出乎兴观群怨之旨，滇之人士，即是编以求其性情之正，由是而涵濡乎朝廷道德之泽、礼乐之化，渐于心志而卷

---

① （清）袁文典：《刻滇南诗略后序》，《滇南诗略》卷末，《丛书集成续编》第150册，第760页。
② （清）袁文典：《滇南文略序》，台湾《丛书集成续编》第120册，第396页。
③ （清）袁文揆：《再酬宋于廷四章》其二，《时畲堂诗稿》卷六，台湾《丛书集成续编》第117册，第453页。
④ （清）袁文揆：《次韵答徐湘筠并柬张螺山》，《时畲堂诗稿》卷七，台湾《丛书集成续编》第117册，第462页。
⑤ （清）袁文揆：《再酬宋于廷四章》其三，《时畲堂诗稿》卷六，台湾《丛书集成续编》第117册，第453页。
⑥ （清）袁文揆：《读诗偶作》，《时畲堂诗稿》卷十一，台湾《丛书集成续编》第117册，第506页。

于咏歌，将所谓资于事父、事君者，其庶几乎区区声韵之学云尔哉！①

自名公巨卿、文人学士，旁逮寓迹天涯、栖心尘表之流，诸有关于君臣、父子、夫妇、昆弟、朋友之大伦，显之存劝戒、微之道性情，以及穷通隐见、欢愉悲戚，因寄所托、游目骋怀，不悖诗人宗旨者，虽散寄于残篇剩帙之中，罔不博取广征，都为一集。②

盖责乎弹毫属笔，祖述六艺；若徒骋风云月露之词，究四声八病之学，虽多，庸愈乎？兹集本得性情之正，由此而衔华佩实，征存亡，辨得失；赋以见志，歌以贡俗；登太史之鞧轩，为五经之鼓吹，则取精用宏，即非小补。③

以上不同人的序言都强调了统一的宗旨，即诗作无论作者身份、作品风格、体裁，只要符合儒家兴观群怨的标准，能有补世教，有关风化，不悖于大雅之旨，皆可选录。这样的标准不仅体现在序言中，在各诗人的点评中也屡见不鲜，如卷十一评罗元琦之诗："原本忠孝，语语温柔敦厚，粹然有德之言"；评刘彬《客路秋柳》："抑予尤佩陶村兄弟滇诗之选，于忠孝大节所系，靡不极力表章……诗皆可诵，于诗教洵非小补云"④；评王思训的诗"摭持风雅，不拘一格，惟于兴衰治忽，大节攸关之处，拳拳阐发，风义昭然，洵属诗家史笔，有补名教"；评李国宾："语多血性，……宜其移孝作忠，致命报国也。因取以为滇诗之殿，且为读是集者劝焉"⑤。如此种种，皆可见得编纂之用意所在。

《滇南诗略》的编纂宗旨，不仅是袁氏兄弟诗学思想的体现，也是他们对清初以来云南诗坛风尚的继承。

三、《滇南诗略》对云南诗学传统的自觉构建

袁氏兄弟不仅通过纂辑《滇南诗略》保存滇中诗歌文献，而且以自觉的

---

① （清）初彭龄：《滇南诗略序》，上海书店《丛书集成续编》第150册，第47页。
② （清）江浚源：《〈国朝滇南诗略〉序》，上海书店《丛书集成续编》第150册，第50—51页。
③ （清）袁文典：《明滇南诗略序》，《滇南诗略》卷首，上海《丛书集成续编》第150册，第38页。
④ 《滇南诗略》卷九评刘彬《客路秋柳》一诗，上海《丛书集成续编》第150册。
⑤ 《滇南诗略》卷二二评李国宾《吊昆明孝妇王罗氏》。上海《丛书集成续编》第150册。

意识构建云南自身的诗学传统，编纂宗旨强调了云南自清初以来尊崇儒家诗教的价值取向，使诗学传统的核心到此得以确立。他们还通过以下方面的努力，对云南地域诗学进行有意识的构建。

第一，追溯云南文明源头和人文历史，梳理地方文化脉络、诗学源流，体现一脉相承的发展传统。

袁枚有言："选诗之道，与作史同。"[1]《滇南诗略》以史学的眼光和追求，以"以诗存史"的意识，通过梳理云南诗学源流，确立云南诗学自身的传统。如对明代以前的诗歌创作进行追溯：

> 滇在赤虺炎河外，汉以后声教或阻，张叔、盛览、尹珍、许淑、张志诚诸人，空存其名，著作不少概见。故《渡澜沧》《白狼》等歌，即韵语之始；骠信、赵叔达、杨奇规、渊海各什，亦声律之先。迄于有明，尽变蒙段旧习，学士大夫多能文章、娴吟咏，一时名流蔚起、树帜词坛，滇诗始著。[2]

对明代的诗学发展和传承也进行了梳理，呈现了一脉相承的传统：

> 历代以来，绵绵延延，流风弗替。前明杨文襄公……为滇南大开风气，自是而张禺山承南园家学，又师事献吉，友何仲默、杨升庵，力追正史。[3]

到了清代诗歌繁荣的时期，历数各时期诗人，呈现诗歌的整体发展面貌，理清发展脉络：

> 国初滇南诗人，自于赵少宰、彭松溪、徐石公、朱子眉、张退庵、涂玉华、徐德操诸公，首屈一指；逮鲸浪既平，永清大定，人才倍出。如钱亮采、许秀山、何我堂，皆一时之隽，而以段皆山、王永斋挺生其间，集厥大成，超前轶后固已然；即赵我轩、常石堂、涂煦庵、孙南村、张蛰存、许澹园、李亦人诸公分道扬镳，亦何可多得？至于鹤峰中丞继

---

① （清）袁枚：《再与沈大宗伯书》，《小仓山房文集》卷十七，清乾隆刻增修本。
② （清）袁文典：《明滇南诗略序》，《滇南诗略》卷首，上海《丛书集成续编》第150册，第36页。
③ （清）翁元圻：《滇南诗略序》，上海《丛书集成续编》第150册，第53页。

起，直接皆山、永斋坛坫，嗣是而和声鸣豫者有之，孤芳自赏者有之，又得李载庵、周菊畦、唐药洲羽翼其间，暨孙布衣、万廉使、钱侍御、彭司马、杨孝廉为之砥柱，李松屋、廖思田为之扬波，故皆山、永斋、鹤峰之绪，借以绵延不坠矣。

通过"绵延不坠""流风弗替""接坛坫""为羽翼""为扬波"等阐述，编者考察源远流别，评论风格高下和诗学脉络，丝穿绳引，梳理出云南诗歌自成体系、一脉相承的特点，体现了对诗学传统的建构意识。

第二，从云南人文历史、地域特点、山川风物中寻找人文传统和脉络，凸显滇中诗歌的特点，突出其独有的面貌和整体特质。

> 粤有经传，司马风声早播于遐方；迄乎兵败，鲜于文教弗通于中国。蜻蛉塞外，半聱牙缺舌之音；鄯阐城边，仍鸟迹虫书之习。况河分玉斧，有成东帝之规模；虽师渡革囊，未变北朝之文物；是以碑传德化，郑回本是唐人；乐献侏离，骠信犹然夷俗。遂令九隆风土，空留载纪之书；六诏声诗，不列辀轩之史。肇开文运，实始前明。上多董劝之师儒，下有振兴之贤哲。加以孤臣放逐，时作悲歌；远客栖迟，间留题咏；因风移而俗易，乃户诵而家弦。地泄英灵，代生豪杰；龙吟虎啸，得遇诸梁州黑水之区；玉节金和，适协夫大吕黄钟之响。……投珠洱海，腾空流奎璧之精；濯锦昆湖，落地灿云霞之色。[1]

编者追溯滇中历史的发展，从滇中山川风物、地理特点、民族构成等方面凸显其独有特征，以"蜻蛉塞外""梁州黑水""河分玉斧""师渡革囊"等极具地域色彩和人文特征的词语概括了云南独有人文地理特征和历史进程，从"聱牙缺舌之音""鸟迹虫书之习"到"大吕黄钟之响"，从"夷俗"到"德化"，从"风移俗易"到"户诵家弦"等，勾勒出"地居天末，百蛮杂处"[2]的云南在漫长的历史时期内中原文化和少数民族文化的相互消长——最初的少数民族文化通过文治教化等方式不断革新，逐渐演变成以中原文化为主、少数

---

① （清）萧霖：《滇南诗略序》，上海书店《丛书集成续编》第 150 册，第 47 页。
② （清）鄂尔泰、尹继善修，靖道谟纂：《（乾隆）云南通志》卷七"学校·附书院·义学·书籍"。

民族文化与外来文化多元共存的形态以及形成的独特面貌和特征——由此确立起云南有别于中原的诗歌特色。

第三，从本土历史文化人物中挖掘和提炼出云南精神，有意识地建构和塑造云南独特的诗学气质和传统。在《滇南诗略》的序言、作者小传和诗歌评点中，编者都有意识宣扬先贤的德业文章，总结出他们的共有特质，从中提炼和凝聚成云南本土文化精神，激励后世学者以其为标榜和典范：

> 滇处天末，士多朴质相尚，力所能及者竭力以致其所有事，其有不及，则不为涂泽以炫其长，夫是故应蕴易窥而面目之真不失也。……士大夫奋致功名，往往行事表见当时，如杨文襄之出将入相，傅忠壮之按黔制秦，……王伯举则孤鸣效忠，类卓卓荦荦，更仆数未易尽也。我朝圣化伦洽，士风益盛，……自赵少宰、李中丞没，傅严溪、钱南园、周立厓诸公，皆世所固钦。……考其生平行事，以为师资，而吾滇朴质之风缘以不坠。则夫是初刻者诚非妄举，而其用心之苦，天下后世当共识之。①

这些概述不仅类化滇中先贤的志节风范，同时提出了希望后人师法前贤，继承其风，让滇南传统"缘以不坠"的期望，其文化和精神传承的意识昭昭可见，正所谓"汇一方数百年将逸之诗文，都为一集，播诸此方、传诸天下、寿诸后世，使后生小子仰前辈风流而思继其身，使海内贤士大夫知此邦未尝无人而益见圣朝教化之远且长也"②。在师法前贤的过程中，云南独有的诗学传统和精神内核也得以一脉相承。可以说，袁氏兄弟这一番苦心成了不少云南人的共识，他们都曾经表达了对乡邦文化中的人文精神进行传承和弘扬的心愿："文运之在中原，则大明之亭午，而在吾滇则旭日之始旦也。观夫花之始萼，竹之始苞，培植蕴涵则敷荣吐秀，将来正未有艾，维冀后之学者勉为德行道义之婍修，力追三代以上之盛节，则圣域贤关，鲁之薪传于是乎？"③

---

① （清）乐恒：《滇南诗略序》，上海书店《丛书集成续编》第150册，第56页。
② （清）陈履和：《〈滇南文略〉书后》，上海书店《丛书集成续编》第152册，第537页。
③ （清）李根云：《科目题名碑记》，《滇文丛录》卷八七，第928页。

第四，通过评述、总结各家诗歌风格，有意识地构建云南诗歌的独有风貌和特点。如袁文典评论清初段昕诗：

> 滇自玉峰少宰当国初时以清峻典重之音首开风气，……至浴川主政起则廓而大之，振鹤峰中丞之先声，即永斋太史亦当稍逊一等。盖其学博、气厚、才高、笔妙，纵横变化，开合动荡，不规规于古人成法，自成一家。故能牢笼众有、凌跨前哲，虽谓为滇之李、何亦可也，何遂喷喷人间而今世顾无知《皆山堂集》者？①

通过对云南诗人诗歌创作成就的探讨、点评，突出云南诗歌的独有风格，凸显云南本土诗歌不逊色于中原内地的乡邦自豪感。

总之，《滇南诗略》通过对云南地域文化特质的探索发掘，对诗歌发展源流、脉络的清理，及地域人文传统和精神的提炼、塑造，从纵向和横向展示云南诗人和诗歌创作的特点，寻找主流文化与地域传统的完美契合，自觉构建了滇南诗歌地域文化传统。

四、《滇南诗略》的后世影响及其诗学传统的延续

《滇南诗略》作为首部云南地方诗歌总集，声势浩大，参与编纂、审订、辑录的多达三百多人，几乎集齐了当时云南的诗人，还有外来宦滇、流寓的诸多名流，如云南布政使陈孝昇、云南巡抚初彭龄、粮储道翁元圻及各府郡官员等，可谓集天时地利人和的史无前例的浩瀚工程，其意义和影响是非常深远的。它不仅有搜佚补缺、存史传后的文献价值，还具有重要的文学史意义。它刷新了中原内地对云南诗歌的认识，终结了云南无诗的历史，并使得云南诗歌首次以自己独立完整的面貌呈现在世人面前，树立了自己的旗帜。它的成书，是对清初以来云南诗坛以儒家传统诗教为旨归的价值重申和强调，完成了云南以温柔敦厚为准则、以宗唐为主线、以性情书写为旨归的诗学传统核心的构建，为最终形成云南完整的诗学体系提供了重要指引和支撑。它所确立的编纂宗旨以及围绕此宗旨建构的云南诗学传统也在后世的总

---

① （清）袁文典跋段昕诗后，《滇南诗略》卷二十四，上海书店《丛书集成续编》第150册，第404页。

集编纂中得到了继承和传扬，"滇数百余年，无此盛举，不特前辈名人，可以慰幽魂于地下，且流传既广，使后进之士，得所观摩，如游山者导以前路，泛海者指其迷津，从此登五岳之顶，探沧海之源，更不知其何所诣极也"①。

继《滇南诗略》后，黄琮《滇诗嗣音集》、许印芳《滇诗重光集》、陈荣昌《滇诗拾遗》、赵联元《丽郡诗征》等，以及大大小小的各府郡诗歌总集，无不继承和延续了其大致的编纂宗旨和思想，从而也将云南的诗学传统代代相传。袁嘉谷在《重刻滇南诗略》的序言中写道："诗以理性情，人而无诗，谓之无性情可也。……《滇诗略》辑滇人诗，《兰津》《白狼》之篇，南诏君臣之作，滇中古风，展卷如见性情中诗，非无性情之诗也。独是袁氏昆弟辑诗苦心，与《滇文略》同。……吾滇人士，其有茫然不知写其性情者，将举是书教之，……不知自写己之性情者，将举是书进之。"②他的《滇南文略序》又进一步阐发了这个思想："窃愿今之滇士，亟亟有本之学，而后研心以为文。……养气以运之，卓识以达之，积理以坚之；精之以阅历，衷之以道义，庶几可与言文，可与言继昔之滇人之文尔。"③此后云南编纂的各类型大小诗歌总集，基本上都是对《滇南诗略》确定的云南诗学传统的继承，如民国陈荣昌编《滇诗拾遗》曾言道：

> 吾意古圣贤者，淫哇绮调则不屑为。正大之声、和平之响、忠厚悱恻之词，慷慨悲歌之语，得志则为之，以鸣国家之盛；不得志则亦为之，以自鸣其不平。《诗》三百篇，其彰明较著者也，奚为而不重。故吾于乡先辈之语，凡已刊者、未刊者及已刊而复毁者，或有心访得之，或无意邂逅之，必择其尤雅者以存诸册，名之曰《滇诗拾遗》。④

民国王灿辑《滇八家诗选》亦传承了《滇南诗略》的大雅之宗："此编撷英采华，抉择谨严，今当风雅凌夷之际，独能寻吾滇耆宿之坠绪而传之，继往

---

① （清）许宪：《读〈滇南文略〉书后》，《滇文丛录》卷三十。
② （民国）袁嘉谷：《重刻滇诗略序》，《袁嘉谷文集》卷一，人民文学出版社，2001年版，第294-295页。
③ （民国）袁嘉谷：《重刻〈滇文略〉序》，《袁嘉谷文集》卷一，云南人民出版社，2001年版，第293-294页。
④ （民国）陈荣昌：《滇诗拾遗序》，台湾《丛书集成续编》第118册，第51页。

哲，开来学，不独裨益雅道"①，体现了明确的传承意识，赵联元辑《丽郡诗征》的标准为"盖准诸古人，陈《诗》之遗制，抑亦小雅"②。从这些总集的编纂都可以看到《滇南诗略》自觉构建的滇诗传统在后世得到了延续。

第三节　诗歌家族勃兴与诗学传统的继承与发扬

云南诗歌家族在元代就已出现，如上文提及的元末大理段氏一族，元代唯一留存的云南诗歌文献均来自这个家族，其余皆不可考。明代云南诗歌走进主流文学后，诗歌家族也开始崭露头角，如永昌张氏（张志淳、张含）、浪穹何氏（何邦渐、何鸣凤、何蔚文、何星文、何素珩）、丽江木氏（木泰、木公、木高、木青、木增、木靖）、蒙化左氏（左正、左文象、左文臣、左明理）、宁州禄氏（禄厚、禄洪）等，都代表了当时云南诗歌创作的较高水平。

到清代，随着文化的繁荣，云南诗歌家族出现了遍地开花、争奇斗艳之势，各府郡几乎都涌现了有代表性的家族，如晋宁唐氏、李氏，石屏朱氏、罗氏、丁氏、何氏、许氏，大理赵氏（白族）、师氏（白族）、杨氏（白族）、张氏，赵州龚氏（白族）、赵氏，宁州刘氏，剑川张氏（白族），鹤庆李氏（白族），丽江桑氏（纳西族）、杨氏（纳西族）、牛氏（纳西族），呈贡孙氏，保山袁氏，宜良严氏，姚安甘氏（彝族），等等。有些家族的兴盛从清初一直持续到清代后期，在本地产生了巨大影响，甚至闻名海内。如晋宁以李因培为代表的李氏家族，不仅以一门四代四进士、一举人的科第佳话享誉滇中，且四代都出诗人，李治民、李因培、李翊、李翊、李翱及李含章（女）均有诗集。李因培"才高天下"，李含章被视为清代闺秀诗人中的翘楚。石屏朱氏作家群朱奕簪、朱腾、朱庭珍、朱次民、朱在勤，都是云南颇有声名的诗人，其中朱腾、朱庭珍诗文成就最高。朱腾官至陕西布政使，龚自珍称其诗"秀出天南笔一支，为官风骨称其诗"③；朱庭珍为清末卓有声誉的诗论家，是清代云南诗歌的殿军和集大成者。宜良的严烺和其子严廷中、其女严沼均有诗

---

① （民国）董万川：《滇八家诗选序》，王灿辑：《滇八家诗》卷首，云南图书馆藏。

② （民国）赵联元：《丽郡诗征序》，上海书店《丛书集成续编》第151册，1994年版。

③ （清）龚自珍：《别石屏朱丹木同年腾》，《定庵全集·定庵续集·己亥杂诗三百十五首》，清光绪二十三年万本书堂刻本重印本。

名。严烺官至甘肃布政使，著有《红茗山房诗草》。严廷中为清代后期享有盛誉的诗人、词人和曲家。严遒著有《琴余小草》。严烺早逝的另外一子一女生前均善诗，在严廷中集中屡有唱和。其他如以刘大绅为代表的宁州刘氏家族和以袁文揆、袁文典、袁文康为代表的保山袁氏家族等，都是声誉隆盛、成就突出的诗歌家族，对云南诗歌发展产生了巨大影响。值得注意的是，其中还有不少是少数民族家族，如大理赵氏、师氏、杨氏，赵州龚氏、赵氏等，均为白族，丽江桑氏三兄弟桑映斗、桑柄斗、桑照斗等为纳西族，姚安甘氏为彝族。家族文学的勃兴不仅说明云南汉文化积累渐次深厚，也是地域文学兴起的标志之一。同时，遍布各地的诗歌家族为繁荣云南地方诗坛、为诗人们提供成长的土壤都提供了充足的条件，且诗歌家族代代相传为云南诗学传统的延续做出了积极贡献。

一、诗歌家族中的文化和诗学传承与云南诗学传统的固化

一般来说，诗歌家族都很重视家学传承，诗书传家、耕读传家、忠义传家，桂馥兰馨，绵延不断。陈寅恪所言："夫士族之特点既在其门风之优美，不同于凡庶，而门风之优美在于学业之因袭"①，指出了家族文化薪火相传的特点。如晋宁李氏家族门风优良，人才辈出，家族文化"渊源甚远，盖始于棱翁之善承先志，而盛于中丞之丕著政绩，以递及之乎衣山、兰溪、云华三先生之皆有隽才也"②。李因培之父李治民在《述先大人轶事》诗中对家族传统和门风有这样的追溯："吾家世耕凿，忠厚握微长。……先君更质直，中正而外方。孝友根天性，忠信靡不臧。亲族誉德器，交游重行藏。隐扬复寡语，遗世独木强"③，追溯了家族忠厚诚信为本，耕读传家的门风，树立了正直忠信的价值追求。李氏一门代有人才，品行才华皆出类拔萃。李因培之父李治民"天性孝友，笃于故旧，其为文章，少时才气横溢，中年以后所养深醇，务以和平冲淡为主"④，李因培受其父熏陶教导，年十一就补博士弟子员，性格刚毅端严，矢志清白，才学上青出于蓝而胜于蓝，与元江回族诗人马汝为

① 陈寅恪：《唐代政治史述稿》，上海古籍出版社，1982年版，第71页。
② （清）丁士鹏：《李氏诗存序》，上海书店《丛书集成续编》第180册，第1页。
③ （清）李治民：《棱翁诗钞》卷一，上海书店《丛书集成续编》第180册，第4页。
④ 以上皆出自《（民国）新纂云南通志》卷一九六"列传八"。

并肩驰誉滇中，有"李因培才高天下，马汝为字压两江"之誉，学力宏富的他自己亦言"饱学仙蟫十载余，金泥玉检坐拥书"①。在他的影响下，其女李含章自幼通经史、擅诗文，大儿子李翊"博通经史"②，十七岁就中进士，小儿子李翊四岁能诵唐诗，嗜学，好稽古，"博综汉儒诸说"③。良好的家学渊源和一脉相承的家风由此可见。

太和以赵廷玉为代表的白族诗人家族，世代以耕读传家，赵廷枢有诗"不务诗书务耕凿，淳朴气味乐无以"④，其侄子杨载彤有诗亦写道："世业书香萦带草，家传水利捕弓鱼。……自钓自耕还自读，壶中日月正徐徐"。再如丽江纳西族诗人之家桑氏兄弟，桑炳斗《检藏书有感呈沁亭》诗中写"传家徒自书连屋，阅世欣能目识丁"，都是这种文化、家风世代传承的表现。而在当时以诗歌作为文学主流的社会中，这些家族的文化传承在诗歌上的体现尤为明显，正如熊士鹏《李氏诗存序》所言："自古先贤叙《诗》，以《诗》成孝敬、厚人伦。趋庭之训，首成乎《诗》。"⑤云南诗歌家族代代相续，咏歌不绝，客观上使得清代云南逐渐形成的诗学传统以儒家传统诗教为宗的风气得以继承、巩固和发扬。

以晋宁李因培家族为例，李氏门中各人在诗歌创作风格上虽有不同，"稜翁古而朴，中丞大而远，衣山太史精而深，兰溪县尉清而腴，云华侍御博而文"⑥，但在诗法取向、创作宗旨和艺术追求上却秉持了相同的取向，那就是对儒家传统诗教的尊崇和践行，推崇"温柔敦厚"的诗风。李治民诗歌"务以和平冲淡为主"。李因培在创作上追求"大雅坛高白画间，极目古人不我见"⑦。其子李翊主张创作诗歌言志抒情，以风雅为宗，创作符合风人之旨："静采天地之化，旁搜品物之奇，望古长吟，因文见志；抽思杂咏，点翰成篇，敢自附于风人，以贻之同好尔。"⑧他有诗进一步阐发了这样的观点："感

① （清）李因培：《登第后赋怀四首》其二，《鹤峰诗钞》卷二，上海书店《丛书集成续编》第180册，第43页。
② 《（民国）新纂云南通志》卷一九六"列传八"。
③ 《（民国）新纂云南通志》卷一九六"列传八"。
④ （清）赵廷枢：《长歌行》，周锦国《清代白族赵氏作家群作品评注》，云南大学出版社，2007年版，第150页。
⑤ （清）熊士鹏：《李氏诗存序》，上海书店《丛书集成续编》第180册，第1页。
⑥ （清）熊士鹏：《李氏诗存序》，上海书店《丛书集成续编》第180册，第1页。
⑦ （清）李因培：《赠邵新亭太史》，《鹤峰诗钞》卷二，上海书店《丛书集成续编》第180册，第32页。
⑧ （清）李翊：《秋日杂兴九首·序》，《衣山诗钞》卷一，上海书店《丛书集成续编》第180册，第52页。

怀逞雄词，酹醑悦性情。心志苟不舒，结束乃为病。"①李含章在《论诗》中亦言："讵知风人志，性灵籍陶淑。发情止礼仪，本自三百脉。至音谐宫商，六义有正鹄"，也是体现了对儒家诗教的秉持。《（民国）新纂云南通志》评价她的诗"渊源三百，嗣响汉唐，……全集和平温厚，固多情到之作"②，创作主张和风格都与祖父辈和兄弟类似。以上分析可以看出，李氏一门不仅立身处世秉承相似的价值取向和准则，在诗歌创作上一脉相承，都继承了儒家传统诗教温柔敦厚的宗旨。李氏是清朝云南非常典型的家族，以科举和文化并举，具有深远影响。从他们身上看到的诗歌传统的延续和承袭，具有典型的代表意义。

再以大理太和的白族诗人之家赵氏为例，赵氏一门也是四代均出诗人，他们在诗歌创作上体现出的共性是宗唐倾向和儒家传统诗教的结合。如赵廷枢评价其大父赵允晟诗集，将其特点概括为："雄深杜工部，恬淡韦苏州"③，他自己有组诗《七贤咏》，其中四位就是唐朝诗人，足见对唐诗的青睐。后人评价赵廷枢的诗，称"脱胎玉溪生"④，或"近高岑"⑤，或追慕杜甫，集中的很多诗化用唐人诗句或意境，宗唐的倾向非常明显。其兄赵廷玉的诗歌也有相同的取向，刘大绅评点其诗为"谢氏池塘，韦家风雨"⑥，其子杨载彤的诗被评为"洒脱飘逸"⑦，无疑有太白之风，其《大理风》《梦游苍洱》等诗从体制、句法、风格上都很明显受李白《蜀道难》《梦游天姥吟留别》等诗的影响。在宗唐的同时，他们对儒家传统诗教的尊崇也很明显，游方震序赵廷枢《蝶窗诗草》称其"缘情赴节，直逼《风》《骚》，一咏三叹，其何能已"⑧！道光时诗人王庆厚评赵廷玉妻子周馥的诗"其旨远，其辞微，其托于吟咏，有足以感发人之善心者，此太史观风之所由陈，尼山之所以存而弗删者。……发乎性情，而止乎礼仪，腕底峭劲"⑨。指出了其诗有补世教、风俗的创作旨归。赵廷玉

---

① （清）李翊：《秋日杂兴九首》其七，《衣山诗钞》卷一，上海书店《丛书集成续编》第 180 册，第 52 页。
② 《（民国）新纂云南通志》卷七八"艺文考八·滇人著述之书八·集部五·别集类五十二"。
③ （清）赵廷枢：《读先大父〈香崐诗集〉》，《所园诗集》，道光六年刊本影印本。
④ 周锦国：《清代白族赵氏作家群作品评注》，第 133 页。
⑤ 周锦国：《清代白族赵氏作家群作品评注》，第 134 页，
⑥ （清）刘大绅：《所园诗集跋》，赵廷枢《所园诗集》卷首。
⑦ 李缵绪《白族文学史略》，中国民间文艺出版社，1984 年版，第 313 页。
⑧ （清）游方震：《蝶窗诗草序》，赵廷枢《所园诗集》。
⑨ 王庆厚《绣余吟草序》，转引自周锦国《清代白族赵氏作家群作品评注》，第 51 页。

言妻子因幼时"从老儒杜仰之先生受经书"①，可知她深受儒家经典之影响。刘大绅也评价其诗"安贫若忘，乐道不忧，率性而言，真情自在"，并直言"是学道人之所为也"②。其子杨载彤（改回祖姓）自幼受母亲教导、熏陶，诗歌创作也有类似取向。王庆厚与杨载彤熟识，曾言读其诗觉得"得力于母氏之教者居多"③。

再如宜良严氏家族，严烺的《红茗山房诗集》以唐诗为宗，也体现出温柔敦厚之旨，"一皆本于优柔平中，乐恺和易，养之深而积之厚"④，"和平简易，以得于古人养性之旨"⑤。其子严廷中受其父影响，诗歌取法以唐诗为宗，"盛唐诗如璞玉浑金，盎然元气，晚唐诗如雕金琢玉，精巧绝伦，各有所长，不可偏废。争盛较晚，皆耳食之论，非本心语也"⑥。他的创作风格虽与其父不同，但也强调"诗以温柔和平、缠绵雅丽为主"⑦，可见受其父影响之深。

通过对以上几个代表性诗歌家族的考察，可以看出，诗歌家族学有渊源，代代相习，家族诗人们通过品行、志趣、立身处世之道和文学创作的价值取向等相互影响，形成独具自身特色的文化传承。以儒家传统诗教为旨归、以温柔敦厚为取向，这在云南诗歌家族中一脉相承。这也是云南诗学传统得以延续的重要桥梁。

二、诗歌家族对地方诗坛的影响

诗歌家族以诗为途径完成自身内部文化和精神命脉的传承同时，也以不可忽视的影响力对当地文化和诗坛产生辐射，甚至是直接的影响。诗歌家族深厚的文化积累和良好的家教传统以及日积月累形成的独有家族文化，不仅成为族中子弟的约束力和推动力，也成为当地学子学习的典范。这种家族文学精神由小及大，由点及面，影响广泛而深远。

---

① （清）赵廷玉：《绣余吟草原序》。
② （清）刘大绅：《绣余吟草序》，转引自周锦国《清代白族赵氏作家群作品评注》，第49页。
③ 《绣余吟草序》，周馥：《绣余吟草》卷首，道光癸未年刻本。
④ 《（民国）新纂云南通志》卷七七"艺文考七·滇人著述之书七·集部四·别集类四"。
⑤ （清）马慧裕：《红茗山房诗存序》，严烺《红茗山房诗存》卷首，上海书店《丛书集成续编》第138册，第190页。
⑥ （清）严廷中：《药栏诗话》甲集，上海书店《丛书集成续编》第158册，第94页。
⑦ 严廷中：《药栏诗话》乙集。

晋宁李氏家族"俱娴词翰，世济凤毛之美，名重南土"①，对晋宁甚至整个云南都影响深远，李治民"里居时门徒负笈者，宇舍不能容，就宅旁僧寺居之。尝率宾客子弟，游近华浦，兰楫相望，首唱以诗，和者至二百余人"②。纳西族诗人桑映斗兄弟不仅以诗闻名，还在乡里教授诸生，桑映斗虽然名位不显，诗名却噪当时，"教徒于乡，成就者众"③。赵州诗人师范父亲师问忠"以文章教弟子，多成名者，独范能传其学而光大之"④；师范甲午年中举后也曾官剑川州训导，启迪一方。赵州白族诗人之家，赵淳与子之瑞同为乾隆丁未（1727）进士，之瑱（廪生）、之瑗（举人）均能诗，赵淳致仕后归里，课乡里诸生，后学玉成甚多，而他本人为同里时亮功的门生。

诗歌家族以其深厚丰富的文化内蕴，在内部构建起一脉相承的诗学传统，通过交游、授徒、讲学等方式产生影响，辐射范围不断扩大，使得清初形成的以儒家传统诗教为中心的诗学思想和价值取向在清代一以贯之，一脉相承，对传统的稳固和延续提供了有力支撑。

第四节　刘大绅与嘉道云南诗坛

刘大绅（1747—1828），字寄庵，宁州（今玉溪华宁）人，乾隆三十七年（1772）壬辰科进士，历任山东新城、曹县、冠县、福山、青州同知，武定府知府等职，以母老归养，任昆明五华书院山长，年八十二卒于家。

在云南历史上，刘大绅不仅是一代循吏，也是出色的教育家，更是云南清代由中至晚转变时期的诗坛泰斗。作为一代循吏，他政崇温和，甚有方略，因政绩突出得到嘉庆帝令山东巡抚铁保代为朱批"好官可用"的嘉许，在山东为官十余年，在山东百姓心中是无人可替的"刘青天"，张问陶赞为"一代传循吏，寥寥得几人"⑤。就教育成就而言，刘大绅晚年主教昆明五华书院，培养出以"五华五子"为首的一大批人才，为这一时期云南教育和文化

① 《（民国）新纂云南通志》卷一九六"列传八"。
② 《（民国）新纂云南通志》卷一九六"列传八"。
③ 《（民国）新纂云南通志》卷二三四"文苑传三·丽江府"。
④ 《（民国）新纂云南通志》卷一九七"列传九·清·师范传"。
⑤ （清）张问陶：《荷锄图》，《船山诗草》卷十三，清嘉庆二十年刻，道光二十九年增修本。

的发展作出了卓越贡献。诗文创作方面，他虽然壮岁之后始为诗，但几经删改还是留下了三十卷佳作，袁嘉谷将他列为清代六家诗人之一，在云南诗歌史上影响深远。

一、刘大绅的诗之"道"

刘大绅的一生都是怀才不遇的，他二十六岁就中进士，相对于大批长期困顿科场的读书人，可谓年少得志，本来在仕途上应大有可为，但在乾隆四十八年，也就是中进士后的第十一年，他才谒选为山东新城令，之前短暂做过福建延平府南平县训导，但相关文献无征。任新城令时，刘大绅已年近不惑，上任后又在山东诸县辗转，长期沉沦下僚，几经周折，短暂地任过武定府同知后就辞官回家。其经历，大半生疲于奔命，一方面要应付上级，另一方面要努力地维护百姓的利益，身心劳瘁：

> 其在新城时，河督檄县，遣发役卒万人塞赵王河决堤。大绅悉召当役者至府，好言慰勉，厚给雇直，以代振粟，公私赖利。竟工，役卒无逃亡疾疫者。其后，河督令征新城邑民秸料三百万，修起坏防。大绅以方秋，妨民收获，上书请稍待。弗许，责供益急，逾时将遣代。邑民闻之，争先输纳，未及期，而供料成备。尝行间里，民有以谷贱、银踊贵、征期急相道苦者，大绅曰："且候谷售昂再输未迟也。"语闻大府，以大绅擅命稽违赋期，劾且罢去。民惧失大绅，奔告邻里，输钱络绎于道，旬日毕供。而大府害其贤，益出令，期责累年逋供。民更上输如故，虽鬻资产以应偿，皆无怨恨。[①]

从以上记载可以看出，刘大绅作为下级官吏，为官经历非常憋屈、疲于奔命，数次为维护百姓利益触怒上官，还动辄被威胁"遣代"。官场黑暗如斯，他一个微末下吏要在百姓和上级之间取得平衡，时时处于焦头烂额之中。因此他的诗才写"登临怀古人，簿书耻俗吏。催科夙所拙，诗文亦小

---

① 《刘大绅传》，《（民国）新纂云南通志》卷一九七"列传九·清"。

技"①。他耻于做一个只会"催科"的盘剥百姓的俗吏，这与他济世安民的初衷无疑是严重背离的，但现实中官场的黑暗却只能让他每次疲于奔命从事违心的公务。

官场的黑暗与压抑让刘大绅的内心极为愤懑不平，但通读其诗歌，不得不感慨志大才高却时运不济的他却颇有东坡似的高迈情怀与洒脱之风。他的诗歌呈现出来的是温厚平和的气质和疏朗开阔的胸襟，这完全是他"温柔敦厚"诗歌创作主张所致。

刘大绅的诗学思想建立在程朱理学的基础上，各个版本的刘大绅传都记载他好阳明之学，而以程朱为根底，他自己亦有诗"壮盛学周孔，思从洛闽逮"②。因此，从根本来说，他的文学主张体现出文以载道、温柔敦厚的旨归。他尤其重视性情对于诗歌的作用，但这种性情不是纯粹的天真率性和不拘礼法，而是长期涵泳在理学精髓下以儒家传统伦理道德为指向。围绕核心思想，他的诗学主张有以下几点：

（一）"诗以为道"的根本出发点

刘大绅在文中不止一次地论及"诗以为道"的观点，在他看来，诗歌就是"道"的载体和传播途径：

> 夫诗以为技乎，以为道乎？以为技也，则惟是研声病、究格律、探风气、窥好尚，以取悦人耳目斯已矣；如不技之为，而道之为也，毋乃沉潜乎道德仁义之旨、体验乎身心性命之归、阅历乎天下国家之故、察识乎人情事物之交，非不得已则不言，言之而非以狗人长，言之而非以市名也乎？……诗而道者，道在而形之于诗也，道而诗者，道在而假之于诗也。二者之间要自有分矣，而终不得以技而废乎道，谓是固诗之本也。③

我们可以看出，刘大绅所说的"道"是指程朱理学倡导的修齐治平之道。

---

① （清）刘大绅：《和诸子留别》，《寄庵诗文钞·诗钞》卷五，民国《云南丛书》本。
② （清）刘大绅：《夜中不寐忆死怀生怆然有述》，《寄庵诗文钞·诗钞续附》卷九。
③ （清）《寄庵诗钞续自序》，《寄庵诗文钞·诗钞续》卷八，民国《云南丛书》本。

明代杨士奇在《胡延平诗序》中说："昔朱子论诗，必本于性情言行，以极乎修齐治平之道。诗道其大矣哉！"理学家所倡导的性情就是要求诗歌创作要考见政治得失、治道盛衰；要发乎情、止乎礼义、辅于世教；因此要求诗人涵养端正、学问充实、才要超卓。本质上，即重视诗人的心性修养，要求诗人"正心""诚意"，强调"性"对"情"的约束，这样才能达到性情之正。刘大绅的观点无疑就是服膺于此的，认为"为道"须"沉潜乎道德仁义之旨、体验乎身心性命之归、阅历乎天下国家之故、察识乎人情事物之交"，这样才不脱离诗之本。他在《论诗》一文中亦论及：

> 善说诗者，莫如孟子，知人论世，根柢之言也。以意逆志，妙悟之言也……而吾观《诗》三百篇，……讲明乎道德之旨，陶淑乎性情之地，居则博学问以资其见闻，出则亲师友、览名山川以广其狭隘，习人情、周物理以通其固滞，而诗道得矣。①

可见诗道是与修身、齐家、治国的要求一致的。为了避免以技废道，因此写诗的主体"讲明乎道德之旨，陶淑乎性情之地"。围绕这个核心，他认为必须做到修身、养气、广阅历、长见闻，而养气就是修身的一个重要途径，"声音之道，与气机相感通"②。他在诗中也屡次重申这一观点，"正气天不私，浩然付全人。若非善为养，何以昌其身"③。除此之外，为了能够资见闻、习人情、周物理，除了博览群书，就是要走出斗室，揽风月、访山川，"不读万卷书、不行万里路，不能为文章，壮哉言乎"④！而这些所为，都是为了昌明诗道，在一些诗歌创作中他也屡次呼应这种观点，"第能五岳神皆受，尽可三坟手共拈"⑤，亦是提倡读书与壮游、学习与躬行相结合，壮游才能开阔心胸和眼界，使诗歌创作有宏大的气象和意境，"奇人奇境得奇诗，一室孑然何所为！海中市见乘高兴，岳顶云开铸伟辞"⑥。这些都说明了他主张壮游以广胸襟、长见识、富阅历，扩大诗歌的境界，但这些都是为"道"服务的，

---

① （清）刘大绅：《论诗》二，《寄庵诗文钞》卷二。
② （清）刘大绅自序：《寄庵诗文钞·诗钞续附》卷十。
③ （清）刘大绅：《养气》，《寄庵诗文钞·诗钞续附》卷七。
④ （清）刘大绅：《西征记序》，《寄庵诗文钞·文钞》卷二。
⑤ （清）刘大绅：《诗》其二，《寄庵诗文钞·诗钞续附》卷十二。
⑥ （清）刘大绅：《诗》其一，《寄庵诗文钞·诗钞续附》卷十二。

最终是为了实现修齐治平的儒者理想并服务于诗道。

（二）诗本于性情的主张

在刘大绅诗文中，对"性情"的重视处处可见，"棋声静处有书声，更以诗篇写性情"①，"无艰险处难名友，有性情人许说诗"②，"作字仅余形影在，称诗只有性情存"③，可以看到，他的创作观念以"性情"为本，但他所指的性情不是人的本性或纯粹的内在情感，而是止乎礼义、辅于世教的"性情"。他也一再声明"讲明乎道德之旨，陶淑乎性情之地"，这与他倡导诗道的思想是密不可分的。"常恐《风》《骚》废，遽使性情移"④，"言志本性情，喜笑哀即啼"⑤，他将《风》《骚》、"言志"与性情结合，由此可知，这种"性情"就是以传统儒家伦理道德为出发点的性情，《诗大序》早已阐明："国史明乎得失之迹，伤人伦之废，哀刑政之苛，吟咏情性，以风其上，于事变而怀其旧俗者也。故变风发乎情，止乎礼义。发乎情，民之性也；止乎礼义，先王之泽也。"因此，刘大绅所言的性情与公安派、袁枚等倡导的"性灵"是不一样的。前者是能够"风其上"的性情，那就是朱熹在《诗集传序》中所说的诗歌要表现"忠厚恻怛之心，陈善闭邪之意"，唐代柳冕在《答衢州郑使君论文书》说的"盖言教化，发乎性情，系乎《国风》者，谓之道"。因此，系乎国风、有关教化的性情，符合"诗道"的性情，这才是刘大绅的诗道主张。在刘大绅看来，性情不正，就会亡风雅之旨，堕于靡丽之辞，因此，没有理学约束的性情，在他那里是不可取的。

在诗道正统观念和性情之正的主导下，刘大绅主张诗歌创作要温柔敦厚，他认为只有"温柔敦厚"才不违背诗人之旨，只有守持性情之正的诗歌才能达到典丽婉约、冲和雅淡之风格，"声音之道，与气机相感通，集中工拙不待论，岂复有一优柔和平之奏，足以供清庙明堂之选者"⑥。他在自己的诗中也写道："荒州固僻壤，同为太平民。笙箫亦间发，裙屐踏清尘。尽将抑

---

① （清）刘大绅：《上伯制军玉亭先生二首》，《寄庵诗文钞·诗钞续》卷七。
② （清）刘大绅：《读袁苏亭〈萍聚吟〉题后并寄》，《寄庵诗文钞·诗钞续》卷七。
③ （清）刘大绅：《夜中不寐有感偶成》，《寄庵诗文钞·诗钞续附》卷十二。
④ （清）刘大绅：《答赵子谷（名璧，浪穹人）》，《寄庵诗文钞·诗钞续》卷八。
⑤ （清）刘大绅：《自嘲》，《寄庵诗文钞·诗钞续附》卷九。
⑥ （清）刘大绅：《自序》，《寄庵诗文钞·诗钞续附》卷十。

塞态，敛之变温醇。"① 可见即便心中有抑塞，也只能以"温醇"的方式表达出来，而这正是诗歌温柔敦厚的风格。道光年间云南鼠疫横行，民间百姓横遭死难者不计其数，诗人伤心惨目，写出的诗也相应含血带泪，而他却为此自省："辟居荒村，与朋友隔绝，见闻既寡，倡和亦无，兼以群凶啸呼，劫夺长路，疫厉继起，尸骸纷如。畏鬼畏盗、忧己忧人，偶有所述，皆愁苦抑郁之音，少温柔敦厚之旨，去诗人远矣。"② 可见，在他看来，无论内心情感如何激烈，但如果要用诗歌来表达，还是应该含蓄温婉，不应逾越尺度，避免叫嚣乖张。这与儒家"怨而不怒、乐而不淫、哀而不伤"以及"发乎情，止乎礼仪"的诗教是高度契合的。

因此，尽管刘大绅一再强调诗歌要抒发真情实感，"诗如人，真者传，不真者不传，……是故喜则歌、怒则骂、病则呻吟，哀则涕泣，情之真者也。古之人身之所遭不一，则其为诗也，遂如春夏秋冬之不相易，故孟子曰，'诵其诗，读其书，不知其人，可乎？'是以论其世也。……然则不真者，不如不为诗也，何也？必不传也"③。他认为，如果诗歌不能抒发真情实感，那么不如不为诗，而且也必定不能流传后世。但这种性情是建立在儒家传统伦理道德上的性情，又以"温柔敦厚"为主旨，因此，他诗中情感虽然真实，但这种感情是内敛的、有节制的、温厚的，在一定程度上减弱了诗歌的批判性和感染力。这一点必须指出。

（三）极力推崇诗歌中的"秋气"，主张诗歌创作"穷而后工"

刘大绅将诗歌的感情基调分为"春夏之气"和"秋冬之气"，春夏气即欢愉明朗的风格，秋冬气即阴郁肃杀之气，他在为友人的诗序中写道：

> 人之诗有得春夏气多者，有得秋冬气多者，其为人也，席借余荫、骤登科第，腼仕高年，娱乐终身，则其为诗也，如好鸟之争鸣、时花之竞艳，读之使人欢，此得于春夏气多者，然也。其为人也，忧愁善思、坎壈不遇，周遭白眼，寂寞青云，则其为诗也，蛩吟不足喻其哀，雁唳

---

① （清）刘大绅：《即事》，《寄庵诗文钞·诗钞续附》卷十。
② （清）刘大绅自序：《寄庵诗文钞·诗钞续附》卷七。
③ （清）刘大绅：《论诗》其一，《寄庵诗文钞·诗钞》卷二。

无由通其志，读之使人悲，此得于秋冬气多者然也。斯二者之所得，皆天也，所成皆人也。①

不难看出，刘大绅推崇韩愈、欧阳修等人关于诗歌创作"穷而后工"的理论主张，行走于人生坦途的人创作的诗歌有春夏季节的葱茏明媚，而人生失意的人其创作有如秋冬的萧瑟凄凉。在这段话中，诗人还未表现明显的感情倾向，但在其诗歌创作中，多次呼应这种观点并阐发了对于秋冬之气风格的崇尚。他认为："若人无秋气，此心何以清？若诗无秋意，所言皆俗情。"②在他看来，有秋冬之气的作品才能脱离浅薄庸俗，照见清幽澄澈的内心，使诗歌内涵丰富，意蕴深厚。他在题咏韩愈、苏轼的作品时写道："一夜霜风梦亦惊，长空鸿雁唳秋声。孤檠短烛余光在，疏幔残星剩影横。自古奸人皆善泣，从来志士不求生。韩苏正气陵山岳，留得千秋此令名。"③很明显，他使用了"秋气"来形容韩、苏二人的诗作，正因为他们的坎坷遭遇才熔铸了流传后世的诗篇，而诗篇中贯穿的不平之气以及高迈的情怀才使得他们声名千秋不泯。在他看来，诗中的秋气才应该是文学创作的主调，"绝世文章非险怪，凌秋意气是鲜新"④，"士非穷彻骨，句岂好如仙"⑤。在为自己的门生、终身科举失意的昆明诗人李于阳题诗时阐发了相同的观点："饱受穷愁福，风骚笑古时。曹刘生亦偶，沈宋死何知。旷代空多感，今人自有诗。残灯分示处，夜雨共相思。"⑥他毕生追慕韩愈、杜甫等的风格，"韩孟豪杰士，秋怀千古空。并世新乐府，吾师杜陵翁"⑦，"秋怀"与"秋气"的内涵是一样的。

二、刘大绅的诗歌创作

刘大绅有诗："平生多所负，好友与名山。"⑧他平生最大的喜好即登山览胜、交朋识友，因此在其诗集中，占据多数篇幅的就是模山范水与赠友酬答

① （清）刘大绅：《毕苏桥诗集序》，《寄庵诗文钞·文钞》卷二。
② （清）刘大绅：《秋》，《寄庵诗文钞·诗钞续附》卷四。
③ （清）刘大绅：《读韩苏集偶题》，《寄庵诗文钞·诗钞续附》卷六。
④ （清）刘大绅：《答李占亭》，《寄庵诗文钞·诗钞续》卷十。
⑤ （清）刘大绅：《题毕苏桥诗稿》，《寄庵诗文钞·诗钞》卷七。
⑥ （清）刘大绅：《李即园以〈翠竹轩集〉相示因题》，《寄庵诗文钞·诗钞续附》卷三。
⑦ （清）刘大绅：《题即园〈杂咏〉后》，《寄庵诗文钞·诗钞续附》卷十。
⑧ （清）刘大绅：《平生》，《寄庵诗文钞·诗钞续附》卷三。

之作，充满交游之概、山水之趣。其中有些即事感怀、托物言志和反映现实的诗歌，亦有家庭之乐与闾巷之情。

刘大绅一生往返云南至京师、山东数次，足迹遍及大江南北，他笔下有齐鲁、楚湘和滇黔的峻岭雄关、险山深水，祖国大好山川在他笔下展现出多姿多彩、生动传神的美，有清新、雄壮、幽远、秀丽，山川河流由其信手拈出，曲尽物态，显示出独特的神韵。刘大绅的诗歌风格，可用"清逸"概之。语言上，清新古朴、朴素清淡，内容旨趣上，清高绝俗，格调、气韵上隽爽清迈，意境上清苍幽远却又不乏壮逸之气。袁行云先生论刘大绅诗云："其诗咏齐鲁名胜龙洞、佛峪、千佛山、大明湖、泰岳、蓬莱阁，即景抒情，气骨遒健。居滇时所作龙潭、大理、苍山、胜概楼、马耳山、铁索桥、华盖山、万松山、圆通寺、天平山、金马山，多雄峭厚朴。"①

如他写龙洞山：

> 四面青山尽削成，千寻峭拔入秋清。悬崖老树凭风怒，深洞苍龙挟雨行。鸟过重岩双羽倦，人临福地一身轻。最怜高处寒偏早，红叶黄花世已惊。②

此诗境界阔大、气清笔苍，让人读来不仅龙洞山的景物如在眼前，而且仿若置身于山顶，有清风徐来、胸次高朗之感。再如他写"词客曾游处，仙人此闭关。岩高松子碧，殿古藓花斑"，尤为古淡闲远；《游万松山至丈人石下》③又写"身与青山近，心随白云远"。其闲适高迈之情令人心神俱往。写山村景色"岸失烟中树，山屯雨后云。饭牛青草共，浴鸟绿波分"④，"古刹白云山色外，孤村黄叶树声中。听泉倚户时逢雨，醒酒凭窗自受风"⑤，其清新之处，令人读来心旷神怡。他置身于自然风光的清幽美好，心与物游，对自然美的感受敏锐、细致、深刻，将田园山水之生趣尽蕴笔端，触景吟怀、体物言志，动、静、虚、实相生，意境清旷深远。

---

① 袁行云：《清人诗集叙录》第2册，文化艺术出版社，1994年版，第1485页。
② （清）刘大绅：《龙洞山中》其二，（清）成瓘《（道光）济南府志》卷六九"艺文五"，清道光二十年刻本。
③ （清）刘大绅：《游万松山至丈人石下》，《寄庵诗文钞·诗钞续》卷五。
④ （清）刘大绅：《即景》，《寄庵诗文钞·诗钞续附》卷七。
⑤ （清）刘大绅：《忆萃云山中》，《寄庵诗文钞·诗钞》卷二。

除山水诗外，刘大绅还有相当一部分是反映现实的作品。他入仕前后都与民间百姓有紧密联系，他为官时常年屈居下僚，辞官后又隐居乡间，与百姓有广泛接触，对民生疾苦耳闻目睹、感同身受，如《旱》《雨》《农家》《和占亭苦饥吟》《田间》《雨中独吟》《插秧歌》《夜雨》《深山吟》《田家谣》等近百首诗，从不同角度反映了下层百姓生活的百态。如《负盐女》：

> 负在背，戴在首，官盐如山，妇女竞走。息不敢平康，行不敢驰骤，牛羊触人人即踣。官给十钱，吏取三四，汗滴土中作泥滓。饥来但饮路旁水，安得使君清如此！ ①

云南是产井盐的大省，盐的开发与运输混合了百姓的血泪。此诗以乐府写新题，反映了负盐女备尝艰辛却报酬低贱的状况，对她们寄寓了深深的同情。明末清初诗人吴嘉纪的现实主义诗歌其中一部分以反映盐民的悲苦境遇著称，刘大绅此诗从另一个角度生动展现了盐民的辛劳与遭受的盘剥。

刘大绅笔下着墨最多的还是农家，农家的苦乐辛酸在他笔下得到多层次的展现。如《田家谣》，他写"朝见田家乐，暮见田家苦，田家苦乐不自主"，他揭示了田家苦乐不是依靠自身勤劳所得的回报，而是完全取决于天时地利与政府官员政策的事实，他们过完一年就庆幸一年，感叹"今年幸完官仓米"，"今年幸不饥欲死"，但来年命运如何却根本无法预料，"未知明年可能尔" ②，看似庆幸的感叹，读者理应为其高兴，读来却令人倍感心酸。他将搜刮百姓的贪官污吏比作夜里潜入民居的"鬼"，他们如同鬼魂索命一样，所到之处，十室九空："有鬼有鬼入人屋，乘夜索酒兼索肉。孤灯一点青于蓝，照见冠裳吏结束。吏来时例饱其欲，少缓须臾遭笞辱。衔杯下箸罄旨蓄，仰卧皤然鼓其腹。鸡声来迟鬼起速，东邻西邻人尽哭" ③，不得不说，他这种讽刺是非常辛辣巧妙的。"我与老农齐下泪，泪痕更比老农深" ④，其中关怀农事、关爱百姓的拳拳之心，感人肺腑。

云南自乾隆年间一直至光绪年间，先后数次爆发过大规模鼠疫，死难

---

① （清）刘大绅：《负盐女》，《寄庵诗文钞·诗钞》卷四。

② （清）刘大绅：《田家谣》，《寄庵诗文钞·诗钞续》卷六。

③ （清）刘大绅：《感咏》，《寄庵诗文钞·诗钞续附》卷七。

④ （清）刘大绅：《夜雨》，《寄庵诗文钞·诗钞续附》卷七。

人数达数十万，刘大绅有不少诗歌反映了这种惨状。如《感咏》①"床尸溢城郭、棺柩塞道路，有人埋处无行处，父子不相问，兄弟不相顾。医家争说神方多，女巫降神舞婆娑。病人巫医一堂死，鬼大鬼小今如何。大悲咒、救苦经，木鱼满街声可听。今日何日鬼有灵，家家呼天天不应"，将云南陷入瘟疫灾害后民生凋残、病急投医的情况真实地展现出来，可谓以诗存史。

刘大绅的诗歌语言古朴典雅，有朴素清淡之美，但又是高度艺术化的，集优美、古淡、圆润、雅洁于一体，千锤百炼而又返于自然，少有矫饰和雕琢之感，韵味深厚。他写兰花"叶如古剑沉秋潭，花似轻纨出素手"②，写水仙"托根浅浅依春水，着叶低低拂晚霞。残雪于今无六出，枝枝独自漾晴沙"③，都清新素雅，读来完全是纯真心性的自然流露。写春柳"山桥恨寄残烟里，野馆愁牵细雨时"④，妙手天成地表现出柳树的形态和牵动离魂的特质。

刘大绅性情深厚，才学富赡，空有抱负却蹭蹬平生之志，但他并未怨天尤人、满腹牢骚，而是以洒落胸襟和高迈情怀，书写出人生的另外一种态度，在诗中呈现出浑融优美、高朗轩邈的气象。皮日休形容孟浩然的诗时言道："先生之作，遇思入咏，不抱奇扶异，令龌龊束人口者，汲汲然有干霄之兴，若公输氏当巧而不巧者也。"⑤胡震亨也言："孟浩然诗祖建安，宗渊明，冲澹中有壮逸之气。"⑥这个风格用来形容刘大绅的诗歌也是切中肯綮的。

如《山中二首》⑦：

> 高楼危坐者谁子？置身万壑松声里。床头堆栈宛委书，亭外飞悬瀑布水。水边谪仙天上人，海风江月诗常新。荡胸振耳无不可，此身久已离嚣尘。
>
> 生愁照见鸾凤影，猿在深岩鹤在岭。百年不到人世间，襟期潇洒骨格冷。多暇定扶双赤藤，六朝古寺同寻僧。若教后生侍杖履，扳林踏阁看飞腾。

---

① （清）刘大绅：《感咏》，《寄庵诗文钞·诗钞续附》卷七。
② （清）刘大绅：《兰花吟》，《寄庵诗文钞·诗钞续》卷五。
③ （清）刘大绅：《水仙花》，《寄庵诗文钞·诗钞续附》卷四。
④ （清）刘大绅：《春柳》，《寄庵诗文钞·诗钞续附》卷四。
⑤ （唐）皮日休：《郢州孟亭记》，《皮日休文集》卷七"杂著"，《四部丛刊》景明本。
⑥ （明）胡震亨：《唐诗癸签》卷五，《文渊阁四库全书》景印本。
⑦ （清）刘大绅：《山中二首》，《寄庵诗文钞·诗钞续》卷五。

诗中之人与山、水、松、鹤相伴，置身于海风江月之间，远离尘嚣，何等适意自足，"襟期潇洒骨格冷"又是何等清高绝俗，体现了诗人恬淡洒脱的风度。刘大绅在论诗时曾有言："夫所谓大家者，其人必胸次广大、性情敦厚、识见高远、才力卓越，而其运会所值、境遇所遭又足以成就之。"① 而这些特点，在他诗中均有体现。再如《陇上》②：

> 我欲发啸抚长松，海涛涌出生蛟龙。天风浩浩撼楼阁，一听三日双耳聋。我欲题诗倚修竹，有时和声如戛玉。生机一片非人为，自顾未免尚邻俗。不如逍遥陇亩间，沟水潺潺鸣佩环。稻花香浓午风细，笠帽倾仄蓑衣闲。

在自知"发啸抚长松""题诗倚修竹"都不可为之后，作者慨然选择"不如逍遥陇亩间"，绝不苦苦挣扎于无法改变的现实中自我折磨，而是以洒脱通透的态度投身另一种生活方式，在"稻花香浓午风细，笠帽倾仄蓑衣闲"中适意自足。这不仅不是自我放弃，而是表现出了一种洞察世事后的智慧与洒脱，与黑暗的官场告别，就是对自己人格尊严以及正道的维护。

李祖陶评论刘大绅的文章"看似冲口而出、纵手而成，如风发泉流不可遏抑，实则笔笔有法，字字有神，味余言中，声动简外，殆醇焉而后肆者也"③，用之形容其诗，亦未尝不可。

遍览刘大绅的诗歌，不求奇、不务华、清和宛转、情词动人。他的诗没有声调宏噌、风雷激荡的气势，也没有含蓄绵渺、辗转幽微的情思，握管濡墨，不事刻削，但神理渊永，刊落才华，一意古淡，敛才气于理法，出神奇于正大。他以渊明之性情、东坡之胸襟，运少陵之气骨，营造出混融优美、包罗万象、生趣盎然而又气骨轩朗的诗歌境界，神骨峻而坚，格调高而壮，具有独特的审美风格。

当然，因其温柔敦厚的创作主张，刘大绅的诗歌对社会现实和黑暗官场的批判还不够，作为一个志高才大、功名轻取的士子，他在朝廷和官场受到的待遇极不公平，一生不得志，心中应是块垒堆叠，充塞着抑郁不平之气

---

① （清）刘大绅：《自序》，《寄庵诗文钞·诗钞续附》卷八。
② （清）刘大绅：《陇上》，《寄庵诗文钞·诗钞续附》卷八。
③ （清）李祖陶：《寄庵先生文录引》，《国朝文录·刘寄庵文录》卷一，清道光十九年瑞州府凤仪书院刻本。

和强烈的批判精神。很遗憾，在刘大绅的诗歌中很少能看到这一点。理学的涵养使其不断地调和自身，努力达到一种忠厚恻悱的境界。因此，他的诗气象开阔，但感情流于平淡温和，缺乏一种感发人心的力量。全诗体现出来的"蔼然仁者之言"，其生则人悦其教，殁则人思其德，也让我们看到了一代诗人忠厚、悲悯、磊落的风采。

三、刘大绅与山东诗坛

刘大绅自乾隆四十八年（1783）任山东新城，直至嘉庆十年乙丑（1805）告养回乡，除期间一次因病告归和罣误褫职，有近二十年时间在山东为官。虽然职位不高，但由于所到之处造福一方，因此声名远播，在他周围形成了一个可观的诗人群体，对乾嘉之间山东诗坛的活跃与繁荣起到了积极作用。《青州府志》《福山县志》《新城县志》《曹县志》等皆有记载他与当地文人雅士的交往及其产生的影响。《（咸丰）青州府志》记他"好诗书，齐鲁诸生多游门下，……以闲曹多暇，率其门人济南王祖昌、耿为华辈及益都诸生游览山水、搜罗金石，吟诗倡和以相砥砺，诸生熏其德，文行并进焉"①。《福山县志》亦载"暇则访各塾师，讲论经史，如学友焉，与邑绅谢宜发、郭维璋、牟惇儒、鹿林松诸名士日偕游山水间，诗歌赠答"②。在曹县时，"德政及民，以宽仁为本，时与诸生讲学论道，至乡塾，谕诲殷勤，累日不能去，所至皆有题咏、序、传及手书额联，亦足见德洽人和。公莅曹迄今百年，百姓犹感思勿替"③。由以上记载可知，刘大绅所到处，除了施惠政、利民生，还主持风雅，力振士风，十余年在山东的仕宦生涯，对于山东多地的影响是深远的。清人王培荀在《乡园忆旧录》中有大量关于刘大绅与当地诗人交往唱和的记载，如载黄钺两次典试山东时期，刘大绅数次与其唱和，"刘寄庵作七古长篇江字韵，公再叠前韵以酬，刘亦叠韵再答，公又作画兼赠诗，寄庵用原韵以和，旗鼓相当，一时夸为盛事焉"④。此外，对刘大绅与王祖昌、张象津、牟庭相、何维功、翁丹麓、鹿林松（雪樵）、孟

① （清）毛永柏修，李图纂：《（咸丰）青州府志》卷三七，清咸丰九年刻本。
② （民国）王陵基修，于宗潼纂：《（民国）福山县志稿》卷三"职官传·刘大绅传"，民国二十年铅印本。
③ （清）陈嗣良修，孟广来纂：《光绪曹县志》卷十"名宦"，清光绪十年刻本重印本。
④ （清）王培荀：《乡园忆旧录》卷三，清道光二十五年刻本。

柳谷（詹绎）、耿希尹（维华）等人的交往记载得尤为详细，他们中的很多人都是落拓之士，名位不显，但都笃有实学，且襟怀磊落、气骨嶙峋，当时不为世人所知，后世却有很高的评价。刘大绅与他们来往密切，有陶淑濡染之功。

现对其中部分山东诗人作一简要介绍，可勾勒出当时以刘大绅为核心的山左诗坛面貌。

王祖昌[1]，字子文，山东新城人，诸生，为王渔洋裔孙。生平好为诗，嗜如性命，颇有声名。一生遍走南北，结交四海，深受阮元、周永年、铁保、洪亮吉、刘大观等激赏，其诗豪气奔放、音调高朗自由。著有《秋水亭诗草》《秋水亭诗话》。

张象津，字汉渡，号莪石，别号雪岚，新城人，乾隆庚子（1780）举于乡，选知县，改授济宁学正，未三载，告归。为里中立科条法例，赖者数十年。曾撰邑中水利四议，泽被一方，为一代名贤，同时也是享誉后世的学者、文学家，撰有《新城后志》《邢台志》《离骚义疏》《等韵指掌图》《雪岚记闻》《漕中集》《莪石集》《白云山房诗抄》《任城诗抄》等，年八十三卒。[2]

牟庭相，字陌人，为诸生时已名重一时，来山左典试者皆欲得其人以为重，乾隆乙卯（1795）中优贡，曾官观城训导。为人博学好古，擅长经学和算学。晚年究心古经，著作满家。刘大绅与其相交深厚，"宁州刘寄庵先生筮仕山左，过从几无虚日"[3]。

牟应震（卢坡），乾隆癸卯（1783）举人，著有《毛诗名物考》，为刘大绅门生。

牟昌裕，字松岩，乾隆庚戌（1790）进士，官至御史。三牟皆为山东栖霞人，俱以经学名。[4]

鹿林松，福山人，字木公，号雪樵，《（民国）福山县志稿》记其弱冠时即为名诸生，诗古文辞为一时推重，著《雪樵诗集》四卷，林昌彝《射鹰楼诗话》称其诗"戛戛独造，大有妙悟，迥异寻常境界。字字从心坎中说出，与

---

① （民国）徐世昌：《晚晴簃诗汇》卷一二四，民国退耕堂刻本。
② （清）成瓘：《（道光）济南府志》卷五五，清道光二十年刻本。
③ 见（清）牟庭相：《雪泥书屋杂志》卷一，清咸丰安吉官署刻本。
④ （清）朱畹：《书孟雨山太史毛诗名物考序后》，（清）牟应震《毛诗名物考》，清嘉庆牟氏刻，道光咸丰朱氏疑本。

持身涉世之理都有关系，是能以香山之性情，运少陵之气骨者也”①。

翁丹麓，栖霞人，自幼习武，武进士，“技亦无与为敌矣”②，有一腔侠肝义胆而文武双全。官侍卫，好与文士游，读书过目不忘，无所不窥，以程朱为宗，且精于易数，师事刘大绅。刘大绅有诗写其舞拳“气作经天虹，势如出林虎”，可想其雄杰之姿。王培荀《乡园忆旧录》记其少时就曾打抱不平手刃恶少，且有一次与刘大绅过小溪观海，“及返，潮至溪涨，乃伏身手扶彼岸，足在此岸，代桥以渡，力未可量也”③。

何维功，字勋臣，新城人，为武孝廉，亦好文事，亦师事刘大绅，寄庵《自云南寄以诗兼讯蓬莱翁丹麓》诗云：“何子平日不好武，恂恂书生莫敢侮。一朝忽得教外传，两臂如铁力如虎。”④

袁汝玶（1746—1801），字荔亭，一字西谷，曾任榆县、邯郸、宛平等知县，有《学步集》《退耕集》等，刘大绅记其“性嗜学，强记淹雅，以吟咏见称名流。……朝一韵成，人夕传诵”⑤。

魏毓让，字鸣谦，号湘岩，为东阿望族。少颖悟，十五补博士弟子，癸卯年（1783）举于乡，七上春官不第，以大挑试，历辰溪、泸溪、宁远等县，为一代循吏。

孟柳谷，初名纯干，号禽谷，后改詹绎，号柳谷，嘉庆甲子（1804）举人，性洒脱，不拘世法，精通医理、地理，“谈笑风生，四座倾靡，无迂腐语，无世俗语、与之接，觉天地间无非乐机”。

另外与刘大绅亲厚的诗人还有韦映辉、石完璞、毕苏桥（旦初）、宋步武（绳祖）、胡乙垣（太光）等人，这些人中，有不少都是刘大绅的门生，“从寄庵学诗，书法亦仿之”⑥。王祖昌、朱畹、牟应震、孟柳谷、魏毓让、何维功、耿希尹等都师事刘大绅，结下深厚友谊，日常诗酒相会，“千场纵诗酒，六度阅春秋”⑦。刘大绅对他们的影响都很大，如《（道光）东阿县志》记载魏

---

① （清）林昌彝：《射鹰楼诗话》卷十一，清咸丰元年刻本。
② （清）王培荀：《乡园忆旧录》卷二，清道光二十五年刻本重印本。
③ （清）王培荀：《乡园忆旧录》卷二。
④ （清）王培荀：《乡园忆旧录》卷二。
⑤ （清）刘大绅：《署邯郸县知县宛平县县丞袁汝玶墓表》，（清）陈嗣良修，孟广来纂《光绪曹县志》卷十七“艺文”，清光绪十年刻本。
⑥ （清）王培荀：《乡园忆旧录》卷二，清道光二十五年刻本。
⑦ （清）刘大绅：《留别东游诸先生》其二，《寄庵诗文钞·诗钞》卷八。

毓让"出滇南刘大绅门下，刘为山左循吏第一，毓让从之最久，及作吏一切墨守师法"①。再如王祖昌，"大绅宰新城，接引后进，才士争趋其门，秋水与焉。寄庵……被吏议，戍军台，两县之民汹汹震动，秋水乃挺身于两邑，募得数千金，走京师，叩贵人之门，力为营救，寄庵方出关，追回，一时义声动远迩。"②其情深义重如此。再如刘寄庵门生耿希尹，刘大绅回滇后多年，犹念念不忘，忽一日讹传刘寄庵死讯，"时方与客饮，掷杯而起，题寄庵《入关图》云：'路入燕山风怒吼，随风卷地沙石走，黄昏漠漠无人烟，寒云惨淡张家口……'"③一气呵成写下七言长诗，尽诉心中悲痛。至于袁汝珍，死曾前嘱咐友人"我若死，必刘寄庵铭吾墓"④。以上诸人对于刘大绅的重视，足见当时刘大绅在这一群体心中的地位与影响。可以说，刘大绅官山左十余年，对当地诗坛的繁荣有着积极的意义。

四、刘大绅与云南诗坛

在刘大绅可考的生平活动事迹中，除了任职山东的近二十年以及之前在福建延平府南平县任训导外，其余时间都在云南活动。他早年不为诗，但中晚年后在云南诗坛逐渐成为举足轻重的人物。晚年因掌教五华书院，更是引领风气，主盟滇中风雅，追随仰慕者甚众。他在五华书院授业九年，对诗歌大力倡导，张咸照在《寄庵诗钞跋》中记他："课文矣，即留心诗学，每命题必自作一首为诸生式。"高乃听也言："始教五华弟子学而为古近体诗，每课必先出一首或数首相示。"⑤在他的精心培育下，五华书院人才辈出，"先生主讲五华书院，以诗古文辞为学者倡，学者多有成一家者"⑥。除与诸生唱和外，他与同时代著名的诗人几乎皆有往来，无论是显宦名贤、饱学宿儒或是布衣寒士，无论是客居滇中还是本土诗人，都酬唱甚夥，"暇则谦集同乡耆

---

① （清）李贤书修，吴怡纂：《（道光）东阿县志》卷十四"人物（下）"，清道光九年刊本，民国二十三年铅印本。
② （清）王培荀：《乡园忆旧录》卷二，清道光二十五年刻本。
③ （清）王培荀：《乡园忆旧录》卷二。
④ （清）刘大绅：《署邯郸县知县宛平县县丞袁汝珍墓表》，（清）陈嗣良修，孟广来纂《（光绪）曹县志》卷十七"艺文"，清光绪十年刻本。
⑤ （清）高乃听：《寄庵诗钞续序》，刘大绅《寄庵诗文钞·诗钞续》卷首。
⑥ （清）张履程：《寄庵文钞序》，刘大绅《寄庵诗文钞·诗钞续》卷首。

旧，扬风挖雅，歌咏升平。坛坫之盛，不让中州，盖百余年吾滇始逢此盛事矣"①，为云南诗坛的繁荣做出了积极贡献。

刘大绅在云南的交游可以反映这一时期云南诗人的群体面貌，现对其中部分诗人作简要介绍。

先说五华五子。刘大绅掌教选五华书院时选五位诗歌突出的学子之诗以刊之，名曰《五华五子诗选》，五子因而得名。他们分别是戴纲孙、杨国翰、池生春、李于阳和戴淳。五人是刘大绅一手栽培的，他们待刘大绅如父如兄。刘大绅在《五华五子诗钞序》中称李于阳"古直苍凉，语多愤激而凄楚悱恻，闻之者悟"，杨国瀚"朴质浑厚有理致，以移易风俗扶持名教为己任，繁而不杂，易而不俚"，戴淳"善言情，几欲以泪代笔、以血代墨，往往有酸风楚雨飞集纸上"，戴纲孙"出风入选，亦时作击筑和歌，音节悲而壮哀"，池生春"少年秀发，奇情逸气飙举泉涌"，称赞他们皆能"以醇挚之性情、方正之学术、煅炼刻苦之精魄、淬厉严毅之胆肝而归于集义养气、乐道安贫，质古之诗人则无疑，俟后之诗人则不惑矣"②。

这并非刘大绅出于对自己门生的偏爱而多有溢美之词，五华五子虽然只是当时五华书院的学生，但后来都成为云南杰出的诗人。五人中除了李于阳科场失意、戴淳无心功名外，其余三人都中了进士，不仅在云南诗坛卓有声名，在仕途上亦有一番作为。林则徐、宋湘、顾莼、王先谦、伯麟等人都对五子非常推重。嘉庆二十四年（1819），五华五子中三人同时中举，时云南乡试主考秦凤梁为五子绘《滇华五芝图》，林则徐还特意赋诗一篇。

杨国翰（1787—1832），字凤藻，号丹山，云州（今云南云县）人，嘉庆二十四年（1819）举人，二十五年（1820）年进士，历官浙江奉化、诸暨、海盐、仁和知县，升温台、玉环二府同知，以政绩卓著而两度受道光帝召见，褒许有加。后遭母丧，弃官扶榇归，以哀毁卒于家，死后林则徐亲自为其撰墓表。杨国翰著有《步华吟草集》，今已不存。

池生春，字篇庭，一字剑芝，楚雄人。其先世居山东之登州，后徙于滇。道光三年（1823）进士，授翰林院编修、南书房行走，典试陕西、粤西，

---

① （清）杨淳：《寄庵诗钞续序》，刘大绅《寄庵诗文钞·诗钞续》卷九末。
② （清）刘大绅：《五华五子诗钞序》，《寄庵诗文钞·文钞续》卷一。

王拯、龙启瑞等都是其门生。以劳疾卒于官。池生春不仅工诗古文辞，书法亦称妙一时。所著有《入秦日记》一卷，《直庐记》《塾规》等，与诸星杓同撰《二程子年谱》十三卷。

戴絅孙，字袭孟，昆明人，道光九年（1829）进士，历署吏、户、兵、工、刑科给事中，曾任浙江道、贵州道监察御史。戴絅孙专力于诗古文词，撰有《明史·名臣言行录》《昆明县志》《戴氏族谱》《知非续录》《谏垣》《焚余草》《味雪斋日记》及诗文骈体二十六卷。他生性耿直，与龚自珍、何绍基、梅曾亮等都是好友。何绍基评价其诗"行芳志洁有骚情，味雪多年骨更清"[1]（"味雪"为其诗集名）。他与池生春同出宋湘门下，张穆称赞他二人的诗歌"选声炼色都有法，笔妍墨妙光轮囷"[2]。

李于阳（1784—1826），字占亭，号即园，先世太和（大理）人，自其父徙昆明，遂落籍。嘉庆己卯（1819）中副榜，善为诗，在五华五子中得名最早，负才最奇，著有《苍华诗文集》以及《苍华诗余》、《诗话》、《外集》、《偶编》等，年四十四卒。戴絅孙称其诗"惊采绝艳，奇气横溢，于唐人中当与玉溪生、杜樊川抗行"。李于阳因终生科举失意，长期居于间中，接触了很多底层百姓，耳闻目睹民生疾苦，写下了《卖儿叹》《苦饥》《邻妇》《米贵行》《兵夫叹》《食粥行》《淫雨叹》《秋雨叹》《老农叹》《豆殇叹》等闪耀着现实主义光芒的诗歌，是云南步入清代晚期民生凋敝、天灾人祸不断的真实写照，也是封建王朝末世来临前的哀音。

戴淳，生于乾隆五十五年（1790），卒年不详。字古村，呈贡人，道光乙酉（1825）拔贡，虽然终生科举失意，但才高学博，诗文造诣精深，人品高洁，春官失意后遂决意仕进，一心寄意讴吟，其诗格高神远、浑古淡泊，朴质敦厚有古人风。著有《晚翠轩诗抄》、《续抄》、《三钞》、《四钞》、《五钞》各八卷以及《晚翠轩诗漫稿》五卷，共四十五卷。云贵总督吴振棫称其人"抱道自乐"，其诗"质而不枯，淡而弥旨"[3]。他在当时云南诗人中评价很高。

刘大绅在五华书院九年，贡献卓越，"出门下者科甲联翩，不可胜记"[4]。

---

① （清）何绍基：《怀都中友人·戴云帆》，《东洲草堂诗钞》卷十三，清同治六年长沙无园刻本。
② （清）张穆：《题宋芝湾观察与池钥庭戴筠帆手札及所作十三诗草稿应筠帆属宋有红杏山房诗文集》，《殷斋诗文集》诗集卷四，清咸丰八年祁寯藻刻本。
③ （清）吴振棫题：《晚翠轩诗五钞》，上海《丛书集成续编》第137册，第407页。
④ （清）李于阳跋：《寄庵诗钞》，《寄庵诗文钞·诗钞续附》卷九。

在以五子为首的众年轻后辈中，他犹如泰山北斗，戴淳赞他"胸有千古学既富，笔摇五岳诗尤雄。诸生讲业以时进，亦如群山仰岱宗"[1]。李于阳也有诗，将他比作韩愈："缅彼韩昌黎，辟佛誉贾岛。百世续高峰，大哉寄庵老。"[2]戴絅孙诗中也多次将刘大绅与韩愈相比，足见他当时在年轻诗人心目中的地位与影响。

当时云南的诸多著名诗人都喜与刘大绅结交，翻阅其诗集，以他为中心的云南诗人群体，活跃于这一时期，他们一起"傲雅觞豆之前，雍容衽席之上，洒笔以成酣歌，和墨以藉谈笑"[3]，成为云南诗坛上的繁荣景象。

王寿昌，字介图，号眉仙，又号养斋，永北人。嘉庆癸酉（1813）举人，北上春官不第，曾先后馆于镇国公、庆郡王府教读，后大挑二等，任云南寻甸州训导，卒于官。王寿昌学力宏富，生平撰书十余种，有《大学实践全功述》十八卷，《韵府探珠》十卷，《浅言》六卷，《灵芳小史》一卷，诗歌方面现存《眉仙遗著》二卷及诗论著作《小清华园诗谈》二卷、《填词四种》。袁嘉谷评价他的诗歌"如猿叫空山，声声入耳，五绝有王、裴风韵"，称他为"北胜第一济人"[4]。王寿昌在诗歌理论方面也颇有建树，蒋寅评价"王寿昌《小清华园诗谈》，取有关诗格和诗美的基本概念和命题44个，一一举诗例相印证，俾读者易于体会。而对那些老生常谈，则从多方面加以阐发，使其内涵得到全面的丰富和深化"[5]。

万本龄（1765—1822），字松如，初号铁峰，后号香海，昆明人，万钟杰之子，由监生纳粟官中书，改布政司理问，复改县丞，卒与世不合，告归。家徒壁立，穷困而终，士林惜之。生平好古博学，工书能诗，诗古文皆豪宕不羁，存有《香海诗钞》一卷。

王崧（1752—1838），原名藩，字伯高，一字乐山，浪穹人，家世袭土职，多藏书。王崧深通经史百家，为嘉道间南中名儒。他于嘉庆己未年

① （清）戴淳：《九月一日侍刘寄庵师登五华山藏书楼眺诸山作歌》，《晚翠轩诗钞》，上海书店《丛书集成续编》第137册，第17页。
② （清）李于阳：《读寄庵师〈送陶达甫及诸子归〉诗情见乎词感夫子怜才之意真稀有也赋此志之》，《即园诗钞》，台湾《丛书集成续编》第178册，第33页。
③ 刘勰：《文心雕龙》卷九《时序》，《四部丛刊》景明嘉靖刊本。
④ 蓝华增：《云南诗歌史略——赵藩〈仿元遗山论诗绝句论滇诗六十首〉笺释》，云南人民出版社，1988年版，第209页。
⑤ 蒋寅：《论清代诗学的学术史特征》，《南京师范大学文学院学报》，2003年第4期。

（1799）中进士，官山西武乡县知县，在任九年，多有惠政。后主讲山西晋阳书院四年，于嘉庆庚辰年（1820）年告病归乡。著有文集《乐山集》二卷，《说纬》六卷，《云南备征志》二十一卷，《南诏野史》《乐山制艺》等；另有《布公集》《江海集》《提钩集》《乐山诗集》若干卷，已散佚。其《乐山集》中诗歌理论文章《诗说》，蒋寅将其与翁方纲诗论相提并论，"除了书信外，清人文集中还有一些诗学专题论文，最著名的当然是翁方纲《神韵论》《格调论》，王崧《乐山集》中的《诗说》三卷，在当时也小有名气"①。

钱允济（1751—1815），原名允湘，字云思，号芷汀，昆明人，工诗善画，嘉庆初官湖北吕堰驿巡检任，与上官龃龉，引疾归，著有《触怀吟》二卷。刘大绅称其为"昆明第一高士"。张登瀛记他清高傲岸，唯喜与刘大绅往来，"啸歌一室，屏谢贵游，唯与五华主讲刘寄庵司马酬唱无虚日"②。

董灼文（1761—1810），字见山，号笏轩，宁州人，诸生，能古文，诗则纵意而为，不讲法度。性情傲岸，大言不忌，喜讯切时事。著有《录瘳一草堂诗文钞》四卷，其诗"兴酣落笔，拉杂成章，超脱雄浑，纵横变化，才力气魄直欲方驾空同"③。

董健，字行斋，号竹溪，通海人，董玘孙，乾隆乙卯（1795）进士，授翰林院检讨，性纯笃，以母老乞归，嘉庆十二年大府聘主五华书院讲席。

陈履和（1761—1825），字海楼，一字介存，云南石屏人，乾隆四十五年庚子（1780）举人。任山西太谷、浙江东阳知县，所到处均以慈爱为本，深得百姓爱戴，入太谷、东阳名宦祠。乾隆五十六年（1791），进京会试与经学家崔述相识，因景仰崔之学问，拜其为师，两人相处仅两月余，此后书信来往，不复相见，但陈履和终其一生、穷尽家财为崔述刊书，为崔述之学的流传呕尽心血，成为千古美谈。陈履和于嘉庆二十二年（1817），在太谷任上就严格实施禁烟令，比林则徐广东禁烟早了二十年。工诗古文，精训诂、小学、金石考据之业。书法秀健，画梅有别趣。诗文俱各著一时，著有《海楼诗文集》。

马之龙，字子云，号雪楼，丽江人，回族，少颖慧而嗜学，补诸生，喜

---

① 蒋寅：《论清代诗学的学术史特征》，《南京师范大学文学院学报》，2003年第4期。
② （清）张登瀛：《钱芷汀先生家传》，钱允济《触怀吟》卷首，台湾《丛书集成续编》第178册，第726页。
③ 《（民国）新纂云南通志》卷七六"艺文考六·滇人著述之书六·集部三·别集类三"。

谈天下古今利病，有匡时济世的抱负。因上书倡议禁鸦片，以狂妄被革去功名，他遂佩剑携笛，壮游天下。归而侨居昆明，寄情诗酒间，精研佛理，绝口不臧否时事。当时云南回汉仇隙不断，马之龙最早预言要酿成大祸，建议及早防患于未然，其死后不久，暴发回民大起义。他死后，林则徐、吴存义为其撰写墓表。生平著有《雪楼诗钞》《卦极图说》《阳羡茗壶谱》《临池秘钥》诸书。马之龙于嘉庆二十三年漫游回滇与刘大绅相识，在昆明寓居数月，后道光七年曾至宁州访刘大绅。刘大绅有《子云寓中看西洋刀歌》《再歌》《赠马子云》《马子云》《和马子云寄雪山石诗》《寄马子云》《马子云寄诗集并西藏葡萄雪山茶至赋答》《寄马子云》等诗酬马之龙，二人交情甚厚。

沙琛，字献如，号雪湖，太和人，回族，乾隆庚子（1780）科举人，以知县发安徽，初摄太和、宿州、怀远、怀宁等地，因灾荒和白莲教起义等，数易所治，皆号难理，但他所到之处，百姓皆能安居乐业。官霍邱时，因为一桩子杀父的"逆伦案"久未判决，被削职，遂不复起，卒于家。著有《点苍山人诗钞》，刻于皖中，桐城姚鼐、蒙古法式善和江左仲振履、怀宁、潘瑛等为之序。姚鼐评其诗"幽洁之思、隽妙之语，峰起叠出，与南园抗衡"[1]。法式善称其诗"以奇气骋其逸才，排奡似南园，疏宕似荔扉，而深挚之思又似谷西阿、黄门，真得点苍山之灵秀盘礴郁结而成之者"[2]。刘大绅评价其诗"气奇、情迈、绝众、离群"，与他自己的精神气质也甚是契合。

谢琼，字石罍，昆明人，嘉庆戊辰（1808）举人，官云南禄劝教谕。谢琼自幼家贫，溺苦于学，尤嗜为诗，其论诗主渔洋神韵之说，力宗唐人，兼精八韵，但科场蹭蹬，声名不显。著有《彩虹山房诗钞》三卷、诗余二卷。

杨澎，字瀚池，浪穹人，乾隆庚子（1780）举人，少孤，励志读书，诗文皆工，为望江檀萃所器重，曾取其文入《十子选》中。著有《兰谷集》。

杨淳，字凤池，杨澎弟，乾隆辛酉（1801）拔贡，师事望江檀萃，深于经学，所著有《失愚斋诗集》八卷、《乾斋随笔》四卷行世。

除以上论及的诗人外，刘大绅还与王毓麟、方学周、顾莼、檀萃、伯麟等交往密切，但因篇幅有限，不一一论述。他们的交往，因有对诗文共同的

---

① （民国）徐世昌：《晚晴簃诗汇》卷一百二十，民国退耕堂刻本。
② （清）法式善：《点苍山人诗集序》，《存素堂文集》卷二，清嘉庆十二年刻增修本。

爱好，还有对彼此才情、品行、气节的相互欣赏，惺惺相惜。他们之间的诗文活动，为嘉道之间云南诗坛的繁荣作出了积极贡献。刘大绅是他们当中的核心人物。他享年八十余岁，一生跨越乾隆、嘉庆、道光三朝，对云南诗坛影响深远。戴淳《哭刘司马寄庵诗》写他"一代斗山望，半生泉石情"，许印芳称他"南中文字主，梦得信诗豪。雅化三迤遍，才名五子高"①，王毓麟也肯定了他在云南诗坛的地位："大历首重刘与钱，词坛流播多名篇。遗踪文采谁继作，吾乡二老最称贤"②。总之，刘大绅不仅培养后学、广接人缘，而且引领风气，成为清代嘉道之间云南诗坛的中流砥柱，对繁荣诗坛作出了巨大贡献。

小　结

清代中期，社会的安定繁荣和文字狱高压客观上使得云南诗歌继续保持了"温柔敦厚"的创作倾向，维持了清初以来的以儒家诗教为宗的传统，并一以贯之地延续下去。

这一时期的云南诗人虽然普遍主张抒写性情，但这种性情与同时期袁枚所倡导的人之纯粹的自然情感的抒发和心性的释放大有不同。云南诗人所主张的性情是符合儒家传统伦理道德以及理学家所倡导的有补于世教的性情。钱沣虽然主张作诗"率从胸臆流出"，但也要求"力变气质以合道"③。刘大绅高举性情旗帜，"作字仅余形影在，称诗只有性情存"④，但是却"常恐《风》《骚》废，遽使性情移"⑤，而且要求诗歌抒发情感时"尽将抑塞态，敛之变温醇"⑥，坚定认为"愁苦抑郁之音，少温柔敦厚之旨，去诗人远矣"⑦，这些观点又都是基于他"壮盛学周孔，思从洛闽逮"⑧的学术根底。在

---

① （清）许印芳：《呈黄矩卿师二首》,《五塘诗草》卷一,上海书店《丛书集成续编》第 141 册, 第 600 页。
② （清）王毓麟：《春日过即园见刘二丈寄庵、钱四丈芷汀去冬看梅之作,因赋写长句呈二老人,并寄李占亭、唐二南》,《蓝尾轩诗稿》,台湾《丛书集成续编》第 179 册, 第 15 页。
③ （清）钱沣：《题秋崖改吟图小照》,《钱南园先生遗集·补遗》卷二。
④ （清）刘大绅：《夜中不寐有感偶成》,《寄庵诗文钞·诗钞续附》卷十二,民国《云南丛书》本。
⑤ （清）刘大绅：《答赵子谷》,《寄庵诗文钞·诗钞续》卷八。
⑥ （清）刘大绅：《即事》,《寄庵诗文钞·诗钞续附》卷十。
⑦ （清）刘大绅：《寄庵诗文钞·诗钞续附》卷七"自序"。
⑧ （清）刘大绅：《夜中不寐忆死怀生怆然有述》,《寄庵诗文钞·诗钞续附》卷九。

这样的情况下，诗歌是不可能无所顾忌地抒发纯粹的内在情感的。这不仅与传统诗教和理学的影响有关，也与当时的文字狱、严苛的政治环境脱离不了干系。

这一时期的云南诗歌体现出重视学问的倾向，很多诗人的创作明显有学人之诗的特点，刘大绅"不读万卷书、不行万里路，不能为文章"[①]的创作主张，著名诗人师范和王崧等身兼诗人和文献大家的美誉，钱沣"岂不在书岂在书"的观点等，都是这一时期重视学问、融贯经史的表现。这与乾嘉时代考据学的兴起有密不可分的关系。在经学盛行的大背景下，云南也出现了一大批精通经史和考据的学者。浪穹的白族学者王崧，为乾嘉时代南中大儒，阮元为其《说纬》作序，称其"精思卓识，博通万卷，不囿于浅，不避于俗，是博通九经疏义，识史家体制者矣"。姚鼐称师范为"天下之才"，评价其《滇系》"撰论古今之是非，综核形势之利病，兼采文物，博考故实，此史氏一家之美而君以吏治余力成之，岂非其才之过人，而庶几于叔皮之事者哉"[②]。袁文揆评浪穹诗人杨澍云"气体深厚，叙次诸人，兼有史法"[③]。同时期的张复诗歌创作"博极群书，雅擅文名，诗亦冲和静穆，出语皆本性情"[④]，则综合体现了这一时期云南诗歌重学问、抒写性情而又温柔敦厚的多重特点。

在诗歌宗法方面，云南诗人大多能摒弃门户之见，不分唐界宋。他们推崇儒家传统诗教，以温柔敦厚为旨，但又不等同于沈德潜格调论只以唐为宗的倾向，内容上主张自写性情却又并非袁枚"性灵说"的照搬，也并非翁方纲肌理说的拥趸。这一时期的云南诗歌，因为完全脱离了时代更迭的阴影和对家国命运的深切关注，诗人精神上获得了多维度的舒张，诗歌开始表达人生多种需求，更注重追求审美愉悦。故而诗歌题材多样，诗歌风格丰富多变。虽然是盛世咏歌，却并非一味点缀升平，有文字狱的阴影，但避开了政治敏感的话题。这并不影响诗人对人生、命运和社会发展更深入的思考，没有从根本上影响诗歌的厚重深沉。钱沣有"虽千万人吾往矣"的勇气以及对民生关怀的另一种抒写；师范终生困顿科场却有交友遍天下的快意人生；刘

---

① （清）刘大绅：《西征记序》。
② 转引自方树梅：《自序》，方树梅《年谱三种》，生活·读书·新知三联书店，2014年版，第257页。
③ 《（民国）新纂云南通志》卷七六"艺文考六·滇人著述之书六·集部三·别集类三"。
④ 《（民国）新纂云南通志》卷七六"艺文考六·滇人著述之书六·集部三·别集类三"。

大绅有兼循吏和诗坛盟主的传奇；等等。因为诗歌承载了他们性情各异的喜怒哀乐，在整个沉闷的乾嘉诗坛，云南诗歌焕发出一种独特的光彩。它没有游离于政治之外剑走偏锋、标新立异，却开辟出了一个多彩的天地。

第四章

从风雅之变到古典终结：清代晚期的云南诗歌

历史的书页翻至道光朝，此时乾嘉盛世的外衣已经褪下，日益凋敝的社会民生状况显露无遗。但王朝的衰败并非瞬息之间的事，笼罩在乾隆朝光芒之下、号称盛世的嘉庆朝，其实早已显露衰败之兆。如果说赵翼作于嘉庆五年（1800）《读史三首》中"时当暇豫谁忧国，事到艰难已乏人"① 已现国步艰难之兆，那么龚自珍作于嘉庆二十四年（1819）的"凭君且莫登高望，忽忽中原暮霭生"②，已经看到了整个社会暮气沉沉、忧患重重。

随着内忧外患不断加剧，社会积弊重重。外有列强环伺欺凌，内部民变四起、鸦片流毒，加之天灾不断，清王朝的统治逐渐危如累卵。云南地处荒僻偏远，也未能避免清代晚期"三千年之一大变局"的劫难。它既未能远离兵火，更不曾因山遥水远而屏绝各种忧患。虽然太平天国运动未波及滇中，云南也不是鸦片战争、中日战争等交锋的主战场，但从越南、缅甸入境的法国也入侵了云南边疆企图蚕食中国。由于社会矛盾不断积累，云南地方起义不断，尤其是咸丰六年（1856）爆发、持续长达十八年、几乎席卷整个云南的回民暴动，以及由此响应而起的李文学等领导的哀牢山彝族人民起义，给云南造成了巨大灾难，"蛮触一宵成浩劫，村墟千里断人烟。"③ 从自然灾害方面来说，云南在清代晚期尤其是从嘉庆朝开始频繁爆发大规模鼠疫，咸丰、同治时期最为严重，随着战争的扩散几乎遍及全省，死难人数达百万。

---

① （清）赵翼：《读史》其一，《瓯北集》卷四二，清嘉庆十七年湛贻堂刻本。
② 《龚自珍全集》第九辑，上海人民出版社，1975年版，第442页。
③ （清）毕应辰：《闻滇中近事感赋》，《悔斋诗稿四卷》，上海书店《丛书集成续编》第141册，第59页。

"回匪蹂躏后乃生时疫，起于数家，延至阖境。自癸酉年至本年止，廿载于兹，约毙十万余人，有全家病殁者，有比户骤亡者，上年志盛地转眼已成丘墟，昨日之英豪回头便入泉壤。城市萧条，天日黯淡，始则哭声满路，继则路无哭声，伤心惨目，莫斯为极！"①云南诗人刘大绅笔下就再现了这一时期"疫厉继起，尸骸纷如"②的状况："吾滇僻处天西南，三十余年疫氛恶。百万人殉死鼠死，怨魄冤魂溢城廓。"③与此同时，水灾、旱灾等自然灾害在云南频发，如嘉庆元年、三年、六年、十年、十三年、二十年至二十二年，道光七年、十年、十五年，云南滇池流域、抚仙湖流域和洱海流域都先后因连续大雨造成严重水灾④，然后嘉庆二年、十三年、二十二年，道光十四年、十七年、十八年、二十九年又发生大旱。此外，地震亦在云南多地频发，可以说，清代晚期的云南，无可幸免地与全国一样，陷入了天灾人祸的巨大漩涡中。"渐看得食鸦归树，独听哀鸣鹤在阴。豺虎纵横犹似旧，鱼龙为患又逢今"⑤，正是当时的真实写照。

社会的急剧动荡使嘉庆后期沉寂的诗坛开始爆发出风雷激荡的声响。忧国忧民的诗人们，操利斧、凿混沌，发出了疾呼和呐喊。他们或是重倡诗教，反对吟风弄月、无病呻吟，强调诗歌的社会功用，表现出强烈的现实主义精神；或是主张通经致用，经世济民。当诗人们发现此时西方国家在科技方面的先进性，已非中国"通经致用"的传统价值所能给予和企及，他们又提倡放眼看世界，主张"师夷长技以制夷"或"实业救国"，对家国命运的担忧和社会民生的深切关注成为这个时代的主旋律。

云南诗人们亦未置身事外，无论是身居高位的士大夫，还是沉沦下僚的小官吏，或是报国无门的寒士，他们都体现出强烈的现实关怀。他们或者投笔从戎，积极参与保家卫国的战争；或者跳出儒家以经术治国的传统藩篱，积极探索强国之路；或者四方奔走，开启民智、救亡图存。晚清云南诗歌也在硝烟战火和社会的剧烈动荡中开启了最后的辉煌，然后走向谢幕。这一时期诗社林立、诗学勃兴，诗歌创作的突出成就，也使云南诗歌的价值更加得

---

① （清）陈灿：《宦滇存稿》卷二《查明蒙自灾疫情形条陈弥灾时疫禀》，云南图书馆藏。
② （清）刘大绅：《寄庵诗文钞·诗钞续附》卷七，民国《云南丛书》本。
③ （清）刘大绅：《冬》，《寄庵诗文钞·诗钞续》卷九。
④ 见云南大学姚佳琳博士论文《清嘉道时云南灾荒研究》第二章第二节"清嘉道时期云南灾荒概述"。
⑤ （清）何彤云：《秋兴》，《庚缦堂诗集》卷四，上海书店《丛书集成续编》第140册，第166页。

到彰显和肯定，"国家至教覃敷，三光五岳之气昭回旁薄，二百年来精华萃于边徼，伟人硕德时出滇云。"①

这一时期的云南诗坛，因交织着家国命运的深重忧虑和自身境遇的悲欢，加上诗人们面对社会前所未有的变革，他们的心态也和中原内地士大夫一样，在保守与变革中矛盾重重。一方面思想难以完全脱离儒学传统，又不得不承认西方科技的先进；一方面认识到落后就要挨打，却又不愿面对"通经致用"已经完全不适应世界发展的现实。正像有的学者指出的那样："他们又为了个人人格心理的某种平衡，也为了消除某种文化失重感，往往游离于传统与现代之间，成为中国早期现代化发展中最具双重人格的典型群体。却也正是这种双重人格的身份又致使晚清知识分子开始得以从传统知识群体中剥离出来，以极强的民族忧患意识，开始直面中西文明的交锋。"②诗人们这些复杂心态的交织，在诗歌中形成了巨大的艺术张力，使这一时期的诗歌有一种风雷激荡的声响。在艺术取向上，体现出不同的风格。为顺应诗人们议论时政、指点江山、抒发强烈情感的需求，先前在云南诗坛并不多见的宗宋风气开始形成一股颇具声势的洪流。数位代表性诗人均有强烈的宗宋倾向，如黄琮、朱黼以及五华五子之一的杨国翰；甚至有专意宋调者，如滇八家诗人之一张星柳。而有的仍然专意唐音，如严廷中父子、谢琼等。更多的诗人继承了清初以来以宗汉魏盛唐为主、博采百家的传统，如戴纲孙、李于阳、戴淳、王毓麟、陆应谷、李熙文、萧培元、许印芳、朱庭珍、孙清元兄弟等，希望以汉魏盛唐高昂的格调和建功立业的热情壮志来唤起斗志。整个云南诗坛呈现出多样的风格。

第一节　变风变雅的诗歌转向

自嘉庆后期开始，整个中国在一派升平的景象下掩盖着已逐步病入膏肓的现实，诗坛和暮气沉沉的社会一样，在沉闷中酝酿着新的变革。"自清初至嘉庆，虽外有回疆之役，内有教匪之祸，而大局固定，时势不变，故学者

---

① （清）蒋湘南：《朱丹木先生诗集序》，《七经楼文钞》卷六，清同治八年马氏家塾刻本。
② 王韵秋：《论晚清知识分子人文精神的文化归属问题》，《甘肃社会科学》，2007年第6期。

所治，皆谨守国故……至道光之初，遗风流韵，日以衰歇。"① 处于乾隆后期和嘉庆朝的云南诗人刘大绅亦感慨"治世久宽文字禁，不知何事减吟诗"。② 真实反映了嘉庆后期诗坛的平庸与沉寂。但此时无论是社会还是诗坛，如同阴云密布的天空，虽然沉闷死寂，却不时响起隐隐雷鸣之声，预示着狂风暴雨的即将到来。"以故嘉庆一朝，凋敝之景况见焉。加之教徒扰攘，沿海不靖，先后糜帑数千万，而河道屡决、宣防并急，不特司农竭蹶，即社会经济亦呈停顿之状态。逊至道光，国力益疲，有清末叶财政上之危机，实已胚胎于斯时矣。"嘉庆帝自身也意识到了日益增长的社会危机，曾痛心地表示："承平日久，生齿日繁，物价腾贵，游手之民，不遑谋食。加之以官多疲玩、兵尽怠堕，文不能办事，武不能操戈，顽钝无耻，名节有亏，朕遇斯时，大不幸也。"③ 整个王朝都在积弊重重中走向了衰朽。诗人们见证了王朝逐步衰亡的过程，诗歌创作从早期的平静雍容转变为忧虑急切，如稍早一点的刘大绅、钱允济、王寿昌、陈履和，稍晚一些的黄琼、朱腾、严廷中、陆应谷、王毓麟以及五华五子戴䌹孙、戴淳、李于阳、杨国翰等，再往后的毕应辰、萧培元、许印芳、陈伟勋、何彤云、张星柳、朱庭珍。他们的诗歌无论是抒写内容、情感表达还是风格面貌都越来越凌厉、沉重。变风变雅的潜流随着时代的凋敝渐次冲走了雍容冲和的盛世雅音，隐约奏响了末世来临前的哀乐。云南五华五子之一、昆明诗人李于阳作于嘉庆后期的《卖儿叹》《食粥叹》《苦饥行》《米贵行》《邻妇叹》《兵夫叹》④ 诸作，撕破了王朝所谓的盛世华服，展露出满目疮痍的社会现实，刘大绅称"置之《三百篇》中，当在变风变雅之列"⑤。蒙自诗人邓学先的诗被称为"激扬抗厉，变雅遗音"⑥。毕应辰"忠爱之心、悲悯之怀，触处即发，如杜陵入蜀以后诸作"⑦。黄琼的诗"蒿目时艰，血点泪痕一时交集，绰乎有《三吏》《三别》之遗意焉"⑧。五华五子中除李于阳"古直苍凉，语多愤激而凄楚悱恻"外，戴淳作诗"几欲以泪代笔、

① 张宗祥:《清代文学》，商务印书馆，1930年版，第36页。
② （清）刘大绅:《偶吟》，《寄庵诗文钞·诗钞》卷二。
③ 《清实录·仁宗实录》卷二八一"嘉庆十八年十二月丁巳"条，中华书局，1986年版。
④ 见李于阳:《即园诗钞》卷八，上海书店《丛书集成续编》第134册，第493-497页。
⑤ （清）刘大绅:《即园诗钞序》，《寄庵诗文钞·文钞续》卷一。
⑥ 《（民国）新纂云南通志》卷七七"艺文考七·滇人著述之书七·集部四·别集类四"。
⑦ 《（民国）新纂云南通志》卷七七"艺文考七·滇人著述之书七·集部四·别集类四"。
⑧ （清）鄂恒:《蜀游草序》，上海书店《丛书集成续编》第135册，第699页。

以血代墨，往往有酸风楚雨飞集纸上"。戴纲孙"时作击筑和歌，音节悲而壮、哀而豪"①。这些当时代表性作家的风格，都蒙上了时代巨变即将到来的巨大阴影。与此同时，尹尚廉、王毓麟、陆应谷、王寿昌、谢琼、萧培元、毕应辰、何彤云、李玉湛、朱庭珍、许印芳等人的诗歌创作，随着社会形势的恶化，越来越激越沉重，变风变雅的倾向逐渐汇成了滔滔洪流。

　　除了抒发忧时伤乱之情，现实中的诗人们或者建言献策，或者付诸行动，意图在匡时济世中尽到自己的绵薄之力。石屏诗人陈履和在嘉庆二十二年（1817）任太谷知县就开始全县禁烟，丽江回族诗人马之龙在嘉庆末期就上书《去官邪锄鸩论》倡议禁烟，云县诗人杨国翰也在道光三年给林则徐的信《上江苏林桌台书》中指出鸦片之毒害，他们都很早意识到了鸦片对中国的巨大危害并积极付诸行动。其余在各地任职的云南诗人们，无论官阶高低，都积极为社稷民生尽一己之力。还有不少诗人投笔从戎，参加保家卫国、抵御外辱的斗争，如朱家学、刘家逵、李玉湛、杨玉科、宋廷模、朱庭珍、尹艺、和虎臣、何桂清、何桂珍等，或抗击列强，或抗击太平军、捻军，或平定回乱。他们将自己的生死置之度外，诗歌在血与火的锤炼中迸发出侠儒并重的光芒。他们中的很多人尽管都不得志，却没有沉湎于自己的失意而一味自怨自艾，而是表现出强烈的社会担当和忧患意识，即便身份卑微、处境艰难，却无暇顾及自己的哀怨穷愁。王寿昌"半生身世历辛酸，还替军民计治安"②，尹尚廉"频惊当世难，不觉此身穷"③，"文章千古事，君父一生心"④，毕应辰"年来漫漫忧时泪，慷慨还登广武城"⑤，都体现了云南诗人对国运的深切担忧。王先谦记许印芳"目睹滇中文玩武娱，奸顽奋张，大乱以成，哀身世之仳离，斯民之无以拯恤，往往中夜起立，慷慨悲歌"⑥，戴纲孙每与二三知己论及时事，都悲慨下泪，如此种种。而这个时候的朝廷，在重重积弊中已经没有脱胎换骨的可能。诗人们身怀报国之志却大多数怀才不

---

①　（清）刘大绅：《五华五子诗钞序》，《寄庵诗文钞·文钞续》卷一。
②　（清）王寿昌：《抒怀》，《王眉仙遗著》卷一，上海书店《丛书集成续编》第136册，第595页。
③　（清）尹尚廉：《乙丑感遇》其一，《玉案山房诗草》卷上，上海书店《丛书集成续编》第136册，第725页。
④　（清）尹尚廉：《闱中即事》，《玉案山房诗草》卷上，上海书店《丛书集成续编》第136册，第726页。
⑤　（清）毕应辰：《广武道中》，《悔斋诗稿》卷一，上海书店《丛书集成续编》第141册，第53页。
⑥　（清）王先谦：《五塘诗草序》，上海书店《丛书集成续编》第141册，第591页。

遇，国运艰难与自身的失意潦倒结合在一起。诗歌创作勾画出晚清社会由衰落走向动乱的轨迹，也展现着诗人们自身的境遇与悲欢。

一、时代阴霾与诗歌悲秋意境

  道光朝虽然已显露社会重重危机，但还未全面爆发，诗歌创作还未达到凌厉逼切的程度。但随着王朝的衰落，时代阴霾在诗人们心灵上投下的阴影却清晰地反映在了诗歌创作中。即便很多诗歌还没有泣血哀号之悲，却整体上显出暮气沉沉、"山雨欲来风满楼"的肃杀与凝重，如同到了深秋季节，诗人们的笔下都是秋的萧瑟之气。此时，以秋感、秋兴、秋思、秋草、秋虫、秋雨、秋风、秋窗、秋梦等命名的诗歌屡见篇章，西风、老树、哀鸿、霜露、枯草、废寺、冷月、寒潭、阴雨等意象亦频频出现。女诗人朱菊华题李元阳诗集所言："长歌激烈写殷忧，悲悯情怀不自由。诗到怨时天易老，一篇谱出一声秋"①，这种"秋"的意境，是这一时期云南诗人诗篇中的普遍意象，也是时代的映射。经济的凋敝、民生的艰难和社会的黑暗，使诗人们困顿于生计奔波、仕途失意，感受着与亲人的生离死别之苦。个人境遇与家国命运的双重焦虑，身世之悲与忧国忧民的情怀叠加，使这一时期的云南诗歌总体上呈现出一种萧疏苍凉的意境。在云南诗人的创作中，很大一部分是往返于京师和滇南途中的山水诗，就以云南诗人的山水诗来说，可以明显看到对山河的吟咏不复往昔展现恢弘阔大和美丽景色，而是涂抹上了一层感伤忧郁、黯淡的色彩。风物萧瑟，多有秋气，"日下江河急，霜寒鸿鹄哀"②，"天地风尘色，关河霜露秋"③。即事感怀的诗中多了愁云惨雾的意象，象征时局的动荡："瓦落荒园雨，花残破庙风。萧条已满目，薄暮更鸣虫"④，"溪风鸣败叶，寒月挂高藤"⑤。这些已经不是单纯的羁旅之思所体现的哀愁，而是折射出时代风雨如晦的背景和走向。

---

① （清）朱菊华：《即园诗钞》题词，李元阳《即园诗钞》卷首，上海书店《丛书集成续编》第134册，第451页。
② （清）尹尚廉：《摊书》，《玉案山房诗草》卷上，上海书店《丛书集成续编》第136册，第725页。
③ （清）许印芳：《旅夜抒怀》，《五塘诗草》卷一，上海书店《丛书集成续编》第141册，第596页。
④ （清）王毓麟：《永平县》，《蓝尾轩诗稿》卷二，上海书店《丛书集成续编》第136册，第636页。
⑤ （清）王毓麟：《永丰寺夜坐》，《蓝尾轩诗稿》卷二，上海书店《丛书集成续编》第136册，第634页。

王毓麟《悲秋》就能代表这时自然风物与时代阴霾相互映衬在诗人心中的情绪：

> 秋兴亦何苦，哀吟万感生。塞鸿疑有泪，落木苦多声。浩荡关山眼，萧条天地情。南来问三楚，羽檄尚征兵。①

江山入目，悲不自胜，并非缘于游子思乡，也不是因前途无望，诗中的苦、哀、泪都因时局动荡而起，其中的萧条意境无疑象征着风雨飘摇的局势，忧心国运的心情见诸字里行间。

再看钱允济《戊辰九月望连日雨雪感事》②：

> 由来南雪少，秋忽满岩阿。地气方为沴，天心且未和。故人黄叶落，新鬼乱萤多。几日凄风里，愁闻薤露歌。
>
> 四月堕飞燕，朔风枝上摧。初秋多腐鼠，疫气地中来。赤子心无失，苍天意可回？宁知连日雪，不化作春台。

这一时期云南诗人笔下相同的风物和意境烘托比比皆是。毕应辰的《杂感》有句："九秋露冷霜初结，万树风号怒未平"③，"百战河山遗废垒，满天风雪暗征程"④。道光年间的戴纲孙、陆应谷、欧阳丰等人甚至还于京师成立"吟秋诗社"，这个"秋"字也无疑意味深长。诗人们的心境如此黯然萧瑟，自然是在内外交困的时局中感到了深深的压抑和担忧，"时艰身累心同切，矫首苍茫孰与论"⑤，"四塞兵戈后，连州瘴疠中"，"九重深帝警，万里重民疴"⑥。

不妨以同一时期的代表诗人严廷中为例来进一步考察诗人们的处境与心态，若论身世与国运的同步转换以及在诗歌创作中的体现，严廷中的诗无疑就是这个时代最真切的音调。

严廷中（1795—1864），字幼卿，号秋槎，又号岩泉山人、红豆道人，云

---

① （清）王毓麟：《悲秋》，《蓝尾轩诗稿》卷二，上海书店《丛书集成续编》第136册，第634页
② （清）钱允济：《戊辰九月望连日雨雪感事》，《触怀吟》卷下，上海书店《丛书集成续编》第136册，第694页。
③ （清）毕应辰：《杂感》，《悔斋诗稿》卷二，上海书店《丛书集成续编》第141册，第56页。
④ （清）毕应辰：《广武道中》，《悔斋诗稿》卷一，上海书店《丛书集成续编》第141册，第53页。
⑤ （清）尹尚廉：《秋怀》，《玉案山房诗草》卷上，上海书店《丛书集成续编》第136册，第731页。
⑥ （清）尹尚廉：《乙丑感遇》其一，《玉案山房诗草》卷上，上海书店《丛书集成续编》第136册，第725页。

南宜良县人，清代晚期云南卓有成就的诗人、词人、曲家。其父严烺，为嘉庆丙辰（1796）进士，官至湖北按察使、甘肃布政使，也是乾嘉之际云南著名诗人，著有《红茗山房诗集》。严廷中幼时随父游宦，年少成名，"十三岁便诗词传遍京华"①。然虽才学出众，但他并不热衷于制艺之道。父亲故去后，他即弃举业，专事吟咏。后援例为山东姜山县丞，十余年间辗转于蓬莱、福山、文登、莱阳等七县，年七十卒于山东莱阳。

严廷中生于乾隆六十年（1795），除去出生的这一年不算，他一生跨越嘉庆、道光、咸丰三朝，自身经历了从繁华富贵到落魄失意的命运转变，这个历程恰恰也对应着清王朝由盛转衰。从出生至嘉庆二十三年（1818），他生活在仕途得意的父亲的荫庇之下，生活繁花锦绣。其父故后家道中落，他迫于生计捐纳为官，长期沉沦下僚，遍尝奔波之苦。此时步入了道光朝的清王朝也脱下了之前一直掩盖在身的盛世华衣，露出了百孔千疮的凋敝现实。严廷中的命运轨迹与清王朝由盛而衰的国运几乎是同步的，他的诗歌不仅鲜明体现了他一生命运的转折和变迁，也是清王朝逐步衰落的时代缩影。其诗自然流露的萧瑟幽冷的意象，正是清朝走向没落时代的真实写照。

严廷中一生遍历人世百态，前半生裘马翩翩，后半生穷困潦倒，父亲、兄长、姐姐、自己一子一女以及原配、姜室均早逝，他尝尽与亲人生离死别之苦。他的诗多含悲苦之意，饱含着人生悲凉的深味，又有社会动荡、国运艰危的悲情色彩，"红心有泪悲尘劫，青冢无人吊月明"②。他在给友人的信中回忆生平时深为感慨："忆豪华于旧梦，绮怨罗伤；感鸿雪之轻痕，琴闲鹤瘦。莲灯落蕊，寒院僧孤；宝鼎销香，锦屏人老。默然存心，无可共语。"③萧瑟、清冷的意象，固然有作者晚年回忆不得志的一生的凄凉况味，但他眼中所见并在笔下描绘的画面，何尝不是社会凋敝、国运衰颓的反映，不是清王朝由盛转衰走向没落的时代哀音？

严廷中善于通过意象组合来烘托诗歌氛围，无论是登临吊古、怀人咏物或是羁旅行役，大多用旷野西风、枯藤老树、秋雨寒霜等意象，即便有些诗

---

① 《民国宜良县志》卷九（上）"人物志"，《中国地方志集成·云南府县志辑》第23辑，凤凰出版社，2009年版。

② （清）严廷中：《中秋杂感》，《红蕉吟馆诗存》卷三，云南省图书馆藏。

③ （清）严廷中：《寄杨石汸》，《红蕉吟馆启事》。

明明描写一派祥和景象，读来却依然如瑟瑟秋风扑面，有无限苍凉之感。如与友人出游，"流水声中萧寺远，野桥断处菜花开"①，诗中有流水、有菜花，本应是生机盎然的画面，但萧寺、断桥的意象却让诗中的画面显得异常萧条；再如"野色暮沉三径雨，秋霜寒入一声钟"②，让人感到的是秋雨连绵、霜寒人孤的凄冷。他写古驿："荒厨破灶羹汤冷，白发西风老吏来。古木蔽庭窗纸暗，乱蒿没径砌虫哀"③，诗中所有的意向都是残破、晦暗、衰败、萧条的，读之心情沉重。行役中所见是"木落山容瘦，风来海气昏。寒鸦争破寺，老树守孤村"④，天地之间没有一丝亮色。"茅店秋风朝卖酒，疏林落叶暮闻钟。溪声冷到堤边树，云影寒拖岭外松"⑤，也是毫无生机的荒凉衰败之感。

以道光年间严廷中享誉大江南北的《春草诗》唱和为例，更可以照见这一时期诗人们的普遍心境和时代阴影。严廷中《春草诗》诗作于道光十六年（1836），这一年严廷中由山东辞官归里，经过江南，因盘缠不足，全家寓居扬州长达一年。严廷中《春草诗》四律一出，立时轰动大江南北，"时有春草主人之目，江左名流，和者数百家，人比之渔洋《秋柳》"⑥。严廷中在《药栏诗话》中亦言："予春草诗一出，大江南北诸名士酬和者二百余人。至有绘春草诗于扇头，索书原作者，亦一时佳话也。"曹梅农赠诗云："曾见碧纱笼处处，更宜团扇书家家"，记录了当时春草诗家喻户晓的影响。严廷中在扬州时寓居天宁寺旁进玉楼，他将其易名为赠玉楼。为纪念这位诗人，此名一直沿用至今。⑦多年后诗人符南樵回想当日春草唱和的情景，万般感慨，还写下《道光壬寅乱后茂林茶社怀秋槎》一诗："绿杨城外吟春草，草色今犹数载前。江海忽增新感慨，林亭不见旧诗篇。别来函札艰通雁，悲里山川独听鹃。风雨自怜怀抱苦，倚阑几遍望南天。"⑧

当时为《春草》诗唱和者遍及海内，有来自仪征、歙县、天长、大兴、钱塘、甘泉、江都、宜黄、宛平、桐乡、高邮、长沙等地的数百名诗人。他

---

① （清）严廷中：《同秦雪舫（耀曾）游东园归至碧云水榭茶话》，《岩泉山人四选存稿》，云南省图书馆藏。
② （清）严廷中：《晚至法明寺》，《岩泉山人四选存稿》。
③ （清）严廷中：《侠士刀》，《岩泉山人四选存稿》。
④ （清）严廷中：《杨林至易隆道中》，《岩泉山人四选存稿》。
⑤ （清）严廷中：《两当道中》，《拈花一笑录》，云南省图书馆藏。
⑥ （清）李岱霖：《红蕉吟馆启事序》，严廷中《红蕉吟馆启事》。
⑦ 见严廷中《春日园居怀扬州诸友》，《岩泉山人四选存稿》。
⑧ （民国）徐世昌：《晚晴簃诗汇》卷一二二，民国退耕堂刻本。

们中有官吏、平民、寒士以及方外人士，甚至有女道士。有些唱和者当时并不在扬州，而是从他人处听闻，亦遥遥相和，可见其当时影响之广。

兹录《春草》四律全诗如下①：

冬皇送暖到三春，便觉离离绿意匀。雨过郊原初试马，月明庭院更无人。故宫花落莺声熟，小阁灯残客梦新。莫道池塘诗句好，天涯词调倍酸辛。

高高下下点晴光，便不销魂也断肠。古道尘沙消雨雪，暮村烟火返牛羊。六朝山色围残照，金谷香痕见艳妆。绝爱江南好风景，杂花生树日初长。

轻寒轻暖散晴烟，点缀韶华又一年。卖酒帘招新水渡，踏春人语夕阳天。荒城雨后飞蝴蝶，青冢魂归感杜鹃。门外桃花墙外柳，谁家院落有秋千。

指点裙腰一道斜，寻芳旧记路三叉。春城恨别传乡信，闺梦关心到杏花。绿上河堤桥有絮，青摇帘影燕无家。丽人修禊须珍重，莫遣香轮损嫩芽。

春草是古典诗词中常见的意象，它一般被用来表达送别、相思，抒发离愁别恨。李商隐在《献河东公启》中言道："见芳草则怨王孙之不归"②，就点出了历代诗歌中春草意象之独特意蕴。春草最早被用来写送别出现于《楚辞·招隐士》："王孙游兮不归，春草生兮萋萋。岁暮兮不自聊，蟪蛄鸣兮啾啾。"③此后春草多被用来抒发离愁，也留下了很多千古名句，如《江淹·别赋》："春草碧色，春水绿波，送君南浦，伤之如何"，广为后人传诵；唐代诗人王维有"春草年年绿，王孙归不归"；白居易《赋得古原草送别》也吟"又送王孙去，萋萋满怀情"。在诗人们的眼里，宇宙永恒、人生短暂，春草历经荣枯，年年复生，象征着亘古不灭的相思与情谊。春草是报春的使者，也是人们在生机勃勃的季节盼望团聚、期待美好生活的寄托。

---

① 严廷中：《红蕉吟馆诗存》卷九。
② （唐）李商隐：《献河东公启二首》，《李义山文集》卷三，《四部丛刊》景楝瑞楼抄本。
③ 《楚辞》卷十二《招隐士》，《四部丛刊》景明翻宋本。

　　在严廷中的《春草》诗中，我们看到，他抒发的不仅仅是伤春和离别的情绪，还有年华蹉跎的伤感、羁旅漂泊的无奈、思乡念归的期盼，也有历史兴衰、人世沧桑的感慨。之所以引起较大的反响，在于其中有着非常丰富的人生体验以及时代走向没落的投影。春草本应是生机盎然的，即便有离愁，仍让人觉得未来可期，可是全诗没有写春草所带来的生机和对未来的期许，整首都是感伤的基调，有无限的凄凉甚至是幻灭之感。

　　它之所以在当时引起这么大的轰动，在于其中蕴涵的思想情感、人生况味和时代感知触动了当时大多数人的内心情愫。试看其中的部分唱和诗（注：以下所引诗句皆来自《春草唱和诗》，不再另作注释），他们抒发的也绝不仅仅是传统春草诗中的离愁别绪和相思之情，其中包含了对历史沧桑和人世变迁的深深感触，折射出时代衰颓的色彩："二月新愁寒食雨，六朝旧恨落花天"（程学泗）；"幽径霄沉吴苑雨，长门春老汉宫花"（何佩玉）；"六朝细雨台城路，三月香魂石尉家"（万楹）；"陈迹六朝佳丽地，伤心终古帝王家"（丁兆鹤）；"碧槛浅分吴苑色，翠翘低堕汉宫妆"（程虞卿）；"孤冢纸灰常化蝶，六朝金粉剩啼鹃"（汪椿年）；"汉苑迷离埋玉冢，隋堤点染下烟花"（周六卿）。

　　我们可以看到，这些诗中频繁出现了代表历史兴衰更替的"六朝""吴苑""汉宫""汉苑""隋堤"等字眼，以及雨、落花、冢、魂等意象，勾勒出萧瑟的意境。如果是在盛世，无论有多深的离愁别恨，都不会显得如此萧索凄凉，其中蕴含着浓郁的历史兴亡之感，不言而喻。只能说，风雨如晦的时代即将到来的巨变已经在每个人心中投下了阴影，这与严廷中春草诗中所表露的个人漂泊之感与历史兴废的慨叹是一致的。可见在他们心中引起了深深的共鸣。当然，春草唱和诗中不乏一些昂扬、乐观的格调，如"莫言野火烧痕旧，自有和风鼓色新。岁岁荣枯恒不爽，几经阅历耐艰辛"（周六卿），"敷成大地阳和溥，赢得闲门景色新"（张簣），"东风有主恩原重，野烧无情劫转新"（程祖绥）等，但这样的诗作并不多见，更多的是一种人世变迁的无奈与惆怅。"才向池塘寻旧梦，渐看原陌引游人。红心终古烟含瘦，青冢经年雨换新"（汪椿年），"长能随地徒盈野，生本无名懒着花"，"诗酒闲寻明月地，楼台斜倚夕阳天"，都传达了一种莫可名状的淡淡忧伤与无可寄托的惆怅情怀。

如果结合当时的时代背景和扬州的境况，严廷中《春草》诗以其唱和有着特殊的意义。它不仅是扬州作为东南经济文化中心地位衰落的表现，也成为扬州文人风雅最后的绝响。从春草诗的唱和，我们看到了扬州在历史转变中走向无可挽回的衰败的结局，这也是清王朝走向衰亡的哀歌。

扬州为东南富庶之地，是明清经济文化的重镇之一，盐运、漕运的一度发达，曾带动了经济、文化的全面发展，在清朝中期达到了全盛，学术、书画、曲艺、园林艺术等都曾在全国首屈一指，富商巨贾、诗画名流、文人清客云集此地，"江淮富庶，为天下冠。士子有负宏才硕学者，不远千里，往来于其间。巨商大族，每以宾客争至为荣宠，兼有师儒之家才，提倡风雅，以故人文荟萃，甲于他郡"①。正因如此，扬州甚至有"海内文人，半集维扬"之誉。清朝初期至中期先后有周亮工、王士禛、孔尚任、卢见曾、曾燠等在此举办文人修禊和盛大的雅集活动，影响非常深远。稍后有"扬州二马"（马曰琯、马曰璐）的邗江雅集和江春兄弟诗文酒会，其次数、规模及影响堪称中国历史文人雅集之最。

进入嘉庆朝之后，随着整个社会经济的凋敝以及盐业政策的变化，扬州盐商逐步败落，城市走向衰微，风雅渐颓，再不复昔日繁华。鸦片战争后，邻近的上海等城市作为新的通商口岸逐步崛起，扬州在江南的经济文化地位全面衰落。问世于道光二十八年（1848）左右的小说《风月梦》对扬州的衰落有直接的反映：

> 众人望着北岸一带荒冈，甚是凄凉。贾铭道："想起当年，这里有斗姥宫汪园、小虹园、夕阳红半楼、拳石洞天、西园曲水、虹桥修禊许多景致，如今亭台拆尽，成为荒冢……"陆书道："小弟因看《扬州画舫录》，时刻想到贵地瞻仰胜景，哪知今日到此，如此荒凉，足见耳闻不如目睹。"贾铭道："十数年前，还有许多园亭，不似今日这等荒凉。"

严廷中就是在这本小说问世前十年左右来到扬州，此时的扬州已经没有昔日盐商巨贾、文人墨客云集的盛况，春草诗中的伤感正是扬州衰落的反

---

① 薛寿：《读画舫录书后》，转引自杨飞《清代江春康山草堂戏曲活动考》，《中华戏曲》，2007年第2期。

映，也是清朝经济衰敝的缩影。它所传达的对历史变迁和人世沧桑无可奈何的情怀在众文人心中引起了巨大的共鸣。

严廷中还有一首长诗《秦淮曲》[①]，描写了秦淮由盛而衰的蜕变，昔日"秦淮十里九停桡，金粉依稀认六朝。一道盈盈衣带水，红栖分岸住妖娆。银屏珠箔纷无数，雕栏画栋参莘露。玳瑁梁高燕稳栖，流苏帐暖春难去"，当数年后作者再至秦淮，却是另外一番景象："江山无恙繁华歇，人间天上仙凡别。莫问当年旧板桥，斜阳衰柳蝉声咽。"

秦淮的衰落，正如扬州的衰落，也是整个江南、整个清王朝的衰落。随着严廷中人生和命运轨迹的转变，其个人身世之悲与国家命运的走向达到了奇妙的契合。他一生多情的篇章，为封建王朝的末世萧条献上了一曲哀婉的悲歌。他是这一时期云南诗人创作风向的典型代表。

二、怀才不遇与报国无门的忧愤抒写

面对社会重重危机，忧心忡忡的诗人纷纷奋起欲有所作为，却屡屡因怀才不遇而报国无门。一方面，清朝到了嘉庆、道光时期，科举制度日益僵化，八股取士得到的真正能匡时济世的人才往往百里无一；另一方面，败坏国体的捐纳制度日益滥用，整个朝廷的人才质量令人担忧。这种状况在嘉庆朝就已显露："嘉庆一朝，凋敝之景况见焉。加之教徒扰攘，沿海不靖，先后糜帑数千万，而河道屡决，宣防并急，不特司农竭蹶，即社会经济亦呈停顿之状态。逊至道光，国力益疲，有清末叶财政上之危机，实已胚胎于斯时矣。而政府所恃以补直者，无他良法，仅数开捐例已耳。"所谓"开捐例"，即卖官鬻爵。这时以捐纳制度来支持国家财政已经用到极致，很多不学无术、利欲熏心的人都通过捐纳获得官职，一方面，挤占了读书人科举入仕的机会，将很多真正的人才拒之门外，导致朝廷人才衰落；另一方面，整个社会弊害丛生，捐纳之人为了捞回本钱，上任后一味贪赃枉法、中饱私囊，官场风气败坏，斯文扫地，民心丧失。纵然统治阶级已经意识到其病民伤国的危害，但因别无良策，只有一味饮鸩止渴，造成恶性循环。很多有识之士对

---

① （清）严廷中：《红蕉吟馆诗存》卷六。

之强烈批判，龚自珍就是其一。他尖锐地指出了畸形的人才制度导致国家栋梁的严重缺乏，各个领域都缺少真正的人才："左无才相，右无才史，阃无才将，庠序无才士，陇无才民，廛无才工，衢无才商。"他指出，即便偶有人才出现，必遭排挤摧残，"则百不才督之缚之，以至于戮之，戮之非刀、非锯、非水火，文亦戮之，名亦戮之，声音笑貌亦戮之……戮其能忧心、能愤心、能思虑心、能作为心、能有廉耻心、能无渣滓心"①。科举的不合理、吏治的腐败和官场的黑暗，很多怀才之士或是被科举入仕的局限隔绝在参与治国的门槛之外，即便侥幸获得功名，也在全面走向腐朽的体制中受到重重桎梏。终身困于场屋的士子不但所学不获时用，甚至不能解决基本的生计问题，举家困于贫寒之中。云南离京师万里之遥，士子们每年进京赶考来回就要花去半年时间，大多数读书人都在科考道路上徒劳地耗费了自己的大半生。这是无数读书人共同的生存境遇。以这一时期的云南诗人为例，李于阳、尹尚廉、谢琼、王毓麟、钱允济、严廷中、邓学先、王寿昌以及稍后的许印芳、尹艺、张星柳、朱庭珍等，无不终身困于场屋。像萧培元等，即便中了进士，却也是六上春官之后方才折桂，其中辛酸自不必言。而像戴䌹孙等，进了朝廷，又因刚直而遭冷落或排挤，最终还是辞官回乡。无论困于科考还是官场失意，才不获展的诗人们在时代衰落和自身困境的双重忧患中身心俱疲。

尹尚廉的《感怀》诗无疑就是大多数诗人处境和心态的真实写照：

> 我初底用学为儒，蹉跎遂至生髭须。圣朝贫贱耻才拙，高堂衰病伤无术。弟妹依依共寒岁，交游落落皆歧途。楚泽屈子不知事，天问劳劳空欢呼。②

面对社会的不公，他们心中块垒难平，"间关踏风尘，苦志迫一身。从来西江水，不润涸辙鳞"③，"龙门不可上，退为失水鱼。一身既蹭蹬，百事多

---

① （清）龚自珍：《乙丙之际箸议第九》，《龚自珍全集·文集》卷上，清光绪二十三年万本书堂刻本。
② （清）尹尚廉：《感怀》，《玉案山房诗草》卷下，上海书店《丛书集成续编》第136册，第730页。
③ （清）王毓麟：《下第后寄乡中亲书》，《蓝尾轩诗稿》卷一，上海书店《丛书集成续编》第136册，第625页。

钮锘"①，"才不逢时双鬓短，身常为客一家贫"②。一方面是满怀抱负的士子处境窘迫，另一方面是身居高位的官员尸位素餐，眼见朝廷危机重重，诗人们心中忧愤难抒，抑塞不平，"临轩百虑切，失路一身孤"③，"匡时有志风云壮，报国伤心老病余"④。他们身份卑贱，虽然不获世用，却心怀天下，时刻关心着政局和国家的前途命运，在国家的多事之秋，他们指摘时弊，或愤慨，或担忧，或批判，或寄托希望，表达了对民族安危、国家命运的深切担忧与无能为力的悲哀。但他们无论如何忧心国运，却没有资格和机会参与国家大事，只是徒劳哀叹而已，"击楫何人怀壮志，过江几辈负虚声"⑤，"空余上下千年感，谁补东南半壁天"⑥，"玉关秋草孤臣泪，湘水斜阳旅客心"⑦。邓学先的《漫歌》写出了这一时期诗人的心声："安得黄金瓦砾贱，安得红粟千万仓。遍予天下穷途士，坐令枯槁成熙穰！大愿久不遂，搔首重慨慷。"⑧无论他们心中有多少不平，也无法改变现状，只能接受现实，"八荒无事英雄老，自跨疲牛返故乡"⑨。魏了翁说得好："凡天下欲为而不能者，其辞厉……夫性欲为而不能者，其愤必深。天下未有怀不能为之恨而泰然帖息于辞气之表也。"⑩但这个时候诗人们的感情可以说还是相对比较温和的，他们普遍处于苦闷和压抑之中，忧心忡忡却又无能为力。

除了感叹自身境遇外，诗人们关注的重心还是国家的命运前途，出现了大量议论时政的诗歌，以"感事""纪事""有感"之类以时事为主题的诗作大量出现，或针对鸦片流毒、朝政邦交、四方民乱、社会民生，或暴露社会黑暗、揭露弊端，或对朝廷中兴与和平寄寓期望。上文已经提及清代后期云南灾难重重，自然灾害频发，瘟疫猖獗，民乱不止，可以说是天灾人祸不

①　（清）王毓麟：《酬答谢石曜津门见怀诸作》，《蓝尾轩诗稿》卷一，上海书店《丛书集成续编》第136册，第624页。
②　（清）王毓麟：《闻杨初园下第仍南游》，《蓝尾轩诗稿》卷三，上海书店《丛书集成续编》第136册，第652页。
③　（清）尹尚廉：《天时》，《玉案山房诗草》卷下，上海书店《丛书集成续编》第136册，第729页。
④　（清）钱允济：《送尹高安孝廉公车北上》，《触怀吟》卷下，上海书店《丛书集成续编》第136册，第704页。
⑤　（清）毕应辰：《杂感》，《悔斋诗稿》卷二，上海书店《丛书集成续编》第141册，第56页。
⑥　（清）毕应辰：《夜坐感怀用前韵》，《悔斋诗稿》卷二，上海书店《丛书集成续编》第141册，第56页。
⑦　（清）萧培元：《闻雁》，《思过斋诗钞》卷一，上海书店《丛书集成续编》第139册，第355页。
⑧　（清）邓学先：《漫歌》，《虹桥遗诗》，上海书店《丛书集成续编》第137册，第462页。
⑨　（清）严廷中：《侠士刀》，《岩泉山人四选存稿》第27页。
⑩　（宋）魏了翁：《韩愈不及孟子论》，《鹤山先生大全文集》卷一百一，《四部丛刊》景宋本。

断。云南诗人担心中原内地的太平军、捻军以及环伺中国的列强给家国带来悲痛，"江河干戈满，滇榆鼓角哀"①，正是他们心情的真实写照。

萧培元的《感事》抒发了对社稷民生深深的担忧之情：

> 钱塘江上羽书来，簇地狼烟扫不开。甲士轰残诸葛炮，将军沉醉越王台。飞旗奏捷争功首，输币和戎养祸胎。太息苍生一何惨，海边白骨委蒿莱。②

国难当头之时，朝廷文恬武嬉，战时还歌舞升平。军队纪律涣散，不仅没有士气和战斗力，还争抢功劳。形势严峻之时只会一味输币求和，就是可怜了老百姓和士兵，死于战争的不知有多少。诗人用沉痛辛酸的笔触，批判了身在其位却不谋其职的朝廷命官，从他们身上，看到了腐朽的朝廷培养出来的人才在关键时刻却无所作为的现实。这种情况上行下效，社会各阶层一派乌烟瘴气，"未捷粤西报，旋征楚北行。顽兵骚数省，鸣凤久无声"③。真正能独臂撑天的人少之又少，"忧时不少陈同甫，报国谁为马伏波。城下请盟怜将相，军中输币整山河"④，"我辈空流无益泪，眼前谁是济时才"⑤，"身居湖海忧君国，才愧经纶策治安"⑥，有对时事的批评，也有对自己无能为力、儒冠误身的自责与反省。

尽管如此，诗人们对朝廷并没有完全绝望，他们还是将希望寄托在极少数有所作为的文臣武将身上，一旦局势稍有好转，就仿佛看到了中兴的希望，"韩侯拔帜功何壮，杜老收书喜欲狂。望气依然来北固，招魂从此慰南方"⑦。

除了即事感怀，这一时期的诗人们还倾向于用怀古咏史的题材感慨现实，写了大量怀古咏史诗。诗人们无论伏案读史还是羁旅途中、访古览胜，都深有寄托。他们感慨历史兴衰更替、历史人物的得失进退，以此感叹和评

---

① （清）尹艺：《雁来》，《廿我斋诗稿》卷上，上海书店《丛书集成续编》第 139 册，第 599 页。
② （清）萧培元：《感事》，《思过斋诗钞》卷一，上海书店《丛书集成续编》第 139 册，第 355 页。
③ （清）尹艺：《闻征兵二首》，《廿我斋诗稿》卷上，上海书店《丛书集成续编》第 139 册，第 617 页。
④ （清）尹艺：《昆明秋感》，《廿我斋诗稿》卷上，上海书店《丛书集成续编》第 139 册，第 622 页。
⑤ （清）严廷中：《辛酉中秋与李念存、管敬伯、管才叔同作》，《岩泉山人四选存稿》。
⑥ （清）严廷中：《兵力》，《岩泉山人四选存稿》。
⑦ （清）何彤云：《闻官军克复镇江喜赋》，《庚缦堂诗集》卷四，上海书店《丛书集成续编》第 140 册，第 170 页。

论时事，呼唤朝廷振兴朝纲、选贤任能、励精图治，"吊古伤今多少泪，此中怀抱几人知"①。丽江纳西族诗人李玉湛写下《屈灵均》《严君陵》《严子陵》《漆园吏》《刺客游侠》等诗，腾冲诗人尹艺更是以明末孤臣烈士为题，写下《沐国公奋椎歌》《李将军掷身歌》《杨家小妹当垆歌》《刘省吾将军露布歌》《邓武桥将军踢象歌》《高把总破贼歌》《段总管破贼歌》《赵守备骂贼歌》《李壮士歌》等诗，这些诗呼唤在时代危机之时奋不顾身、英勇报国的英雄主义和铁血壮志，感叹"古人义烈有如此，只知报国不惜死"②，呼吁国人向古人看齐，积极报效国家。同时也劝谏秉政者广纳人才，群策群力，"奇才异士岂乏人，不加采听何由申！独惜令行山岳动，不及区区一把总"③！

三、民生凋敝和社会动荡的再现

上文已经论及，清代后期，云南和全国一样，随着王朝的衰落而经济凋敝，频繁的天灾和瘟疫以及战乱更是将广大民众卷入万劫不复的苦海："边城日夜起悲风，灾异频仍民命穷。寂寞空梁无语燕，流离中野有哀鸿。"④云南诗人们面对日益动乱的社会现实，哀民生之多艰，写下了许多反映下层民众凄惨处境的诗歌，再现了他们苦苦挣扎于兵祸、灾害中的无穷苦难。戴淳的《邻妇行》《农夫谣》《卖儿叹》《田家谣》《食草谣》《催租吏》《米店行》《卖薪叹》，许印芳的《夏日临安纪乱二首》《流民三首》《杂感六首》《哀滇国一章哭黄矩卿师（癸亥）》《秋日杂感十首》，严廷中的《吊金陵》《三恨吟》《客有避寇居深山者述其语》《团练》等，陆应谷的《流民词》《饥民辞》《卖女行》，王寿昌的《贩女哀》，戴绷孙的《哀流民作》，萧培元的《兵灾行》，甘雨的《豺狼行》等，无不饱含着对黎元休戚的深切关注，体现出忧国爱民之情。

陆应谷的《滇中闻地震感赋》⑤，写了鼠疫和天灾交加的云南惨况：

迩来灾疹何间生，仳离不堪悲满目。疫鬼公然白昼行，南迤东西尽

---

① （清）严廷中：《遣怀》，《岩泉山人四选诗》，上海书店《丛书集成续编》第134册，第921页。
② （清）尹艺：《沐国公奋椎歌》，《廿我斋诗稿》卷上，上海书店《丛书集成续编》第139册，第560页。
③ （清）尹艺：《高把总破贼歌》，《廿我斋诗稿》卷上，上海书店《丛书集成续编》第139册，第563页。
④ （清）陆应谷：《秋感》其四，《抱真书屋诗钞》卷四，上海书店《丛书集成续编》第138册，第436页。
⑤ （清）陆应谷：《滇中闻地震感赋》，《抱真书屋诗钞》卷三，上海书店《丛书集成续编》第138册，第430页。

流毒。人命薄如芳槿花，朝来暮落何仓促！今日市头相见人，明晨弃骨乌鸢啄。家家被疫如被兵，十户九户多空屋。忆昔余向京华游，西郊饯送多亲族。及今薄宦未三年，凋零已自悲骨肉。森森玉树竟双枯，浓荫无复旧时绿。死者无知生徒悲，伤心未免同舐犊。……滇海簸扬华山摧，城郭崩颓屋宇扑。迅雷轰轰相迫逐，僵尸枕藉纷如麻。生者侥幸成孤独，觅子寻亲不可见。……

主要活动于嘉庆朝和道光前期的昆明诗人李于阳（1784—1826）因科场蹭蹬，一生活动于家乡，见证了家乡父老在盛世末期的苦况，《卖儿叹》《食粥叹》《苦饥行》《米贵行》《邻妇叹》《兵夫叹》诸作，可视为云南诗坛变风变雅的肇始之音。在他的笔下，云南大地"阴风惨淡斜阳冷，四野血腥犬食肉"，走投无路的百姓为了不合家饿死，不得已卖儿卖女："阴风吹面各吞声，拭泪血凝望儿目。卖儿归来夜难寐，老乌哑哑啼破屋！"①昆明诗人黄琮的《观音粉》描写了饥荒中的百姓饿到极点煮土充饥的惨状："草根啖且尽，不食已三日。念彼观音力，有土作赤色。丈夫捧土归，相对转凄恻。入釜作饭香，共此充饥肠。……一饱且须臾，强如枵腹死"，抒发了对民食之艰的深深悲悯。

久居乡里的诗人描写的多以乡亲苦况为主，仕宦在外的诗人笔下展现的民生则可见到整个国家的衰颓。王寿昌写于嘉庆十八年（1813）的《贩女哀》，以小见大，刻画了河南在号称盛世的嘉庆晚期的民生图："癸酉之冬，公车北上，道经河南，时饥馑之余，继以寇乱，乡间凋敝，道殣纵横。未及死者鬻子女以延旦夕。乃有残忍之徒，以贱值购娇娃，越境贩卖。风殒露病，辛苦难名。"②稍往后的诗人陆应谷在京师与滇南途中所作的《流民词》也描绘了冰天雪地中流民的惨状："白雪埋古径，坚冰冻千里。尚有流离人，辗转山谷里。……村坞无炊烟，田园荡洪水。……生者尚无归，死者沟壑委。"③

除了天灾和疫疾，战乱频仍极大地摧残了社会民生，尤其是始于咸丰六年（1856）、持续十八年的回民暴动以及随之响应的哀牢山地区彝族起义，几

---

① （清）李于阳：《卖儿叹》，《即园诗钞》卷八，上海书店《丛书集成续编》第 134 册，第 493-497 页。
② （清）王寿昌：《贩女哀》，《王眉仙遗著》卷一，上海书店《丛书集成续编》第 136 册，第 601 页。
③ （清）陆应谷：《流民词》，《抱真书屋诗钞》卷二，上海书店《丛书集成续编》第 138 册，第 418 页。

乎将整个云南卷入苦海，战火烧过之处，"血痕千里润，火色万家枯"①，"洱海血模糊，苍山万骨枯"，"惊魂依草冷风荡，暴骨当天炎日熏"②。数十万的百姓被无辜屠杀和殒命，很多村庄甚至无人幸存，"古道残灰积，颓垣白昼昏。流民犹转徙，耆旧几生存"③。很多地方已经人烟杳绝，满目疮痍，"废寺僧挑丁字瓦，荒坟鬼唱鲍家诗"④。彝族诗人甘雨的《豺狼行》就描绘了兵祸、瘟疫与灾害夹攻下云南民生之惨状："大男二男三四男，沙场一战遭杀戮。时疫沿门病不休，诸妇继死埋幽谷。……人生不幸逢末季，兵疫饥馑相反复。"⑤战争带来了社会破坏和巨大苦难，使民不聊生、饿殍遍野，甚至造成人性泯灭、百姓相食的惨剧。萧培元《兵灾行》描写了饥民和盗匪欲争食路旁饿夫的场景："尪尪久饿夫，横卧枯桑土。贼去饥民来，争欲割其股。泣曰饿已久，身瘦难供脯。即欲脔食之，待死再加斧。生割受创难，死割免痛楚。"⑥我们难以想象，社会到底混乱、衰敝到何等程度，才会出现这种令人震惊而又毛骨悚然的惨剧。《兵灾行》其二还写了无辜的百姓死于战乱的场景："一母抱儿逃，劈面死于斧。母死儿在怀，饥犹吸母乳。"其伤心惨目之状，不忍卒读。

　　总而言之，从嘉庆朝后期开始至道光朝，云南诗坛突破了盛世雍容冲淡的诗歌风格，不再以平和优柔、乐观豁达为主，变得凌厉急切、忧心忡忡。他们和中原内地的诗人一样，看到了王朝衰落的征兆，诗歌创作笼罩着时代的阴霾。意识到王道衰落、政治失序、国家艰危，他们觉醒并积极寻找兴复之道，同时也抒发了在强大的民族灾难面前无能为力的悲哀。

第二节　宗宋风潮的异军突起

　　在步入清代晚期之前，云南诗坛虽然也有少部分问途宋诗的诗人，如

① （清）许印芳：《晚等郡城东楼感怀》，《五塘诗草》卷二，上海书店《丛书集成续编》第141册，第606页。
② （清）许印芳：《闻柝》，《五塘诗草》卷二，上海书店《丛书集成续编》第141册，第605页。
③ （清）朱庭珍：《乱后至临安》，《穆清堂诗钞》卷中，上海书店《丛书集成续编》第137册，第503页。
④ （清）朱庭珍：《晚过东郊有感》，《穆清堂诗钞》卷下，上海书店《丛书集成续编》第137册，第533页。
⑤ （清）甘雨：《豺狼行》，《补过斋遗集·诗》卷二，上海书店《丛书集成续编》第140册，第379页。
⑥ （清）萧培元：《兵灾叹》其六，上海书店《丛书集成续编》第139册，第368页。

初期的张端亮、马汝为，中期的钱沣等，都有宋诗的理致和好议论、逞才学的特点，但都并非专意宋调，而是根据创作需要出唐入宋，穿穴于汉魏、唐宋之间，总体上还是以宗唐为主线。但到了清代后期，尤其是从道光年间开始，云南诗坛出现了一股宗宋的潮流，声势虽然并未盖过专意唐音者，但领军人物却都是这一时期颇有代表性的诗人，如昆明黄琮、石屏朱腾、云县杨国翰以及稍后的昆明诗人张星柳等。其中黄琮、朱腾、张星柳都是清代云南诗歌史上的重量级人物，前两位是袁嘉谷认为的清代六家诗人之二，张星柳则是王灿《滇八家诗选》之一家，杨国翰为卓有影响的"五华五子"之一，被视为嘉庆后期至道光年间云南诗人的代表。因此，他们的宗宋倾向，是颇值得注意的。此外还需指出的是，这一时期的宗宋风尚并非受中原内地诗坛宗宋潮流的影响而沿其流、扬其波。以黄琮、朱腾的诗歌创作成就而言，称其为宋诗运动的先驱都不为过。

一、云南诗坛的宗宋诗人阵容

上文已经提及这一时期宗宋的几位云南诗人，在道光朝、咸丰朝他们都是云南诗坛举足轻重的人物，现将其分别作简要介绍。

1. 黄琮（1798—1863），字象坤，号矩卿，昆明人。嘉庆己卯（1819）举人，道光丙戌（1826）进士，选庶吉士，散馆授编修，迁右春坊左赞善，侍讲学士，官至兵部左侍郎。道光二十八年戊申（1848）疏乞回籍养亲，咸丰元年辛亥（1851）掌教五华书院，造就了大批俊才。时滇中回、汉两族矛盾酝酿已久，相互仇杀事件、暴动层出不穷，大祸有一触即发之势。黄琮奉旨总办团练，实施剿抚，但未见成效，终于在咸丰六年丙辰（1856），爆发了持续长达十八年的回民暴动。同治二年癸亥（1863），回乱首领马荣等攻下省城，杀害总督潘铎和大小官员数十人，黄琮闻变自经，后诏赠右都御史，谥"文洁"。

黄琮生前著有《知蔬味斋诗钞》，藏于五华书院，回乱中书院被毁，他所著书悉遭浩劫，仅《蜀游草》四卷因刊版于四川，幸得存。许印芳《滇诗重光集》选录其诗一百六十六首，多与《蜀游草》重，后晋宁藏书家、文献学家方树梅于书肆中得其诗稿一册，共二百余首，亦未全，现藏于云南省图书馆。

民国间王灿辑《滇八家诗选》，自《蜀吟草》和《知蔬味斋诗钞》中辑录一百首编入。

　　黄琮是清代晚期云南最有代表性的诗人之一，虽然现存诗歌只是他人生中某一阶段的创作，很难看到其全貌，但他的诗可以代表清代晚期云南的最高成就。王灿称黄琮诗"富有才华，典雅高迈，尤擅模山范水，情景逼真。五七律萧朗明秀"①，推其为明清以来的云南八家诗人之一。袁嘉谷《卧雪诗话》称"直接眉山，新词古藻，全集皆佳"，将其列入清代云南六家诗人。

　　黄琮纂有《滇诗嗣音集》二十卷，补遗一卷，继袁氏兄弟《滇南诗略》后，收录乾隆至道光年间的云南诗人以及《滇南诗略》失收的康熙至乾隆间诗人共二百四十四家，为保存和传播云南先贤诗作、促进地方诗学的发展做出了巨大贡献。

　　黄琮是晚清云南著名的教育家，他掌教昆明五华书院，为当时培养了一大批文人学士，石屏许印芳、朱庭珍，太和杨高德，丽江李玉湛等，皆为其高足。

　　2. 朱腾（1794—1852），字丹木，石屏人，嘉庆癸酉（1813）举人，道光己丑（1829）进士，曾官安徽绩溪、阜阳等县，后迁安徽无为知州、贵州兴义府知府，擢江西粮道，官至陕西布政使。

　　《（民国）新纂云南通志》记载朱腾曾著有《积风阁近作》和《味无味斋集》，晚年手自删定后，存诗不及原作十之二三，赵藩赞其"千首删存十二三，华峰归峙海包涵"，不仅是对其去就之分的胸襟和见识的叹赏，也是对其诗歌海涵地负、气魄雄伟风格的高度肯定。朱腾虽然现存诗歌不多，在当时却是享誉四海的诗人，他与龚自珍是同年进士，两人相交甚厚，龚自珍评其诗："秀出天南笔一枝，为官风骨称其诗。"②对其诗才和人品都极为称道。蒋湘南在朱腾诗序中亦称当时名流皆目朱丹木为云南诗人之翘楚，"诗称大宗、吏为循首，天下喁喁想望丰采，咸推丹木先生。先生幼擅才子名，诗古文初出如太阿耀匣，虹气贯斗"③。徐世昌也认为朱腾诗"苍坚雄浑，亦滇

---

① （民国）王灿：《滇八家诗选》卷二《黄矩卿诗选》，云南省图书馆藏。
② （清）龚自珍：《定庵全集·定庵续集·"己亥杂诗"三百十五首》，清光绪二十三年万本书堂刻本重印本。
③ （清）蒋湘南：《朱丹木先生诗集序》，《七经楼文钞》卷六，清同治八年马氏家塾刻本重印本。

诗之翘楚"①。袁嘉谷认为他的诗"旗鼓中原，可并逐鹿"②。他们都视朱屺为云南第一流的诗人。在当时的道光诗坛上，朱屺确实是一名诗坛健将，甚至在之后兴起的宋诗运动中，他不仅堪为中坚，甚至是与何绍基并肩倡导宋诗潮流的先驱。

3.张星柳（1847—1894），原名星源，字天船，昆明人。光绪丙子年（1876）举人，博学工诗，生前著有《北征集》《倚啸集》《友声集》等，后手自删订，只留存三卷，由其生前好友施有奎、朱庭珍等付刻，名为《天船诗集》。

如果就诗歌数量，或是在诗坛影响，抑或是社会地位而言，张星柳在这个时期的云南诗人中并不引人注目。他是一个挣扎在社会最底层的寒门士子，有着满腹的才学和报国热情，最终在穷困潦倒中英年早逝。因生前不喜结交权贵，性情耿直，屡屡得罪别人。写得一手好诗，但无人为其宣扬，他的诗才也仅限于身边几个知交好友所知。翻阅其诗集，为数不多的诗歌却有着超乎寻常的分量。诗中张扬着特立独行、傲岸不屈的人格精神、强烈深沉的爱国热忱以及忧国忧民的情怀。这些诗风格气骨不凡，昂扬刚劲，波澜老成，洋溢着奋发有为的奋斗精神以及百折不挠的自我坚持，反映了特殊时期一大批身怀理想、忧国忧民但苦于报国无门的读书人努力不懈的探索。他的诗再现了风雨飘摇的时代社会底层报国无门的寒士的生存境遇和心声，是个人命运和国家命运悲苦交织的缩影。张星柳堪称当时云南最优秀的诗人之一，王灿选《滇八家诗》，将其列为其中之一，不是没有道理的。

张星柳早期学苏诗，人生的失意让他欲从苏轼的达观高迈中寻求共鸣，但动荡的现实和风雨飘摇的局势使他发现潇洒通脱的风格已经无法承载时代的沉重，他转向了杜甫和陆游。相似的国家命运、社会处境，面临社稷倾危欲奋发有为而不得、报国无门的愤懑，至死不渝的坚定与执着，让他在这两位诗人身上找到了深深的共鸣，在悲愤中寻找慰藉、奋发的力量与勇气。

4.杨国翰，刘大绅门生，云南云县人，"五华五子"之一，在刘大绅一节已有介绍。林则徐评价杨国翰"深悉民情，勤求治体，风裁卓荦，操守洁

---

① （民国）徐世昌：《晚晴簃诗汇》卷一三五，民国退耕堂刻本。
② （民国）袁嘉谷：《民国石屏县志》卷四十"杂志"，民国二十七年铅印本。

清"①，他去世后林则徐在墓联中写"望重五华，才高三迤；功歌两浙，名达九重"②，可见对其推重以及杨国翰在云南诗坛的声望，可惜现存诗作不多。

从以上的简要介绍，我们可以看到宗宋风潮的主要诗人阵容。当然，除了以上几位诗人，同时期部分诗人除了专意唐音的以外，在不同题材的诗歌中也有学宋倾向，只不过不如这几位诗人显著。云南诗坛这一时期出现这种现象，与当时的社会形势是密不可分的。诗人们忧心时局，陷入家国命运和自身境遇的双重忧虑，需要他们用纵横捭阖的书写来发泄心中的忧愤之情。宋诗说理、议论的特质可以让面对内忧外患的诗人们在诗歌创作中讥议和点评时政，阐发自己对时局的看法和主张。同时，通经致用思潮的兴起，使得诗人们又开始大量返归经史，普遍学有根底，出现以才学为诗的倾向。学者的理性和诗人的感性在诗中双重结合。

二、创作内容和风格特点

欧阳修有诗曰："平生事笔砚，自可娱文章。开口揽时事，议论争煌煌"③，不仅点明了诗歌所具有的干预现实、批判现实的使命，还概括了宋诗善于议论思辨的特点。他还说："《诗》之作者，触事感物，文之以言，美者善之、恶者刺之，以发其愉扬怨愤于口，道其哀乐于心，此诗人之意也。"④这些都体现了儒家传统诗教中怨刺的社会功用。处于嘉庆后期和道光、咸丰朝的诗人们，耳闻目睹、亲历整个国家的重重危机，感受到末日来临的气息："日之将夕，悲风骤至。"⑤此时，外有列强环伺，内有农民起义风起云涌，吏治废弛，社会风气也极度败坏，"道德废，功业薄，气节丧，文章衰，礼仪廉耻何物乎？不得而知"⑥。一方面，社会、民生急剧凋敝，另一方面，西方殖民者挟带鸦片流毒国民，坚船利炮日益威胁着曾经天朝上国的安全。而此时除了少数有识之士，大部分人依然迷梦未醒，"百事泥旧，毫无进步倾

---

① （清）林则徐：《云左山房文钞》卷四。
② 马跃华：《云县志》，云南人民出版社，1994年版，第828页。
③ （宋）欧阳修：《镇阳读书》，《欧阳文忠公集·居士集》卷二，《四部丛刊》景元本。
④ （宋）欧阳修：《本末论》，《诗本义》卷十四，《四部丛刊》三编景宋本。
⑤ （清）龚自珍：《尊隐》，《龚自珍全集·续集》卷一，清光绪二十三年万本书堂刻本重印本。
⑥ （清）姚莹：《师说（上）》，《东溟文集》卷一，清中复堂全集本。

向，惟知傲慢自尊，不顾世界大势"。先知先觉的士大夫如龚自珍、魏源、林则徐、包世臣、张际亮等已经敏锐感知到了千古未有的大变局即将到来，他们以挽救民族危亡为己任，关注现实，积极倡导通经致用，振兴实学，同时掀起"切讥时政"的新风气，指陈君国利弊，倡言改革，呼吁整顿军备、整饬吏治，意图起衰振弊。此时的云南诗人，也怀抱着强烈的用世之心和忧国忧民的情怀，写下了大量反映现实、直陈利弊、呼吁自强的诗篇。他们取法宋诗议论思辨的特点，围绕朝政、邦交、战事、民生积极发表自己的见解，讥切时政，宣泄情感，内容多以国计民生为主，风格凌厉峻峭，气势纵横，感情直露，善于铺排，不讲究辞藻华美和含蓄蕴藉。

（一）创作题材和内容以讥议时事为主，发表自己的观点主张，抒发心中的焦虑、急迫、愤懑之情

如朱腆《汤阴谒岳庙》：

> 秦桧不能杀忠臣，杀者讲和饵宋之金人！金人不能杀我公，杀者忘亲事仇之高宗！高宗秦桧金人齐施手，狡兔未死烹功狗。史书桧杀曰否否，大狱焉能莫须有！片纸断送如鸿毛，桧虽狼毒敢操刀？而况高宗非痴聋，擅杀大将宁不知？呜呼君臣同德复同心，杀公决和以媚金。小朝安坐乐愔愔。宋家史臣讳君恶，厚诛臣桧责君薄。纪载参差殊未确，不如毕氏《通鉴》秉至公。大书岳飞赐自尽，监刑尚有杨沂中。

此诗以操利斧、凿混沌的气势，断然否定史书所载的岳飞为秦桧所害之事，以犀利的笔锋和凌厉坚决的态度指出是宋高宗为了保住半壁江山和自己的皇位，为了"小朝安坐乐愔愔"而与金人求和，授意秦桧杀死岳飞。诗人强烈谴责史臣不秉公执笔，没有职业操守，为了"讳君恶"，将所有责任推给秦桧，矛头直指最高统治者，显示了诗人非凡的见识和勇气，怒斥朝廷苟且偷安、为一己私利而置国家前途命运于不顾的行径。这无疑也是对当时列强环伺、一味求和的主降派的激烈鞭挞，寄寓了诗人希望朝廷任用贤能、励精图治、自强救国的主张。诗句字字句句如同挟风裹雷、掷地有声、义正词严，感情畅快淋漓，读来宛如见诗人须发皆张，声如惊雷，有振聋发聩之感。反问句的连续使用和句式的长短变化，读来音调铿锵、抑扬顿挫，有不

同凡响的震撼，有韩愈"发言真率，无所畏避"之风，气韵生动、感情充沛、笔锋犀利、锐不可当，让人鲜明地感受到一股正气力透纸背。该诗有对历史的深刻洞察和理性反思，有勇于突破众口一词的胆识，更有质疑权威的气魄。善于议论、说理，感情直露，也正是宋诗的鲜明风格。

黄琮的《蜀游草》，将描写当地风物人情与民生状况紧密联系在一起，夹叙夹议兼抒情，体现了他关注黎元休戚的情怀，也阐发了自己的思想和主张。如写蜀地特产火浣布①，诗人先惊异于火浣布的奇异特点："我闻萧邱火中出异木，去干留叶轻于棉。如白鼠毛可绩布，投入赤炭终不燃。……红炉摧烧本质在，色比白甃尤加鲜。"如此奇异的布料本可成为当地百姓谋生致富之道，可是诗人看到的是"土地莘峥民穷甚，老弱短褐多无完。蕃户岩栖更可悯，四月五月身披毡"，他们的生活丝毫没有因这奇异的特产发生改变，"比笥黄润蜀之产，安得种子荒山巅。不然开山作平地，高下弥望成沃田。远来买布好购取，卖米岂虑囊无钱"②。诗人大发感慨，用汉时蜀中驰名海内的细布黄润来作对比，惋惜火浣布的价值没有得到认识，政府更没有采取相应措施来为百姓考虑开荒拓田，发展这一产业以利民生。因此他痛心地感叹"如兹异物百无用，火不能毁当投渊！梁冀单衣未许著，魏文《典论》真须删"。既然火浣布的价值不被认可，那么曾经对它存在的质疑就当作是真的吧。在诗中诗人用了"梁冀单衣"和魏文《典论》关于火浣布的典故。曾经梁冀用火浣布制作单衣，一时传为奇闻，但随后火浣布的存在遭到质疑，认为是无稽之谈。曹丕在《典论》中也认为火浣布是子虚乌有的，后来西域献上火浣布袈裟，方知此前之论谬误。诗人用这两个典故，反讽既然火浣布没有发挥应有的价值，还不如当初就真的如众人所以为的不存在。愤怒的态度之下是一颗仁者的心。其对现实的批判，可谓发人深省。

再如《黄连》，他用蜀中特产黄连泻火之功与其他滋补的药相对比，用泻和补的药理来譬喻治乱之法："用之苟失当，辛温能杀人。粱肉迎盗贼，桀性安可驯？惟滋主泻火，功大难具陈。譬忠武治蜀，令严法必伸。奸邪去已

---

① 火浣布即用石棉纤维做成的织物，因沾污后经火烧即洁白如新，故有火浣布或火烷布之称。《列子》书中就有记载："火浣之布，浣之必投于火，布则火色垢则布色。出火而振之，皓然疑乎雪"。西方的古埃及、中国的周代即有使用的记载。
② （清）黄琮：《火浣布》，《蜀游草》卷四，上海书店《丛书集成续编》第 135 册，第 735 页。

尽，庶可安良民。服食贵滋补，委任未可专。"① 再如他赞扬蜀锦之美的同时
又悲悯贫家织锦女的境遇，他先描绘蜀锦之绚丽缤纷："骏霞霏霏骨轻雾，六
幅湘裙万眼垆。含跗接叶斗缤纷，鹦羽碧多鹤羽素"，随后感叹这样精美的
工艺不知付出了多少劳力和时光，但在富家人那里却根本不当一回事，"舞
罢何知香汗湿，醉里翻教清酒污"。诗人由此慨叹"寒机谁识闺人苦，检得
青丝作红缕。玉葱织到双鸳鸯，独夜停梭泪如雨"②。贫与富、劳苦与安逸在
诗中得到鲜明对比，富家的衣着锦绣、花天酒地，贫家织锦人的苦却无人得
知。黄琮在《蜀游草》中，不仅仅是抱着异乡人猎奇的心理去观察和描摹新
鲜的事物，而是从中阐发出民生治理之道，充满思辨的精神、理性的探讨以
及儒者的情怀。

　　昆明诗人张星柳一生不得志，虽然身在草野，身份卑微，但他时刻关心
着政局和国家的前途命运，"痛哭悲时事，畴怜阮籍狂。蚩尤谋作雾，变雅
警繁霜"③。他的诗歌以浓厚的爱国主义情感为基调，议论和指摘时弊，或愤
慨，或批判，或寄托希望，表达了对民族安危、国家命运的深切担忧与无能
为力的悲哀。如《上海题壁》：

　　　　黄昏落日净浮埃，火树灯球鬼市开。万国迹蹄交道路，千家歌吹沸
　　楼台。游人尽说江花艳，故相翻忧墓椟材。欲射海潮无铁弩，繁华变局
　　重疑猜。④

　　诗歌用上海外表的繁华反衬内心对时局的担忧。道光二十二年（1842）
清政府与英国签订《南京条约》，上海为通商口岸之一，随着接踵而至的《中
美望厦条约》《中法黄埔条约》等的签订，西方列强纷纷入驻上海等地，开展
自由贸易、设立领事，侵占中国主权，诗中所写"万国迹蹄交道路，千家歌
吹沸楼台"，就是这种万国来华，局面纷扰的景象。在看似繁华喧闹的场面
下，却潜伏着重重危机。可惜国家内外交困，大多国民还沉迷在灯红酒绿、

---

① （清）黄琮：《黄连》，《蜀游草》卷四，上海书店《丛书集成续编》第135册，第736页。

② （清）黄琮：《蜀锦曲》，《蜀游草》卷四，上海书店《丛书集成续编》第135册，第740页。

③ （清）张星柳：《次答张海槎蜀中见寄八首韵》，《天船诗集》卷下，上海书店《丛书集成续编》第142册，
　　第425页。

④ 张星柳：《上海题壁》，《天船诗集》卷下，上海书店《丛书集成续编》第142册，第427页。

醉生梦死之中，“游人尽说江花艳，故相翻忧墓槚材”，只有少数人为时局忧心而已。诗人面对这一切，除了慨叹却无能为力。“门户东南怪竟隳，庸夫揖盗咎谁归。神州网尽开三面，鬼狱卮方漏九围。地上蛣蜣空自转，河边矜羖傥能飞。”[①]国家已经到了生死存亡的边缘，而很多人却如沉醉于滚粪便的“蛣蜣”一样蝇营狗苟，无所作为。他对有识之士报国无门而众多身居高位的肉食者却没有一人能匡扶社稷的现实给予了强烈批判，“忆从海门自揖盗，番舶百货如山丘。中原财用卮漏尽，普天欲刃诸夷头。倒持太阿蹙天步，纷纷肉食吁何谋！谁能提此西海上，纵横鲸窟凌阳侯。请看当年夫余主，雄才豪气髯如虬”[②]。他为政府的软弱无能和无所作为深感愤怒痛心，强烈批判丧权辱国的求和政策，“但闻赵宋来，和议终误国”[③]，“雷同误国迄今日，汪黄秦桧安足尤”[④]，“压境强邻伺衅工，争知魏绛利和戎”[⑤]。

张星柳不仅写诗表达了自己忧心如焚的爱国情感，对局势也提出了很多自己的看法。他反对求和，主张抵抗，主张自强，维护国家的主权和尊严。他的诗中还表现了很多进步的思想，如《轮船》：

> 天之所兴何可废，利用长此无终穷。吁嗟呼！招商轮船不出海，海国沙线殊梦梦。彼能来窥我不往，我自局促拘墟同。试看瀛寰列各埠，懋牵利涉趋如风。何时华船及四违，百年驯畚犁庭庸。[⑥]

与当时很多迂腐守旧的读书人不同，他不是一味以维护摇摇欲坠的大国尊严和文化传统为由在故纸堆和传统经学伦理中寻找安慰。他地位卑贱，却眼界和思想开阔，极力主张发展科技，主张放眼世界，学习和利用他人的先进技术和设备来强大自己的国家。这体现了他理性、开放的意识和民主的思想。

面对战事，他也喜发表自己的见解，“孙子五攻佯用火，周郎一战重防

① 张星柳：《有感》，《天船诗集》卷下，上海书店《丛书集成续编》第142册，第427页。
② 张星柳：《西洋古剑行》，《天船诗集》卷下，上海书店《丛书集成续编》第142册，第434-435页。
③ 张星柳：《送杨用久归丽江》，《天船诗集》卷下，上海书店《丛书集成续编》第142册，第427页。
④ 张星柳：《西洋古剑行》，《天船诗集》卷下，上海书店《丛书集成续编》第142册，第434-435页。
⑤ 张星柳：《书事》，《天船诗集》卷下，上海书店《丛书集成续编》第142册，第427页。
⑥ 张星柳：《轮船》，《天船诗集》卷下，上海书店《丛书集成续编》第142册，第436页。

江。洞庭计日歼妖寇，上将兵机世寡双"①。作诗不是他最热衷的事，但对国运的担忧却处处显露无遗，听闻左宗棠收复新疆，他写下《书事》："黑洋逾险番船迅，青海边防汉垒雄。喜见虎头还塞上，虑闻驴耳失军中。鬼方薄伐三年克，伟烈殷宗孰与同"②。可惜身为一介书生，更多的时候只是用笔发发牢骚罢了。

尽管自己忧心如焚，但面对民族危亡，身为百无一用的书生，作者心中深感无奈："书生昧时事，世论暗敢作"③，"徙戎有策储江统，未许书生论是非"④。他将自我遭遇的感慨与国家命运的书写交织在一起，描写了坎坷的生活境遇，衰微的社会现实和深重的民族危机。

另一位诗人杨国翰的诗歌现在流传不多，《鸡血藤膏谣》和《留别婴堂诗二首》可以看作其代表作，体现了其民本思想。

> 呼嗟乎！鸡血藤，尔血即民血，尔膏即民膏。绕树悬岩踔猿猱，蟠郁毒雾熊黑嗥。利刀斫倒虬龙碎，淋漓骨肉同煎熬。云州僻乡旧产此，比来征取怜民劳。……一焚尽樵采，一食必豚羔，童若山兮空若牢。人谓天生异藤有赤汁，吾谓辛苦赤汗难汰淘。官家为名吏役饱，谁惜方物轻如毛。君不见，岁时饥寒奔命者，那堪朘剥恣饕餮。恣饕餮，动悲号，虎豹狞狞雁嗷嗷，哀声不达天听高。吁嗟乎！鸡血藤，尔血即民血，尔膏即民膏！

鸡血藤为云县当地特产，其汁液状如鸡血，可入药。百姓为采摘此药，须历尽千难万险，甚至随时可能送命。尽管如此，也不能给他们带来丰厚回报，因为官府从中层层盘剥，以此为生的百姓甚至难图温饱。此诗首尾呼应，用夸张、排比和重叠句法加重感情，对只图自己中饱私囊、不顾百姓死活的官员进行了强烈谴责，强烈抒发心中的不平，令人深感愤慨和同情。

《留别婴堂诗二首》，是诗人为官一方革除当地重男轻女甚至溺女的陋习后，将离任时所作：

---

① 张星柳：《轮船下江》，《天船诗集》卷下，上海书店《丛书集成续编》第142册，第427页。
② 张星柳：《书事》，《天船诗集》卷下，上海书店《丛书集成续编》第142册，第427页。
③ 张星柳：《送杨用久归丽江》，《天船诗集》卷下，上海书店《丛书集成续编》第142册，第427页。
④ 张星柳：《有感》，《天船诗集》卷下，上海书店《丛书集成续编》第142册，第427页。

风惟溺女气培元，思活群婴敢惮烦；何事可为民父母，当前都是我儿孙。诸君造福真无量，若辈重生已有门；幸甚众心同集腋，裘成冰窖亦春温。

假如心血可为乳，不惜一腔分众婴；忍使呱呱多失养，方欣幼幼有同情。膏田保赤千滕割，铁券为山一篑筝；寄语八乡真善士，斯言洒泪嘱临行。

该诗不仅对百姓进行了谆谆告诫和规劝，也阐发自己爱民如子、一视同仁的思想，同时对当地百姓也寄寓了殷切希望，希望他们珍视生命、革除陋习，不再随意戕害无辜。

（二）重视学养，富有学者的理性和思辨精神

宗宋诗人诗歌创作中喜用典故，彰显才学，不重视灵感，在自然意象中融入人文情怀，重视实用价值胜过审美价值。

朱腾有《论诗》两首，鲜明地体现了这种思想：

诗不能穷人，穷者诗多工。因穷而废诗，诗亡人仍穷。有长可表现，反自侪凡庸。岂知荣枯理，天事非人工。陶杜即钳口，难免饥病攻。虽然儒者志，万责归吾穷。挟此骄且吝，井蛙将毋同。

大巧不骋巧，绝慧不见慧。所造既精深，聪明转非贵。不学徒特天，用天天实废。论说无根柢，往往杂游戏。舌澜百变生，按之少义意。譬如引薄酒，一尝辄思弃。前人苟蹈此，吾辈当防弊。奈何扬其波，日趋轻薄地。①

从这两首诗可以看出，朱腾认同韩愈、欧阳修等人提出的诗歌创作"穷而后工"的理论，认为诗人只有遭遇困厄失意、思想经受痛苦锤炼后才能写出好的作品。他认同作诗需要天赋灵性，但更重视后天的学习，提倡稽古之功。在他看来，如果没有学问为根基，诗歌创作形同儿戏，难以大成。

与朱腾同时代的云南诗人戴䌹孙曾记朱腾与自己论诗：

昔者君尝语予曰："作史者以才、学、识为三长，夫诗之为道，何独

---

① （清）朱腾：《朱丹木诗集》，上海书店《丛书集成续编》第138册，第402页。

不然邪？不此之察，而徒以性灵为宗，寖且失之纤弱靡曼而不可救，是断港绝潢而日溃诗教之防也。及矫枉者高自标诩，失又在于模拟剽窃，索索无真气，二者盖交讦焉。……夫学诗者岂惟是求之于诗已乎？是故知言养气，所以老其才；茹古涵今，所以富其学；渺虑澄心所以邃其识，三者之既得，然后能出风入雅、思精体大，格不欲其卑而高者，非似以行也；语不欲其常而奇者，非出之诞也；意不欲其浅而深者，非入乎鼠穴；力不欲其薄而厚者，非蒙至虎皮也。由斯以言，古今人之及者殆鲜，是又岂一蹴所能几邪？"①

这一段议论更加深化了朱腾前面论诗的主旨，他对才、学、识三者关系和重要性的论述进一步确定了他重视后天的学习和个人修为在诗歌创作中的重要意义。他反对纯任性灵的说法，赞同孟子"知言养气"说以及韩愈"气盛言宜"的观点，重视诗歌创作主体自身的道德人格修养，主张修身、洁志、立德、养气。他认为在诗歌创作中人格力量会内化和升华成一种充溢于字里行间甚至天地之间的浩然正气，然后才能达到格高、语奇、意深、力厚的效果。在他看来，良好的人格修养造就的胸襟见识自然能使诗歌格局宏阔，气势飞腾。另一首诗又言"持己工夫稽古力，一回相见一回深。洗除才气剩诗骨，阅遍莺花坚道心"②。也体现了他主张写诗要修身自持加汲古之力，强调学问和道德。

黄琮在《萃亭诗稿序》中也体现了与朱腾类似的观点："诗缘于情，畅于才，而闳深于学，高于格，和于养，而缠绵骀宕于其韵，非徒貌为高古、得其皮而未得其骨者比也。"③他重视诗歌的抒情本质，也重视才华在诗歌创作中的作用，但认为学养才是根底。曹懋坚称黄琮的诗"先生玉堂彦，文史胸中该"④，也看到了他创作中学力宏富的特点。现实中黄琮也很重视自己的修身、洁行，他有一首诗《咏影》，写的是影子，但也是自喻，"光明长守己，

---

① （清）戴絅孙：《朱丹木诗钞序》，《朱丹木诗集》卷首。
② （清）朱腾：《赠谭梅臣二首》其一。
③ （清）黄琮：《萃亭诗稿序》，《滇文丛录》卷三四，上海书店《丛书集成续编》第153册，第383页。
④ （清）曹懋坚：《题黄榘卿前辈越秀山望海图图为丁酉典试时作》，《昙云阁集》诗集卷六，清光绪三年曼陀罗馆刻本重印本。

行止不依人。自写形骸瘦，长存面目真"①。曾国藩称其"道德文章，冠冕人伦"②，正是黄琮重视自身人格道德修养的体现。

重视学养使得诗人们的创作以博雅取胜。他们出入经史、援引古今，风格典雅精深，才华横溢而又富有理性思辨和人文精神。在山水诗和怀古咏史方面，他们登山临水、访古览胜，或吊古思今，发历史沧桑兴亡之叹，或游目骋怀，以历史和人物的得失自省自鉴自励，"文章气节俱不朽，后学努力师前贤"③。诗歌往往熔叙事、写景、抒情、议论为一炉，典雅高迈，物我交融，同时体现了山水对人情怀的陶冶和思想境界的提升，"平生愿负烟霞思，每遇灵境先展眉"④。山中的流水可以为其洗除世俗的蒙尘，荡涤其胸襟和思想，"暗泉穿石罅，流水淡予心。……趺趺成久坐，尽与洗尘襟"⑤。山中的雪水可以激起自己与其比试冰雪性情的斗志，"峨眉山影和烟沉，峨眉雪水入江深。船头一掬寒沁齿，好试平生冰雪心"⑥，"请看数尺凌云势，想见平生傲雪心"⑦。他们以先贤情怀和精神自励自勉，写下了很多疏瀹性灵、气象轩朗的佳作。

黄琮的长篇歌行体《登凌云山吊东坡先生》⑧是山水、情怀与性情融为一体的杰作：

> 城中半月居，日见凌云山。朝烟暮霭各殊状，一一入我窗棂间。……清音亭，洗墨池，东坡遗迹犹在斯。残碑剥蚀苔藓滋，惟有栖鸾峰顶千岁鹤，曾见先生来赋诗。何处青山不媚妩，无人间作青山主。我读先生集，佳句口能数，生不愿封万户侯，却愿载酒凌云游。先生豪兴堪千秋，可怜垂老居常州，还山有愿终莫酬。山苍苍，水茫茫，三江会合江流长，伟观使我神飞扬。奚奴手持一壶酒，犹是眉州旧酿玻璃香，安得呼起先生劝满觞。好山如此值一醉，明日携筇须再至。清风为

① （清）黄琮：《咏影》，王灿：《滇八家诗选》卷二《黄矩卿诗选》。
② （清）曾国藩：《黄矩卿师之父母寿序》，《曾文正公诗文集》文集卷一，《四部丛刊》景清同治本。
③ （清）黄琮：《谒三苏祠示诸生》，《蜀游草》卷二，上海书店《丛书集成续编》第135册，第713页。
④ （清）黄琮：《紫柏山》，《蜀游草》卷一。
⑤ （清）黄琮：《琴泉寺》，《蜀游草》卷三。
⑥ （清）黄琮：《嘉定登舟作》，《蜀游草》卷二。
⑦ （清）黄琮：《题东坡先生拓本墨竹》，《蜀游草》卷二。
⑧ （清）黄琮：《蜀游草》卷二。

　　我开白云，凭栏更看三峨翠。

　　诗人登上凌云山，在昔日先贤足迹所至之地，览眼中美景，思前贤风流，兴追慕之情，抒自己旷达之性。如画的美景、行云流水的诗句、高迈的情怀，令人在诵读之时体会到了高度的审美愉悦。性情怀抱尽见其中，赋予了山水厚重的人文情怀。

　　（三）诗歌境界雄阔、笔意纵横，有意象奇崛、气势飞腾的特点

　　朱腾、黄琮等人的诗喜欢选取大河险滩、崇山峻岭、长风暴雨等激荡、凶险、奇崛的意象，有取景雄阔的特点，加上他们笔势驰骤、笔力遒劲、造语新奇，又善用夸张、比喻、排比等修辞，使其诗歌气势刚猛、声宏调激，如同江河绝堤，汪洋恣肆，读来有畅快淋漓之感。

　　朱腾《过老鹰崖》：

　　　　众山如鸟雀，突兀见苍鹰。侧翅尔谁搏，盘空我独登。虎狼俱辟易，草木尽飞腾。绝似骑鹏背，扶桑看日升。

　　全诗从头至尾均采用比喻，将老鹰崖奇峰兀立、险峻高耸的特征描绘得如在眼前，有气势飞腾之感。写大佛崖"绝壁三江撼，巍然大佛临。蛟龙持杀戒，山水息争心"；写泰山玉皇顶"苍然日欲暮，海气从东来"，"白云涌入山，与天相周围。天风力排荡，积厚不能摧"；写雪夜野外"一枕夜吟千帐雪，双榕晴啸四山风"[1]，境界雄浑阔大。他有诗写自己年轻时"我时气吞牛，蔚然腾虎豹"[2]，可见他曾具有锋芒毕露、睥睨万物的个性。

　　戴絧孙评朱腾的诗"云谲波诡，瑰伟百出，李昌谷之流亚也。……又如长江大河，浑灏流转，其寝馈于杜韩者为深……（后期）洁古高坚，进而弥上也"[3]。他的诗，在诸多惊心动魄的意象里，只觉得词气磊落、骨相棱增、笔力雄健，有金石之音以及震荡乾坤的气势。许印芳称其诗"超心炼冶，语羞雷同，少作如干莫出匣，光芒四射。中年后雄浑苍坚，上追少陵、昌黎，下揽山谷、遗山而拔戟成队，绝无明七子衣冠抵掌习气。海内名流，咸推服

---

① （清）朱腾：《倒押前韵二首简寿石》，上海书店《丛书集成续编》第151册，第103页。
② （清）朱腾：《寄张雨山》，上海书店《丛书集成续编》第151册，第88页。
③ （清）戴絧孙：《朱丹木诗钞序》，《朱丹木诗钞》卷首。

之"①。

　　同样的特点在黄琮的诗中也很显著，如他描写山中的石和松："怪石蜿蜒龙蜕骨，古松斑驳豹留皮"②，奇妙的比喻将怪石之怪和古松之奇形象生动地勾勒在读者眼前。写观音碥"削成无寸肤，壁立斗奇伟。落落若棋布，叠叠肖丸累。节节蚩尤骨，歧歧巨灵指"，其突兀险峻、壁立千仞的地势让人胆战心惊，望而却步。咏秦晋交接地故关"地拥严关雄万仞，天低石径郁千盘"③。写长安故址"九折黄河奔晋豫，三峰太华倚云霄"。④写蜀道之难"入天有巉岩，出地无余壤。飞梁蹑虚空，支撑腐木两。……滑笋履严霜，性命付邛杖"。两次写重庆："波涛交汇三江水，井邑高凌万仞山"⑤，"危堞迴临三面水，长江曲绕万层山"⑥，都将重庆江流环绕、依山建城的特点勾勒得形象精到。危峰削壁之森然，洪涛巨浪之险恶，巉岩巨石之雄伟突兀、千形万态，随着时空的变迁，描绘出一幅幅风格迥异、气势恢宏的图画。鄂恒在《蜀游草》序中评价黄琮的诗："读《蜀游草》，觉蜀中山水之奇，恍然在侧。七古妥帖排戛，直逼昌黎，'横空盘硬语'足以当之。"⑦

　　（四）精于刻炼和布局

　　朱腾写庙矶子的水势："猖獗独庙矶，水落势益纵。怪石扼两傍，乱流竞一缝。被阻成轩轾，遭束乃错综。鬣为盘涡深，激作鼓溃送。下陷窟千寻，上涌花四弄。一苇蛇赴壑，万浪牛鸣瓮。"⑧在诗中，诗人未用寻常的形容水流湍急、汹涌的词语和字眼，而是用直白的描述和比喻将其呈现在读者面前。"乱流竞一缝"，"一苇蛇赴壑，万浪牛鸣瓮"，都异常形象生动，让人仿佛置身于激浪奔涌、涛声怒吼的大江之岸，有气势飞腾、汪洋恣肆之感。

　　朱腾的诗善于议论、说理，明显带有宋诗的特点，也正因如此，虽有新鲜的意象，丰富的哲理，但浅直有余，含蓄不够，偶尔有艰涩生硬、枯燥乏味之感，富有理趣而余韵不足。

---

① （清）许印芳编：《滇诗重光集》卷十《朱腾小传》，上海《丛书集成续编》第151册，第86页。
② （清）黄琮：《山中》，《蜀游草》卷四，上海书店《丛书集成续编》第135册，第734页。
③ （清）黄琮：《故关》，《蜀游草》卷一，上海书店《丛书集成续编》第135册，第701页。
④ （清）黄琮：《长安杂诗》其一，《蜀游草》卷一。
⑤ （清）黄琮：《重庆府》，《蜀游草》卷一。
⑥ （清）黄琮：《重过重庆》，《蜀游草》卷三。
⑦ （清）鄂恒：《蜀游草序》，《蜀游草》卷首。
⑧ （清）朱腾：《庙矶子》，上海书店《丛书集成续编》第151册，第89页。

接下来又通过一系列比喻将水与现实联系起来：

> 放棹择强弱，打舷判轻重。朋党互倾排，雠仇交击撞。情意忿不和，气力悍莫控。有如诸道兵，不听一帅用。又如五方民，不服一国统。神禹今则亡，谁能平浒洞。我谓息水斗，犹之息民讼。水性不可逆，民情不可壅。王者决使导，周官一禹贡。我欲铲乱石，快览蜀江空。

他将汹涌奔流的水比作失控的兵马和叛乱的民众，这自然引到议论的中心，民情犹如水性，只能疏导不能堵塞，否则后果终究是一溃千里。可以看出，他的布局层层推进又自然过渡，论证严密，比喻生动贴切。吴嵩梁评价其诗："君诗经百炼，生面力重开"[①]，指出了他精于刻炼，诗文别具一格，自有风貌。

黄琮的诗歌也具有与朱腾相同的特点，袁嘉谷评其诗"精心隶事锤炉化，拥鼻微吟格调遒"[②]，限于篇幅，在此不再赘述。

三、宗宋诗人的成就和影响

清代晚期云南的宗宋诗人群体，突破了清初以来以宗唐为主的诗法取向和风格特点，别张壁垒，独树一帜，气势纵横、血脉贯通。这些诗歌从写景、状物、抒情到议论，层层推进，逻辑严密，句法工整又有变化，情感酣畅淋漓，音韵流美，意象峻峭而又血肉丰满，体现了云南诗歌典雅精深、渐入老境的风格以及多样化特征。

黄琮是清代后期云南卓有声誉的诗人，他与祁寯藻、黄爵滋、叶名沣、曹坚、戴熙、蒋湘南、李星沅、吴振棫等交好，诗文往来频繁。道光十六年（1836）四月，黄琮在翰林院，与黄爵滋、叶绍本、徐宝善、陈庆镛、汪喜孙等人仿古时兰亭集会，召集四十二人于江亭修禊。参与者皆为当时京师一时俊彦，如梅曾亮、张际亮、叶志诜、潘德舆、曹楙坚、姚燮，"名士纷似

---

① （清）吴嵩梁：《送朱丹木进士试令安徽》，《香苏山馆诗集·今体诗钞》卷十七，清木犀轩刻本。
② （民国）袁嘉谷：《卧雪诗话》卷六，《袁嘉谷文集》第 2 册，云南人民出版社，2002 年版，第 705 页。

卿，与会皆英僚”①。其后唱和者众多，影响甚大，一时传为美谈。他还是曾国藩、黄彭年等的房师，为朝廷选拔了大批人才。曾国藩、黄彭年后来都成为道光朝的中流砥柱。由此可见，黄琮行己立身、事君临民、著书垂教都能有所成就。

　　而朱腾对晚清兴起的宋诗运动也是功不可没的。诗坛宗宋的倾向自清初就一直时起时伏，但始终未形成洪流，在道光年间成为令人瞩目的现象。它发轫于程恩泽，郑珍、何绍基、莫友芝、祁寯藻等人扬其波，大力张扬宋诗旗帜。何绍基以毕生宗宋的执着、专篇的理论建设和较高的创作质量成为道光年间宋诗运动的领袖。朱腾作为这一时期较为活跃的诗人，也一直自发自觉地积极响应这一潮流，并成为中坚力量。他与何绍基以及宗宋诗派其余重要人物梅曾亮、汤鹏等均有密切交往。相比于现在学界关注的宋诗运动中的几位重要人物如郑珍、莫友之等，朱腾或以创作见长，理论上未见贡献，或偶尔有理论论及，但宗宋并不明显。从诗歌创作的数量、风格以及取得的成就来说，笔者认为他可称为这一时期宋诗运动的健将。可惜云南作为文化上长期边缘化的省份，其诗人和作品一直不受中原内地的关注。虽然朱腾的诗歌成就在当时受人瞩目，并得到一流诗人如龚自珍等的称道，但时移世易，最终还是被后世学者忽略了。

　　至于杨国翰和张星柳等人，他们的影响没有黄琮和朱腾大，但在云南诗坛的地位和影响是不容忽视的。杨国翰位列“五华五子”之一，是道光朝云南诗坛杰出的代表。张星柳地位卑微，但“位卑未敢忘忧国”，终身都在关注时局的变化和国家的命运前途。他的诗有对社会黑暗与污浊的强烈批判，有着怀才不遇、志不获展的抑郁不平，也有不屈不挠的顽强坚韧，因此他的诗内涵丰富，思想深刻，有强大的人格力量，而诗中体现的一些进步思想也有着相当大的意义。他是当时云南最优秀的诗人之一。可惜平生落魄潦倒，无人赏识和提携，亦无人为其诗歌鼓吹和宣传，故声名不显。诗坛自古位高者易传，位卑者难显，这在他身上得到了最好的印证，“以名位声望言，则历来熟称之大名头诗家每实不符名，量与质反差太大，加之传统习惯，好因循

────────────

① （清）蒋湘南：《江亭展禊用廉峰太史实善集中江亭钱春元韵呈黄树斋爵滋叶芸潭绍本两鸿胪汪孟慈喜孙陈颂南庆鏞两农部黄桀卿琮徐廉峰两太史丙申四月初四日也时孟慈农部以宋本兰亭禊帖送藏枣花寺并绘展禊图于帖后》，《春晖阁诗选》卷五，陕西教育图书社，民国十年（1921）版。

陈言，审视范围多有局囿，草野细民类多轻忽"①。但如果仅以影响力和名气来评价他的诗歌成就以及其在云南诗坛的地位，未免有失公允。作为一名诗才杰出、品格超拔的诗人，他不应该被遗忘。龚自珍有诗"不是无端悲怨深，直将阅历写吟成。可能十万珍珠字，买尽千秋儿女心"②，以此作为张星柳一生创作和风格的总结，可谓再合适不过。他代表了晚期云南诗人的风骨，其一流的创作水平，值得引起注意。

第三节　清代云南诗歌集大成者：朱庭珍

清代云南诗歌发展到末期，依然涌现了不少优秀诗人，如石屏许印芳、张舜琴，宝宁（今广南）方玉润，保山吴式钦，腾冲尹艺，晋宁何彤云、宋廷梁，丽江李玉湛，大理杨高德，昆明毕应辰、萧培元、施有奎及上文论及的张星柳等。稍后则有陈荣昌、李坤、袁嘉谷、赵藩、李根源、方树梅、王灿等，但因主要活跃于民国，已接受西方民主、科学等思想，诗歌创作也有了很多新兴元素，因此不在本书讨论范围内。古典诗歌在清末的终结时期，成就最高，称得上集大成者无疑就是朱庭珍。

朱庭珍（1841—1903），字小园，亦作筱园，号诗隐，石屏人，朱腾侄子。其父朱家学，字簧峰，道光己丑（1829）进士，曾官山东登州、蓬莱、泰安及顺天府宛平、大兴等县，撰有《经史疑义》。出身书香门第、家学渊源深厚的朱庭珍和弟弟朱芬（进士）、朱庭翰自幼饱读诗书，均能诗善文。朱庭珍很小就表现出过人的才华，袁嘉谷在《朱孝廉筱园墓志铭》中记其年方七岁就已有诗集问世，足见其出众的天资与才学。朱庭珍生前撰有《穆清堂诗钞》三卷、《穆清堂诗钞续集》五卷和《筱园诗话》四卷，作品不算太多，但无论是诗学理论贡献还是创作实践，他都可称得上是清代晚期云南诗歌的集大成者，也是云南古代诗歌的殿军。除诗而外，他骈、散文皆工，尺牍、小品亦无不佳妙。他的诗歌因其独特的经历和情怀，反映了广阔的时代背景以及与他一样报国无门的寒士的生存境遇和命运。其诗笔力峻峭、酝酿深厚、

---

① 严迪昌：《清诗史》，人民文学出版社，2011年版，第591页。
② （清）龚自珍：《癸未·题红禅寺诗尾》，《龚自珍全集》，上海古籍出版社，2007年版，第470页。

格调高华，在晚清云南诗人中独树一帜，甚至与许多中原内地大家旗鼓相当。但因身份卑微，又长期身处西南边疆一隅，其人不见重于当时，亦无人赏识提携，长期以来湮灭于诗坛和学界，鲜为人知。由于郭绍虞、蒋寅等先生对其《筱园诗话》作过评点，其人方才受到关注。

朱庭珍一生的经历非常丰富，少时即随父仕宦于山东登州、蓬莱、泰安以及顺天府宛平、大兴等县，足迹遍及齐鲁幽燕，七岁即刊诗于京，可谓早岁成名。十六岁时（1856）朱庭珍随其父引疾归乡，值滇中爆发回乱，朱庭珍毁家纾难，先后出入和耀曾①和杨玉科②幕下为参谋，转战滇西各地十余年。乱平后已过而立之年的朱庭珍始应科举，但终生科场蹭蹬。自乙亥年（1875）起他乡试屡中副榜，至戊子年（1888）始中举，此后又屡试春闱不第。云南按察使陈灿延聘其参与撰写《云南通志》，期间结莲湖吟社于昆明，诸人推为社长，参与人有山阴陈鹍父子，石屏陈庚明，昆明张星柳、施有奎、李坤，剑川赵藩，保山吴式钦，晋宁宋嘉俊，临川雷凤鼎、陈宪等名士十余人，另有数十人时而参与唱和，堪为当时云南诗坛盛事。朱庭珍也曾主持昆明经正书院，当时云南"经大乱后，公私私典籍多焚毁，士子读书少，诗文多流于空滑一派，庭珍力倡以典雅生造，文风为之一变"③。可见他虽然科名不显，对当时的云南诗坛却产生了不小影响。1903年，年逾花甲的朱庭珍再赴汴会试，落第后会泽某官延聘衡文。得疾，故于会泽。

朱庭珍生长于封建王朝末世，这一时期的清朝危机深重，外有列强欺凌环伺、内部民变四起，海氛不靖，边疆多事。朝廷的统治日益腐朽黑暗，眼看要神州陆沉、大厦将倾。长于国步艰难、风雨飘摇之中的朱庭珍，从幼时就表现出了对国家和民族命运的深切关怀。他九岁时作《观灯行》，时为己酉年（1849）元日，登州守率部属大张灯宴，至元宵未歇，众人吹捧此举为

---

① 和耀曾（？—1897），云南丽江人，清朝将领。父鉴，大理城守营都司。咸丰二年，回乱中殉职，诏赠云骑尉世职，耀曾袭，矢复仇，毁家募士。与宾川廪生董文兰会师洱河，两克大理及邓川、上关，以义勇著，远近争归附。杨玉科、张润并隶麾下，后皆为名将。全滇平，赏黄马褂，檄署永昌协。抚流亡，除苛扰，革奸暴，教之治生，民渐复业。

② 杨玉科（1838—1885），字云阶，白族，今兰坪县营盘街人，寄籍丽江。同治初，滇中回乱，以义勇入清军滇池营，隶和耀曾麾下，累功擢为前锋、守备、总兵，升提督，赐号"励勇巴图鲁"，赐黄马褂。1885年初，法以重兵入关，开关搏战，中炮亡。追赠太子少保，谥武愍。生平事迹见《清史稿》卷四五六"列传"二百四十三。

③ 《（民国）新纂云南通志》卷二三三"文苑传二·临安府·朱庭珍传"。

一盛事。诗人却愤怒批判其在"夷患虽平，疮痍未复，且连年饥馑，物力维艰"①的情况下极尽奢靡铺张之事："但赏一曲红儿歌，岂惜十户中人产！……添油剪彩舞人破，佳节点尽民脂膏！流连欢宴意未足，与民同乐非纵欲。呜呼！四郊多少逃亡小家屋，安得使君心化光明烛！"②这样的诗句出自九岁童子之手，足见其强烈的忧患意识、爱国忧民的赤诚之心以及过人的见识。对国家和黎民的深情关注伴随朱庭珍六十余年的人生。无论志向如何受挫，命途如何偃蹇，他终生未消减其饮冰之操。

一、海纳百川的诗学思想和理论贡献

朱庭珍的诗学思想集中地体现在其理论著作《筱园诗话》中，该书除郭绍虞、蒋寅、陈良运等先生前辈已经作过评析外，目前已出现不少研究探讨其理论及价值，专著如云南农业大学李潇云《清代云南诗学研究》，单篇论文有何世剑《〈筱园诗话〉之诗法说》，杨开达《朱庭珍的诗歌理论》，硕士论文有苏州大学国潇、河南师范大学李丽的《筱园诗话诗学理论研究》和《朱庭珍〈筱园诗话〉研究》等，相关论述达数十篇，不一一列举。本书不再对《筱园诗话》中的理论作更多赘述。值得注意的是，除了在《筱园诗话》中系统阐述自己的诗学思想和理论，朱庭珍在诗歌创作中也有很多论诗的观点，但目前还未受到学界关注，笔者在此针对他的诗歌中出现的观点与主张，再结合《筱园诗话》中相对应的理论来进行简单的梳理与探讨。

总的说来，朱庭珍的诗歌创作不主张师法一家一派，他以高屋建瓴、海纳百川的器识，抛开厚古薄今和门户宗派之见，主张转益多师、兼收并蓄，"自来诗家源同流异，派别虽殊，旨则归一。盖不同者，肥瘦平险、浓淡清奇之外貌耳，而其所以作诗之旨及诗之理、法、才、气，未尝不同，犹人之面目，人人各异，而所赋之性，天理人情，历百世而无异也"（《筱园诗话》卷一）。他有一首诗《滇南胜境坊望滇黔诸山作歌》③，将各家各派的特点比作面目各异的名山巨岭：

---

① （清）朱庭珍：《观灯行》小序，《穆清堂诗钞》卷上，上海书店《丛书集成续编》第137册，第473页。
② （清）朱庭珍：《观灯行》，《穆清堂诗钞》卷上。
③ （清）朱庭珍：《滇南胜境坊望滇黔诸山作歌》，《穆清堂诗钞》卷上。

我生足迹半天下，爱以游览宽吟胸。看山往往得妙悟，至理原与诗相通。东岳灵异甲宇内，巍然高厚兼沈雄。朝暮阴晴变化万，诗家大成尊杜公。华岳神俊等太白，恒山奇古昌黎翁。东坡超妙擅千载，此境吾独推高嵩。匡庐清逸黄海峭，王孟韦柳将毋同。独嫌黔山太荒诞，蛇神牛鬼欺愚蒙。求奇太过理反劣，卢仝马异羞附庸。岂无佳处快偶得，篇幅狭隘如江东。吾滇山势最精悍，生面别辟真神工。西江法杜略举似，豫州孤诣谁能穷。频年执笔少心得，豁然一旦知正宗。天地至文任领略，大观叠出无稍重。纵横万状绝思议，造化妙契神明中。精力密运入正法，道气静炼归藏锋。众流历历贯一本，先天后起皆包融。龙门史借山水助，此理征实非谈空。请君十年读破万卷后，再行万里遍览青芙蓉。

诗人以形象超妙的比喻概括历代各家风貌，将杜甫的特点概括为高厚沉雄、变化万千，将他比作俯瞰宇内的东岳泰山，然后用神俊、奇古、超妙、清逸等分别概括李白、韩愈、苏轼及王孟韦柳诸家，分别将其比为华山、恒山、嵩山和庐山等，指出他们风貌各异的同时，道出"天地至文任领略，大观叠出无稍重""众流历历贯一本，先天后起皆包融"的思想，正与他所提倡的开放通达、兼容并包的学习态度一致。同时，他在《筱园诗话》中也阐述过相同的观点："各派皆有所长，亦皆有所短。善为诗者，上下古今，取长弃短，吸神髓而弃皮毛，融贯众妙，出以变化，别铸真我，以求积诗之大成，无执成见为爱憎，岂不伟哉！何必步明人后尘，是非丹素，祧宋尊唐，徒聚讼耶？"（《筱园诗话》卷一）

因此，从这一观点出发，他主张作诗要在广泛深入学习的基础上追求变化与创新，形成自己的风格和特点，而不是傍前人篱下，袭貌遗神。抱着这样的态度，他纵览百家，取长补短，不仅创作出在中国文学批评史上占有一席之地的理论名篇《筱园诗话》，更是在诗歌创作领域别张壁垒，独树一帜。

在创作的条件和因素方面，朱庭珍尤其重视诗人的主观修养，他反复阐述的观点是"积理""养气"，他有诗"法言气愈醇，词淡味弥旨"[1]。在诗集自

---

① （清）朱庭珍：《旅怀》，《穆清堂诗钞》卷中。

序中亦强调"理不醇、气不厚，志不一而神惟执诗以求诗，则无成也"①。而关于理与气的论述，在其《筱园诗话》中更是一以贯之，这始终是他坚持的核心。

朱庭珍认为"积理"就是读书、涉世，学行合一，是一种"处处留心皆学问"的洞察，在广泛深入的书本学习中增长识力与智慧，在实际的生活阅历中积极主动地获取和积累经验，达到对万事万物之理了然于胸，随时随地能化为己用，信手拈来，因此在诗歌创作能够随物赋形，妙造自然。

朱庭珍关于"气"的理论，毋庸置疑也是对孟子与韩愈"气"之说的延伸。他们所说的气，都是一种以"德"为根底的浩然正气，这种正气可以动天地、开金石，任何时候可以忘利害而外生死，发而为文，则有惊天地、泣鬼神之力，"气以雄放为贵，若长江、大河，涛翻云涌，滔滔莽莽，是天下之至动者也"（《筱园诗话》卷一）。这样的气才有神韵和风骨。而他们所言的气，这样的浩然正气，让孟子有"富贵不能淫、威武不能屈、贫贱不能移"的节操，让韩愈有"忠犯人主之怒，勇夺三军之帅"②的气魄，就是这样的气，让朱庭珍身为一名文弱书生，在家国危难之时没有龟缩自保，或是长吁短叹、束手无策，而是毅然决然地毁家纾难，抛开骨肉亲情去参加保家卫国的战斗，无畏生死。哪怕在军旅生涯中或是后来的应制科举中，他数十年来始终才不获展，却丝毫未影响他的报国丹心和热血壮志。

在朱庭珍看来，诗中如果没有了这样的"气"，就没有了生命："盖诗以气为主，有气则生，无气则死，亦与人同。……"在朱庭珍这里，"气"被提升到了更加重要的地位，气的存在与否直接关系到文学作品的生命。他的诗歌中有不少书画题咏诗，几乎篇篇不离"气"，其中妙旨实与诗理相通，也体现了他文艺创作中尤其重视"气"的特点，如论郑板桥画竹"胸中奇气久郁蟠，化作笔下千琅玕。风枝欲动露叶舞，老干直节森苍寒。……不须法度守专门，自运腕力透纸背。银钩铁锁随手为，变化从心得三昧。动中静气谁能淆，笔外妙旨当神会"③。无论是直接写"气"的"胸中奇气久郁蟠"，还是"动中静气谁能淆"，以及与"气"相关的"腕力"、笔外妙旨，都体现了对"气"

---

① （清）朱庭珍：《穆清堂诗钞自序》，《穆清堂诗钞》卷首。
② （宋）苏轼：《潮州韩文公庙碑一首》，《苏文忠公全集·东坡后集》卷十五，明成化本。
③ （清）朱庭珍：《板桥画竹歌黄矩卿（琮）侍郎命作》，《穆清堂诗钞》卷上。

关键作用的强调。在论书法的诗中，他同样强调"气"，如《古藤书屋八咏为张雨田姊丈赋定武兰亭肥本》："堂堂笔阵自天落，挥洒万象开鸿蒙。阴阳晦明鬼神泣，风雨震荡雷霆从。痕迹灭尽运神力，浑然元气深藏锋。疏密大小随吾意，满纸结构无一同。变化直穷笔墨外，姿态妙出神明中。生龙活虎不可捉，手握造化天无功。"①在他看来，只有浑然元气的存在，才能起到鬼神泣和雷霆从的效果。再看其另一首同样咏书法的诗，"笔端径寸万钧重，力透纸背森寒芒。万言划沙一气出，日月倒影天低昂。飞云下垂海怒立，骏马踏阵龙腾骧。屈伸变化妙独辟，弟蓄褚薛儿欧阳。至人精艺进于道，神骨内敛锋棱藏"②。从以上诗句可以体察到，无论是书还是画，诗人都尤其重视"气"。

朱庭珍另有论诗绝句五十首，而其中以"气"而论的就达十二处："炼笔刚柔贵得宜，诗家秘旨几人知。正声自古由中出，真气从来不外驰。"③"篇不能宽气未横，修辞琢句少神明。"（其十八）他评元好问和杜甫"笔卷云涛气风雨"（其十六），写陈恭尹"尽敛才华归气骨，笔端径寸挽千钧"（其三十一），写梁佩兰"药亭长古气雄豪""天风万里卷银涛"（其三十八），批评沈德潜"真气全无少性情"（其四十一），评毗陵四子"奇气纵横各擅长"（其四十三），等等，均可见他对于"气"的重视。

对于"气"的来源，朱庭珍和前人一样提倡"养"，他作了进一步阐发："斋吾心，息吾虑，游之于道德之徒，润之以读书之则，植之在性情之天，培之于理趣之府，悠游而休息焉，酝酿而含蓄焉，使方寸中怡然涣然，常有欲勃欲吐、畅不可遏之势，此之谓养气。"（《筱园诗话》卷一）这与韩愈关于养气的理论是异曲同工的："养其根而俟其实，加其膏而希其光。根之茂者其实遂，膏之沃者其叶光。仁义之人，其言蔼如也……虽然，不可以不养也。行之乎仁义之途，游之乎《诗》《书》之源，无迷其途，无绝其源，终吾身而已矣。"④

除以上所论及的观点，朱庭珍还重视诗歌创作中才、学、识的作用，重

---

① （清）朱庭珍：《古藤书屋八咏为张雨田姊丈赋定武兰亭肥本》，《穆清堂诗钞》卷下。
② （清）朱庭珍：《颜鲁公寄侄文稿墨迹》，《穆清堂诗钞》卷下。
③ （清）朱庭珍：《论诗》其二，《穆清堂诗钞》卷上。
④ （唐）韩愈：《答李翊书》，《昌黎先生文集》卷十六，宋蜀本重印本。

视创作的匠心独运和创新，但反对雕琢和矫饰，批判"绮丽则无骨，雕刻则乏气韵，工选句而不解谋篇"的创作思想。关于这些，学界已有不少充分的讨论，在此不再赘述。

二、"诗史"与"心史"合一的创作实践

朱庭珍生于王朝末世，遭逢"三千年未有之巨变"，面对国土沦丧、民族危亡和民生疾苦，诗人哀大厦之将倾，恨朝廷之腐败，痛民生之多艰，用饱蘸血泪的如椽巨笔记下了一页页国家和民族的苦难史。列强入侵之辱与痛，民变四起之恨与忧，满目疮痍之哀与悯，都在他的笔下尽情流泻。面对这样危如累卵的时局，诗人内心忧患重重，如《感怀》① 两首：

> 饮马芦沟血未干，红夷开邸遍长安。和戎岂但唐回鹘，纳币遥同宋契丹。只有汪黄传秉国，更无韩岳继登坛。积薪救火终何益，朝议从来主战难！（其二）
> 叹息东南杀气昏，钱塘失守继吴门。苏台麋鹿游荒苑，越水衣冠哭覆盆。车骑阆中新溅血，大常地下几招魂。从今半壁悲沦丧，谁扼徐扬报至尊！（其三）

第一首写的是外患，清政府面对列强的掠夺已经毫无还手之力，一味求和退让，割地赔款，朝中亦无人可用，国势岌岌可危。第二首写的是内忧，这一时期规模最大的农民起义即洪秀全领导的太平天国运动，太平军从广西一路摧枯拉朽，打到湖南、湖北、江西、安徽，直逼南京，咸丰三年癸丑（1853），天平军攻陷南京并定都于此，朱庭珍写下《春感》《抒愤》《感兴》《感怀》等组诗以及长篇叙事诗《哀金陵》，抒发了山河破碎、国势崩颓的强烈悲愤与哀伤，"连番棋局覆，怅望泪纵横"② ！面对朝廷的节节败退，他强烈谴责朝廷当局用人不当、无所作为、束手无策，"开平无将略，袖手误封疆。自恃方城固，先疏大岘防。东南沉要害，江汉碎金汤"③ ！长诗《哀金

---

① （清）朱庭珍：《感怀》，《穆清堂诗钞》卷中。
② （清）朱庭珍：《抒愤》其一，《穆清堂诗钞》卷上。
③ （清）朱庭珍：《抒愤》其五，《穆清堂诗钞》卷上。

陵》①，从太平军攻克江西豫章、安徽芜湖从而进逼南京写起，诗中斥责以两江总督陆建瀛、巡抚杨文定为首的大小官员相互推诿，消极抵抗，导致军队不战而溃，南京失陷，痛斥朝廷用人不当，"重任苟非人，金汤复何益"！

太平军占领南京这一年，朱庭珍年方十三，诗中写到名将向荣奉命出兵夺回南京，诗人希望其能奏捷。因为随后战况不利，向荣于两年后抑郁而死，诗中并未提及，说明此诗创作于南京失陷不久。时十三岁的朱庭珍随其父官山东或宛平，并未亲历，或许是事后听人讲述或读相关记录而援笔写就。长诗共 1078 字，一气呵成，详细地叙述了太平军攻下南京的过程，甚至写到太平军使用的战略战术以及城中的防御部署情况。诗中有殉国的缙绅、小吏、平民，有战斗的场面，直可以当史书来读。在诗中，他痛心地描写"山水穷丹青，城郭壮金碧。文物擅风流，财富艳今昔"的江南在战争中血流成河，"九衢六街间，如麻乱尸集"，"丛林古梵宫，兵后但瓦砾"，"白昼冤鬼号，风日满萧瑟"，将战争对社会造成的巨大破坏和灾难直击人心，令人恻然。十三岁的朱庭珍能在自己未亲历的情况下将南京城陷的前因后果写得如此详实，年虽少却笔力健、识见高、心仁慈，殊可叹也。

太平天国运动虽未波及滇中，但紧接着云南就发生了持续十八年之久、席卷全滇的回民暴乱，此时不及弱冠之年的朱庭珍刚随致仕的父亲返乡不久，从此他参与战斗，十余年间写下了无数亲身经历和耳闻目睹的泣血诗篇。面对"洱海血模糊，苍山万骨枯"的惨状，起初他没有站在狭隘的民族主义立场上谴责任何一方，而是以整个中华民族统一团结的立场痛心疾首地批判回汉之间不应相互仇杀，"结盟凭歃血，入室疑操戈"，"何辜歼异族，不肯视同仁"②！但随着回乱给社会和百姓造成的灾难越来越深重，诸多暴行以及生灵涂炭的现实越来越触目惊心，他的情绪也日益仇恨悲愤，写下了《正月十五日行省记变》《省围即事》《书愤》《将军行》《滇池哀》《省兵行》《悲威楚》《乱后至临安》《岁暮杂诗》《悼叶榆》《曲江叹》《赏军功》《感兴》《纪事》等纪事诗，记录和控诉这一暴乱所造成的苦难和悲剧。

在以上这些纪事诗中，很多是诗人抱着明确的以诗存史的意识创作的，

---

① （清）朱庭珍：《哀金陵》，《穆清堂诗钞续集》卷四。
② （清）朱庭珍：《纪事》，《穆清堂诗钞续集》卷四。

如《罗平孝子诗》，在序言中诗人声明创作目的是"爰赋长古一章并记其事于集，俾后之修志者有所考焉"①。此诗写了罗平州孝廉孙秋霞父子在回乱中散尽家财，组织团练保卫乡梓十余年，经历大小百余战，后儿子孙绳武为救父亲和爷爷力战而死。在诗中，他为了记下黄氏父子守城的艰辛和功劳，对事情的前因后果进行详尽的叙述，褒扬他们"十年苦战烽尘昏，喋血力保孤城存。市不罢市门不门，谁其守者曰孙君"。孙孝子一家因被匪首忌恨，城破后逃至山中，却被奸细出卖行踪，孙孝子在重重包围中为救祖父与父亲力战而死，"入山避贼贼远谍，除夕合围密如叶。孝子拒门贼锋接，三出三入重围决。脱祖脱父力已竭，遍体刻画刀飞雪"，惊心动魄的血战场面，将孙孝子忠孝两全的节义写得荡气回肠。此外《吊刘义士凤鸣》《哭陈攻玉（先瑾）参军并序》等歌颂为国捐躯的烈士，自己亦申明目的是为"予哀君之死，恐其无传，赋诗以吊并告后之采风者"②。而以上诗歌，无论作者申明与否，都体现了他的史诗追求。这一系列，或是自发的感慨，或是出于存史，都反映了广阔的时代背景和风云，以及特殊时期下层人民的生存状况和社会百态，既有文学价值，也有保存文献和史料的重要意义。

面对清政府对内对外的节节失利，诗人批评和痛斥了统治阶层的无能，由于他长期随军作战，亲身经历和耳闻目睹了军队的腐败与黑暗，很多诗歌还揭露了军队作风败坏、士气不振的现象。面对危机，各处军队却依然醉生梦死，贪图享乐，"帐下舞红妆，军中气不扬""势已燎原炽，军甘壁上观"。朝廷国库空虚、财力匮乏，军队却作风奢靡，挥金如土，军纪败坏，"暴饮锱铢竭，泥沙用竟同。转输千里匮，杼轴万家空。破釜沉舟日，征歌醉舞中"③。他们不以大局为重，只热衷于争权夺利，好大喜功，"身寄虎狼穴，食争鸡鹜群"④，"拥兵嗟向宠，捷豹误孙歆。灞上仍儿戏，炎方半陆沉"⑤。军中有些武将飞扬跋扈，不仅不身先士卒，还对下属随意生杀予夺，"一笑藏鳞甲，无端判死生。太阿谁倒执，授柄任横行"⑥。将领的腐败无能，导致士气

① （清）朱庭珍：《罗平孝子诗（并序）》，《穆清堂诗钞》卷下。
② （清）朱庭珍：《哭陈攻玉（先瑾）参军并序》，《穆清堂诗钞》卷下。
③ （清）朱庭珍：《郡将》其三，《穆清堂诗钞》卷中。
④ （清）朱庭珍：《郡将》其二，《穆清堂诗钞》卷中。
⑤ （清）朱庭珍：《书事八首》，《穆清堂诗钞》卷上。
⑥ （清）朱庭珍：《郡将》其一，《穆清堂诗钞》卷中。

和战斗力全无，一触即溃，"打贼惟凭口，临危各爱躯"。《省兵行》①更是揭露了军队丧失人性，以百姓冒充俘虏去领功的罪恶行径。诗歌先是描绘了军队出战前队伍声势浩大、整容有序的情景："大旗摇摇三丈余，前列火炮后戈殳。吹角击鼓声当途，十步五步相传呼。……鲜衣怒马雄且都，平明统队临通衢。"看起来浩浩荡荡，有模有样，但离开百姓的注目后立即失去威仪，"出城数里足趑趄，见贼惊窜如奔狐。转缚流民充馘俘，火其庐舍驱其孥。归见制府呈捷书，制服惊喜恩礼殊。冠嵌雀翎项挂珠，饰首更换红珊瑚。遗民钳口鼓咙糊，天寒流离无完肤"。最后诗人感叹"遇兵如篦贼如梳，以兵较贼如不如"？直言军队如同寇匪一样！这样的军队，国家怎能依靠他们去力挽狂澜于不倒、扶大厦之将倾呢！因此，这样的诗实际上揭示了腐朽衰败的封建统治必然无可救药的败亡结局。

朱庭珍一生经历丰富，少年时代随父游宦，早岁成名，青年时代毁家纾难、投笔从戎，腥风血雨壮志不改，怀才不遇却始终怀着报国热情。中年以后奔波于科场，欲实现自己匡世济民的抱负，却经历六次乡试方才中举，抱憾而终。除了以诗存史，诗人在自己丰富坎坷的人生经历中，通过展现随着时代风云而变换的自身处境、心态、思想，描绘了身处乱世的文人裹挟于社会洪流中的命运轨迹以及真实的情感与内心，他的诗歌创作可称那个时代诗人的心史。

面对国恨家仇和深重的民族危机，诗人表现出了强烈的忧患意识和救亡图存、建功立业的决心，他在描写战乱、灾荒的同时，也抒发自己欲精忠报国、拯危救弊、保家卫国的豪情壮志："人生乱世当有为，安得壮志寒如灰"②，"气运原凭人力挽，登车素志在澄清"③。身在边隅，没有机会抵抗外侮，眼见家乡卷入战火，刚刚新婚的他便义无反顾地投笔从戎，他拔剑高歌，呼吁民众奋起抵抗，"边隅杀气惨不舒，中原民困何时苏。楚才蔚起雷雨奋，中兴大业须人扶"④。面对世道衰敝、人心不振，他又呼吁那种不畏生死、勇往直前的战斗精神，"铁心铁骨铖肌肤，趑行荆榛犹坦途"⑤。朱庭珍不仅仅只

---

① （清）朱庭珍：《省兵行》，《穆清堂诗钞》卷中。
② （清）朱庭珍：《将归石屏留别幕中诸子》，《穆清堂诗钞》卷中。
③ （清）朱庭珍：《感怀》其七，《穆清堂诗钞》卷中。
④ （清）朱庭珍：《送李韵萸（崇畯）归湖南》，《穆清堂诗钞》卷下。
⑤ （清）朱庭珍：《铁枪行》，《穆清堂诗钞》卷上。

是摇旗呐喊，他以身作则，抛开骨肉亲情，十余年随军队转战四方，虽然没有立下盖世勋业，但作为文弱书生的他，一身铁石肝胆，照耀青史。

回乱中朱庭珍追随和耀曾与杨玉科，十余年转战滇西北，足迹遍及六诏，"少年戎马遭时艰，曾佐元戎定百蛮。露布文争诗笔壮，战场衣浣血花斑。一枝幕府容栖息，几度关河纵往还"①。十余年间，他写下了很多军旅诗，如《岁暮杂诗》《秋感》《旅怀》《乌索官军大捷赋诗记事》《城南感旧》《安宁州》《岑大中丞攻克大理杜逆伏诛全滇系平爰赋长歌以纪始末时癸酉十月也》等，诗中有对战斗场面的正面描写，对英雄主义的歌颂，有胜利的欢呼与喜悦，有思乡念亲的浓浓深情，也有才不获展的失意苦闷。他对战争的描写基本都是白描手法，"炮烟滚地半壁碎，残肢断股随风飞"②，"战地星飞鲜血肉，蛮天雨落碎骷髅"③，血肉模糊、残肢断臂的场面将战争的残酷呈现无遗。长期转战四方，虽然就在滇中大地，诗人却因道阻或战事吃紧长年累月不能归家，他对亲人的安危充满了深深牵挂，诗人写下了很多怀念亲人的诗篇，如《后有感》二首④：

> 憔悴麻衣满泪痕，流离身世负亲恩。他乡岁月惊游子，故国松楸隔梦魂。渡海有心随皂帽，种瓜无路觅青门。纷纷蛮触争蜗角，皎日何时照覆盆。

> 谁教桑梓剪戎沙，毁室飞鸮事可嗟。去国邴原犹有母，望门张俭已无家。脂膏析骨忘唇齿，羽翼离心仗爪牙。叹息乐郊何处是，失林穷鸟尚天涯。

为大家而舍小家的诗人，对年迈的父母不能承欢膝下，对娇妻幼女不能关怀照拂，心境极为凄凉，"故国干戈外，浮生道路旁。光阴一弹指，骨肉九回肠。镜破鸾分影，风高雁断行。萍踪归未得，无路问苍苍"⑤。对亲人的思念和拯危救弊的责任感让他时时处于矛盾之中，"乐府怕闻乌反哺，梦魂

---

① （清）朱庭珍：《礼闱被放赋诗遣怀》其二，《穆清堂诗钞续集》卷二。
② （清）朱庭珍：《岑大中丞攻克大理杜逆伏诛全滇系平爰赋长歌以纪始末时癸酉十月也》，《穆清堂诗钞》卷下。
③ （清）朱庭珍：《乌索官军大捷赋诗记事》，《穆清堂诗钞》卷下。
④ （清）朱庭珍：《穆清堂诗钞》卷中。
⑤ （清）朱庭珍：《慰阮竹溪即次其述哀元韵》其一，《穆清堂诗钞》卷中。

空逐雁还乡。枕戈泣血心愈赤，仗节从戎鬓已苍"①。诗人虽然怀着满腔壮志和热血投身军旅，但现实中却并不受重用，他的很多诗歌抒发了自己怀才不遇的失意，"廿年戎马感余生，又向西风诉不平"②！不受重用的他空有一腔热血，"谈兵枉上昭谏书，扼险谁收立信策"③。经世未能，结茅无计，同时又天伦有愧，因此他无数次徘徊在去与留的矛盾之中，"吾谋不用处何益，况乃亲老晨昏违"④。以心许国、不计生死却又一腔热血无处抛洒，激越不平的复杂情怀和进退两难的处境，让其军旅诗交织着思乡、忧国、自伤、哀民的愁绪，情感深沉复杂，意味厚重。

朱庭珍还有相当一部分诗歌描写了战争造成的破坏和苦难，诗人所到之处，日月凄迷，满目疮痍。他描写战乱后的家乡"古道残灰积，颓垣白昼昏。流民犹转徙，耆旧几生存"⑤。眼中所看到的很多地方已经人烟杳绝，一片荒芜，"废寺僧挑丁字瓦，荒坟鬼唱鲍家诗"⑥。《城南旧事》写道："无复长亭接短亭，蓬蒿满地昼冥冥。谶成石马天应悔，劫尽铜驼土亦腥。细柳新蒲仍自绿，残山剩水为谁青！少陵避地还忧国，岂独穷途泪易零！"⑦面对生灵涂炭，诗人给予了深情又无奈的关注。百姓的疾苦让他忘记了自己的失意，他的心里只有忧国伤民的悲哀。"孤城人物两萧条，几缕炊烟木半凋。官舍背山邻古寺，女墙面水跨长桥。二千里外征途始，十八年来战骨销。叹息文襄游钓处，甘将勋业误渔樵。"⑧

三、熔铸百家的诗歌风格和艺术成就

朱庭珍的诗歌兼采百家之长，在"积理""养气"的观念主导下，对"才""学""识"充分重视，体现出根底厚实、大气包举、富于变化和创新的特点。他的诗学杜甫的沉郁顿挫、重视刻炼、谋篇布局，有苏轼的峻爽超妙

---

① （清）朱庭珍：《次韵和熊仲山观察》，《穆清堂诗钞》卷中。
② （清）朱庭珍：《秋闱报罢赋诗遣怀》其三，《穆清堂诗钞》卷中，
③ （清）朱庭珍：《招孙菊君泛舟至来鹤亭携同仁漦集作歌赠之》，《穆清堂诗钞》卷中。
④ （清）朱庭珍：《将归石屏留别幕中诸子》卷中。
⑤ （清）朱庭珍：《乱后至临安》，《穆清堂诗钞》卷中。
⑥ （清）朱庭珍：《晚过东郊有感》，《穆清堂诗钞》卷下。
⑦ （清）朱庭珍：《城南感旧》，《穆清堂诗钞》卷下。
⑧ （清）朱庭珍：《安宁州》，《穆清堂诗钞》卷下。

和韩愈的声宏调激与刚猛之气。他的诗歌集杜甫的家国情怀、苏轼的逌脱流利以及韩愈的激越不平之气于一体，以杜甫忧国爱民的精神为典范，以苏轼的高迈豁达来调和现实中报国无门的失意与痛苦，呈现出一种至情至性、韵味隽永、气骨棱磳、品格高华的特点。正如他自己在论诗绝句五十首中提倡的一点"佩玉鸣珂体自尊，爱才忧国意长存"[1]，只有承载了家国情怀和高尚节操的作品，才是值得流传的。

朱庭珍的诗歌可以分为两个时期。虽然从始至终他都生活于忧患与动荡之中，但早年的诗歌因为他还未在现实中屡屡碰壁，充满了报国的理想，壮志满怀。他相信只要有机遇，书生也可以定国安邦，"奇才际时立勋业，武乡景略皆书生"。因此，这一时期的诗如宝剑出鞘，有锐不可当之气。他自称少时的诗歌"繁弦带商声，唾壶击欲碎"[2]。就是指这样充满斗志、锋芒毕露，在点评时政和批判社会黑暗时有风雷激荡之气。戴纲孙评价他的诗"风雷资笔力，冰雪浣吟思"[3]，黄琮评价他的诗"妙手天成玉骨遒""剑气珠光仗笔开"[4]，都点出了他早年的诗歌有风雷之势和剑气刀光的特点。

中晚年时，随着壮志的消磨和国运的衰颓，诗歌多有苍凉意象，交织着渔樵之隐与报效国家的深刻矛盾。即便同样批判朝廷和社会黑暗，后期的诗歌悲凉多于愤慨，失望多于期望，不再如青年时代那样有"凡事皆有可为"的豪情。从风格和手法来言，前期的诗歌比较注重锤炼、苦吟，务灭以人力达天工，晚年则达到了妙造自然、挥洒万象的境界。他自己在《穆清堂诗钞续集》自序中亦声明后期"既不欲使才气、肆纵横，亦不欲持法度、矜细密，凡身之所经、目之所见，或景或情，有触即成，期足达意即止，不复如少壮之苦思尽力，务锻炼以求合古矣"[5]。因此，后期的诗歌随着阅历的丰富、沉淀以及诗法的老练成熟，虽然显得更加精深谨严、酝酿深厚，但诗思清妙，笔力奇峭，体现出天工人力合一、变化自如、从容自若的特点。陈灿为诗题序，评价其诗"跌宕纵横，归于自然，无惨淡经营之迹，盖锻炼之极"。

具体说来，朱庭珍的诗歌有以下特点：

① （清）朱庭珍：《论诗》二十五，《穆清堂诗钞》卷上。
② （清）朱庭珍：《辛卯端阳后一日同人复结莲湖吟社于集翠轩即事述怀》其二，《穆清堂诗钞续集》卷四。
③ （清）朱庭珍：《穆清堂诗钞》题词。
④ （清）朱庭珍：《穆清堂诗钞》题词。
⑤ （清）朱庭珍：《穆清堂诗钞续集》自序。

（一）精心布局，酝酿深厚，构思巧妙，独运匠心

朱庭珍的诗歌创作虽然主张转益多师，不限于一家一派，创作中也兼取百家之长，但总的来说，他主要以杜甫和苏轼为宗，"瓣香宗少陵，把酒奠玉局。……闭户容著书，穷愁讵非福。但得一卷传，不羡万钟粟"①。从人格的追求而言，他以杜甫终身忧国爱民的情怀为典范，以苏轼豁达乐观的性情为慰勉，在诗法上学习他们造意遣词，体现出精于刻炼、精深谨严、酝酿深厚而又变化自如的特点。

如咏《赵松雪骑驴踏雪图》②，诗人没有如习见的咏画诗那样一来就点明图画的来历，然后称赞画师的丹青妙手，而是以突兀新奇的笔法，以虚写实，将展开画图时的感受以陡然翻波澜之势让人大吃一惊："虚堂六月忽飞雪，朔风洗尽人间热。青山一瞬变白头，冷翠无声石壁裂。"突兀的起笔让人以为果真堂内六月飞雪，然后恍然明白作者之意是在写眼前展开的一幅雪景图，因为画得实在太精妙，让人如六月之天置身于雪地之中。无一句夸赞之词，但惊叹赞赏之情却满溢纸间。起笔之超妙，构思之精巧，令人叫绝。接着诗人转入对画的描述，"料峭入骨诗梦醒，谁与骑驴板桥上。半肩行李人萧萧，乾坤一色铺琼瑶。疏林叶尽鸟飞绝，枯枝倒挂珠千条"，又写雪中松树"道旁怒立千丈松，一松横卧十亩宫。铁骨冻折银皮封，衙衙余势犹争雄。一松拔起凌寒空，独立不畏风雷攻"，赞扬松树不畏霜雪，昂然挺立的节操，然后才道出"作者为谁松雪翁"。紧接着笔锋一转，慨叹他"松雪自写冰雪容，远山不皴云不渲。笔所未到皆天工，惜哉不作袁安卧，致今餐雪羞苏公"。全诗从一开头对松雪道人的丹青造诣极力称赞，到后来感慨他以赵宋后裔出仕元朝大节有亏，又隐喻了自己持操守节的志向。全诗有褒有贬，情感过渡自然，显示了精心的布局和独运的匠心。谭宗浚有《题朱筱园穆清堂诗集》："筱园雄于诗，士林知名早。奇气敛纵横，清思寄缥缈。法每兼韩苏，体时窥谢鲍。造意疑天成，遣词绝人巧。才命偏相妨，天心苦难晓。山林愿已违，戎马坐成老"，全面概括了他的诗奇气纵横、以人力达天工的特点。

---

① （清）朱庭珍：《辛卯端阳后一日同人复结莲湖吟社于集翠轩即事述怀》其一，《穆清堂诗钞续集》卷四。
② （清）朱庭珍：《赵松雪骑驴踏雪图》，《穆清堂诗钞》卷下。

（二）情深意厚，语淡味永，风格渊懿古茂，但回味无穷

朱庭珍的诗由于通篇满载着家国情怀而显得情深意厚，上文在论及其诗歌题材之时已经较多叙述了他对于国运民生的深情关注。到了晚年，年逾花甲的朱庭珍还坚持不远万里参加科考，还想再争取以科举晋身，有机会参与国家大事，而不是为贪图功名富贵。欧阳霖和周汝臣记他在杨玉科幕府多有筹划，尤其平回乱中最后一战攻下大理，"赞襄帷幄，与有谋焉"①，事平后杨玉科和当时云贵总督岑毓英要为其论功行赏，却遭到了朱庭珍拒绝。如果他追求的是功名富贵，何必有此一举。无奈腐朽黑暗的清政府将许多如朱庭珍一样丹心报国的有识之士拒之千里。朱庭珍从不心怀怨恨，"浮生未忍终高蹈，休对燕台咏式微"，如自身飘零草野的杜甫，终生心系国家，"杞国天将坠，虞渊日未沉。郭开能卖赵，平仲敢攻金。衔石冤禽愤，投鞭虏马临。漫漫长夜里，歌哭厌层阴"②。在深深的痛苦绝望之中，他明明知道自己已经没有希望再为国尽力，却依然"寸心犹未冷，应见中兴年"③，对国家中兴寄予深切的希望。

朱庭珍诗写对家人、朋友的情谊也感人肺腑。比如对结发五年就早逝的妻子的怀念，让人看到他不仅有铁血肝胆，也有儿女情长。妻子丁氏，朱庭珍记她："多才卿似女相如，倚枕联吟晓梦初"④，"诗书并秀媚，况复娴丹青"⑤，可知她是个知书达理、兰心蕙质的女子。他又言及妻子"素性甘淡泊，期我非簪缨。下帷伴著书，入林矢耦耕"，有着冰雪一样的性情与胸怀。两人成婚后琴瑟和鸣、情深意笃，可惜聚少离多。朱庭珍在外时常有诗念及妻子，丁氏过世后，朱庭珍写下了《忆内》《中秋》《清明》《悼亡诗为先室丁孺人作》等诗怀念妻子，其中的哀伤与思念，令人读之泪下。长诗《悼亡诗为先室丁孺人作》有句："将晓忽入梦，涕泪前相持。讶我颜色瘦，止我勿见思。先言敛才气，善处离乱时。继云守素履，坚白无磷淄。终云择交游，比

---

① （清）周汝臣：《穆清堂诗钞续集序》。
② （清）朱庭珍：《书愤》，《穆清堂诗钞续集》卷五。
③ （清）朱庭珍：《书事》其八，《穆清堂诗钞》卷中。
④ （清）朱庭珍：《赠内》，《穆清堂诗钞》卷中。
⑤ （清）朱庭珍：《悼亡诗为先室丁孺人作》，《穆清堂诗钞》卷中。

匪多危机。寒暖慎眠食，出处慎起居。絮语犹未了，日高花影移。"① 整诗如话家常，没有一字道思念之情，却字字含情带泪，平实的语言，将梦中妻子对自己的叮咛句句呈现，将一个贤惠温柔、冰魄玉魂的女子描绘在我们眼前，而对亡妻深情的思念也满溢在字里行间，与苏轼流传千古的《江城子》可相比者！中秋之日他思念亡妻，伤感之中写下"秋色明于画，秋闺冷不春。愁看今夜月，曾照去年人"，心中无限悲伤，但为了不让父母伤感，只有强忍心中悲痛，"恐伤堂上意，不敢泪沾巾"②。心字成灰却难与人言的深厚情意和无尽哀思，道尽了心中绵绵无期之痛。

再如一首写给好友李熙文的，时诗人送其前往曲靖迎其兄之灵柩，本来路途并不遥远，但作者却离情深重，热泪难禁：

> ……平生热泪不轻洒，今朝送汝何潸潸。……曲阳几日程，视之不啻咫尺间。兵戈扰攘忘路难，疲驴晓踏霜林干。老仆负重衣裳单，孤城一角开云端。平楚弥弥湘江寒，万峰飞翠迎征鞍。眼枯泪不落，冰风凋客颜。城南古道一挥手，披图使我涕泗涟。③

作者心中不舍，一来是心系战乱中好友的安危，虽然不是远别，却离情深重，二来是好友此行让他想起自己客死异乡尚未归葬的兄长，因此悲从中来，"我亦有兄殁京国，落日肠断鹡鸰原。三尺荒坟觅不得，梦魂暌隔今十年。我欲招魂望北燕，关河万里心茫然。同为人弟独愧汝，绵绵此恨应终天"。亲情友情双重牵系，感情真挚朴素，令人读之心痛。

忠肝义胆、赤子之心以及侠骨柔肠在朱庭珍的诗歌中多层重叠，更加立体地展现出一个血肉丰满、至情至性的诗人。

（三）意境醇厚，格调高华，富于情韵

深厚的性情、高迈的情怀，以俊伟之器负经世之才，在现实中又志不获展，眼看国运艰难，他心系社稷，但终生困顿于失意、不甘的情感中，他

---

① （清）朱庭珍：《悼亡诗为先室丁孺人作》其四，《穆清堂诗钞》卷中。
② （清）朱庭珍：《中秋》，《穆清堂诗钞》卷中。
③ （清）朱庭珍：《送李颖卿（熙文）之曲郡迎其兄榇即题〈湘江晓行图后〉》，《穆清堂诗钞》卷下，第530页。

的诗歌酝酿出欲吐未吐、郁积深重的意境。登高望远之时，感怀年华蹉跎，壮志难酬："诗骨如秋老，愁心迫岁寒"①，"平生怀抱郁不展，仅传文字心为哀"②，"书生忧世付诗卷，斧柯不假难为功"③。报国无门，他的诗中少不了自怜自伤之叹，但悲而不沉，愁而不颓，在悲叹自己"珠光自分沉沧海，剑气谁知满碧空"的同时，又绝不后悔自己坚守节操，修身洁志，"明妃甘被红颜误，不悔无金赂画工"④！他虽然身怀大志，希冀自己能为国建功立业，但追求的却不是功名富贵和衣锦还乡，"誓挽乾坤收战马，还从湖海狎盟鸥"⑤。他希望达成的是儒士功成身退的理想，报国之后再隐退林泉，"壮岁经戎马，浮生逐断鸿。参军孙楚似，高蹈鲁连同"⑥，抒发了一种修身齐家治国平天下的儒士的终极理想。尽管终生穷困，但国势越是危急，自己的处境越是困顿，他的志向就越是坚定，"时危志弥坚，身贱道转贵"⑦。近花甲之年得知自己再次落第，他只是自嘲"垂老日南游已倦，天教北上看西山"⑧。当匡时济世的理想抱负不能实现，圣人古训"立功"不得时，他以立德和立言来勉励自己，誓要扬风扢雅，引领一方风气，"但得一卷传，不羡万钟粟"⑨。无论如何，在他看来，杀敌报国不成，名山事业留名也未尝不可，"才人慧业期立言，名山一席自千古。独弹雅调抱琴瑟，欲辟吟坛树旗鼓"⑩。沈寿榕评价他的诗"力士挽弓惊卧虎，仙人吹笛跨神鸾"⑪，就是因为这种蓄积雄直之气又蕴含高迈洒脱的情怀。

除了这些紧贴时事的情感抒发，朱庭珍写景之作也颇有可观，意趣无穷。他写秋雨过后草木清新、秋意沁凉的感受："芳草凋晴翠，寒花淡晚香。

① （清）朱庭珍：《九日登西山》，《穆清堂诗钞》卷中。
② （清）朱庭珍：《书贾谊〈治安策〉后》，《穆清堂诗钞续集》卷四。
③ （清）朱庭珍：《题陈衡山（矩）大令〈东瀛草〉》，《辛卯端阳后一日同人复结莲湖吟社于集翠轩即事述怀》，《穆清堂诗钞续集》卷四。
④ （清）朱庭珍：《秋闱报罢赋诗遣怀》其四，《穆清堂诗钞》卷中。
⑤ （清）朱庭珍：《山后呈家次民兄》，《穆清堂诗钞》卷中。
⑥ （清）朱庭珍：《校订旧诗付梓感赋》，《穆清堂诗钞续集》卷一。
⑦ （清）朱庭珍：《自昆池泛舟入西山舟中遇雨晴后投太华寺宿即景述怀赋呈张雨田（春涟）姊丈镜浦（春云）六兄》其二，《穆清堂诗钞》卷下。
⑧ （清）朱庭珍：《礼闱被放赋诗遣怀》其二，《穆清堂诗钞续集》卷二。
⑨ （清）朱庭珍：《辛卯端阳后一日同人复结莲湖吟社于集翠轩即事述怀》其一，《穆清堂诗钞续集》卷四。
⑩ （清）朱庭珍：《谢陈昆山观察撰拙集序》，《穆清堂诗钞续集》卷五。
⑪ （清）沈寿榕：《题朱筱园明经诗稿二首》，《玉笙楼诗录》卷九，清光绪九年刻增修本。

城空秋易老，湖近意先凉"①，让人有身临其境之感，甚至能感觉仿佛有混合着水气的凉意扑面而来，其遣词构景之绝妙，令人惊叹。写山居清晨醒来，"开门霜袭衣，晴岚晓逾翠。木末鸟乍醒，花阴鹤犹睡。飒然凉风来，千崖白云碎"②，清新超妙，清思缥缈。闲适时"梦醒清磬里，窗掩落花间"③，只觉沁人心脾，兼有风骨和境界。写夜晚栖居僧寺，"半阶度花影，万壑卷松声。卧听涛如涌，浑疑雨未晴。起看天际月，一色正空明"④，澄澈空明中又蕴含似有若无的失落与忧伤，却毫无无病呻吟之感，造意天成，余韵无穷。

蔡元燮评价朱庭珍的诗"手持寸铁战千古，心运烘炉熔百家。奚囊收尽大千界，老笔怒洒诸天花"⑤，道出了他博取众家之长，熔铸自我风格，同时内容、题材丰富充实，笔力遒劲、老辣等特点。朱庭珍的诗因为重视"气"以及由之形成了"味"与"格"，故兴象深远，韵味无穷，既有摧锋破敌的剑胆琴心，又有爱国忧民的铁血柔肠，也有温润如玉的古君子之风。沈德潜曾说："古来论诗家，主趣者有严沧浪，主法者有方虚谷，主气者有杨伯谦，主格者有高廷礼，而近代朱竹垞则主乎学，之五者，均不可废也。然不得才以运之，恐趣非天趣，法非活法，气非浩气，格非高格，即学也徒见其汗漫丛杂而无所归"⑥，指出了诗歌创作中趣、法、气、格、学和才缺一不可。朱庭珍无论从诗歌理论还是从自身的创作实践都体现了这些因素的结合。他的诗在风云激荡的晚清别张壁垒、独树一帜，他是清代晚期云南诗坛的领军人物。袁嘉谷等人列举云南八家或六家诗人，并未列入朱庭珍，但笔者以为，朱庭珍当为这一时期云南诗坛的无冕之王，其成就与贡献当引起学界更多的重视。

唯一遗憾的是，朱庭珍生长在中西文化开始剧烈碰撞的时代，出于对西方列强的仇恨，他对于西方一切先进技术持抵触心理，他认为学习西方技术就是"用夷变夏"，会带来巨大的文化危机。他没有看到时代的进步，也缺

---

① （清）朱庭珍：《雨》，《穆清堂诗钞》卷中。
② （清）朱庭珍：《龙泉观早起观前散步饭罢上五老山遍历各胜遂下起云阁小憩得诗四首》其一，《穆清堂诗钞》卷下。
③ （清）朱庭珍：《客窗》，《穆清堂诗钞续集》卷五。
④ （清）朱庭珍：《陈兰卿（鹍）太守招游龙泉观》其四，《穆清堂诗钞》卷中。
⑤ （清）蔡元燮：《穆清堂诗钞续集》题词。
⑥ （清）沈德潜：《李玉洲太史诗序》，《归愚文钞》卷十二，清乾隆间刻本重印本。

乏向西方学习先进技术和文化的长远见识，没有革故鼎新的意识和精神。他后期的诗如《煤气灯》《电报》《轮船》《轻气球》《电器盒》《泳气钟》《海军》《铁路》等，都体现了这一局限。如轮船，他虽然看到了西洋船的巨大威力"横跨西洋七万里""攻城夺隘腾壁垒"，但却对清廷花费巨资学造西方轮船持反对态度，认为"制夷关智非关力"，并回顾昔日大中华的辉煌安慰自己，"汉皇横海平朝鲜，宗悫乘风下林邑。王彦恢，造飞虎，四轮夹舟疾于风。今有其人足耀武。"① 他认为中国的失利只不过暂时没有人才的出现，跟技术落后无关。再如铁路，他认为修建铁路就是"浪填沟壑竭府库"，修建后给敌人带去便利，对于自强之道毫无益处，"我军能往寇能来，自强讵必基于此"！再如电报，他意识到了电报技术的先进、快捷，"远自都城达边鄙，顷刻千里与万里"，却认为这并不适用于中国，还是传统的方式更安全可靠，坚持"中华事岂同欧洲"！朱庭珍的这些思想在当时无疑是保守落后的，也代表了当时一大批读书人在特殊时期文化和情怀的双重困境。他没有从导致封建制度腐朽的根本原因来分析国运衰颓，"国家虽多故，列圣有厚泽"②，还未意识到落后就要挨打的现实，依然囿于传统的观念，将国家的兴旺寄寓于对人才的正确运用以及士大夫们勇于担当的精神，"同心扶皇纲，再振乾嘉业。济世须忠良，补天赖材杰"③。但他不知道，自己所呼吁的一切，在那个时代已经远远不足以支撑起国家的中兴。

小　结

　　总体看来，清代晚期的云南诗歌体现出集大成的特点，诗人们无论在朝在野，是显是达，都感时伤世、调高思深、文质兼美，在学问上也体现出熔铸经史、贯穿百家的倾向。经过清代前期和中期两百年的发展与积累，清代晚期的云南诗歌从创作实践到理论都已趋于成熟。这一时期的诗人们总结和吸收前人丰富的文化遗产和创作经验，积众家之长，得古今体势，时代又赋予了他们强烈的现实主义精神。他们将充实的思想内容、多样的风格、臻于

① （清）朱庭珍：《轮船》，《穆清堂诗钞续集》卷四。
② （清）朱庭珍：《哀金陵》，《穆清堂诗钞续集》卷四。
③ （清）朱庭珍：《哀金陵》，《穆清堂诗钞续集》卷四。

完美的艺术形式、爱国忧民崇高的人格和精深的学力，熔铸出一种全新的艺术风貌，从朝政国事到百姓生计，从山川草木到社会变迁，体现了思想性和艺术性的高度结合。这在朱庭珍的创作理论和实践上尤为明显，朱庭珍的诗歌创作及理论探讨可以看作是清代云南诗歌的全面总结。

从诗歌创作取法上看，这一时期的诗人博采众家之长，有问途宋人而别张壁垒者，有独奏唐音而自成一家者，也有出唐入宋风格多变者。但总体来讲，无论师法何派，这一时期的云南诗歌坚持以"温柔敦厚"为主旨，强调诗歌的社会功用和伦理价值，黄琮、严廷中、朱庭珍的创作都是以此为旨归，大力倡导诗歌有补于世、关注现实的功用。这与当时内忧外患而"通经致用"思潮的勃兴是烮烮相关的。同时期魏源等人的主张亦是如此，"诗以言志，百世同揆，岂有欢愉哀乐，专为无病代呻者耶"[①]，又言："自《昭明文选》专取藻翰，李善《选注》专训名象，不问诗人所言何志，而诗教一蔽；自钟嵘、司空图、严沧浪有《诗品》《诗话》之学，专揣于音节风调，不问诗人所言何志，而诗教再蔽；而其与会萧瑟嵯峨，有古诗之意，其可得哉！"[②]

由于世界形势巨变，这一时期的云南诗歌出现了很多新的意象，大多和西方先进的科技有关，如轮船、铁路、电报、煤气灯、西洋剑等，尤其是接近清朝末期，正如王韬等诗人所言"西欧风土归诗笔"[③]，"吟到中华以外天"[④]。在新的形势下，云南诗人也转变了观念，但整体上来说，思想还是趋于保守。诗人们面对前所未有的社会巨变，心态发生了深刻的变化，思想逐渐越出传统儒学的藩篱，理智与心理也出现了巨大的矛盾张力。一方面，他们憎恨社会的黑暗与传统的约束，另一方面，他们又对西式的东西保持一定限度的崇仰与拒斥。面对内外交困、危如累卵的时局，他们的诗作更多是从批判朝廷的腐败、软弱和无能入手，呼唤能临危受命、力挽乾坤的栋梁之才，还没有从根本上认识到封建统治的危机和末世的命运，还没有改天换地

---

① （清）魏源：《齐鲁卓韩毛异同论中》，《魏源全集·诗古微》，岳麓书社 1989 年版，第 166 页。
② （清）魏源：《诗比兴笺序》，《魏源集》，中华书局 2009 年，第 231 页。
③ （清）王韬：《二月自英返粤》，《蘅华馆诗录》卷四，清光绪六年弢园丛书本。
④ （清）斌良：《题家嵩亭关外纪程百咏草后》，《抱冲斋诗集》卷二八《鹓班掌萃集》二，清光绪五年崇福湖南刻本。

的意识。"万法从新要大同"①、"力填平等路，血灌自由苗"② 之类崭新的思想还没有出现在云南诗人笔下，他们还是从维护封建统治的观念出发考虑社会问题，缺乏变革求新的思想。如朱庭珍排斥西洋一切先进技术，还未意识到落后就要挨打的现实，将强国的理想寄托于腐朽的朝廷和君主，这无疑是非常落后的。

与朱庭珍同时期或稍后的诗人，很多活动于清季和民国时期。随着西方学术思潮和民主、科学思想的传入，诗歌创作出现新的物象，云南诗歌和全国诗坛一起，整体走向了古典诗歌的终结。

---

① （清）黄遵宪:《己亥杂诗》第 47 首,《人境庐诗草》卷九, 民国本。
② （清）蒋智由:《卢骚》,《蒋观云先生遗诗》, 民国二十二年（1933）铅印本。

总　结

清代近三百年的云南诗歌，在云南独有的文化传统滋养和中原内地儒释道文化涵濡之下，走完了它自己的轨迹。云南得天独厚的地理环境、丰厚富饶的自然资源、复杂多样的民族构成、相互间的文化交融以及特殊的历史演进轨迹，为它提供了繁茂生长的沃土。虽然它错过了古典诗歌发展的黄金时期，却也很快赶上了中原内地的步伐，成为中国诗坛一道独特的景观，与其他地域诗歌一起，构成了清代诗歌绚丽完整的版图。虽然它起步很晚，才刚开始繁荣，中国古典诗歌已经迈向终点，它还没有来得及打造如吴习、楚风、齐气等以鲜明地域特色为标志的固有风格，还未能以诸如"岭南""河朔""阳湖""浙派"等明显带有本土特征的诗派或群体树帜站坛，就随中原内地诗坛整个步入了古典诗歌的终结。但令人欣慰的是，作为一个文化相对落后的地区，云南诗歌始终保持着自身清晰、独立的发展轨迹，自觉完成了地域诗学传统的构建。这个传统以本乎学问、关乎世运，取法上主要以唐为宗，兼采百家之长，以温柔敦厚为主旨，以自抒性情为出发点，以厚朴刚健为特征，从而形成了自身鲜明独特的面貌。

一、清代云南诗歌发展演变的特点

作为一个独特的文化区域，清代云南诗歌从文化背景、创作主体到创作内容和风格方面无疑都具有迥异于中原内地的特征。独特的地理位置和山川风物，以中原文化为主导、多种民族文化并存的复杂多元的背景，特殊的历史进程，都为诗歌的生长提供了特殊的养分和题材。就创作主体而言，众多少数民族的参与使得融入了少数民族秉性、气质和风俗文化的诗歌具有强烈的地域色彩和独有风情；就创作内容而言，相对保守、传统的地方风气，少数民族刚猛率直的性格，儒家思想的深刻影响等，这些多重因素相互作用，形成了它内容充实、关注世运的特点。诗歌创作多以山水、民生、个人抱负和家国情怀为主，罕见嘲风弄月、放浪形骸和无病呻吟之作，总体上厚朴刚健。风格方面，受儒家诗教的影响，以自写性情为主，以温柔敦厚为宗旨，重视主体的学问和道德修养。又因当地朴实笃行的风气，诗人们普遍能自觉地将儒家思想内化为自身的精神内核，而非涵泳性情的工具。因此，诗歌格调普遍高昂，积极向上，有着强烈的担当精神。同时，少数民族性格中无拘无束、至情至性的一面作用到诗歌中，即便整体"温柔敦厚"，诗歌依然体现出强烈的个性色彩。从诗法取向上，由于受明代文化和诗学的深刻影响，诗人们多有遵循七子道路的倾向，普遍以三唐汉魏为宗，但并不轻视和摒弃其他朝代的诗歌，而是以海纳百川的态度兼收并蓄，博采众家之长。这一点是非常值得肯定的。具体而言，清代云南诗歌的发展有以下特点：

（一）一以贯之对儒家传统诗教的尊崇和坚守

通过整体考察，清代云南诗歌有一个非常明显的特点就是从清初到清末都一直以儒家传统诗教为宗，以"温柔敦厚"为旨归，以自写性情为出发点。这是主线。

清初赵士麟对"诗道"一再重申，强调诗歌"上明三纲、下达五常"以及"端趋向、厚风俗"[1] 的教化功能，稍后许贺来认为"须从敦厚追周雅，莫以离忧学楚辞"[2] 以及涂晫对其诗歌"嬉笑怒骂无违于道，慷慨悲歌无乖于气"[3] 的评价，再到后来段昕倡导"发为英华，无非温柔敦厚之旨"[4] 的诗风，整个清代前期云南诗坛有影响力的诗人没有谁能跳出这个矩范。清代中期，在歌

---

[1] （清）赵士麟：《送陆揆哉督学四川诗序》，《读书堂彩衣全集》卷十四，《清代诗文集汇编》第 115 册，第 337 页。

[2] （清）许贺来：《阅湜儿诗口占示勉》，《赐砚堂诗集》卷十，《清代诗文集汇编》第 209 册，第 566 页。

[3] （清）涂晫：《赐砚堂诗序》，许贺来《赐砚堂诗集》卷首，《清代诗文集汇编》第 209 册，第 464 页。

[4] （清）江苎：《皆山堂诗草序》，《皆山堂诗草》，第 13—14 页。

咏太平的氛围中，钱沣有"力变气质以合道"①的观点。刘大绅有"诗以为道"的主张，认为如果诗歌"少温柔敦厚之旨"，则"去诗人远矣"②，因此在创作中力求"尽将抑塞态，敛之变温醇"③，在实际创作中也践行这一主张，生平诗歌风格"和平温厚，绝无粗厉噍杀之音"④。同时期的白族诗人王崧在《乐山集·论诗》中也是全意遵循"诗言志"和"文以载道"的思想。王寿昌在其诗歌理论著作《小清华园诗谈》中也反复申明："古来作者，……贵取其所长，弃其所短，驯而至于温柔敦厚之归，则雅、颂之音，庶可复睹耳。"不仅诗人个体，清代中期，云南大型地方诗歌文献总集《滇南诗略》以"大雅为宗""温柔敦厚"为编纂主旨亦可看出清代中期云南诗歌的取向。到了清代后期，黄琮"诗以言志，文生于情……"⑤，坚持认为诗歌不能脱离"兴观群怨"之旨；严廷中虽主情，但也强调"诗以温柔和平、缠绵雅丽为主"⑥；道光间的陈伟勋在《酌雅诗话》中更是对一切违反"思无邪"的诗作深恶痛绝，以"思无邪之一言以为矩范"，以"触排异学、黜落淫词"为出发点，极力批判在他看来所有违背儒家伦理和教化的作品，认为"舍性情之正而言诗，必非佳诗"⑦。其独尊儒家传统诗教的极端态度几乎与道学家无异。往后的朱庭珍《筱园诗话》也以温柔敦厚为诗教之本："温柔敦厚，诗教之本也。有温柔敦厚之性情，乃有温柔敦厚之诗。本原既立，其言始可以传后世。"石屏诗人许印芳《诗法萃编》再三强调温柔敦厚和兴观群怨："若夫说诗以教学人，《虞书》言志后，孔子之训事父事君，兴观群怨，温柔敦厚，知道无邪；卜子之训吟咏情性，主文谲谏；孟子之训以意逆志，论世知人，是皆词约义精，为千古说诗之祖。"类似的观点一直到清季民国间犹自经久不衰，由云龙《定庵诗话》主张"温柔敦厚，本为诗家上乘"，袁嘉谷等人莫不以传统诗教为旨归。而以上论及之诗人，均在各时期的云南卓有成就和影响力，他们的观点，可以代表云南诗歌的整体风尚。

---

① （清）钱沣：《题秋崖改吟图小照》，《钱南园先生遗集·补遗》卷二。
② （清）刘大绅自序：《寄庵诗文钞·诗钞续附》卷七。
③ （清）刘大绅：《即事》，《寄庵诗文钞·诗钞续附》卷十。
④ （清）黄琮：《醉吟草序》，《滇文丛录》卷三四，第 385 页。
⑤ （清）黄琮：《晚翠轩诗钞后序》，第 82 页。
⑥ （清）严廷中：《药栏诗话》乙集，上海书店《丛书集成续编》第 158 册，第 94 页。
⑦ （清）陈伟勋：《酌雅诗话自序》，上海书店《丛书集成续编》第 158 册，第 141 页。

通过梳理从清初到清末的主要诗人诗学思想和主张，云南诗坛对儒家传统诗教一以贯之的尊崇毋庸置疑。基于这一点，清代云南诗坛由此衍生出来的另一个显著特点就是各时期的诗人们都不约而同地非常重视"性情"在诗歌中的作用。这在第三章的小结中笔者已经论及，这种性情并非纯粹的人的心性和情感，而是合乎儒家伦理道德规范的思想与情志。

无论是明末清初的苍雪、担当等人倡导的"性情"，还是清初文化远主张的作诗要"兴会所至""性情所投"，王思训"每当酒酣耳热时，高唱狂吟，只写其胸臆"[①]，阚祯兆的"有性情而后有骨力，有骨力而后有气象"[②]，傅为宁的"诗无汉唐，惟真性情为贵"[③]，许贺来的"伪体别裁风自古，性灵陶写语多奇"[④]，李崇阶的"音由性始风多韵，事属天伦字有香"[⑤]，他们都提倡性情，不约而同强调了符合儒家教化的诗歌主旨。他们的作品在鉴赏品评之时，"性情之正"成为一个鲜明特征和评价标准，如张端亮的诗歌"得乎性情之正而与《三百》旨合"[⑥]，李发甲诗"刻笃和平，具征性情之正"[⑦]。足见这种性情绝不仅仅是随心所欲、物性自由的性情。昆明诗人谢履忠[⑧]在《论文》中虽言文章出自性灵方能自成一家，主张"机杼在心，纵送如意"，但却要求"约规矩绳墨之中"[⑨]，与钱沣"力变气质以合道"乃异曲同工。刘大绅虽主张"棋声静处有书声，更以诗篇写性情"[⑩]，"无艰险处难名友，有性情人许说诗"[⑪]，但却"常恐《风》《骚》废，遽使性情移"[⑫]，"言志本性情，喜笑哀即啼"[⑬]，归根到底还是不能逾越儒家诗教的藩篱，归结到"温柔敦厚"、明志见道的规矩之内。

因此，在这样的诗学观念贯穿之下，整个清代云南诗人的诗歌创作可以看到一个明显的特点，那就是缺少张扬的个性色彩。像袁枚性灵派那样放纵

① （清）王思训：《古京雏尘稿序》，《滇南文略》卷二一，第 455 页。
② （清）阚祯兆：《李象岳同年游鸡山诗记序》，《滇南文略》卷二一，第 445 页。
③ （清）傅为宁：《陈鹤山诗集序》，《滇南文略》卷二三，第 503 页。
④ （清）许贺来：《阅湜儿诗口占示勉》，《赐砚堂诗集》卷十，《清代诗文集汇编》第 209 册，第 566 页。
⑤ （清）李崇阶：《赠邓惠吉》，《釜水吟集》卷一，第 365 页。
⑥ （清）宋安全（次梅）：《抚松吟集序》，张端亮：《抚松吟集》卷首。
⑦ 《（民国）新纂云南通志》卷七五"艺文考五·滇人著述之书五·集部二·别集类二"。
⑧ （清）谢履忠，字昆皋，又字一侯，昆明人，康熙癸未进士，历官左春坊左谕德，著有《碧梧堂藏稿》。
⑨ （清）谢履忠：《论文》，《滇文丛录》卷二，第 92 页。
⑩ （清）刘大绅：《上伯制军玉亭先生二首》，《寄庵诗文钞·诗钞续》卷七。
⑪ （清）刘大绅：《读袁苏亭〈萍聚吟〉题后并寄》，《寄庵诗文钞·诗钞续》卷七。
⑫ （清）刘大绅：《答赵子谷（名璧浪穷人）》，《寄庵诗文钞·诗钞续》卷八。
⑬ （清）刘大绅：《自嘲》，《寄庵诗文钞·诗钞续附》卷九。

不羁的思想、行为以及诗歌风格在云南诗人中很难见到。纯粹吟风弄月、无病呻吟或是张扬自我、离经叛道的诗作几乎没有。总体来讲，清代云南诗歌的价值取向就是重视诗歌的社会功用和伦理价值，一直着力倡导诗歌"言志"的传统；力主"温柔敦厚"，要求诗人抒发合乎儒家伦理规范的性情，在潜移默化中达到移风易俗的效果。

在一定程度上说，儒家传统诗教限制了诗人个性和情感，限制了内容取材和艺术表现；但在实际的创作中，云南诗人并未表现出对多样化的艺术风格的排斥，而是在遵循儒家传统诗教的前提下兼采众长、自具识见。他们注重情感的真挚、诗味的隽永、内容的充实，在艺术表现上含蓄蕴藉。虽然要求抒发合乎儒家伦理的性情，但他们往往能面对个人遭际和客观真实，独抒胸臆，注重情感真实的表达，并非唯唯诺诺，而是表现了对现实强烈的关怀，并对黑暗、不公进行有力的批判。这与温柔敦厚不是绝对冲突的。申涵光就曾言道："温柔敦厚，诗教也，然吾观古今为诗者，大抵愤世嫉俗，多慷慨不平之音。自屈原而后，或忧逸畏饥或悲贫叹老，敦厚诚有之，所云温柔者未数数见也。子长云：'《三百篇》皆圣贤发愤之所为作。'然则愤而不失其正，固无妨于温柔敦厚也欤！"① 魏礼亦云："古今论诗以温厚和平为正音，然愤怨刻切亦复何可少？要视其人所处之时地。譬犹春温而融风，万物被之欣欣有生气：使凛秋玄冬，霜雪不下，凄风不至，煦然若春风中人，是尚得为天地之正乎？"② 这些都表达了诗歌可以以温柔敦厚为旨却依然能保持批判性。黄宗羲阐述得更加深刻："彼以为温柔敦厚之诗教，必委蛇颓隳，有怀而不吐，将相趋于厌厌无气而后已。若是，则四时之发敛塞暑，必发敛乃为温柔敦厚，塞暑则非矣；人之喜怒哀乐，必喜乐乃为温柔敦厚，怒哀则非矣。"他认为："怒则掣电流虹，哀则凄楚蕴结，激扬以抵和平，方可谓之温柔敦厚也。……此性情之昭著，天地之元声也。"③ 这个观点符合云南诗人诗歌创作的实际情况，他们尽管遵循温柔敦厚的原则，但在创作中并非脱离实际，一味歌功颂德。整个清代，云南诗人的诗歌创作都紧贴现实，他们以儒家经世济民、移风易俗的责任和理想为标杆，忠于君亲、义于友朋，关注黎元休

---

① （明）申涵光：《聪山文集》卷二《贾黄公诗引》，康熙间刻本重印本。
② （明）魏礼：《甘衷素诗序》，《魏礼文集》卷七。
③ （明）黄宗羲：《万贞一诗序》，《南雷文定四集》卷十一，民国四年《黎洲遗著汇刊》本。

戚，在经世报国的理想和自我才华的实现之间不断奋发、调适，展露了自己关注国运民生、社会发展的深厚情怀。

（二）清代云南诗歌体现出不为时习所染，坚持传统和保持自我理性的特点

清代诗歌，尤其到了中期，诗派林立、众波迭起，诗学观念和诗学好尚异彩纷呈，但无论哪一种风气的高涨，对云南诗歌整体的影响都不显著。它不趋同时习，始终保持了自己独立而理性的选择。通过正文的考察分析，笔者已经探讨过，无论是明末清初对明七子的全面批判，清前期宋诗风潮的席卷，抑或是中期性灵、格调、肌理的全面辐射，晚期问途宋人的风潮，云南诗坛并未出现明显的呼应和受其影响。王士禛论及东粤诗坛时曾说："东粤人才最盛，正以僻在岭海，不为中原、江左习气熏染，故尚存古风耳"[1]，指出了地理位置的偏远可以保持当地独有的风气。这固然是其中一个原因，云南诗坛也不例外。但除了位置偏远、消息滞后和沟通不便，主要的原因还是云南诗人在诗学潮流和风气面前保持了自己独立、理性的选择。如果说地处偏远、消息闭塞会导致自我封闭和步伐落后，但是在长期京中为官和仕宦外省的诗人身上也未看到相应的趋向。如清初诗人许贺来，在翰林院前后长达十余年，其诗歌艺术成就堪为当时云南诗人翘楚，《清诗纪事》评价他"其诗不标家数，不趋时习，自抒胸臆，朴拙可喜"[2]，肯定了他诗歌创作不随波逐流、自成面貌的特点，《中国文学家大辞典·清代卷》亦论其"诗尚朴拙，不染时习"。再如钱沣，身处乾隆朝的盛世诗坛，与姚鼐、张问陶、洪亮吉、翁方纲、法式善等均有密切接触，他的好友中有桐城派、性灵派、肌理派，也有司庙堂文学的满蒙八旗贵族，但钱沣的诗歌没有趋同任何一个派别，而是自成一家。他与姚鼐师友情深，姚鼐为古文大家，钱沣不时向其问学，姚鼐也说"余所论诗古文法，君闻之独喜"[3]。对他的才学也极为欣赏，"钱君吐文五色章，我见夺目贡玉堂"[4]；但值得注意的是，钱沣虽然学习姚鼐，并写得一

---

① （清）王士禛：《池北偶谈》卷十一，中华书局，1982 年版，第 251 页。
② 邓之诚：《清诗纪事初编》卷八，《清代传记丛刊·学林类 28》，台北明文书局，1985 年版，第 975 页。
③ （清）姚鼐：《南园诗存序》，《钱南园先生遗集》卷首，版本见前。
④ （清）姚鼐：《题九客图》，版本见前。

手好诗文，却并未规行矩步，模仿桐城之风。李祖陶在《国朝文录》中选录姚鼐文章时提及钱沣，就有这样的评价："予近读《滇南文略》中载侍御文颇多，率皆苍整拔俗，今观此序，乃知其法得自姬传，然面目仍不同也，知侍御之能自立矣。"① 由此可见，钱沣即便身处全国诗坛中心，他也和许贺来一样，明确地保持了自己的风格。

再举晚期朱㷙为例。前文已经论及，无论创作成就或理论建树，朱㷙都可算是晚清宋诗运动的一员健将，但他却不受风气影响。论清晚期的宋诗运动，何绍基（1799—1873）可算首领风气。朱㷙（1794—1852）与何绍基年龄相当，两人亦为好友，但他不是受时习所染。他与何绍基同为宋诗运动的先驱。

此外，如明末清初全国诗坛普遍批判明前后七子，但数十年身在吴中的高僧苍雪和数度来往于大江南北的担当等人都表现了对七子的坚决拥护和追随，并且丝毫未影响他们两位成为海内外声誉卓著的滇中诗人。

上述例子皆举云南举足轻重的诗人，具有典型性特征。李祖陶评论云南诗人刘大绅文章后感慨："我国家舆图广大，声教遐宣，虽穷壤荒陬，人才正自不乏。且惟所居地远，故能不为时风众势所摇，而一轨于正视，近地诸公必排突前人以自表异者，殊浅之乎！"② 这段话也说明，不止一个学人当时已经看到云南诗人不为风气所移的特点。曹溶《海日堂集》写道："吴越之诗矜风华而尚才分，河朔之诗苍莽任质，锐逸自喜。五岭之土处其间，无河朔之疆，而亦不为江左之修靡，可谓偏方之擅胜者也。"云南何尝不一样。在举世滔滔的局面下，他们没有以紧追时代潮流为荣，而是独立于时风之外，保持了充分的理性和独立的选择，辩证、批判地对待弥漫诗坛的各种风气，并固守着自己的阵地，不轻易改弦易辙，并在诗歌创作上作了很多有益的探索。

因此可以说，不染时习，不囿于门户之见，风气朴厚淳古，这是清代云南诗歌的一大特点。

（三）诗歌创作本乎学问但不等同于学人之诗

以学问为根底，诗歌创作充分重视学识的作用，这是清代云南诗歌的又

---

① （清）李祖陶：《国朝文录·惜抱轩先生文选》卷二，清道光十九年瑞州府凤仪书院刻本。
② （清）李祖陶：《寄庵先生文录引》，《国朝文录·刘寄庵文录》卷一，清道光十九年瑞州府凤仪书院刻本。

一显著特点。自清初以批判明代空疏学风为始，中原内地的诗人们普遍重视学问的扎实，至乾嘉时期考据派蔚为大观，营造了高度重视以经学为学问之根底的文化背景。云南诗歌也是这种倾向。但需要指出的是，云南诗歌对学问的强调与重视，与清代打着"学人之诗"标签的诗歌创作是不一样的。先从清代各时期云南诗人的主张来看。从清初至清末，除了性情，他们强调最多的就是学问。清初浪穹诗人李崇阶言："昔人谓胸无万卷书，足不履万里道，必不能文，即文亦闺阁语，旨哉斯言！"① 河阳李发甲认为诗歌创作要博涉经典："富罗万卷书，落笔蛟龙吼。穷经泄典坟，积学成渊薮。"② 赵士麟认为作诗"必有颖悟绝特之资而济以该博宏伟之学"③。稍后的张汉以博学闻名。中期的钱沣也是埋首典籍，博观约取："追逐雅颂诗，攀跻商周诰。班范下撷华，荀杨中择奥。缋丝作黼衮，琢璞备珪瑁。蔄翳并翦剔，清浊各疏导。"④ 刘大绅也坚持"不读万卷书、不行万里路，不能为文章，壮哉言乎"⑤！师范和王崧等既为诗人，又是文史大家。晚期的朱腾认为，学问的精深完全可以代替天赋，"所造既精深，聪明转非贵。不学徒特天，用天天实废。论说无根柢，往往杂游戏"⑥。他认为即使再有天赋才情，如果没有以学问为根底，那创作只不过如同儿戏，他还言："作史者以才、学、识为三长，夫诗之为道，何独不然邪？……是故知言养气，所以老其才；茹古涵今，所以富其学；渺虑澄心，所以邃其识。三者之既得，然后能出风入雅、思精体大。"⑦ 黄琮的主张和朱腾大同小异，认为："诗缘于情，畅于才，而闳深于学，高于格，和于养，而缠绵骀宕于其韵，非徒貌为高古，得其皮而未得其骨者比也。"⑧ 朱庭珍主张"请君十年读破万卷后，再行万里遍览青芙蓉"⑨。相似的主张不胜枚举，足见整个清代云南诗人对学问的重视程度。并且他们并非空谈

---

① （清）周沆纂辑：《滇程日纪序》，《光绪浪穹县志略》卷十一"艺文"，民国元年石印本，云南图书馆藏。
② （清）《寿萧叙九年兄》，李发甲：《李中丞遗集》，第512页。
③ （清）赵士麟：《于章云仪郎诗序》，《读书堂彩衣全集》卷十四"诗序"，《清代诗文集汇编》第115册，第324页。
④ （清）钱沣：《自题画六首·溪山小筑》，《钱南园先生遗集》卷一。
⑤ （清）刘大绅：《西征记序》，《寄庵诗文钞·文钞》卷二。
⑥ （清）朱腾：《朱丹木诗集》，上海书店《丛书集成续编》第138册，第402页。
⑦ （清）戴絅孙：《朱丹木诗钞序》，朱腾《朱丹木诗集》卷首。
⑧ （清）黄琮：《萃亭诗稿序》，《滇文丛录》卷三四，第383页。
⑨ （清）朱庭珍：《滇南胜境坊望滇黔诸山作歌》，《穆清堂诗钞》卷上，上海书店《丛书集成续编》第137册，第492页。

理论，在创作的实践中也一直践行着自己的主张。段昕的诗歌以"学渊而养邃"① 著称，赵士麟以"如潮如海之才，发有体有用之学"②，张汉的诗歌"士衡人说患多才"。阮元为王崧《说纬》作序，称其"精思卓识，博通万卷，不囿于浅，不避于俗，是博通九经疏义，识史家体制"。曹懋坚评论黄琮的诗歌"先生玉堂彦，文史胸中该"③，严廷中诗作亦被称"万卷营成风月窟，一身担尽古今愁"④。这些都体现了理论与实践的高度契合。

　　上文已经提到，云南诗人重视学问不等同于"本于经术"的学人作诗，与宋诗"以才学为诗"、偏重义理也不是一回事。它不是"误把抄书当作诗"的死搬硬套，不以堆砌故实、卖弄学问为高格，而是通过倡导博学多识，力图在深厚学养的基础上涵濡高尚人格，避免学问浅薄而导致诗歌肤廓空泛。这从上文引用的赵士麟、朱腾、黄琮等人的观点就可以看到。他们的根本出发点是立足于儒家政治理想和道德精神，在诗歌中灌注现实批判理性，从而真实地表现自然，反映时代现实。此外，从前文以"性情为本"并贯穿始终的诗人们的主张可以看出，他们非常强调诗歌的情感特征，更多关注人的主体精神，同时始终以宗唐为诗歌风格取向，这些都决定了他们不可能走学者诗人的路子。从正文中的考察也可见得，云南很多诗人的诗以情韵风骨为胜，并不以义理筋骨见长。即便如张汉，袁嘉谷说他创作中"士衡人说患多才"，指出了他学识渊博反而成为负担，但并不影响他以"清峻通脱"的风格成为云南诗坛一代宗师。上面提到的以学问见长的各位诗人，同样情韵风貌不一，成为云南诗坛各个时期的翘楚。

　　以经术或是理学为根底的学问，本身就肩负着经世济民的理想。这与云南诗人一直尊崇的儒家传统诗教不谋而合。因此，他们将这种读书致用、矫俗济世、切合世务的责任和明道见志的目的结合起来，蕴含在诗歌之中，使之焕发出一种高华的色彩。沈德潜曾言："诗道之实，其气在根柢于学。以唐人言之，少陵之诗，穿穴经史；太白之诗，浸淫庄、骚；昌黎之诗，原本汉、

---

① （清）段昕：《皆山堂诗草》卷三，第 10 页。

② （清）张英：《读书堂彩衣全集序》，赵士麟《读书堂彩衣全集》卷首，《清代诗文集汇编》第 115 册，第 7 页。

③ （清）曹懋坚：《题黄榘卿前辈越秀山望海图图为丁酉典试时作》，《昙云阁集》诗集卷六，清光绪三年曼陀罗馆刻本重印本。

④ （清）汤贻汾：《题严秋槎廷中碧云水榭即次其韵》，《琴隐园诗集》卷二二，清同治十三年曹士虎刻本。

魏。推此而上，若颜、谢、阮、陶、曹、刘诸人，蔑不尽然。盖能根柢于学，则本原醇厚，而出之以性情之和平，将卓尔树立，成一家言。吾不受风气之转移而可转移乎风气，此实其气之说也"①，指出了诗歌以学问为根底的重要性。

（四）清代云南诗歌整体上呈现出厚朴刚健的特征

受地域文化和风气、少数民族性格以及儒家诗教观念等多重影响，清代云南诗歌整体上呈现出厚朴刚健的特征。云南高山峡谷、峻岭雄关的地域特点孕育了诗人们豪迈、刚强的气质。地理位置的偏僻遥远和经济文化的相对滞后，形成了他们忠厚、质朴的性格。上千年多民族聚居的环境下，少数民族的百姓只要不触及其宗教信仰和禁忌，他们一般温和宽厚，感情坦率、直露。总体而言，清代云南诗歌没有江南的细腻温婉，没有湘楚的多情缠绵，更偏向于塞外的凛冽刚猛。加上儒家思想的深刻影响，诗人们着力倡导诗歌"言志"的传统，重视诗歌的社会功用和伦理价值，内容上多关注世运和现实，多写家国情怀、社会民生和自然山水，罕见吟风弄月、无病呻吟之作。当然，云南诗人也注重情感抒发，他们作诗大多有感而发、缘情而作，推襟送抱，但除了与社会民生有关，一般就是抒发自身出处进退中的喜怒哀乐。对儒家伦理道德的恪守使得像袁枚性灵派那样的放纵不羁的思想、行为以及诗歌风格在云南诗人中几乎没有见到。他们崇尚质朴自然，反对华而不实，少有纤弱轻靡之风，表现为清刚壮逸或是劲健洒脱，可用厚朴刚健来总结它。正如诗人王竹淇所写"文有风云气，诗无儿女情。杏桃嫌俗艳，梅菊抱幽贞"②。这可看作是清代云南诗歌特点的一个概括。即便是描写自然风光的诗歌作品，也不是单纯模山范水，而是山水之间有恋阙之情，江湖之上有仁民爱物之心，民风体察中有家国情怀和对社会的深切关注，呈现出富有独特内涵的云南诗歌。由此，将云南诗人多情、务实、仁厚、忠义的特点也抒发出来，这些在钱沣、刘大绅、黄琮、朱腾、严廷中等大批诗人的创作中都可证实。

---

① （清）沈德潜：《与陈耻庵书》，《归愚文钞》卷十五，清乾隆间刻本。
② （清）王竹淇：《何日》，赵银棠辑注《纳西族诗选》，第 222 页。王竹淇，丽江人，纳西族，光绪己丑科（1889）举人，曾任云南禄劝、永善教谕。

当然，写儿女情长的诗人也有，但非常少见，如清晚期的严廷中、朱庭珍二位，于儿女情长稍有着墨。先讲严廷中，就其个人生活而言，严廷中是一个多情公子，生平有数个红颜知己。原配盛梦琴知书达理，与其琴瑟和谐，知音情重，诗卷中有不少写给盛梦琴的诗歌。他还有姬妾李菱娥及王氏蔻衫、田氏慧香、陈氏瘦香等。他从不掩饰自己对于妻妾的感情。他尊重她们、爱惜她们，将她们视为自己的知交好友，常将她们比作樊素、朝云。严廷中还将自己的《红蕉吟馆诗存》卷十命名为《菱波集》（取"李菱娥"和"镜波"中两字），集中有相当一部分诗作写自己与她们相携登临访友、赌书泼茶。但盛氏、陈氏、田氏都先后早逝，严廷中异常悲伤，为她们写了不少悼亡诗，都情深意长，感人肺腑。歙县著名女诗人何佩玉题其诗曰："兰芷芬芳一卷新，江淹词赋最酸辛。鹃啼碧血悲贞女，草长红心吊美人"①，可见他是至情至性、血肉丰满的诗人。汤贻汾题其碧云水榭云："万卷营成风月窟，一身担尽古今愁"②，也指出了他生平多情、经历曲折、感情丰富的特点。

严廷中一生结交了不少女诗人，其中甚至有擅长作诗、爱好风雅的女道士。他客居扬州之时，广交闺阁诗人。著名的歙县何氏三姐妹何佩芬、何佩玉、何佩珠以及金云封、汪端、谢素娟、王淑英、王韵莲、傅蕙、袁嘉、陆翠娥等，与他均有诗文往来。严廷中对她们的才情极为赞赏，如评价汪端是"闺阁中仙才也。……哀感顽艳，温李集中上乘也"。将她与温庭筠、李商隐相提并论。他将她们的诗录入自己的诗话中，为她们诗集题词、作序，与她们诗文投赠往来，视为师友。与女诗人交往之频繁、深入，思想之开明，严廷中是同时代的诗人中为数不多的一位。

朱庭珍也有一些诗如《忆内》《中秋》《清明》《悼亡诗为先室丁孺人作》等为妻子所作，其中写的与妻子琴瑟和谐、知音情重以及妻子亡故后对她的深深怀念，都感人至深。值得关注的是，这两位儿女情长的诗人都自幼随父亲仕宦在外，青少年时期都并未在云南，这恰恰又说明了离开云南本土风气的熏染后诗歌创作出现的相应变化。

云南诗歌虽然较中原内地发轫为晚，但诗人们通过自身的努力学习、创

---

① （清）何佩玉：《红蕉吟馆诗存》题词，严廷中《红蕉吟馆诗存》卷首，第44页。
② （清）汤贻汾：《题严秋槎廷中碧云水榭即次其韵》，《琴隐园诗集》卷二二，清同治十三年曹士虎刻本。

作实践和经验积累，以理性的选择与独立的坚持，树立起以乡邦意识为核心的地域诗学观念，从本土历史文化中挖掘、提炼出滇南精神，自觉构建滇南地域文化传统。虽然没形成有理论主张、有清晰风格、有鲜明地域特征的诗歌流派，但他们努力自觉建构云南地方诗学体系，寻找主流文化与地域传统的完美契合，初步构建了云南诗学本乎学问、关乎世运，取法上主要以唐为宗，兼采百家之长，以温柔敦厚为主旨，以自抒性情为出发点，以厚朴刚健为特征的诗学传统。这个传统偏重于现实主义，有强烈的社会责任感，内容充实，风格朴厚、刚健，形成了自身鲜明的特点。钱谦益曾言："夫诗文之道，萌折于灵心，蛰启于世运，而苗长于学问，三者相值，如灯之有炷、有油、有火而焰发焉。"[1]清代云南诗歌在儒家思想的深刻影响下，以关乎世运、自写性灵、根底于学问的价值取向，走出了自己鲜明的路径，与其他地域诗歌一起，构成了清代诗歌绚丽完整的版图。

二、清代云南诗歌的文学史意义

云南是一个独特的文化区域，云南诗歌是中国古典诗歌的重要组成部分，也是中国古典诗歌史上的别致景观。清代云南诗歌的繁荣，使云南作为一个新兴的文学基地扩充了中国古典诗歌的版图，同时多种少数民族参与创作，又极大地丰富了中国的民族文学艺术宝库。清代云南诗歌不仅是了解清代云南山川地理、民情风物、文人心态和面貌的窗口，也是考察清代各个时期边疆少数民族经济、文化和教育发展的途径。最直接的，它记录了清代边疆少数民族地区诗歌发展历史和创作面貌。具体而言，其文学史意义体现为以下几点：

（一）清代云南诗歌以独特的地域文化和大量少数民族诗人群体的参与，扩充了中国古典诗歌的版图和地域诗歌发展史

云南的地理环境、少数民族构成、人文历史、多元文化，使该文化区域具有自身迥异于中原内地的独特性，清代云南诗歌的繁荣，极大地扩充了中国古典诗歌的地域文学版图。强烈的地域色彩和独有风情，它成为地域诗

---

① （清）钱谦益：《题杜略自评诗文》，《牧斋有学集》卷四九"题跋"，《四部丛刊》景清康熙本。

歌研究的一个范本，是考察少数民族地区风物人情、群体心态和面貌特征的窗口。如果选择云南诗人们对家乡自然风光、人文历史和风土人情的吟咏创作，则其鲜明的地域色彩更加突出。云南雄奇壮美的山川地貌、复杂多样的气候、纷繁多姿的民族风情与文化彼此交融，反映在云南诗人的诗歌创作中，呈现了迥异于中原内地的色彩。诗人们无论是赞美家乡的大好河山或是描绘当地风土人情，或不自觉地使用地方俚语、俗语入诗，都体现了强烈的地域文化色彩和独有风情。而多种文化的交融以及少数民族独有的精神气质和性格在诗歌中的显现，也增添了独有的个性风貌。"蛮岭千重遮鸟道，寒江百折绕羊肠"[1]，"浩瀚长江流岁月，崔嵬叠嶂锁山河"[2]，形象生动地描绘了云南峻岭千重、河川围绕、峡谷纵横的壮美景色。写大理苍山"北岭晴晖南岭雨，数峰巉削一峰平。咽来风里寒淙断，艳艳台边古雪横"[3]，写丽江"玉垒千年存古雪，金沙万里走波澜。舆图虽尽天犹广，月令无凭夏亦寒"[4]，两诗分别写苍山和丽江玉龙雪山。两山都有千年积雪，终古不化。苍山晴雨相映、秀丽清新，丽江雪山横亘、大江奔流，地处荒远，四季如冬，"夏山犹积雪，边地异天时"[5]，"山高烟如幕，风急暑犹寒"[6]。而有些府郡长年如春，"冰霜不到冬愈暖，草木长青夏亦凉"[7]，"山花涧草春常在，僰女蛮童夜不休"[8]。在诗人笔下，无论是壮丽河山还是复杂气候，都具有强烈的地域色彩。丰厚富饶的自然资源也是诗人们笔下经常吟咏的对象："松古茯苓壮，地僻芝草深。曲折江为带，峥嵘岭对襟"[9]，"琪花瑶草四时闲，此景仿佛非人间"[10]，"紫蕨时常生，灵芝定可卜"[11]，这些诗歌充满了对家乡的热爱，赞美了家乡的富饶。另外，云南的很多地方特产如山茶、杜鹃、普洱茶、药材、山珍等也

① 刘范：《云州道中经诸葛寨》，赵浩如《古诗中的云南》，云南人民出版社，1995年版，第544页。
② （清）妙明：《石鼓》，赵银棠辑注《纳西族诗选》，第140页。
③ （清）孙鹏：《望点苍山五首》，《南村诗集》卷三。
④ （清）木靖：《雪山》，赵银棠辑注《纳西族诗选》，第41页。木靖（1627—1678），字晓苍，号文明，丽江土司木增之孙。
⑤ （清）桑映斗：《丙戌四月十三日四山积雪》，《铁砚堂诗稿》卷三，丽江图书馆藏。
⑥ （清）王燉：《大具望雪山》，赵银棠辑注《纳西族诗选》，第184页。王燉（1825—1885），字焕宇，贡生，著有《留香斋诗文》。
⑦ （清）朱庭珍：《温泉》，《穆清堂诗钞》卷下，第537页。
⑧ （清）刘大绅：《温泉》，《寄庵诗文钞·诗钞续》卷四。
⑨ （清）周际昌：《到阿喜作》，赵银棠《纳西族诗选》，第173页。阿喜，丽江的一个地名。
⑩ （明）童轩：《点苍山歌》，《历代诗人咏大理》，云南人民出版社，1990年版，第31页。
⑪ （明）马文荣：《西山诗》，《道光云南通志稿》卷十六，云南美术出版社，2020年版，第292页。

被诗人写入诗中，不仅显示了地域色彩，还增添了生活气息。

作为一个多民族聚居的地区，描绘民族风情的诗歌比比皆是。诗人们或描写他们的生产生活，或再现他们风俗习惯、节庆礼俗，充满浓郁的地域特色。各种竹枝词描写了不同地区和民族的风俗习惯，如《花马竹枝词六首》①中有"月下何人筚篥吹，齐声高唱《踏蛮儿》"和"匏笙芦笛家家吹、白雪梅花处处飞"等句，"筚篥""匏笙""踏蛮儿"等都是少数民族地区特有的乐器或民谣。另有"柳条盘作青丝笠，麦管吹成碧玉箫"，描摹了当地人将柳条盘作斗笠以遮阳，用麦管当作乐器来演奏的日常行为，富有浓郁的生活气息和乡土韵味。

纳西族诗人杨品硕的《丽江竹枝词十三首》②，描绘了丽江纳西族火把节手持火把照田来祛除邪恶、驱赶害虫的习俗，以及遇丧事时请东巴巫师诵经跳神，以醉为哀；还有点燃艾草薰身用以治疗疾患；等等。诗中反映了彝族的火把节、汉族的元宵节都已经成为纳西族的节日，但同时纳西族又保留了自己的一些习俗如丧葬祭祀和艾草薰身等。除了在各民族的生产生活中浓郁的民族风情，很多诗歌还反映了各民族风俗文化相互影响、交融的情况，如李玉湛《墩汛竹枝词五首》③、《上江竹枝词八首》④等，都展现了汉、藏、纳西族文化交融的画面。《墩汛竹枝词》对当地人民的服饰、饮食和街市等方面都作了生动描绘，服饰有"皮革毡衣炫贝装""百褶毛裙长扫地"，食物有"鹿筋熊掌脍豚蹄""甜咸酥酪总相宜"，街市上可见"藏香藏佛藏红花"等等。纺织方面，既有用当地野草纤维编织的衣带"蒲西带子号精良"，又有"女工犹解课桑蚕"的汉族工艺。桑炳斗《检藏书有感呈沁亭》诗中有句："爱客不辞奴饭白，求禅喜伴佛青灯"，不仅用当地土语"奴白饭"（指没有菜肴的干饭）入诗，且体现了纳西族诗人受佛学思想影响、喜欢参禅悟道的倾向。另一诗人李洋《携琴游解脱林》亦有句："诗情欲证谈经处，琴调何妨奏古音。流水

① （民国）赵联元辑：《丽郡诗征》卷三，《丛书集成续编》第151册，第585页。花马是丽江的古称，《（隆庆）云南通志》卷之一"地理志"及清冯甦《滇考》均记丽江"所据地甚广，东南百五十里石壁上有色，斑斓类花马，因又号为花马国"。
② （清）杨品硕（1811—1894），字大田，贡生，著有《雪山樵吟》。
③ （清）李玉湛：《一笑先生诗文钞》，民国三年（1914）刻本，云南省图书馆藏。
④ （清）李玉湛：《一笑先生诗文钞》。

寻源清俗累，涧花无语印禅心"①，体现了纳西族诗人对于佛学的热衷以及以禅入诗的审美趣味。

这些诗歌如一幅幅社会风俗画，描绘了云南各民族充满生活气息的生产和生活画面，还反映了民族间文化的交融，形成了奇特丰富的审美意象。这些诗歌既有人文气息，又有浓郁的乡土情怀和地方特色，体现了多元文化的融合又不乏个性色彩和差异特征，展现出各民族文化独特的审美和艺术价值，极大地丰富了中国地域诗歌的内容和色彩。

在云南诗人们泛咏风土的系列诗歌作品中，通过对云南自然景观、社会生活和民族风情的描绘，不仅展现了云南特色鲜明的山川物产与独有的风俗文化传统，也是对云南本土的历史文化和人文精神及传统的探索与挖掘。正如刘勰所言："窥情风景之上，钻貌草木之中，吟咏所发，志惟深远；体物为妙，功在密附。"②诗人们将深情的目光投向滇云大地，饱含着对家乡故土的热爱之情，在歌唱壮丽河山、多彩民风和丰富物产的同时，将家乡土地上孕育出来的独特诗人气质和个性，与浓郁的地域情感、山水情怀和文化心理熔铸在一起，吟诵出了一曲曲回味绵长的篇章。

（二）多民族诗歌的创作对少数民族汉语诗歌史以及文学思想的贡献

清代云南少数民族诗人涌现的数量之多史无前例。朝廷在云南实行大规模的改土归流，使很多未开化的少数民族聚居地区汉文化得到深入普及，涌现了许多优秀的民族诗人。如丽江地区，自元代至清初改土归流前，一直受木氏土司统治。木氏本身虽积极学习汉文化，但对平民阶层却实行文化垄断政策："因如秦人之愚黔首，一切聪颖子弟俱抑之奴隶之中，不许事《诗》《书》"③，导致丽江"汉语不通，教化难施"④。雍正初改土归流后，短短几十年的时间，丽江"俎宫俎豆，俨然中土"⑤。此后至清末一百多年间，丽江出翰林2人，进士7人，举人60余人，副榜、优贡等200多人，有诗文传世

---

① （清）李洋：《携琴游解脱林》，赵银棠辑注《纳西族诗选》，第50页。
② （南北朝）刘勰：《物色》，《文心雕龙》卷十，上海古籍出版社，1986年版。
③ （清）杨䁥：《迁建丽江府学记》，（清）管学宣、万咸燕撰《（乾隆）丽江府志略·艺文略·记》，《中国地方志集成·云南府县志辑》，凤凰出版社，2009年版。
④ （清）孔兴询：《创建文庙碑记》，《（乾隆）丽江府志略·艺文略·记》。
⑤ （清）管学宣：《修丽江学记》，《（乾隆）丽江府志略·艺文略·记》。

者 50 多人 ①，其中大多数为纳西族。改土归流揭开了纳西族汉语诗歌史的灿烂篇章。再如昭通、文山等地，改土归流前"夷多汉少，风气刚劲，习俗凶顽，出入佩刀以随，相见去帽为礼，居多木棚"②，改土归流后"中州礼乐以次输入，纲常道德、文章风雅亦大备"③。其他的很多地区都一样，发生了巨大变化："俾荒甸密箐，遍洽声教，而裹首跣足之苗倮，一旦尽变敦诗说礼之编氓，衣冠风俗几埒中夏。"④

少数民族的诗歌创作不仅极大地丰富了中华民族文学的宝库，他们在诗歌创作方面的理论探讨，也对少数民族文艺思想的发展做出了巨大贡献。白族诗人何蔚文、李崇阶、师范、王崧，彝族诗人高奣映、李云程，回族诗人马汝为、孙鹏、马之龙、沙琛等，他们有的有专门论诗的篇章或著述，如师范有《荫椿书屋诗话》，王崧有《诗说》，高奣映在《迪孙》《清游闲话》和《与榆中诸子论文》等著述中都提出了大量诗文创作见解和主张，有的诗人的诗学思想只是散见于诗歌创作或一些序跋之中，但都是值得重视的。

（三）清代云南诗歌是考察儒释道思想尤其是儒家文化及理学思想对边疆少数民族文学创作影响的重要窗口

随着汉文化在云南的普及和传播，儒释道思想对当地少数民族的风俗习惯、信仰和生活方式等都产生了巨大影响。尤其是儒学，它以官方意识形态在云南普及后，对当地无论是士绅还是普通百姓都影响甚巨。在士大夫阶层，它以官方学术的方式支配着他们的思想、行为，在民间，它以族规、家训、乡约等形式规范着百姓们的思想、行为，可以说达到了无孔不入的地步。

清代云南诗歌一以贯之关乎世运，本乎学问，以儒家传统诗教为宗，以温柔敦厚为主旨，我们可以看到儒家思想对它的深刻影响。这种影响使它在面对不同时期各种诗派、思潮林立时，都不为所动，坚持自己的风格。笔者认为，这与云南较晚但全面接受儒家文化是有关系的。儒家文化传入云南时，它本身已经是一个非常成熟的体系。云南学者和诗人没有机会参与建

---

① 洪开林：《科贡坊》，载《丽江文化荟萃》，宗教文化出版社，2000 年版。
② 《（乾隆）云南通志》卷八"风俗"。
③ （民国）张自明：《马关汉夷风俗琐记序》，《民国马关县志·风俗志》。版本同上。
④ （清）于三贤：《康熙云南府志序》，（清）谢俨、张毓碧等纂修《康熙云南府志》卷首，康熙三十五年（1696）刻本。

构、改造，也没有机会质疑、思辨。儒家文化作为一种先进的文化，以一种非常强势的方式进入，当地人在很大程度上是被动但又怀着倾慕的心理的可以说是心悦诚服的。因此，他们一旦接受，就很快自觉地内化为自己的精神内核，在骨子里根深蒂固。

如果以少数民族诗人来进行观照，儒家文化的这种影响就更加清晰了。清初彝族诗人高奣映，生平著作八十余种，涉及易理注疏、释典医药、声韵训诂、舆地方志等各个方面。除去史地和文学类的著述，他还有《太极明辨》《增订〈新刻瞿塘先生易注〉》《药师经参礼》《金刚慧解》《心经发微》《心印经解》《定观经注》《胎息经解》《问愚录》《理学粹》《维风权宜翼》《备翰》《理学西铭补述》等这些涵盖了儒释道的各个领域，显示了他不仅有精深的儒学造诣，他还钻研并精通释、道。他称自己"非仙非佛亦非儒"[1]，恰恰说明了他晚年时儒释道在他身上已充分融合，混然不分。这对他的诗歌创作也是有明显影响的。他写有《裂装石》《罗筌寺》《僧迹》《些子室与慧实无相两禅钠晏坐》等宣扬佛法和禅理的诗歌，透露着身世两忘、万法皆空的圆融境界。丽江回族诗人马之龙早年以儒家匡时济世的理想砥砺，一心要匡时报国，"喜谈天下古今利病，思有以匡济于世"；现实中不得志后博涉佛藏，寄情诗酒，笑傲林泉之中，行迹多至僧寺，僧人多从其学诗。丽江妙明和尚、昆明诗僧栖岩都是其门生，林则徐为其撰墓表，赞他"得古佛言外意，是高士传中人"[2]。他还著有《卦极图说》，可见道家思想对他也有影响。

当然，在接受儒家文化的同时，云南各少数民族也在一定程度上保留了一些自己的风俗习惯和信仰，特有的地域文化和风气形成的民族秉性和气质也并未随着文化的同化而全部抹杀，因此他们的诗歌创作即便追求"温柔敦厚"，却依然难以完全掩盖骨子里的独有个性和气质。但是除了云南诗歌独有的地域色彩和民俗风情，非要刻意去寻找少数民族诗人诗歌与中原内地汉族诗人诗歌的不同之处，笔者认为是很难的。在儒家文化的深刻影响下，他们虽保留了本民族的文化或传统，但立身处世、待人接物、著书立说，却用儒士的标准来要求自我，与中原内地的汉族诗人并无明显差别。这恰恰也证

---

① 此诗见和文化远：《晏起自嘲》，附录于《晚春堂集》卷二，第143页。
② （民国）赵藩：《马子云先生传》，马之龙：《雪楼诗选》卷首，上海《丛书集成续编》第134册，第425页。

明了儒家文化强大的影响力。当然，如果从语言学的角度去考察他们用语的习惯或风格，或许会有新的发现。

4. 少数民族诗人创作体现的国家认同和身份认同，是中华民族文化建设与价值逐步统一的见证

云南在明清之前基本上是多种少数民族文化并存并互相影响、交融，呈现出一种复杂多元的局面，即使明清两朝，中央王朝的影响力很多时候也不及当地土司。明清之前，极少数贵族阶层保留着学习汉文化的传统。明清两朝，随着王朝控制和治理力度的加强，云南逐渐形成以汉文化为主导、多种民族文化并存的文化形态，国家观念和文化认同逐渐加强。彝族诗人高奣映的记载真实地反映了这一历程："云南未服中国以前，为徼外西南夷地，其种类不一，大抵各据一方，不相统辖。至汉武帝时，始通声教，于是设郡县、隶职方。其时，张叔、盛览辈受经于司马长卿，归教乡里，即已习诗书，明礼义。虽自唐以后，叛服不常，蒙、段两姓窃据数百年，然亦知延师儒、兴文学。迄于有明，熏陶培养，风气日开，礼俗、人文无异于中州矣。"[1] 到了清代，随着改土归流的深入，云南汉文化的普及和涵濡达到了前所未有的局面。当然，各少数民族在接纳汉文化的同时，还是在一定程度上保持了自己的传统。各少数民族虽有"隔里不同天、隔山不同俗"的特点，但在保留自身文化的同时都表现出了对以儒家文化为核心的汉文化的高度认同，大一统的国家观念也开始根深蒂固。

云南少数民族对文化认同和国家认同表现为以下几个方面：

第一，对政府倡导的文教事业热烈拥护与赞颂。纳西族诗人牛焘《抵阿墩关三首》其二有句云："气隔山河回不犹，天时人理事难求。鼓角声中喧梵呗，貔貅队里踏蛮讴"[2]，描绘了中甸交接处阿墩关的偏远、蛮荒，王化之不及，并感叹"倘许文翁留蜀久，腥膻何必不芸香"，对当地文教落后深为感叹。对比丽江受到的教化泽被，诗人感到庆幸和欣慰，体现了对汉文化的高度接纳与认同。《送友至武定金沙江教读》则传达得更加直接："方今声教敷，文翁远可企。边陲息瘴烟，春风生岸芷"[3]，抒发了教化兴盛使家乡面貌焕然

---

① 《高奣映集·滇鉴》，云南大学出版社，2011年版，第13页。
② （清）牛焘：《寄秋轩诗稿》卷三，民国抄本，丽江市古城区图书馆藏。
③ （清）牛焘：《寄秋轩诗稿》卷二。

一新的喜悦之情。另一名诗人杨泗藻，他在诗中也有同样的情感流露："山灵不许土氛蒙，陋习一洗改故辙。"① 诗僧妙明在《挽李果亭太史》诗中也颂扬了王朝风教政策的功德："尧都德化淳风继，苹国科名甲第开。"② 可见，长久处于文化落后的丽江，百姓们对中央王朝主流文化的输入是极为欢迎的。

第二，积极学习汉文化，热衷科举入仕，体现了融入主流文化的热情与渴望。

康熙四十九年（1710），时汉文化还未在纳西族平民中普及，在丽江府几任通判的接力下，修建完成玉河书院，纳西族人民"远近闻风，负笈就业者，济济登堂，可谓极一时之盛矣"③。他们对于汉文化的学习热情，由此可见。在日常生活中，诗人们最乐于从事的是对汉文化的学习与研磨："扫地焚香无别务，北窗高咏晚唐诗。"④ 回族诗人马汝为亦写："箪瓢我自耽颜乐，水旱人应绘郑图。陶柳一编时在手，肯教闲里岁华徂？"读书成为他们生活中最重要的事之一，"三日不扫地，又见尘蒙几。三日不读书，顿觉生吝鄙。……一曝而十寒，前贤之所耻。圣人不可见，下学乃君子"⑤。他们不仅积极学习汉文化，而且自觉用儒家圣贤标准来要求自身，注重提升自己的道德修养，"马前不断雪千里，装内无余诗一囊。汉代经传延岁月，宋儒教演溢芬芳"⑥。在这种观念的驱使下，少数民族诗人们也怀抱积极入仕的态度，投身科举，希望能施展所学，经世致用，"自雍正初改流而后，士之争自濯磨，出类拔萃者胪有其人，未百年间，掇科捷南宫者相继接踵而后先辉映焉"⑦。在很多诗人笔下，屡见抒发追求功名、渴望建功立业的理想与抱负，"倘若龙门高拾级，也将风骨晚凌云"⑧，"安得乘风腾跃上，规划乾坤在指掌"⑨。他们坚信只要饱读诗书，一定能大展雄才，有用武之地。当在科举失意或才华不展的困境时，这些少数民族诗人也如传统的士大夫那样屡屡以诗歌抒发心中的愤

① （清）杨泗藻：《甲子登阿烈伯见雪山全貌马上作》，赵银棠辑注《纳西族诗选》，第201页。
② 赵银棠辑注：《纳西族诗选》，第144页。
③ （清）余文耀：《玉河书院记》，《（乾隆）丽江府志略·艺文略·记》。
④ （清）牛焘：《山斋》，《寄秋轩诗稿》卷一，民国抄本，丽江市古城区图书馆藏。
⑤ （清）桑映斗：《示学徒》，《铁砚堂诗稿》卷二。
⑥ （清）李洋著，赵银棠辑注：《雪中送刘芥畦先生之永北》，《纳西族诗选》，第572页。
⑦ （清）陈宗海修，李星瑞纂著，赵银棠辑注：《（光绪）丽江府志》卷六"选举志"。
⑧ （清）杨品硕著，赵银棠辑注：《作呈李韫川》，《纳西族诗选》，第171页。
⑨ （清）杨昺著，赵银棠辑注：《雪山歌》，《纳西族诗选》，第176页。

懑与不平,"独自登临独自游,异人高旷迹还留。功名未就何弹铗,风雨齐来且上楼"①,"半世名场秃鬓发,终年家计在眉头"②,"拔剑行歌忽不平,举头四望落秋声。……鸡鸣一片祖生志,起舞狂呼到天明"③。这些情绪的抒发,流露了他们迫切融入主流社会与主流文化的热情。当他们对现实心灰意冷之时,很多诗人也如传统的士大夫一样,寄情山水,以诗酒自娱,在琴棋书画的消遣中忘却现实的苦闷,"名士古来多坎坷,为儒无复怨青袍"④。通过这些诗歌,我们看到,饱经汉文化浸润的少数民族诗人们,已经完全将自身当作了一名儒者,完全具有中原内地传统文人士子的风貌和心态。

第三,忠君爱国观念在诗歌中的表露,体现了高度的国家认同。

随着汉文化的日益浸润,儒家思想无可避免地嵌入了少数民族诗人的人格心性之中。儒家忠君爱国的政治理念和以天下为己任的价值取向日益与他们的情怀融为一体。他们在认同中央王朝的同时,也树立和强化了忠君爱国的思想。他们关注的已不仅仅是本民族的利益,而是与整个国家休戚与共,关心天下民生和国家的前途命运。高奣映在《滇鉴》序言中说:"天下谓甲申之变极已。滇仅一区,远土也,亦咸相曰甲申之变极已,今滇远于神都,而亦曰甲申之变,同是鼎烹而釜泣,一与天下分甘共苦者。夫恃远也,岂独能免也哉!"⑤明末清初云南遗民诗歌就是这种影响的集中体现。他们高度认同中央王朝大一统,并以治国安邦为抱负。无论是何种民族,都表现了这种强烈的归属感和忠诚感,如彝族诗人高奣映在诗中写"一书奉天子,孝顺丹心期"⑥。同时彝族诗人的李云程亦言:"留与子孙何物好,一生忠厚永传家。"⑦回族诗人马汝为也始终心怀治国安邦的理想:"政事勤民惟善俗,文章报国在匡时。"⑧

除了拥护中央王朝的统治,少数民族诗人们关心现实,痛疾民瘼,表现出强烈的社会责任感,纳西族诗人桑映斗《对雪吟》中写道:"君不见,少陵

---

① (清)桑映斗:《重阳上玉音楼》,《铁砚堂诗稿》卷三。
② (清)杨光远:《暮年自咏六首》之一,赵银棠辑注《纳西族诗选》,第181页。
③ (清)桑炳斗:《铁砚楼杂咏》,《味秋轩诗抄》不分卷,民国抄本,丽江市古城区图书馆藏。
④ (清)杨昌:《秋日病中寄杨守园二首》之一,赵银棠辑注《纳西族诗选》,第111页。
⑤ 《高奣映集·滇鉴序》,云南大学出版社,2011年版,第1页。
⑥ (清)高奣映书:《书盟禅祠》。
⑦ (清)李云程:《北山》(外二首)。
⑧ (清)马汝为:《春郊》其二。

穷饿不知愁，广厦千间为人谋；又不见，香山挟纩思大裘，却想冬日覆杭州。书生穷途作壮语，人虽未言我已羞。"[①] 这样心怀天下苍生的诗人情怀，已经远远超越了地域与民族的界限，强烈地抒发了他们关注民生、济世安民的胸襟与抱负。回族诗人孙鹏面对流离失所的难民，在《纪灾》中也抒发了同样的心愿："大厦千万间，庇人夙期许"。另一回族诗人沙琛有"广厦万间还有愿，苍生原是仰吾曹"，也体现了经世济民、黎元休戚的深厚情怀。当国家战乱之时，他们忧心忡忡，"故国陆沉悲壮岁，边亭䩸系愧从戎"[②]，"壮心不共金江逝，望眼空随雪岭穿"[③]。有的诗人甚至积极从军、投笔从戎，渴望救国家于危难，九死不悔，"祖狄挥鞭犹有路，申胥顿地怕无门。……倘得请缨恢故土，奏功还与健儿论"[④]。这些诗歌，都体现了大一统王朝统治下强烈的归属感和认同感。

清代云南诗歌对多民族的文化交融的书写，展现了云南少数民族对身份、文化和国家的高度认同。多民族聚居的大省从土司割据叛服不常到成为王朝大一统的不可分割的一部分，文化上实现了从疏离、隔阂、排斥到接受、认同，清代云南诗歌为其中更多的文化碰撞、文化交融和由此产生的变迁提供了丰富广阔的研究空间。

三、余论

清代云南诗歌虽然达到了前所未有的繁荣，也形成了自己独特的面貌和诗学体系，但遗憾的是，因为缺少地域优势和文化传统的优势，整个清代，云南未涌现出时所公认的文学巨匠，亦无旗帜鲜明的理论建树引领诗坛潮流。云南诗人或许也意识到，出身于文化落后之地区，虽有振兴乡邦文化的强烈意识，但似乎缺少在主流诗坛争雄的决心，没有引领风气的意识，也没有开疆拓土、树帜词坛的气魄和开拓精神。因此，即便有一部分诗人的才华和人品为当时所推重，但并未产生足够的影响。清代钱沣、张汉、朱腾等，他们以在诗歌上的艺术成就，足可以逐鹿骚坛，引领一番风气。可惜，他们

---

① （清）桑映斗：《对雪吟》，《铁砚堂诗稿》卷二。
② （清）杨泗藻：《秋思》，赵银棠辑注《纳西族诗选》，第200页。
③ （清）杨泗藻：《到东升厂乞师呈逊斋太守二首》之一，赵银棠辑注《纳西族诗选》，第196页。
④ （清）杨泗藻：《到东升厂乞师呈逊斋太守二首》之二，赵银棠辑注《纳西族诗选》，第196页。

匡时济世的抱负强过著书立说，最终错失良机。道光年间云贵总督阮元曾对浪穹诗人王崧戏言道："滇、蜀接壤，于古皆僻远。而蜀有相如、子云，文学冠当时，著作传后世。滇无之，何耶？"[①] 王崧对此亦深以为恨："吾滇自开辟至今，二十一史中儒林、文苑、道学诸传无一人厕名其间，甚至辞章小技亦无一人见称于骚堂盟主。《四库全书》其卷以亿万计，吾多人所作，裁收《关中奏汉》十卷，《南园漫录》十卷，且皆采自他方。"[②] 他觉得这是云南文化的耻辱，但将其原因归结为滇中文献不存。持有他这样观点的人，并不在少数，前文已经作了分析。但笔者认为这不是根本原因。古来位居高官但实际诗歌创作水准平平之辈，并不少见。云南诗人更希望在政治上有一番作为，却不留意于诗歌。滇中循吏、名宦代不乏人，钱沣、朱腾等在世时是时所公认的一代作手，却连自己的诗作也不曾保存，这种视诗歌创作为余事的倾向才是遗憾产生的源头。

---

① 《（民国）新纂云南通志·杜元中传》。
② （清）王崧：《报董竹溪书》，《历代白族作家丛书·王崧卷》，民族出版社，2006 年版，第 142 页。

参考文献

（一）经部、史部

（汉）班固《汉书》，中华书局，1962年版。

（晋）常璩《华阳国志》，《四部丛刊》景明钞本。

（北魏）郦道元《水经注》，时代文艺出版社，2000年版。

（明）程敏政《宋遗民录》，上海进步书局影印本。

（明）《明太祖高皇帝实录》，明抄本。

（明）周季凤《（正德）云南志》，明嘉靖三十二年刻本。

（清）张廷玉等《明史》，中华书局，1974年版。

（清）《清实录》，中华书局，1986年版。

（清）王夫之《永历实录》，岳麓书社，1982年版。

（清）《明末滇南纪略》，《明末清初史料选刊》，浙江古籍出版社，1984年版。

（清）屈大均《安龙逸史》，民国嘉业堂丛书本。

（清）永瑢《四库全书总目》，中华书局，1965年版。

（清）钱仪吉《碑传集》，中华书局，1993年版。

（清）张穆《顾亭林先生年谱》，清道光二十四年刻本重印本。

（清）牟应震《毛诗名物考》，清嘉庆牟氏刻，道光咸丰朱氏疑本。

（清）王士禛《渔洋山人自撰年谱》，陈祖武选《清初名儒年谱》第十三册，北京图书馆出版社，2006年版。

（清）穆彰阿、潘锡恩《大清一统志》，上海古籍出版社，2008年版。

（清）范承勋等修《（康熙）云南通志》，《中国地方志集成·云南省志辑》，凤凰出版社，2009年版。

（清）鄂尔泰修，靖道谟纂《（乾隆）云南通志》，台湾商务印书馆影印本，1986 年版。

（清）谢俨、张毓碧等《（康熙）云南府志》，康熙三十五年（1696）刻本。

（清）田玉、唐执玉等《（雍正）畿辅通志》，上海古籍出版社，1987 年版。

（清）傅天祥、李斯佺等修，黄元治等纂《（乾隆）大理府志》，乾隆十一年（1746）刻本，《中国地方志集成·云南府县志辑》，凤凰出版社，2009 年版。

（清）张无咎修，夏冕纂《（雍正）临安府志》，民国间抄本。

（清）江濬源修，罗惠恩等纂《（嘉庆）临安府志》，《中国地方志集成·云南府县志辑》，凤凰出版社，2009 年版。

（清）永柏修，李图纂《咸丰青州府志》，清咸丰九年刻本。

（清）管学宣、万咸燕《（乾隆）丽江府志略》，《中国地方志集成·云南府县志辑》，凤凰出版社，2009 年版。

（清）陈宗海修，李星瑞纂《（光绪）丽江府志》，光绪二十一年（1895）刊印，国家图书馆藏。

（清）陈奇典修，刘慥纂《（乾隆）永北府志》，乾隆三十年（1765）刻本，《中国地方志集成·云南府县志辑》，凤凰出版社，2009 年版。

（清）何愚纂修《（嘉庆）广南府志》，道光五年刻本重印本。

（清）郑绍谦纂修《（道光）普洱府志》，清咸丰元年刻本重印本，《上海图书馆馆藏稀见方志丛刊》第 229 册，国家图书馆出版社，2011 年版。

（清）成瓘《（道光）济南府志》，清道光二十年刻本重印本。

（清）屠述濂纂修《（乾隆）镇雄州志》，清抄本，云南省图书馆藏。

（清）管学宣纂修《（乾隆）石屏州志》，乾隆四十五年刻本，《中国地方志集成·云南府县志辑》第 51 辑，凤凰出版社，2009 年版。

（清）杨若椿修，段昕纂《（雍正）安宁州志》，清乾隆四年刻本重印本。

（清）朱庆椿修，陈金堂纂《（道光）晋宁州志》，民国十五年铅印本，《中国地方志集成·云南府县志辑》第 7 辑，凤凰出版社，2009 年版。

（清）赵珙纂修《（康熙）续修浪穹县志》，民国抄本，云南省图书馆藏。

（清）屠述濂修《（乾隆）腾越州志》，《中国地方志集成·云南府县志辑》，凤凰出版社，2009 年版。

（清）戴絅孙纂《（道光）昆明县志》，清光绪二十一年（1901）刻本。

（清）周沆纂辑《（光绪）浪穹县志略》，民国元年石印本，云南图书馆藏。

（清）曾国荃《（光绪）湖南通志》，清光绪十一年刻本。

（清）陈嗣良修，孟广来纂《（光绪）曹县志》，清光绪十年刻本。

（清）王锡昌等纂修《（宣统）续修蒙自县志》，古籍书店，1961年影印本。

（民国）龙云修，周中岳、赵式铭纂《（民国）新纂云南通志》，《中国地方志集成·云南省志辑》，凤凰出版社，2009年版。

（民国）方树梅《钱南园先生年谱》，《北京图书馆珍本年谱丛刊》第110册，北京图书馆出版社，1999年版。

（民国）秦光玉《明季滇南遗民录》，呈贡秦氏罗山楼藏版，民国二十二年（1933）刻本。

（民国）吕志伊、李根源辑《滇粹》，据宣统元年铅印本杭州古旧书店影印，1981年。

（民国）赵尔巽等《清史稿》，中华书局，1977年版。

（民国）王陵基修，于宗潼纂《民国福山县志稿》，民国二十年（1931）铅印本。

（民国）霍士廉等修，由云龙等纂《姚安县志》，民国三十七年（1938）铅印本。

（民国）许实辑纂《（民国）宜良县志》，《中国地方志集成·云南府县志辑》，凤凰出版社，2009年版。

（民国）袁励杰等修《重修新城县志·人物志》，广陵书局，民国二十二年（1933）铅印本。

（民国）《续修四库总目提要稿》，齐鲁书社，1996年版。

（民国）方树梅《明清滇人著述书目》，云南省图书馆藏。

（二）集部

（北齐）刘昼《刘子新论》，《汉魏丛书》第31册，吉林大学出版社，1992年版。

（南北朝）刘勰《文心雕龙》，上海古籍出版社，2008年版。

（南北朝）钟嵘《诗品》，明夷门广牍本。

（唐）欧阳询《艺文类聚》，清文渊阁四库全书本。

（宋）欧阳修《欧阳文忠公集·居士集》，《四部丛刊》景元本。

（宋）欧阳修《诗本义》卷十四，《四部丛刊》三编景宋本。

（宋）苏轼《潮州韩文公庙碑一首》，《苏文忠公全集·东坡后集》卷十五，明成化本。

（宋）魏了翁《鹤山先生大全文集》，《四部丛刊》景宋本。

（宋）汪元量《水云集》不分卷，清武林往哲遗著本。

（明）何蔚文《年谱诗话》，康熙己卯（1699）抄本，云南图书馆藏。

（明）刘基《诚意伯文集》，《四部丛刊》景明本。

（明）徐宏祖《徐霞客游记》，上海古籍出版社，1982年版。

（明）王世贞《弇山堂别集》，中华书局，1985年版。

（明）薛瑄《薛瑄全书》，山西人民出版社，1990年版。

（明）申时行《赐闲堂集》，明万历刻本。

（明）何蔚文《浪楂稿》二卷，民国间抄本，云南省图书馆藏。

（明）彭印古《松溪集》，抄本，云南省图书馆藏。

（明）赵炳龙《居易轩遗稿》，《丛书集成续编》第152册，台湾新文丰出版公司，1988
　　年版。

（明）释普荷《担当遗诗》，《丛书集成续编》第172册，台湾新文丰出版公司，1988
　　年版。

（明）苍雪《苍雪大师南来堂诗集》，《清代诗文集汇编》第5册，上海古籍出版社，
　　2010年版。

（明）文祖尧《明阳山房遗诗》，《丛书集成续编》第105册，台湾新文丰出版公司，
　　1988年版。

（明）陈佐才《重刊明遗老陈翼叔先生诗集全集》，民国三十四年（1945）排印本，云
　　南图书馆藏。

（明）朱昂《借庵诗草》，近代抄本，云南省图书馆藏。

（明）刘坊《天潮阁集》，政协福建省上杭县委员会文史资料编辑室，1988年。

（明）释学蕴《九台山知空禅师草堂集二卷》，康熙二十三年刻本影印本，云南省图书
　　馆藏。

（清）钱谦益《牧斋有学集》，上海古籍出版社，1996年版。

（清）钱谦益《牧斋初学集》，《四部丛刊》景明崇祯本。

（清）顾炎武《亭林诗文集》，商务印书馆，1937年版。

（清）陈恭尹《独漉堂诗文集》，清道光五年陈量平刻本。

（清）黄宗羲《南雷文定四集》，清康熙二十七年靳治荆刻本。

（清）归庄《归玄恭遗著》，中华书局，1923 年版。

（清）吴伟业《梅村家藏稿》，《四部丛刊》景清宣统武进董氏本。

（清）毛奇龄《西河集》，清文渊阁四库全书本。

（清）万斯同《石园文集》，民国四明丛书本。

（清）徐乾学《憺园文集》，清康熙刻冠山堂印本。

（清）汪琬《尧峰文钞》，《四部丛刊》景林佶写刻本。

（清）陈梦雷《松鹤山房诗文集》，清康熙铜活字印本。

（清）阎尔梅《白耷山人诗文集》，清康熙刻本。

（清）陆世仪《桴亭先生诗文集》，清光绪二十五年唐受祺刻《陆桴亭先生遗书》本。

（清）陈瑚《确庵文稿》，清康熙毛氏汲古阁刻本。

（清）陈维崧《陈迦陵文集》，《四部丛刊》景患立堂本。

（清）严绳孙《秋水集》，清康熙雨青草堂刻本。

（清）梁显祖《大呼集》卷八，清康熙刻本。

（清）田雯《古欢堂集》，清文渊阁《四库全书》本。

（清）钱允济《触怀吟》，《丛书集成续编》第 178 册，台湾新文丰出版公司，1988
年版。

（清）纪昀《纪文达公遗集》，清嘉庆十七年纪树馨刻本。

（清）余集《忆漫庵剩稿》，清道光刻本。

（清）王大经《独善堂集》卷二，清康熙刻本。

（清）唐鉴《学案小识》，清道光二十六年四砭斋刻本。

（清）孙洤《担峰诗》，清康熙刻本。

（清）王士禛《带经堂集》，清康熙五十年程哲七略书堂刻本。

（清）王先谦《东华录》，清光绪十年长沙王氏刻本。

（清）戴绹孙《味雪斋诗文集》，《丛书集成续编》第 135 册，上海书店出版社，1994
年版。

（清）赵士麟《读书堂彩衣全集》，《清代诗文集汇编》第 115 册，上海古籍出版社，
2010 年版。

（清）李发甲《李中丞遗集》三卷，《清代诗文集汇编》第 182 册，上海古籍出版社，
2010 年版。

（清）张问陶《船山诗草》，《清代诗文集汇编》第 476 册，上海古籍出版社，2010年版。

（清）洪亮吉《更生斋集》，清光绪三年洪氏授经堂增修本。

（清）阚祯兆《大渔集》，康熙辛卯年刻本，云南省图书馆藏。

（清）查为仁《莲坡诗话》卷上，清乾隆间刻蔗塘外集本。

（清）李崇阶《釜水吟》，《丛书集成续编》第 173 册，台湾新文丰出版公司，1998年版。

（清）陆天麟《烟坪诗钞》，《丛书集成续编》第 173 册，台湾新文丰出版公司，1998年版。

（清）张端亮《抚松吟集》，《丛书集成续编》第 174 册，台湾新文丰出版公司，1998年版。

（清）戴淳《晚翠轩诗续抄》，《丛书集成续编》第 137 册，上海书店出版社，1994年版。

（清）清朱鹤龄《愚庵小集》，清文渊阁四库全书本。

（清）周亮工《因树屋书影》，清康熙六年刻本。

（清）吴仰贤《小匏庵诗存》，《清代诗文集汇编》第 683 册，上海古籍出版社，2010年版。

（清）杨名时《自滇入都程纪》，《丛书集成续编》第 65 册，上海书店出版社，1994年版。

（清）吴锡麒《有正味斋集·诗集》，《清代诗文集汇编》第 415 册，上海古籍出版社，2010 年版。

（清）法式善《存素堂诗初集录存》，《清代诗文集汇编》第 345 册，上海古籍出版社，2010 年版。

（清）姚鼐《惜抱轩诗文集》，清嘉庆十二年刻本。

（清）姚莹《东溟文集》，清中复堂全集本。

（清）端方《壬寅销夏录》，稿本。

（清）吴嵩梁《香苏山馆诗集》，《清代诗文集汇编》第 482 册，上海古籍出版社，2010年版。

（清）蒋湘南《七经楼文钞》，清同治八年马氏家塾刻本。

（清）张履程《云南诸蛮竹枝词》清刻本，云南省图书馆藏。

（清）蒋湘南《春晖阁诗选》，民国十年陕西教育图书社本。

（清）朱腾《朱丹木诗集》，《丛书集成续编》第 138 册，上海书店出版社，1994 年版。

（清）龚自珍《定庵全集·定庵续集》，清光绪二十三年万本书堂刻本

（清）张祥河《小重山房诗词全集·关中集》，清道光刻光绪增修本。

（清）萧培元《思过斋杂体诗存十二卷》，《丛书集成续编》第 139 册，上海书店出版社，1994 年版。

（清）王毓麟《蓝尾轩诗稿》，《丛书集成续编》第 179 册，台湾新文丰出版公司，1998 年版。

（清）戴淳《晚翠轩诗钞》，《丛书集成续编》第 137 册，上海书店出版社，1994 年版。

（清）李于阳《即园诗钞》，《丛书集成续编》第 178 册，台湾新文丰出版公司，1998 年版。

（清）牟庭相《雪泥书屋杂志》，清咸丰安吉官署刻本。

（清）吴仰贤《小匏庵诗存》，《清代诗文集汇编》第 683 册，上海古籍出版社，2010 年版。

（清）袁文典《袁陶村文集》，《丛书集成续编》第 130 册，上海书店出版社，1994 年版。

（清）袁文揆《时畬堂诗稿》，《丛书集成续编》第 117 册，台湾新文丰出版公司，1998 年版。

（清）文化远《晚春堂诗》，《丛书集成续编》第 105 册，台湾新文丰出版公司，1998 年版。

（清）赵翼《瓯北集》，清嘉庆十七年湛贻堂刻本。

（清）张端亮《抚松吟集》，《丛书集成续编》第 174 册，台湾新文丰出版公司，1998 年版。

（清）钱沣《钱南园遗集》，《丛书集成续编》第 156 册，台湾新文丰出版公司，1998 年版。

（清）刘大绅《寄庵诗文钞》，民国《云南丛书》本。

（清）何彤云《庚缦堂诗集》，《丛书集成续编》第 140 册，上海书店出版社，1994 年版。

（清）甘雨《补过斋遗集》，《丛书集成续编》第 140 册，上海书店出版社，1994 年版。

（清）牛焘《寄秋轩稿》，民国抄本，丽江市古城区图书馆藏。

（清）桑映斗《铁砚堂诗稿》，民国抄本，丽江市古城区图书馆藏。

（清）周兰坪《江渔诗抄》，不分卷，丽江市古城区图书馆藏。

（清）桑炳斗《味秋轩诗钞》，不分卷，民国抄本，丽江市图书馆藏。

（清）李玉湛《一笑先生诗文钞》，民国三年（1914）刻本，云南省图书馆藏。

（清）樊增祥《樊山集》，清光绪十九年渭南县署刻本。

（清）曹懋坚《昙云阁集·诗集》，清光绪三年曼陀罗馆刻本。

（清）王培荀《乡园忆旧录》，清道光二十五年刻本。

（清）龚自珍《龚自珍全集》，上海古籍出版社，2007 年版。

（清）魏源《魏源全集·诗古微》，岳麓书社，1989 年版。

（清）魏源《魏源集》，中华书局，2009 年版。

（清）张星柳《张天船诗集》，《丛书集成续编》第 142 册，上海书店出版社，1994 年版。

（清）沈寿榕《玉笙楼诗录》，清光绪九年刻增修本。

（清）曾国藩《曾文正公诗文集·文集》，《四部丛刊》景清同治本。

（清）汤贻汾《琴隐园诗集》，清同治十三年曹士虎刻本

（清）何绍基《东洲草堂诗钞》，清同治六年长沙无园刻本。

（清）张穆《殷斋诗文集诗集》，清咸丰八年祁寯藻刻本。

（清）张汉《留砚堂诗选》，《清代诗文集汇编》第 248 册，上海古籍出版社，2010 年版。

（清）黄琮《蜀游草》，《丛书集成续编》第 135 册，上海书店出版社，1994 年版。

（清）朱庭珍《穆清堂诗钞》，《丛书集成续编》第 137 册，上海书店出版社，1994 年版。

（清）高奣映《高奣映集》，云南大学出版社，2011 年版。

（清）马之龙《雪楼诗选》，《丛书集成续编》第 134 册，上海书店出版社，1994 年版。

（清）师范辑《小停云馆芝言》，清刻本。

（清）王韬《蘅华馆诗录》，清光绪六年弢园丛书本。

（清）王韬《弢园尺牍》，生活·读书·新知三联书店，1998 年版。

（清）王韬《弢园文录外编》，中华书局，1959 年版。

（清）《抱冲斋诗集》卷二十八《鸺班掌萃集》，清光绪五年崇福湖南刻本。

（清）黄遵宪《人境庐诗草》，民国本。

（清）严廷中《岩泉山人四选诗》，《丛书集成续编》第 134 册，上海书店出版社，1994 年版。

（清）严廷中《红蕉吟馆启事》，云南省图书馆藏。

（清）严廷中《拈花一笑录》，云南省图书馆藏。

（清）严廷中《红蕉吟馆诗存序》，清道光十六年刻本，云南省图书馆藏。

（清）严廷中等《春草唱和诗》，道光二十九年刻本，云南省图书馆藏。

（清）刘肇虞《元明八大家古文》，清乾隆刻本。

（清）沈德潜《清诗别裁集》，清乾隆二十五年教忠堂刻本。

（清）卓尔堪《明遗民诗》，中华书局，1961 年版。

（清）袁文揆、张登瀛《滇南文略》，《丛书集成续编》第 121 册，台湾新文丰出版公司，1998 年版。

（清）袁文典、袁文揆《滇南诗略》，《丛书集成续编》第 150 册，上海书店出版社，1994 年版。

（清）潘衍桐《两浙輶轩续录》，清光绪刻本。

（清）李祖陶《国朝文录》，清道光十九年瑞州府凤仪书院刻本。

（清）翁方纲《石洲诗话》，《丛书集成新编》第 79 册，台湾新文丰出版公司，1998 年版。

（清）吴伟业《梅村诗话》，娄东杂著本，道光刻本。

（清）王士禛《带经堂诗话》，人民文学出版社，1963 年版。

（清）王士禛《渔洋诗话》，中华书局，1963 年版。

（清）朱彝尊《静志居诗话》，人民文学出版社，2006 年版。

（清）纳兰性德《原诗》，《通志堂集》卷十四，清康熙刻本。

（清）洪亮吉《北江诗话》，清光绪授经堂刻《洪北江全集》本。

（清）袁枚《随园诗话》，吉林大学出版社，2011 年版。

（清）法式善《梧门诗话》，稿本。

（清）林昌彝《射鹰楼诗话》，清咸丰元年刻本。

（清）严廷中《药栏诗话》，《丛书集成续编》第 158 册，上海书店出版社，1994 年版。。

（清）陈田《明诗纪事》，清陈氏听诗斋刻本。

（民国）蒋智由《蒋观云先生遗诗》，民国二十二年（1933）铅印本。

（民国）陈垣《明季滇黔佛教考》，《现代佛学大系》第 28 册，台北弥勒出版社，1983 年版。

（民国）张宗祥《清代文学》，商务印书馆，1930 年版。

（民国）袁嘉谷《卧雪堂文集》，云南人民出版社，2001 年版。

（民国）方树梅《历代游滇诗抄》，云南图书馆藏。

（民国）陈荣昌《滇诗拾遗》，《丛书集成续编》第 151 册，上海书店出版社，1994 年版。

（民国）赵联元《丽郡诗征》，《丛书集成续编》第 151 册，上海书店出版社，1994 年版。

（民国）李根源《永昌府文征》，民国三十年（1942）刻本。

（民国）秦光玉等《滇文丛录》，《丛书集成续编》第 153 册，上海书店出版社，1994 年版。

（民国）徐世昌《晚晴簃诗汇》，中华书局，1990 年版。

（民国）王灿《滇八家诗选》，云南省图书馆藏。

（民国）杨钟义《雪桥诗话》，民国求恕斋丛书本。

（民国）袁嘉谷《袁嘉谷文集》，云南人民出版社，2001 年版。

（民国）邓之诚《清诗纪事初编》，周骏富辑《清代传记资料丛刊》第 20 册，台北明文书局，1985 年版。

（三）今人著述

方国瑜《云南史料目录概说》，中华书局，1984 年版。

方国瑜《云南史料丛刊》，云南大学出版社，1998 年版。

钱仲联主编《中国文学家大辞典·清代卷》，中华书局，1996 年版。

袁行云《清人诗集叙录》，文化艺术出版社，1994 年版。

傅璇琮、蒋寅《中国古代文学通论：清代卷》，辽宁文学出版社，2005 年版。

［美］费正清、刘广京《剑桥中国晚清史》，中国社会科学出版社，1985 年版。

汪辟疆《汪辟疆文集》，上海古籍出版社，1988 年版。

袁行霈《中国文学概论》，高等教育出版社，1990 年版。

严迪昌《清诗史》，浙江古籍出版社，2003 年版。

朱则杰《清诗史》，江苏古籍出版社，1992 年版。

马积高《宋明理学与文学》，湖南师范大学出版社，1989 年版。

马积高《清代学术思想的变迁与文学》，湖南人民出版社，1996 年版。

刘世南《清诗流派史》，文津出版社，1995 年版。

罗宗强、陈洪《中国古代文学发展史》，上海古籍出版社，1982 年版。

吴宏一《清代诗学初探》，台北牧童出版社，1977 年版。

云南省洱源县志编纂委员会《洱源县志》，云南人民出版社，1996 年版。

刘扬中《中国古代文学通论·宋代卷》，辽宁人民出版社，2005 年版。

蒋寅《清诗话考》，中华书局，2005 年版。

蒋寅《清代文学论稿》，凤凰出版社，2009 年版。

蒋寅《中国诗学的思路与实践》，广西师范大学出版社，2001 年版。

蒋寅《古典诗学的现代阐释》，中华书局，2003 年版。

张健《清代诗学研究》，北京大学出版社，1999 年版。

陈良运《中国诗学批评史》，江西人民出版社，1995 年版。

霍有明《清代诗歌发展史》，台北文津出版社，1994 年版。

钱海岳《南明史》，中华书局，2006 年版。

陆林《皖人戏曲丛刊·龙燮卷》，黄山书社，2009 年版。

张寅鹏《民国诗话丛编》，上海书店，2002 年版。

朱万章《中国名画家全集》，河北教育出版社，2006 年版。

张涛《孔子家语注释》，三秦出版社，1998 年版。

罗江文《历代白族作家丛书·赵炳龙卷》，云南民族出版社，2006 年版。

张亮采《中国风俗史》，生活·读书·新知三联书店，1988 年版。

《丽江文化荟萃·科贡坊》，宗教文化出版社，2000 年版。

赵银棠辑注《纳西族诗选》，云南民族出版社，1985 年版。

卢前《明清戏曲史》，商务印书馆，1935 年版。

吴梅《中国戏曲概论》，江苏文艺出版社，2008 年版。

杨世明《巴蜀文学史》，巴蜀书社，2003 年版。

郝正治《汉族移民入滇史话》，云南大学出版社，1998 年版。

《中国人口·云南分册》，中国财政经济出版社，1980 年版。

杨义《重绘中国文学地图——杨义学术演讲集》，中国社会科学出版社，2003 年版。

张文勋《许印芳诗歌评注》，云南教育出版社，1992 年版。

余嘉华《古滇文化思辨录》，云南教育出版社，1997 年版。

赵浩如《古诗中的云南》，云南人民出版社，1995 年版。

蓝华增《云南诗歌史略：赵藩〈论诗绝句——论滇诗六十首〉笺释》，云南人民出版社，1988 年版。

陶应昌《云南历代各族作家》，云南民族出版社，1996 年版。

张福三《云南地方文学史·古代卷》，云南人民出版社，1997 年版。

朱桂昌《钱南园传》，云南人民出版社，1995 年版。

郑升《滇云名士钱南园研究》，云南大学出版社，2015 年版。

何宣《钱南园研究文集》，云南民族出版社，2007 年版。

陈九彬《高嵛映评传》，云南人民出版社，1995 年版。

沈家明《高嵛映研究文集》，云南美术出版社，2006 年版。

李小缘《云南书目》，云南人民出版社，1988 年版。

李国文等《古老的记忆——云南民族古籍》，云南教育出版社，2000 年版。

张国庆《云南古代诗文论著辑要》，中华书局，2005 年版。

冯良方《云南古代汉文学文献》，巴蜀书社，2008 年版。

孙秋克《明代云南文学家年谱》，商务印书馆，2017 年版。

张文勋《白族文学史》，云南人民出版社，1983 年版。

左玉堂《彝族文学史》，云南民族出版社，2006 年版。

沙马拉毅《彝族文学概论》，山西教育出版社，2004 年版。

云南省民族民间文学丽江调查队《纳西族文学史初稿》，云南人民出版社，1959 年版。

钟华、杨世光《纳西民族文学史》，四川民族出版社，1994 年版。

张迎胜、丁生俊《回族古代文学史》，宁夏人民出版社，1988 年版。

李孝友《清代云南少数民族竹枝词诗笺》，云南美术出版社，2005 年版。

（四）期刊

黄裳《西南访书记》,《读书》1981 年第 12 期。

蒋寅《论清代诗学的学术史特征》,《南京师范大学文学院学报》2003 年第 4 期。

蒋寅《陆游诗歌在明末清初的流行》,《中国韵文学刊》2006 年第 1 期。

蒋寅《沈德潜诗学的文化品格及历史定位》,《文学遗产》2018 年第 3 期。

蒋寅《在传统的阐释与重构中展开——清初诗学基本观念的确立》,《中国社会科学》
　　2006 年第 6 期。

蒋寅《清初诗坛对明代诗学的反思》,《文学遗产》2006 年第 2 期。

江增华《论清初诗学的嬗变》,《文艺理论研究》2009 年第 1 期。

夏维中《关于东林党的几点思考》,《南京大学学报》1997 年第 2 期。

张剑《道咸"宋诗派"的结构性考察》,《中国文化研究》2011 年冬之卷。

张兵《晚清重大历史事件与诗歌关系研究的回顾与反思》,《西北师大学报》（社会科
　　学版）2017 年第 6 期。

陆韧《明代云南汉族移民定居区的分布与拓展》,《中国历史地理论丛》2006 年第 3 期。

陈庆德《清代云南矿冶业与民族经济的开发》,《中国经济史研究》1994 年第 3 期。

古永继《清代云南官学教育的发展及其特点》,《云南社会科学》2003 年第 2 期。

杨飞《清代江春康山草堂戏曲活动考》,《中华戏曲》2007 年第 2 期。

王韵秋《论晚清知识分子人文精神的文化归属问题》,《甘肃社会科学》2007 年第 6 期。

王世光《"通经""致用"两相离——论清代"通经致用"观念的演变》,《人文杂志》
　　2001 年第 3 期。

李玉尚、曹树基《咸同年间的鼠疫流行及人口死亡》,《清史研究》2001 年第 5 期。

古永继《明清时期云南文人的地理分布及其思考》,《学术探索》1993 年第 2 期。

傅光宇《晚清云南少数民族古典诗歌理论浅述》,《民族文学研究》1999 年第 4 期。

罗朝新《明清时期影响云南人才分布不平衡因素探析》,《思想战线》2002 年第 1 期。

陶应昌《清初的云南文学》,《云南民族学院学报》1999 年第 2 期。

陶应昌《云南古代文学发展的第二个高峰——清中期的云南文学》,《云南民族学院学
　　报》2000 年第 5 期。

陶应昌《清代后期的云南文学》,《云南民族学院学报》2004 年第 7 期。

陶应昌《论云南古代女作家》,《云南师范大学学报》1999 年第 2 期。

张国庆《云南古代文学理论概览》，《楚雄师范学院学报》2001年第10期。

多洛肯、李静妍《明清回族文学家族创作述略》，《兰州文理学院学报》2015年第5期。

多洛肯《明清回族文学家族文化生态环境探析》，《西北民族文学研究》2016年第4期。

多洛肯、朱明霞《明清彝族文学家族谫论》，《民族文学研究》2016年第1期。

左玉堂《彝族明清时期诗文论述评》，《毕节学院学报》2010年第6期。

安尚育《云南古代彝族文人文学简论》，《民族文学研究》2001年第4期。

郑升《清代云南诗歌的研究与路向》，《普洱学院学报》2014年第2期。

郑升、赵锦华《近三十年明清云南书院、文学研究综述与展望》，《长江大学学报》
    2011年第11期。

李超《清代云南文学研究》，《学术探索》2017年第7期。

李潇云《清代云南诗学的特征和价值》，《云南农业大学学报》2015年第9期。

李硕《漫议明清描写云南民族风情的竹枝词》，《云南社会科学》1986年版第4期。

肇予《云南竹枝词论略》，《云南师范大学学报（哲学社会科学版）》1987年第2期。

杨开达《云南竹枝词论列》，《云南师范大学学报（哲学社会科学版）》2003年第3期。

赵黎娴《大理竹枝词》，《民族文学研究》2003年第3期。

冯丽荣《〈南蛮竹枝词〉的云南壮族风情》，《文艺评论》2014年第8期。

胡晓博《清代云南竹枝词论析》，《昭通学院学报》2016年第4期。

（五）学位论文

浙江大学吴肇莉2012年博士论文《云南诗歌总集研究》。

湖南大学张国骥2011年博士论文《清嘉庆、道光时期政治危机研究》。

山东大学赵娟2011年博士论文《云南竹枝词民俗词语研究》。

云南大学姚佳琳2015年硕士论文《清嘉道时云南灾荒研究》。

云南大学吴连才2015年博士论文《清代云南水利研究》。

云南大学马亚辉2013年博士论文《康雍乾三朝对云南的治理》。

云南师范大学欧阳颖琳2015年硕士论文《明清云南进士文学著述考》。

云南师范大学姚梦晗2017年硕士论文《明清云南永昌府科举家族研究》。

云南师范大学孟青2003年硕士论文《明清滇人著述述略》。

后 记

　　天地清淑之气，不遗于勺水拳山；人文兴起之区，非独靳于穷乡僻壤。地处遥远西南边陲的云南，在中国文化璀璨而漫长的发展进程中经过长久的沉寂，在中国古典诗歌逐步走向衰落和终结的明清时期，才迈着由蹒跚到轻健的步子，闯入了中原内地诗坛的视野，并争得了一席之地。在以地域文学分疆划界、百舸争流的有清一代，它以繁星丽天之景，改变了整个中国固有的诗坛格局。

　　清代近三百年间，滇中诗坛是一种怎样的面貌？它有着什么样的发展和演变轨迹？在中国清代诗歌的版图上，它应安放在什么样的位置？滇中先贤又曾经带着什么样的情怀，一次次跋涉于西南至京师万里之遥的途中，在蜀道秦岭、湘江楚水之间，在三百年治与乱的轮回中，抒写家国命运和自身境遇的悲欢？我想探索并还原这一切。数年来，为这一梦想，我问学于西子湖畔。久居这片历史人文荟萃的沃土，回顾我滇中先贤在此留下的足迹，更加激励我奋起直追之心。曾不止一次徜徉于西湖孤山北麓，瞻仰乡中先贤赵士麟抚浙时讲学的敬一书院，无数的题咏昭示着他昔时的仁德政绩；此外，程含章抚浙时在钱塘江边写下的诗篇，朱嶟在西子湖畔为国计民生奔走的串串足迹……他们从落后偏远的西南一隅，来到这人文炳蔚之区，以自己的德业诗章留下千古美谈。可是，他们并没有被很多人知道和记住。而我不揣浅陋，下定决心还原三百年前滇中诗坛面貌和群体，并没有怀抱什么学术上的远大理想，只想以恭敬桑梓之心，让我滇中先贤的德业文章让更多世人知晓。

我深知诗不易作，尤不易识，非深达六艺之旨而明于作者之心，不足以知而言之，更何况学识浅陋的我要驾驭这跨越三百年、涉及数百人的题材。我心怀惶恐，只愿拙作能作引玉之砖，吸引更多的人来发掘这片被忽视和遗忘太久的文化土壤。

令我倍感庆幸的是，在四年半的求学生涯中，得到了恩师徐永明先生的悉心指导和不遗余力的帮助，徐老师看似严肃，不苟言笑，对于每一颗向学之心，他从来不吝时间和精力，尽心竭力地浇灌和栽培学术沃野中的每一株幼苗，倾注了自己大量的心血，其热心、尽职和勤奋有口皆碑。他办公室窗口深夜不灭的灯光一直是激励我辈努力奋进的标志。这篇博士论文，没有徐老师从文献整理、研究思路到写作过程的全面指导，万难顺利完成。感恩之情，难以言表。四年中还遇到古代文学研究所性情各异、可亲可敬可爱的诸位先生：楼含松先生是我访学期间的导师，对我多有指导和关怀，他高情远致、蔼若春风；周明初先生性情率真，在学术上的严厉要求让我们不敢稍有懈怠；朱则杰先生、汪超红先生、孙敏强先生以及叶晔、林晓光等诸位老师亦让我在学术上多受沾溉。同时，滇中从事地方文化与文学研究的学者、前辈也给予了多方指导，如段炳昌、孙秋克等先生在我成长的道路上多有帮助与启迪。同门素日友爱团结，毋丹、黄鹏程、韩玉凤、唐云芝、裴雪莱、张利伟诸君及林施望、钱礼翔师弟、吴思慧师妹等，大家时常相聚，探讨学业与人生，相互帮助和关心，留下了诸多温暖亲切的回忆，我深深感谢大家。

我作为一个上有老亲、下有幼子的女性，远赴千里之外求学数载，需要的不仅是勇气，还需要有家人的支持。四年多的时间，我抛夫别子，亲老亦未能侍奉，于天伦实在亏欠太多，愧疚深重，但家人始终如一地给了我最大的支持，除了鼓励、安慰和传达挂念，他们对我从未有过一句怨言。由衷感谢我亲爱的父母、已过世的婆婆，我的先生、爱子，还有我的姐妹，他们给予我鼎力的支持和关怀。生在一个充满爱的家庭中，是我此生最大之幸，唯有奋进不懈，方能回报于万一。

感谢所有未提及姓名但始终给予我关怀与支持的亲朋好友。

董雪莲

2024 年 3 月于昆明